Jörg Steinleitner
Tod im Abendrot

PIPER

Zu diesem Buch

Bei Karl Zimmerschied läuft es gar nicht rund: Seine Frau ist mit ihrem Geliebten nach Bali durchgebrannt und kontaktiert den Polizeipräsidenten und LKA-Chef nun, weil ihre Affäre spurlos verschwunden ist. Ausgerechnet Zimmerschied soll helfen, ihn zu finden. Fast zur gleichen Zeit erschüttert ein Doppelmord nahe des Biergartens »Zum Flaucher« das sommerliche München: Ein junges Pärchen wurde auf dem Heimweg kaltblütig erschossen, vom Täter fehlt jede Spur. Als wäre das alles nicht schon genug, erreicht Zimmerschied auch noch der Hilferuf einer alten Freundin: Die Gymnasialdirektorin Sophie von Lavalle wird mit einem schlüpfrigen Video erpresst, das im Darknet kursiert. Sie hatte ein Verhältnis mit einem Schüler und fürchtet nun um ihre Karriere.
Die Recherchen in allen drei Fällen bringen den LKA-Präsidenten in Bedrängnis, denn wenn jemand wie er im Darknet nach Waffen und Pornos sucht – und sei es aus ermittlungstechnischen Gründen –, fällt das auf und führt zu unangenehmen Fragen. Eben noch wollte Zimmerschied anderen helfen und seinen Job erledigen, doch nun steht er selbst unter Verdacht.

Jörg Steinleitner, geboren 1971 im Allgäu, studierte Jura, Germanistik und Geschichte in München und Augsburg und absolvierte die Journalistenschule in Krems/Wien. 2002 ließ er sich nach Stationen in Peking und Paris als Anwalt in München nieder. Bei Piper veröffentlicht er neben den Anne-Loop-Krimis auch mit Matthias Edlinger die Ambach-Reihe um einen jungen Kunstfälscher. Auf BUCHSZENE.DE hat Steinleitner eine eigene Kolumne. Seine Lesungen sind witzig und aufwendig inszeniert. Er lebt mit Frau und drei Kindern am oberbayerischen Riegsee.

Jörg Steinleitner

TOD IM ABENDROT

Der LKA-Präsident ermittelt

PIPER

Mehr über unsere Autoren und Bücher:
www.piper.de

Wenn Ihnen dieser Krimi gefallen hat, schreiben Sie uns unter Nennung des Titels »Tod im Abendrot« an *empfehlungen@piper.de,* und wir empfehlen Ihnen gerne vergleichbare Bücher.

Von Jörg Steinleitner liegen im Piper Verlag vor:
Der LKA-Präsident ermittelt:
Blutige Beichte
Tod im Abendrot

Anne-Loop-Reihe:
Tegernseer Seilschaften
Aufgedirndlt
Räuberdatschi
Hirschkuss
Maibock

AMBACH-Reihe:
Die Auktion
Die Tänzerin
Die Deadline
Das Strandmädchen
Die Suite
Die Falle

MIX
Papier aus verantwortungsvollen Quellen
FSC® C083411
FSC
www.fsc.org

Originalausgabe
ISBN 978-3-492-31433-6
1. Auflage Mai 2019
2. Auflage Dezember 2019

Redaktion: Caro Kania
Umschlaggestaltung und -abbildung: www.buerosued.de
Satz: Kösel Media GmbH, Krugzell
Gesetzt aus der Minion Pro
Druck und Bindung: CPI books GmbH, Leck
Printed in the EU

Meiner Frau, meinen Kindern und Freunden,
mit denen ich oft am Flaucher gegrillt
oder Picknick gemacht habe.

Alle in diesem Buch geschilderten Handlungen und Personen sind frei erfunden. Ähnlichkeiten mit lebenden oder verstorbenen Personen wären zufällig und nicht beabsichtigt.

Zur Ausrüstung eines SEK gehören: 15-Kilo-Weste, Sturmhaube, Helm, Mehrzweckmesser und häufig auch Maschinenpistolen oder Sturmgewehre.

Prolog

»Ja, grüß dich! Dass du mal wieder vorbeischaust!« Die Freude des Mannes am Abholschalter der kleinen Poststelle war echt. »Man sieht dich ja gar nicht mehr.« Der Postangestellte musterte den groß gewachsenen Mann mit dem Henriquatre-Bart wohlwollend. »Außer im Fernsehen natürlich. Also, so eine Karriere hat bei uns im Dorf wirklich noch keiner …«

»Grüß dich, Manfred«, unterbrach ihn der Bärtige im dunklen Anzug nicht gerade elegant und legte den Paketschein auf die Theke. »Ich möchte das gerne abholen.« Beide Männer waren in etwa im gleichen Alter, Mitte bis Ende fünfzig.

Der Freund aus Kindheitstagen griff nach dem Paketschein. »Soso, ein Paket. Dann wollen wir doch mal sehen … Kaufst du die Geschenke für deine Frau jetzt *auch* online?« Er lächelte den kräftigen, aber nicht direkt durchtrainierten Anzugträger an.

»Keine Ahnung, was da drin ist«, brummte der Befragte, ohne sich auf den Small Talk einzulassen. »Ich habe nichts bestellt.«

»Tja, dann wollen wir doch mal …«, wiederholte sich der Postmann beschwingt – einen alten, selten gesehenen Freund bedienen zu dürfen schien ihn mit Fröhlichkeit zu erfüllen – und wandte sich ab. Wenige Augenblicke später stellte er ein

Paket von der Größe eines Schuhkartons auf die Theke. »Da haben wir es!«

»Danke, Manfred.« Der Abholer mit dem Bart bemühte sich, das begeisterte Lächeln seines Gegenübers zu erwidern, griff nach dem Paket, wog es in den Händen und wandte sich mit einem »Bis bald« zum Gehen. Doch weit kam er nicht, denn binnen Sekunden verwandelte sich die Poststelle in einen Kampfplatz: Drei Männer in schwarzen Uniformen, deren Gesichter von schwarzen Masken bedeckt und deren Köpfe durch schwarze Helme geschützt wurden, überwältigten den Bärtigen und drückten ihn brutal zu Boden. Wie aus dem Nichts hatten sie plötzlich die Post besetzt. Drei weitere Männer in Kampfanzügen, die aussahen wie jene der Spezialeinsatzkommandos der bayerischen Polizei, verstellten den Eingangsbereich und brüllten, ihre Maschinenpistolen im Anschlag: »Polizei, Polizei! Alle auf den Boden!«

Als der eben noch fröhliche Manfred hinter dem Schalter nicht sofort reagierte, sprang einer der drei über dem bärtigen Paketabholer kauernden Männer auf, richtete die Waffe auf den Postangestellten und bellte: »Los, los, los, runter, runter, runter!« Manfred ging in die Knie, auch die beiden Kunden – eine etwas nachlässig gekleidete Vierzigjährige und ein dicker Grauhaariger in weiten, tollkühn gemusterten Shorts –, die sich noch im Verkaufsraum aufhielten, lagen längst am Boden. Der Kämpfer, auf dessen Uniform in Brusthöhe das Wort »POLIZEI« prangte, schien jedoch noch nicht beruhigt zu sein. »Ist da hinten noch jemand?«, schrie er. »Ist da noch jemand im Lager? Was ist da noch?«

»Niemand«, wimmerte Manfred hinter dem Schalter. »Ich bin allein.«

Der Mann mit der Maschinenpistole schwang sich über die Theke und herrschte den Postler rüde an: »Sicher?«

Manfred antwortete nicht sofort, sondern hustete, er hatte

sich verschluckt. Deshalb brüllte der Uniformierte, der aussah wie ein SEK-Mann und mit der Waffe in alle Richtungen den Raum sicherte, noch eine Spur lauter: »Antworten Sie! Ich habe Sie etwas gefragt!«

»Ja, sicher«, winselte der Postangestellte, noch immer mit dem Husten ringend.

Dann knackste ein Funkgerät. »Gut, ja. Situation bereinigt«, sprach der Mann jetzt mit deutlich ruhigerer Stimme in das Funkgerät, das etwa in Herzhöhe an seiner Uniform befestigt war. Nun wandte er sich dem Bärtigen am Boden zu, der noch immer von seinen Kollegen in Schach gehalten wurde.

»Was soll das?«, ächzte der Mann am Boden. »Seid ihr wahnsinnig?«

Sofort drückte der links über ihm Kauernde mit seinem Kampfhandschuh grob den Kopf des Mannes auf den Boden, sodass dieser vor Schmerz schrie. Das Paket, das er eben noch in Händen gehalten hatte, lag leicht zerknautscht neben ihm.

»So redet man nicht mit der Polizei!«, herrschte ihn sein Peiniger an.

»Ich …« Der Bärtige versuchte den Kopf zu heben, die Arme zu bewegen, doch beides misslang, denn seine Wange wurde gleich wieder auf den marmorierten Fliesenboden gedrückt. Aber er schien nicht bereit zu sein, sich so schnell geschlagen zu geben, vielmehr presste er durch den halb zugedrückten Mund einige Worte hervor: »Ihr seid auf dem Holzweg! Ich … bin doch … auch«, ein oder zwei Wörter gingen in einem gurgelnden Geräusch unter, »… Polizei.«

»Was sagt er?«, fragte der SEK-Mann, der eben ins Funkgerät gesprochen hatte und noch immer breitbeinig hinter der Posttheke stand.

»Keine Ahnung.« Der Kollege, der mit seinen schwarzen Handschuhen den Kopf des Bärtigen fixierte, zuckte verständnislos mit den Schultern.

Der andere legte dem Festgenommenen derweil mit routinierter Grobheit die Handschellen an. Als er fertig war, sprach er überdeutlich und etwas abgehackt durch seine Gesichtsmaske: »So. – Jetzt können wir ganz langsam aufstehen. – Aber keine Sperenzien. – Das kommt beim SEK München nämlich ganz schlecht an!«

»Wir sind hier nicht zur Wellness«, ergänzte sein Kollege.

Dann ließ er dem Mann, der nur ein Paket hatte abholen wollen, etwas mehr Freiraum, sodass dieser sich trotz der hinter dem Rücken gefesselten Hände aufrappeln konnte. Nun wurden seine Blessuren sichtbar: Die rechte Wange war aufgeschürft und leicht gerötet. Die Vierzigjährige heulte unvermittelt los. Doch aus dem Blick des Gefesselten sprach Wut. Mit zusammengebissenen Zähnen sagte er: »Das, Freunde, ist jetzt ein ganz schlechter Scherz. Was bitte ist in euch gefahren, dass ihr hier so einen Wahnsinn veranstaltet?« Er starrte den Einsatzleiter an, der – kaum hatte er das Wort ergriffen – seine Maschinenpistole auf ihn gerichtet hatte. Als von dem Kämpfer hinter der Posttheke keine Reaktion kam, sagte der Festgenommene: »Ich bin der Polizeipräsident, ihr Osterhasen.« Er warf, soweit ihm dies möglich war, einen Blick in die Runde der Maskierten. Keiner der sechs Männer regte sich, also fügte er an: »Und außerdem der Chef vom LKA.«

»Und ich bin John Lennon«, erwiderte derjenige, der ihn zuvor auf den Boden gedrückt hatte und ihn nun seitlich am Arm hielt.

Der große Mann mit dem Henriquatre-Bart wandte sich dem selbst erklärten John Lennon zu: »Ich bin wirklich der Polizeipräsident.«

»Und ich bin wirklich John Lennon«, äffte der Uniformierte ihn nach und nickte seinem Kollegen zu. »Sicher du ihn mal, dann werden wir gleich sehen, ob wir den Richtigen haben.« Der andere packte nun den Bärtigen am Arm, und sein Kollege kniete nieder, schlitzte mit dem Kampfmesser, das er aus der an seinem Bein befestigten Scheide gezogen hatte, das Paket auf, griff hinein und hob ein Bündel heraus. Er wickelte die Schaumfolie auseinander und präsentierte den anderen SEK-Männern nicht ohne Stolz eine Pistole, die er schließlich dem vermeintlichen Polizeipräsidenten vor die Nase hielt. »Und warum bestellt ein Polizeipräsident, wie du ja anscheinend einer bist, eine illegale Pistole im Darknet? Deine Lügenmärchen kannst du gleich den LKA-Leuten erzählen. Die stehen nämlich draußen.« Dann schob er noch ein verächtliches »der Herr Polizeipräsident!« hinterher, lachte zynisch und wickelte die Waffe wieder ein.

Eine legendäre Dreierbeziehung begründete der US-Psychologe und Wonder-Woman-Erfinder Professor Marston. Allerdings war seine Frau Elizabeth, mit der er im Übrigen auch den Lügendetektor erfand, mit diesem Modell ehelichen Zusammenlebens sehr unzufrieden.

EINS | Hanswurst

Karl Zimmerschied hätte es besser wissen müssen. Warum hatte er nicht auf sein Bauchgefühl gehört? Auf den Gedanken, er könnte seine Frau dazu überreden, von Bali zurückzukommen, wenn er nur selbst hinflog und ihr die Situation hinreichend erklärte, konnte nur ein Fantast oder Träumer kommen.

Dabei war er doch Realist. Eigentlich. Wie hatte ihn, den sein Beruf tagtäglich zum logischen Denken zwang, in dieser Privatangelegenheit nur derart die Intuition verlassen können? Da stand er nun an einem Strand in Bali und betrachtete mit Befremden seine Ehefrau. Der Polizeipräsident konnte es drehen und wenden, wie er wollte: Wie Roswitha da so in ihrer kürzlich gegründeten Oben-ohne-Bar *Rose Garden* herumfuhrwerkte, in einem Bikini, der aus derart wenig Stoff bestand, dass Zimmerschied ihr gerne ein Tuch übergeworfen hätte – seine an sich bodenständige Frau machte den Eindruck, als sei sie durchgeknallt. Immerhin hatte sie oben herum überhaupt etwas an. Das konnte man von den drei Frauen unter den fünf Gästen, die er auf der kleinen Terrasse erblickte, nicht sagen. Zimmerschied empfand sich nicht nur wegen seines dunklen Anzugs, den er vergangene Woche noch bei einem Abendessen mit dem bayerischen Ministerpräsidenten getragen hatte, als Fremdkörper in der Urlaubsidylle. Wenige Meter entfernt perlten die Wellen mit sanftem Rauschen an den Strand. Zum Glück hatte er die Krawatte noch im Taxi auf dem Weg zu dem kleinen Badeort, an den er sich noch von dem gemeinsamen Urlaub mit Roswitha erinnerte, in der Jacketttasche verschwinden lassen.

Widerwillig konstatierte er, dass Roswitha gut aussah. Sie war braun gebrannt und schien, obwohl ohnehin schon schlank, noch etwas abgenommen zu haben. Auch hatten ihre blauen Augen wieder denselben Glanz, den sie früher, in den ersten Jahren ihrer Beziehung gehabt hatten.

Jetzt stellte sie die beiden Gläser weg, die sie eben noch in der Hand gehalten hatte, und wandte sich endlich zu ihm um. Erst musterte sie ihn nur. Dann trat sie vor, umarmte ihn, machte einen Schritt zurück, kam wieder näher, küsste Zimmerschied auf den Mund, was sich eher schwesterlich anfühlte und ihm deshalb einen kleinen Stich versetzte, und trat erneut einen

Schritt zurück. Auf seinen Lippen, an seinem Bart blieb ein Hauch von Kokosmilch oder irgendeinem Öl hängen. Jedenfalls roch es gut. Er sah seine Ehefrau an. Er verspürte Lust auf sie. Im Augenwinkel nahm er eine blutjunge Frau wahr, die nichts trug außer einem knappen Badehöschen und mit einem Tablett mit zwei leeren Cocktailgläsern von den Liegen am Strand zurückkehrte. Sie schien hier zu arbeiten.

Aber dann konzentrierte er sich wieder auf Roswitha. Wie lange war es her, dass sie beschlossen hatte, den gemeinsamen Bali-Urlaub noch etwas zu verlängern – sechs Monate? Sieben? Acht? Er wusste es nicht genau, die vergangenen Monate waren hart gewesen, er hatte einen Feind im eigenen Haus ausfindig und unschädlich machen müssen, und die fünfunddreißig Grad auf dieser Insel machten ihm auch zu schaffen.

Jetzt bewegte sich etwas im hinteren Teil der Strandbar, die mit ihrem einfachen Holzgerüst und den Bastmatten etwas provisorisch wirkte, was auf ihn aber wegen der geschickt angebrachten bunten Tücher keineswegs einen geschmacklosen Eindruck machte. Für so etwas hatte Roswitha ein Händchen. Allerdings hätte er seiner Frau gegenüber niemals zugegeben, dass er ihre Bar schön fand.

Der Vorhang, der offensichtlich die Bar von der Küche trennte, wurde zur Seite geschoben, und heraus trat der Mann, den Zimmerschied für sich »Hanswurst« nannte. Normalerweise bemühte sich der Polizeipräsident um Respekt gegenüber jedermann. Aber dieser Hans Müller war der Schweinehund, den Roswitha als ihren neuen Freund bezeichnet hatte. Noch dazu hatte sie gesagt, er sei ihm, Zimmerschied, so ähnlich! Der Hanswurst sei auch bei der Kripo gewesen und – das war das Höchste: Er sei für eine Dreierbeziehung offen, wenn Zimmerschied und Roswitha dies wollten. Dass Roswitha das wollte, hatte sie ihm schon bei einem der wenigen Telefonate in den vergangenen Monaten mitgeteilt. Zimmerschied wähnte sich seither im falschen Film. Aber das war nicht alles. Roswitha, die sich, seit sie Barbesitzerin in Bali war, Rose nannte, hatte sogar schon den bayerischen Innenminister zu einem Urlaubstrip nach Bali eingeladen. Alfred Werner war Zimmerschieds Chef!

Nun stand der Hanswurst also vor ihm. Ziemlich genauso groß wie Zimmerschied, mit ziemlich ähnlichem Bart, aber natürlich wesentlich gesünderem Teint. Außerdem sah er auch etwas trainierter aus in seinen bunten Shorts und den Flipflops. Sonst hatte dieser Hans Müller nichts an.

Zimmerschied hatte schon Barack Obama die Hand geschüttelt, er kannte die Bundeskanzlerin persönlich, er telefonierte regelmäßig mit dem bayerischen Ministerpräsidenten, alles sicherlich aufregende Momente, die sein hohes Amt im Polizeidienst mit sich brachte. Aber jetzt, da er seinen Nebenbuhler beäugte, fühlte er sich mit einem Mal verschwitzt und der Situation ausgeliefert, was nicht gut war. Der Hanswurst streckte ihm die Hand hin und sagte »Selamat sore«.

War das die Begrüßung auf Balinesisch? Zimmerschied wusste es nicht mehr. Seine Antwort war ein eisiges »Grüß Gott«. Dann entstand eine kurze Pause. Roswitha, die etwas angespannt wirkte, versuchte sie zu füllen, indem sie ein Glas mit Strohhalmen von A nach B verschob, mit einem Schwammtuch einen nicht vorhandenen Fleck wegwischte und ein wenig mit Gläsern an der Bar herumklapperte. Zimmerschied hatte das Gefühl, der Schweiß würde ihm in Strömen unter den Achseln wegfließen.

»Warm hier, was?«, sagte der Hanswurst mit einem Gesichtsausdruck, den Zimmerschied nicht anders als locker und freundschaftlich bezeichnen konnte, obwohl er alles lieber wollte, als diesen Mann, der seiner Frau eine fixe Idee ins Hirn gepflanzt hatte, nett zu finden. Ohne auf die Antwort des Polizeipräsidenten zu warten, bückte sich dieser Hans Müller nun, griff in eine Schublade oder Kiste unter der Bar – Zimmerschied konnte es nicht genau erkennen –, richtete sich wieder auf und hielt dem Präsidenten ein Stück bunt gefärbten Stoff hin. Bei genauerem Hinsehen entpuppte es sich als kurze Hose. »Nimm das hier, Karl – du heißt doch Karl, oder habe ich das falsch abgespeichert?«

»Abgespeichert«. Zimmerschied mochte keine technischen Ausdrücke im Zusammenhang mit Menschen. Dennoch griff der LKA-Chef reflexartig nach der Hose, was er noch im selben Augenblick bereute, er wollte nichts von diesem Trittbrettfahrer, aber es war schon zu spät. Immerhin blieb er ihm eine Antwort auf die Frage schuldig. *Er* war im Gegensatz zu diesem Affen, der ihm die Frau weggenommen hatte, kein Computer mit Festplatte, der Erinnerungen »abspeicherte«. Er war ein Mann aus einfachen Verhältnissen, der sich hochgearbeitet und sich dabei seine Menschlichkeit bewahrt hatte. Jedenfalls hoffte er das.

»Ja, er heißt Karl«, bestätigte Roswitha – wie überflüssig war das denn? Kurz wollte Zimmerschied einem inneren Impuls nachgeben und seiner Frau mitteilen, sie sei eine dumme Kuh, aber er riss sich zusammen. Stattdessen beschloss er im Anblick der kurzen Hose des Nebenbuhlers und der halb nackten Roswitha, dass er während seines gesamten Aufenthalts – von Urlaub konnte man hier ja wohl nicht sprechen, schließlich ging es um die Heimholung der Ehefrau – seinen Anzug nicht ablegen würde. Ganz egal, wie heiß es noch werden sollte: Wollte er Roswitha aus den Klauen dieses fahnenflüchtigen Polizeikollegen befreien, musste er sich von dem Lotterleben, das man hier offensichtlich führte, absetzen. Und sich wie ein vernünftiger Mensch zu kleiden war eine der wenigen Möglichkeiten, die ihm diesbezüglich zur Verfügung standen.

Noch immer standen sie einander schweigend gegenüber. Der Hanswurst und er. Zimmerschied fühlte sich überfordert. Seine Zunge klebte am Gaumen. Er wollte nach Hause. Roswitha schien dies zu spüren, denn jetzt sagte sie: »Geh doch bitte mal in die Küche, Hans, und bereite die Tapas für die Cocktailgäste vor. Das geht ja schon bald los.«

Dem Gesichtsausdruck seines Konkurrenten nach zu urteilen, schien es ihm nicht zu passen, dass er in die Küche geschickt wurde. Zimmerschied entspannte sich innerlich ein wenig. Als der Freund seiner Frau weg war, trat der Präsident ganz hinter die Bar, nahm sich ein Glas und befüllte es am Wasserhahn. Sofort flog der Vorhang zur Küche zurück, und Hans Müllers Kopf erschien: »Roswitha, würdest du ihm bitte sagen, dass wir hier die Regel haben, dass nur Personal hinter die Theke darf?«

So ein Arschloch! Zimmerschied schüttelte den Kopf, schwieg aber.

»Jetzt geh du mal nach hinten!«, sagte Roswitha in Richtung ihres Bar- und Bettkompagnons. Der Polizeipräsident litt, und er verfluchte sich. Immer weniger konnte er sich erklären, weshalb er diese Reise unternommen hatte. Zu Hause wartete Dr. Isabelle Augustin, die neue Leiterin der Abteilung für Forensische DNA-Analytik, und wollte etwas von ihm, und er stand hier und ließ sich von der Affäre seiner Ehefrau erniedrigen. Isabelle Augustin war viel jünger als Roswitha und obendrein genau sein Typ. Was wollte er hier eigentlich? Das war doch alles Blödsinn!

Später, die Sonne tauchte gerade wie ein blutroter Feuerball in die sanfte Dünung des Meeres, befand er sich mit seiner Frau in einer Hütte, die gemeinsam mit anderen Behausungen einen Steinwurf von der Bar entfernt stand.

»Hier wirst du schlafen«, erklärte Roswitha. Unter anderen

Umständen hätte ihm der Raum gut gefallen. Schlichte, filigrane Holzmöbel, viel Bambus und dunkles Holz, viel Weiß und draußen die Sonne und das Meer. Eigentlich ein Traum. Aber … Zimmerschied sah seine Frau an. »Und du?«

»Ich schlafe gleich nebenan. In der Hütte links.«

Er musterte sie genau. Doch ihrem Gesichtsausdruck war keine Regung anzusehen.

»Und der … Dings?«

»Der Hans?«, fragte Roswitha – nun schien sie doch etwas verlegen zu sein. »Der schläft auch gleich nebenan.«

»In derselben Hütte wie du?«

»Nein, nicht in derselben Hütte wie ich. Jetzt komm mal runter, Karl! Das ist hier doch das Paradies – und … und … Es könnte doch alles so einfach sein: Du könntest hier bei uns bleiben, die Bar läuft gut, und … und … Dann machen wir das alles hier zu dritt.«

Zimmerschied zog eine Grimasse und wandte den Blick zum Fenster hinaus. »Roswitha, ich bin der Chef vom LKA, und außerdem habe ich zu Hause die Landwirtschaft! Ich glaube eher, dass *du* erst mal runterkommen musst!« Er sah sie wieder an. »Was mich interessiert: Wie genau ist denn jetzt deine Beziehung zu diesem Typ?«

»Ach, komm, Karl!«

»Nein, keine Ausflüchte. Eine Antwort will ich!«

Roswitha holte tief Luft und presste dann heraus: »Wir machen die Bar zusammen.«

»Und was noch?«

»Karl! Jetzt frag das doch nicht so!«

Zimmerschied schüttelte unwirsch den Kopf. Es entstand eine Pause. Dann fragte Roswitha beinahe bittend: »Soll ich dir noch einen El Presidente machen?«

Zimmerschied fiel es leicht, das Angebot abzulehnen, denn er hatte vorhin bereits zwei Gläser seines Lieblingsdrinks zu sich genommen. »Nein, verdammt! Ich will, dass du zur Vernunft kommst. Roswitha, du musst mit mir nach Hause fliegen!« Während er sie ansah, spürte er, dass es nur noch Sekunden dauern würde, bis ihm die Tränen kamen. Er wandte sich ganz zum Fenster um. Als er hinausblickte, sah er einen Mann und eine Frau, die im Licht der untergehenden Sonne Hand in Hand am Wasser entlang spazierten. Es war ein kitschiges Bild, das ihn nervte.

»Karl. Eines kann ich dir ganz sicher sagen. Ich werde nicht mit dir nach München zurückkommen. Ich bleibe hier. Das hier ist das Leben, von dem ich immer geträumt habe. Aber ich schlage dir nicht die Tür vor der Nase zu. Ich würde mich freuen, wenn du hierbleiben würdest. Oder du fliegst noch einmal heim und regelst deinen Ausstieg aus dem Polizeidienst, und dann kommst du eben wieder. Der Hans hat es doch schon gesagt: Wir können gut zu dritt glücklich werden!«

»Roswitha, ich glaube, du bist verrückt! Wir sind doch keine Hippies! Wir sind ganz normale Menschen! Und du bist *meine* Frau und nicht die Frau von diesem … von …«

Zimmerschied war es gelungen, die Tränen zu unterdrücken, deshalb fühlte er sich jetzt wieder in der Lage, sich zu ihr umzudrehen. Er sah sie an. Klar wartete Isabelle Augustin in München auf ihn. Vielleicht war er sogar ein bisschen in seine junge Mitarbeiterin verliebt. Aber seine Frau Roswitha, die liebte er. Verliebt sein und lieben, das war ein Unterschied! Und er würde um diese Liebe kämpfen. Ja, das würde er! Deshalb ging er jetzt ganz nah zu Roswitha hin und fasste sie mit den Händen rechts und links an den Oberarmen, nicht grob, aber fest. »Roswitha, du wirfst alles weg, was wir uns aufgebaut haben in all den Jahren, all das, was uns verbindet!«

Als er spürte, dass Roswitha Anstalten machte, sich ihm zu entwinden, erhöhte er den Druck auf ihre Oberarme. Nein, nein, er würde sie nicht gehen lassen. So einfach nicht.

»Karl, lass mich!« Roswitha versuchte sich aus seinem Griff zu befreien.

»Du bleibst jetzt mal da!«, herrschte er sie an, ohne sie loszulassen.

Es entstand ein Gerangel, in dessen Verlauf Roswitha noch einmal ein nun bereits wesentlich hilfloseres, aber auch lauteres »Karl, lass mich los!« ausstieß. Dann stand plötzlich und wie aus dem Nichts der Hanswurst vor ihm. Zimmerschied starrte ihn ungläubig an und hörte noch ungläubiger, was der Konkurrent befahl: »Lass sofort die Rose los!« Schon drängte er sich zwischen den Polizeipräsidenten und seine Frau, schob diese hinter sich, und als Roswitha nun auch noch vernehmlich zu schluchzen begann, baute er sich drohend vor Zimmerschied auf. »Du legst hier keine Hand an! Die Rose steht unter meinem Schutz.«

Die Rose. Zimmerschied schüttelte es. Dass dieser Kotzbrocken es nicht dabei belassen hatte, ihm die Frau wegzunehmen, sondern sie auch noch umbenannt hatte, als würde sie ihm gehören, das war die absolute Höhe! Der LKA-Chef und ehemalige Boxer holte aus und rammte dem Nebenbuhler seine rechte Faust in die Magengegend. Erst als Hans Müller in die Knie ging, realisierte Zimmerschied, was er getan hatte – dass ihm die Nerven durchgegangen waren. Er beugte sich zu dem Hanswurst hinunter, der sich, den Bauch haltend und stöhnend, am Boden wand. Er wollte sich entschuldigen. Doch anscheinend war er auf einen getroffen, der ihm ebenbürtig war. Hans Müller revanchierte sich mit einem trockenen Faustschlag aufs linke Auge. Nun stöhnte Zimmerschied seinerseits auf, er taumelte und wäre fast gefallen. Aber da war schon die Wand, und er konnte sich im letzten Moment fangen. Er warf noch zwei kurze, erschrockene Blicke auf den am Boden kauernden Hans Müller und auf seine Frau, bevor er fluchtartig die Hütte verließ.

2014 wurde am Flaucher-Biergarten in München ein Obdachloser erschlagen. Die Tat ging als »Flaucher-Mord« in die Geschichte ein. Der sogenannte »Isar-Mord« hingegen ist ein noch immer rätselhafter Fall aus dem Jahr 2013: Ein Unbekannter hatte den Ingenieur Domenico L. aus unerfindlichen Gründen erstochen.

ZWEI | Liebespaar

Zwei Tage später betrat Karl Zimmerschied das Vorzimmer seines Präsidentenbüros im Landeskriminalamt.

»Herr Zimmerschied!«, entfuhr es seiner aus der Schweiz stammenden Sekretärin Elisabeth Rötli. »Was machen Sie denn hier? Sie haben doch Urlaub! Ich denke, Sie sind auf Bali?«

»Offensichtlich nicht«, brummte Zimmerschied und ging ganz entgegen seiner sonstigen Gewohnheit einfach weiter in Richtung seines Büros.

»Aber warum?«, rief ihm die wie immer makellos gestylte und in ein cremefarbenes Kostüm gewandete Sekretärin hinterher.

Zimmerschied hatte den Türrahmen schon erreicht, aber jetzt drehte er sich doch noch einmal halb um. »Frau Rötli, kümmern Sie sich um Ihre eigenen Angelegenheiten!« Nach diesem Satz schloss er energisch die Tür und atmete auf. Er mochte dieses Büro. Er mochte seine Arbeit. Er war froh, wieder hier zu sein.

Zimmerschied ließ, während er an dem langen Besprechungstisch vorbeiging, seine Finger über die glatte, braun lackierte Holzoberfläche gleiten, und sein Blick streifte die Fotos in dem in die Wand eingelassenen Regal – er mit Obama, er mit der Kanzlerin, er mit seiner Frau. An seinem Schreibtisch angekommen, schlüpfte er aus dem Jackett, hängte es über den Stuhl und ließ sich nieder. Es war merkwürdig: Ihm war, als wäre er nach langer Zeit an seinen Arbeitsplatz zurückgekehrt, obwohl er doch kaum mehr als ein Wochenende weg gewesen war. Warum tat Roswitha ihm das an? Ehe er den Gedanken weiterverfolgen konnte, klingelte das Telefon. Auf dem Display erkannte er Rötlis Nummer. »Ja?«

»Entschuldigen Sie, also eigentlich haben Sie ja Urlaub, aber … da Sie ja jetzt da sind …«, hob die Schweizerin etwas verdruckst an.

»Was gibt's?«, unterbrach er sie.

»Der Herr Södlinger und die Frau Veltroni wären hier – sind Sie schon … also, ich meine: Sind Sie jetzt offiziell da oder nur inoffiziell?«

»Lassen Sie die Frau Veltroni und den Herrn Södlinger rein!«, kommandierte der Präsident. Als er Rötlis Zögern wahrnahm, wurde ihm seine Ruppigkeit bewusst, und er fragte sich kurz, ob es richtig war, dass er jetzt hier saß, obwohl er doch eigentlich Urlaub hatte. Er nahm sich vor, seine Laune besser unter Kontrolle zu behalten. Schließlich konnten die Mitarbeiter ja nichts dafür, dass seine Frau durchdrehte.

»Ein Mord am Flaucher«, sagte Barbara Veltroni, noch bevor sie und ihr Kollege sich am Besprechungstisch niedergelassen hatten. Die nicht sehr große Kriminalhauptkommissarin mit der schwarzen Pagenkopffrisur hatte mal wieder eines ihrer blau-weiß gestreiften Bretonen-Shirts an und wirkte gehetzt. »Ein wirklich schlimmer Mord … und eine hochschwangere Frau schwebt in Lebensgefahr.«

Zimmerschied hob fragend die Augenbrauen.

»Das ist eine ganz komische Geschichte«, fügte Hannes Södlinger hinzu. »Vorgehensweise ultrabrutal, Motiv völlig unklar.«

Zimmerschieds Jagdinstinkt war geweckt. Mit offenem Blick musterte er seinen Mitarbeiter mit der unmöglichen Frisur auf dem kantigen Schädel.

»Also von vorn«, übernahm jetzt Veltroni wieder: »Das kleine Wäldchen zwischen Flaucher-Biergarten und Mittlerer-Ring-Brücke kennen Sie, oder?«

Zimmerschied nickte.

»Da geht so ein Radweg durch.« Der Polizeipräsident nickte erneut. »Da ist gestern gegen zweiundzwanzig Uhr ein Pärchen vom Biergarten aus kommend in Richtung Stadtmitte gegangen. Und dann ist da vermutlich ein Mann gekommen und hat das Feuer eröffnet. Genau wissen wir nicht, ob's ein Mann war. Aber das männliche Opfer, also der Mann von dem Pärchen, war sofort tot. Und die Frau schwebt in Lebensgefahr.«

»Und ist hochschwanger«, ergänzte Södlinger und rückte sich die Krawatte zurecht, die ausnahmslos alle Kollegen affig fanden. Niemand außer dem Präsidenten und Södlinger trug im LKA Krawatte, wenn dies nicht ein besonderer Anlass nahelegte.

»Vielleicht eine Eifersuchtstat«, meinte Zimmerschied.

Veltroni zuckte mit den Schultern. »Wir wissen es nicht. Seltsamerweise hatten die beiden auch gar nichts in den Taschen, woraus wir auf ihre Identität schließen könnten.«

»Vielleicht hat der Täter ihnen die Taschen leer geräumt.« Der LKA-Chef runzelte die Stirn.

»Oder die waren nur für einen Gute-Nacht-Spaziergang draußen und hatten gar nichts dabei«, überlegte Södlinger.

»Na ja, Augenzeugen gibt's jedenfalls mutmaßlich keine. Wir waren schon am Tatort, haben aber nichts Auffälliges gesehen. Außerdem sind da noch die Kollegen von der Spurensicherung am Basteln.« Veltroni zögerte. »Deswegen wollen wir jetzt ins Krankenhaus, um die Frau zu befragen. Sie liegt in der Frauenklinik in der Maistraße. Falls sie überhaupt bei Bewusstsein ist. Wir haben den zuständigen Arzt noch nicht ans Telefon bekommen. Aber wir wollen das jetzt mal direkt versuchen. Und beim Rausgehen haben wir Ihr Auto gesehen …«

»Und da haben wir uns gedacht, fragen wir, ob Sie … Also eigentlich haben Sie ja Urlaub, aber … Also, wir glauben, dass die Presse wegen dem hochschwangeren Opfer …«

Weil Södlinger sich in seinem eigenen Satz verhedderte, übernahm Veltroni wieder: »Was der Hannes meint, ist Folgendes: Ein junges Liebespaar, wo die Frau schwanger ist und der Mann auf offener Straße mitten im Münchner Erholungsgebiet zwischen Biergarten und Isar geradezu hingerichtet wird –, da werden die Medien draufspringen wie sonst was.«

»Sie haben richtig entschieden. Ich komme mit.«

»Wie, Sie kommen mit?« Die Polizistin mit der Pagenkopffrisur war verdattert. »Wir meinten eigentlich, ob Sie uns irgendwelche speziellen Anweisungen mit auf den Weg geben wollen. Weil … also … die Ermittlungen … machen doch eigentlich … also wir … Wir sind doch die Ermittler!« Sie warf Södlinger einen Blick zu, den dieser mit einem Nicken erwiderte.

»Nein, nein, nein«, entfuhr es Zimmerschied etwas zu vehement. »In so einem wichtigen Fall bin ich natürlich an vorderster Front dabei.« Erwartungsgemäß erntete er genervte Mienen. Aber seit er sich jüngst in die Ermittlungen im Fall um eine mysteriöse Phantomfrau, die ihre DNA an allen möglichen Tatorten hinterlassen hatte, eingemischt hatte, machte ihm sein Job wieder richtig Spaß. Natürlich war es eigentlich nicht die Aufgabe eines Polizeipräsidenten, Zeugen zu vernehmen und Mordschauplätze zu begutachten. Aber wer war denn hier der Chef? Er natürlich. Und so konnte er sich diese Freiheit wohl herausnehmen. Zudem war alles gut, was ihn jetzt von den Gedanken an seine Ehe ablenkte. Zimmerschied stand auf und schlüpfte in sein Jackett.

Als Veltroni am Steuer des zivilen Einsatzfahrzeugs saß, Zimmerschied auf dem Beifahrersitz und Södlinger hinten, fragte die Kriminalhauptkommissarin: »Wieso sind Sie jetzt eigentlich doch nicht im Urlaub? Ich dachte, Sie wollten nach Bali?«

Zimmerschied atmete tief ein. Er hatte keine Lust, diese Frage zu beantworten. Als der Wagen an einer Ampel zum Stehen kam, spürte er jedoch, dass seine Mitarbeiterin ihn unverhohlen ansah. Da wandte er ihr kurz das Gesicht zu und sagte: »Wissen Sie, Frau Veltroni, Urlaub wird im Allgemeinen überschätzt, und Bali sowieso. Es war viel zu heiß und gar nicht so schön.«

»Sie waren auf Bali?« Veltroni gelang es nicht, ihr Erstaunen zu verbergen.

»Ja, übers Wochenende sozusagen.« Jetzt musste sogar Zimmerschied lächeln. Im selben Augenblick kam er sich vor wie ein Idiot. Was erzählte er diesen Leuten hier? Das waren seine Untergebenen!

»Aber … hatten Sie nicht geplant, also, Ihr Urlaub sollte doch … war der nicht auf zwei Wochen geplant?« Die Polizeihauptmeisterin betrachtete ihn ungläubig.

»Frau Veltroni, bitte konzentrieren Sie sich auf den Verkehr!« Zimmerschied schaute konzentriert zur Windschutzscheibe hinaus. Weil die Mitarbeiterin zwar sachte, aber doch unübersehbar den Kopf schüttelte, schob der LKA-Chef noch hinterher: »Es kam halt etwas Unvorhersehbares dazwischen. Wissen Sie, manchmal muss man flexibel sein im Leben.«

»Also, jetzt mal langsam. Habe ich das richtig verstanden, Herr Präsident? Sie waren übers Wochenende auf Bali?«, meldete sich nun noch Södlinger zu Wort.

»Ja, haben Sie. Sagen Sie nicht ›Herr Präsident‹ zu mir, Sie wissen, dass ich das nicht mag. Und jetzt bitte keine weiteren Fragen zu meinen privaten Angelegenheiten.«

Zimmerschied hasste den Geruch von Krankenhäusern. Diese Mischung aus Kantinenessen, Desinfektionsmitteln und lauwarmem Tee war ihm zuwider. Da machte die Klinik in der Maistraße, die ansonsten einen guten Ruf genoss, keine Ausnahme. Vor dem Eingang standen zwei abgerissen aussehende Männer und rauchten. Ein weiterer Mann, begleitet von drei Frauen in Burkas, betrat zeitgleich mit dem Ermittlertrio das Foyer. Minuten später standen sie einer Oberärztin mit wilder Frisur gegenüber.

»Ausgeschlossen. Sie braucht jetzt vor allem Ruhe.« Die Medizinerin schüttelte entschieden den Kopf.

»Sie ist die einzige Zeugin«, hob Zimmerschied an. »Wenn wir den Täter erwischen sollen, dann …«

»Ausgeschlossen!« Die Ärztin verschränkte die Arme.

Zimmerschied spürte Wut in sich aufsteigen. Immer diese Hindernisse. Plötzlich sah er wieder den Hanswurst von Bali vor sich. Der Polizeipräsident verdrängte das albtraumhafte Bild, straffte die Schultern, spannte die Muskeln an, räusperte sich … Aber ehe er etwas sagen konnte, tat Barbara Veltroni einen Schritt auf die Ärztin zu und erklärte in verschwörerischem Flüsterton: »Die Sache ist die, Frau Doktor Gobelin. Wir haben es hier mit einem hoch aggressiven Täter zu tun. Einer, der auf offener Straße einen Mann praktisch hinrichtet und das Feuer auf eine offensichtlich schwangere Frau eröffnet … Was ich sagen will: Der Mann ist brandgefährlich und begeht vielleicht gerade seinen nächsten Mord. Und wir können nicht ausschließen, dass er es ganz gezielt auf schwangere Frauen abgesehen hat. So ein brutaler Täter, über den wir praktisch nichts wissen, läuft jetzt da draußen frei herum. Wenn wir nicht wollen, Frau Doktor Gobelin, dass er noch mehr unschuldige Frauen gefährdet oder Menschen hinrichtet, dann müssen wir ihn so schnell wie möglich fassen. Aber das geht eben nur, wenn wir wissen, nach wem oder was wir suchen müssen. Momentan können wir nicht einmal sagen, ob es wirklich ein Mann war und nicht doch eine Frau …«

Die Oberärztin schüttelte langsam den Kopf.

»Frau Gobelin, wir werden Ihre Patientin nicht über die Maßen beanspruchen. Nur ein paar Fragen … damit … damit wir Schlimmeres verhindern und die Fahndung aufnehmen können.«

Zimmerschied hielt die Luft an. Dass Veltroni gegenüber der Oberärztin einer Frauenklinik die Möglichkeit weiterer weiblicher Opfer hervorhob, war geschickt.

Jetzt flüsterte auch die Medizinerin: »Ich sage es Ihnen ganz offen: Ihre Überlebenschancen liegen bei höchstens fünfzig Prozent. Sie hat viel Blut verloren. Sie hat zahllose innere Verletzungen. Sie ist hochschwanger und sehr instabil. Ich weiß nicht … Und auch das Kind …« Sie schluckte. Dann sagte sie in normaler Zimmerlautstärke und voller Verachtung: »Wer so etwas tut, dem wünsche ich die Pest!«

»Umso wichtiger wäre es für uns, mit ihr zu sprechen«, sagte Veltroni in beschwörendem Ton. »Damit wir das Schwein erwischen, das ihr das angetan hat! Frau Doktor Gobelin, das ist wirklich notwendig, um Schlimmeres zu verhindern.«

Carmignano ist der Name der Gemeinde in der Toskana, in der die berühmte Villa Medici Artiminio steht. Der hier gekelterte Wein wurde zum Hauswein der Medici, jener Familie, die das Bankwesen erfand und zur Erhaltung ihrer Jahrhunderte währenden Macht ohne Skrupel mordete.

DREI | Intensivstation

Karl Zimmerschied hatte schon viele Verletzte gesehen. Aber diese Frau, die da – angeschlossen an zahllose Schläuche, Messgeräte und Infusionen – auf der Intensivstation lag, war so leichenblass und wirkte so hilflos, dass ihn unverzüglich ein Gefühl der Beklemmung überfiel. Und unter ihrer Bettdecke wölbte sich der Babybauch. Würde es den Ärzten gelingen, das Kind zu retten? Was für ein Mensch war dazu fähig, eine Schwangere zu attackieren? War es am Ende ein eifersüchtiger Nebenbuhler? Kaum hatte Zimmerschied das Wort Nebenbuhler im Kopf, sah er den Hanswurst vor sich, und ein ungutes Gedankenkarussell nahm seinen Lauf: Warum waren ihm auf Bali derart die Sicherungen durchgebrannt? Würde Roswitha jemals zu ihm zurückkehren? Was fand sie an diesem neuen Leben so toll, dass sie das alte so leichtfertig hinter sich ließ? Stopp. Zimmerschied beschloss, sich sofort jeden weiteren Gedanken an die Geschehnisse auf Bali zu verbieten. Er musste sich auf das Opfer konzentrieren, die einzige Tatzeugin.

Die schwangere Frau war hübsch und dunkelhaarig, ihre Augen waren geschlossen. Aber sie lebte. Ihr Brustkorb hob und senkte sich langsam. Mit einer Kopfbewegung bedeutete Zimmerschied Södlinger, den Raum, der vom Piepen und den

Pumpgeräuschen mehrerer Beatmungsgeräte erfüllt war, zu verlassen. Als der Kriminalhauptkommissar hinter dem Vorhang verschwunden war, der das Bett der Zeugin vom nächsten Patienten trennte, fragte Zimmerschied Dr. Gobelin, ob er den Stuhl an das Bett ziehen dürfe. Die Ärztin nickte, und auch Veltroni holte sich einen Stuhl und nahm Platz. Die Verletzte musste die dadurch entstandene Unruhe wahrgenommen haben, denn jetzt hoben sich ihre Augenlider. Als sie Zimmerschied sah, zuckte sie zusammen.

Doch der flüsterte gleich besänftigend »Ruhig, ganz ruhig« und legte ihr vorsichtig die Hand auf den Unterarm, über den ein durchsichtiger Schlauch verlief. Die Frau wollte den Arm zurückziehen, war aber offensichtlich zu schwach. Als Zimmerschied dies spürte, zog er seine Hand zurück und erklärte leise: »Wir sind von der Polizei. Mein Name ist Zimmerschied. Das ist Frau Veltroni. Wir wollen Ihnen helfen.« Keine Reaktion. Dennoch hatte Zimmerschied das Gefühl, dass sie ihn verstanden hatte. »Wir lassen Sie auch gleich wieder schlafen. Aber ...« Er überlegte, ob es sinnvoll war, erst eine angenehme Gesprächsatmosphäre zu schaffen, wie es sonst üblich war bei Vernehmungen, oder ob er – angesichts der Schwäche der Zeugin – möglichst schnell die Fragen stellen sollte, die ihm auf den Lippen brannten. Er entschied sich für einen Kompromiss: »Können Sie mich verstehen?« Die Frau nickte kaum merklich. Zimmerschied zog sein Smartphone aus der Tasche, legte es an den Rand der Matratze und aktivierte die Tonaufnahme – eine intuitive Aktion, über die er und sein Ermittlerteam sich noch freuen würden. »Wie heißen Sie?«

»Antonietta Carmignano«, flüsterte die Verletzte so schwach, als hätte sie Stimmbänder aus Seidenpapier.

»Ein schöner Name. Sind Sie Italienerin?«

Antonietta Carmignano schüttelte kaum sichtbar den Kopf. »... Eltern.«

»Kennen Sie den Mann, der auf Sie geschossen hat?«

Sie schüttelte erneut den Kopf. Als Zimmerschied schon seine nächste Frage stellen wollte, hauchte sie: »Er … hatte … kein Gesicht.« Dann schloss sie die Augen.

Der Polizeipräsident starrte sie an. Was wollte sie damit sagen, »kein Gesicht«? Ihre Züge blieben reglos. War sie eingeschlafen? Er warf einen schnellen Blick zu Dr. Gobelin. Dann wieder zu der Patientin. Würde sie noch etwas sagen?

Vorsichtig räusperte er sich. »Wie meinen Sie das, ›kein Gesicht‹?« Als die Frau nicht sofort reagierte, spürte Zimmerschied mit einem Mal, wie heiß es in diesem Raum auf der Intensivstation war und wie stickig die Luft war.

Plötzlich – ihre Augen waren noch immer geschlossen – bewegte sie die Lippen: »… kein Ges…cht … k… N…se.« Erschöpft verstummte sie. Zimmerschied spürte eine Hand auf seiner Schulter. Es war die von Dr. Gobelin. Ihm war klar, was sie mit dieser Geste sagen wollte: Die Ermittler sollten wieder gehen. Aber seine innere Stimme sagte ihm, dass sie hier noch etwas erfahren würden. Er widerstand der Hand, die merklich den Druck erhöhte, und blieb reglos sitzen. Und tatsächlich bewegte Antonietta Carmignano noch einmal die Lippen: »Kapuze … Schlitze, die Augen … keine … L…p…n.« Das letzte Wort hörte sich für Zimmerschied wie »Lippen« an, aber er hätte dafür nicht die Hand ins Feuer gelegt. Der LKA-Chef holte tief Luft und warf Veltroni einen besorgten Blick zu. Mit dieser Personenbeschreibung würden sie nicht weit kommen. Die Hand der Ärztin auf seiner Schulter wog jetzt schwer. Aber er wollte, er konnte hier noch nicht weg. Kapierte diese Gobelin das nicht? Die verletzte Frau war – danach sah alles aus – der einzige Anhaltspunkt für die Fahndung nach dem Täter. Ohne irgendeinen Hinweis von ihr würde die Jagd auf den Flaucher-Mörder ein zähes, wenn nicht sogar unmögliches Unterfangen werden.

Plötzlich piepte in einer anderen Ecke im Raum ein Gerät. Das penetrante Geräusch begann Zimmerschied auf die Nerven zu gehen, aber schon Sekunden später war er dankbar dafür. Denn es hatte kaum ein Dutzend Mal gepiept, da spürte er an seiner Schulter wieder Bewegungsfreiheit. Die Ärztin verschwand hinter dem Abtrennungsvorhang, und der Polizeipräsident näherte vorsichtig seine Hand dem Unterarm der Schwerverletzten und strich ihr mit dem Zeigefinger über die blasse Haut, geradezu zärtlich war das.

Würde sie noch einmal die Augen öffnen und etwas mehr über den Ablauf der mysteriösen Tat von sich geben? Noch einmal berührte er sie am Arm. Veltroni schien die Luft anzuhalten. Der Piepton war verstummt. Würde Dr. Gobelin sie gleich rausschicken? Zimmerschied warf Veltroni noch einen hastigen Blick zu, dann flüsterte er der Patientin zu: »Frau Carmignano, bitte helfen Sie uns. Wir wollen den Täter so schnell wie möglich festnehmen. Bitte beschreiben Sie uns möglichst genau, wie das alles gestern Abend passiert ist.«

Die Befragte zeigte keinerlei Regung. Aber Der LKA-Präsident setzte noch einmal an: »Kannten Sie den Täter wirklich nicht?«

Veltroni atmete hörbar aus. War sie genervt? Ging er zu weit? Zimmerschied schluckte. Just in dem Moment, in dem er aufgeben wollte, nahm er eine minimale Bewegung im Gesicht der Verletzten wahr. Zwar waren ihre Augen noch geschlossen, aber – ja, da gab es keinen Zweifel – Antonietta Carmignano bewegte die Lippen. Kurz entschlossen hielt Zimmerschied ihr das Smartphone vor den Mund, so nah wie es ging, ohne sie zu berühren. Ja, jetzt schien sie etwas zu sagen, aber Zimmerschied verstand nur Bruchstücke:

»... wir ... Spazier... e... ha... mich angesch... p...kt. Luig... is... zur ... k...« Das war doch alles völlig unverständlich! Und jetzt schwieg sie auch schon wieder. Der LKA-Chef fühlte Verzweiflung in sich aufsteigen. Diese Frau war einfach zu schwach. Aber da bewegte sie noch einmal den Mund, noch einmal hielt er das Mobiltelefon näher an sie heran: »… und da hat er … Pistole …ezo…g… schoss … da bin …ch a… ch … k und er hat noch … g…sch…ss…n. Luig…«

Längst krampften die Muskeln in Zimmerschieds Rücken, weil er so weit nach vorn gebeugt saß, um das Smartphone möglichst nah an den Mund der Zeugin zu halten. Aber auf seinen Rücken konnte er jetzt keine Rücksicht nehmen, er musste versuchen, einzufangen, was auch immer sie sagte, ehe es zu spät war. Plötzlich riss sie die Augen auf und fragte erstaunlich deutlich: »Wo ist Luigi?«

»Ist Luigi Ihr Freund?«, flüsterte der Präsident. Nun verkrampfte sich auch noch sein Bauch. Dennoch verharrten er und Veltroni noch einige Minuten, die sich wie eine Ewigkeit anfühlten. Sie bekamen jedoch keine Antwort mehr auf die letzte Frage – und auch auf keine weitere. Wo Antonietta Carmignano wohnte, hätte Zimmerschied noch gerne erfragt, doch das Opfer war wieder weggedämmert in die Nebelwelt zwischen Schlaf und Wachsein. Als Dr. Gobelin zu ihnen zurückgekehrt war und Veltroni und Zimmerschied sich schon zum Gehen gewandt hatten, drehte er sich noch einmal zu ihr um. Antonietta Carmignanos Brustkorb hob und senkte sich jetzt gleichmäßig. Ihr Anblick rührte ihn. Er beschloss, in der Dorfkirche von Holzleute eine Kerze für die junge Frau anzuzünden.

Die Bezeichnung »Pumps« für einen weit ausgeschnittenen, sonst aber geschlossenen Schuh mit hohem Absatz findet sich bereits in Shakespeares Der Widerspenstigen Zähmung *und im* Sommernachtstraum.

VIER | Pumps

»Und – hat sie was gesagt?«, erkundigte sich Södlinger, als die drei Beamten wieder im Auto saßen. Sein Tonfall wirkte etwas pampig. Vermutlich war er beleidigt, weil Zimmerschied ihn hinausgeschickt hatte. Aber der Präsident verspürte keinerlei Lust, diese Selbstverständlichkeit zu erklären.

»Ein bisschen was hat sie schon gesagt«, antwortete Veltroni und setzte den Blinker. »Aber viel verstanden habe ich nicht. Von einem Täter ohne Gesicht und ohne Lippen und mit Schlitzaugen hat sie gesprochen, und von einer Kapuze.«

»Dann war es ein Asiate?«, fragte Södlinger.

Zimmerschied brummelte etwas Unverständliches. Dann meinte er: »Ich habe das nicht direkt als Hinweis auf einen Asiaten verstanden. Aber stimmt schon, man kann das so verstehen.« Er zögerte. »So ein Mist aber auch! Wenn die uns jetzt stirbt, dann haben wir gar nichts!«

»Die stirbt schon nicht«, versuchte Veltroni ihn zu beruhigen.

»Pff! Haben Sie gesehen, wie blass sie war? Und sie hat ein Kind im Bauch! Ich begreife das einfach nicht: Wer macht denn so was? Wer schießt auf eine schwangere Frau? An einem Sommerabend, wie er schöner nicht sein könnte?« Er fuhr sich mit der Hand über den kurz geschorenen Bart. »Wir müssen unbedingt versuchen, sie noch einmal zu vernehmen!«

Der Polizeipräsident hatte sich gerade auf seinem Schreibtischstuhl niedergelassen, da stand er noch einmal auf, ging zu der Schrankwand mit den Fotos und drehte das, auf dem seine Frau zu sehen war, um. Kaum hatte er wieder am Tisch Platz genommen, schüttelte er den Kopf, erhob sich erneut, ging zu dem Foto und stellte es wieder normal hin.

Er war noch nicht zurück am Bürotisch, da stand sie plötzlich im Raum. Sie. Seine hübsche, junge Mitarbeiterin. Er brauchte einen Moment, um sich darauf einzustellen.

»Dann stimmen die Gerüchte also – Sie sind wieder da!«

»Ja«, erwiderte Zimmerschied. Er bemühte sich, sich keine Gefühlsregung anmerken zu lassen.

»Aber warum? Waren Sie gar nicht auf Bali?«

»Doch.«

»So kurz?«

»Ja.«

»Aber warum haben Sie mir nicht Bescheid gesagt? Dann hätte ich doch das Haus für Sie vorbereitet. So war ich übers Wochenende bei meiner Cousine in Berlin, bin heute früh direkt vom Bahnhof ins LKA. Der Herr Gänswein sollte den Stall machen, das hatten wir so ausgemacht.«

»Ich weiß, hat er ja auch; wobei ich dem Herrmann dann schon geholfen habe, als ich wieder da war.« Herrmann Gänswein war der Pfarrer von Holzleute und ein alter Freund von Zimmerschied. »Habe schon mit ihm gesprochen«, sagte der Präsident. Er lächelte Dr. Isabelle Augustin an. »Ist doch alles gut.« Obwohl er es nicht zeigen wollte, freute er sich, sie wiederzusehen. Unglaublich, wie sehr sie Roswitha ähnelte, nur war sie eben viel jünger.

»Aber, dass Sie jetzt schon wieder da sind ...? Also, ist denn alles okay mit Ihnen?«

»Ja«, log Zimmerschied. Was auf Bali vorgefallen war, war natürlich ganz und gar nicht okay.

»Und … Kann ich denn …« Sie räusperte sich unsicher, was sie nur noch begehrenswerter machte. »… weiter bei Ihnen wohnen bleiben?«

»Wie ich es Ihnen versprochen habe, Frau Doktor Augustin. Solange Sie von diesem Entmietungsterroristen drangsaliert werden beziehungsweise keine neue Wohnung gefunden haben, können Sie bei mir wohnen. Der Hof ist groß genug.«

»Okay …« Die Leiterin der DNA-Analyse des Landeskriminalamts atmete auf und schenkte ihm einen charmanten Augenaufschlag. Es war noch nicht lange her, da hatten sie sich beinahe geküsst. Doch Zimmerschied hatte einen Rückzieher gemacht. Das kam natürlich überhaupt nicht infrage. Ein Verhältnis mit einer Mitarbeiterin!

Jetzt nahm der Polizeipräsident auch Isabelle Augustins unverwechselbaren Blumenduft wahr, von dem er noch nicht hatte herausfinden können, woher er kam. Gleich würde sie ihn fragen, wie er mit seiner Frau verblieben war und wie es nun mit ihnen beiden weitergehen würde, denn so hatten sie es vor seiner Abreise vereinbart. Aber dieses Gespräch wollte und konnte Zimmerschied nicht führen, nicht jetzt und eigentlich überhaupt nicht. Er wusste ja selbst nicht, was er wollte, durfte und konnte. Deshalb wechselte er in einen durchaus freundlichen, aber eher geschäftsmäßigen Ton und sagte: »Zum Dienstlichen: Da war ja gestern dieser Mord am Flaucher. Haben wir da schon ein Labor?«

Ohne darauf einzugehen, stellte Dr. Augustin eine Gegenfrage: »Was ist eigentlich mit Ihrem Auge?«

Zimmerschied spürte, wie ihm das Blut ins Gesicht schoss. Und mit einem Mal begriff er auch, warum ihn alle Mitarbeiter und auch die Ärztin seit seiner Rückkehr immer so seltsam angesehen hatten. Das blaue Auge, das ihm der Hanswurst verpasst hatte, war natürlich immer noch da! Dennoch beschloss er den Ahnungslosen zu geben: »Was soll mit meinem Auge sein?«

Dr. Augustin grinste ihn an. »Sie haben in letzter Zeit nicht zufällig mal in den Spiegel geschaut?«

Der Polizeipräsident ließ sich auf den Bürostuhl fallen, zog demonstrativ eine der Schubladen heraus, griff nach einem kleinen Handspiegel und hielt ihn sich vor das Gesicht. Auch wenn er darauf vorbereitet war, die Folgen des Faustschlags zu sehen, verlor er doch ein wenig die Fassung, als sein Blick auf den blau-gelben Rand fiel, der sein Auge umgab. Das war ja ein regelrechtes Hämatom, das ihm dieser Hanswurst verpasst hatte! Er sah furchterregend aus. »Das schaut tatsächlich nicht gut aus.« Zimmerschied überlegte, wie er mit seinem blauen Auge umgehen sollte. Er hatte keine Lust, Isabelle Augustin von dem Vorfall zu erzählen. Deshalb bemühte er sich, das Thema mit einem scheinbar gelassenen »Aber das wird schon wieder« zu beerdigen. Ohne seiner Mitarbeiterin Zeit für eine Reaktion zu geben, wiederholte er – dieses Mal etwas autoritärer – seine Frage: »Und – gibt's jetzt schon ein Laborergebnis von der Flaucher-Sache?«

Isabelle Augustin war sensibel genug, um zu spüren, dass kein weiteres Nachhaken in Sachen Veilchen erwünscht war. Sie antwortete mit einem knappen »Tut mir leid, nein, so schnell geht das dann doch nicht«.

Dann schwiegen beide eine Weile.

Als Dr. Augustin keine Anstalten machte, den Raum zu verlassen, fühlte sich Zimmerschied so unwohl, dass er aufstand und ans Fenster trat. Draußen rauschten die Autos auf der Marsstraße vorbei. Es war ein absurd schöner Sommertag. Vielleicht eine Nuance zu heiß. Die junge Wissenschaftlerin trat neben ihn. Sie hielt jetzt ein Feuchttuch, das nach irgendeiner Creme roch, in der Hand und näherte sich damit seinem lädierten Gesicht. Just in diesem Moment klopfte es laut und bestimmt, die Tür flog auf, und Zimmerschieds spezielle Freundin zerstörte den zärtlichen Moment. Die Staatsanwältin

Ramona Ahlhaus, wegen ihrer wuchtigen Figur und den stämmigen Fesseln von etlichen LKA-Mitarbeitern auch als »Panzer auf Pumps« tituliert, war eine der wenigen Personen im Berufsalltag des Präsidenten, auf die er gut hätte verzichten können. Und schon hatte ihr Moschusparfüm das Präsidentenbüro in Besitz genommen, als wäre es ihres.

»Oh, störe ich etwa?«, fragte sie mit ihrem, wie Zimmerschied fand, kein bisschen liebenswerten schwäbischen Dialekt.

Der Polizeipräsident bemühte sich wegen der Moschusattacke um eine möglichst flache Atmung und studierte die Juristin, als wäre sie ein seltenes Reptil.

»Was rümpfen Sie so die Nase? Ich habe gehört, Sie sind *doch* nicht im Urlaub oder schon wieder zurück und Sie …« Ahlhaus stoppte abrupt. »Was ist denn mit Ihnen los?« Mit dem praktisch nagellosen Zeigefinger ihrer rechten Hand – die Staatsanwältin kaute derart intensiv Fingernägel, dass Zimmerschied, der ein ausgesuchter Handästhet war, diesen Anblick kaum ertrug – zeigte sie auf sein linkes Auge.

Der LKA-Chef warf ihr einen bösen Blick zu. »Grüß Gott, Frau Ahlhaus, was kann ich für Sie tun?«

»Alles in Ordnung mit Ihnen? Was ist das da?« Ihr Finger mit dem angekauten Fingernagel deutete noch immer auf sein Veilchen.

»Frau Ahlhaus, was kann ich für Sie tun?«

Die Staatsanwältin nahm offensichtlich Zimmerschieds Ungeduld wahr und beschloss, ganz entgegen ihrer sonstigen Gewohnheit, nachzugeben. »Ich bin wegen dem Flaucher-Mord hier. Wollte nur sagen, dass dieses Mal alles, also absolut alles über meinen Tisch läuft. Also keine wie auch immer gearteten Umwege, Alleingänge oder sonstigen Extrawürste. Das gilt für Sie und für das gesamte LKA. Das wollte ich Ihnen mitteilen. Nur damit wir uns da richtig verstehen. Ich mache Sie für alles verantwortlich. Und dann bin ich auch schon wieder weg. Gute Zeit noch!« Nachdem sie die Tür zugedonnert hatte, hörte man das Klackern ihrer Pumps noch eine ganze Weile. Zimmerschied verzog das Gesicht. Ramona Ahlhaus war eine Zumutung, nicht nur wegen der Fingernägel. Und für ihre Schuhe hätte man ihr definitiv einen Waffenschein aufzwingen müssen.

Josefina Lavalle war eine mexikanische Balletttänzerin. Die Primaballerina lebte von 1924 bis 2009 und gilt als Mitbegründerin des mexikanischen Nationalballetts.

FÜNF | Smartphone

Das Telefon klingelte, und Zimmerschied hob ab. »Ein Gespräch für Sie – eine Dame, die sich Sophie von Lavalle nennt und sagt, Sie würden sie kennen.« Es war nicht zu überhören, was Zimmerschieds Sekretärin Elisabeth Rötli von Frauen hielt, die derlei Namen trugen. Der Ironie in ihrer Stimme nach zu urteilen, verortete sie die Anruferin irgendwo zwischen Maklerbüro und Escortservice.

Zimmerschied wusste sofort, um wen es sich handelte, auch wenn er von Sophie von Lavalle schon seit Jahren nichts mehr gehört hatte. Er überlegte, wann er der ehemaligen Schulkameradin – Sophie war ein gutes Stück jünger und daher einige Klassen unter ihm gewesen – zuletzt begegnet war. Sie leitete das Käthe-Kollwitz-Gymnasium in der Nähe des Rotkreuzplatzes, wo er sich in der Mittagspause hin und wieder etwas zu essen besorgte. Bei einer dieser Gelegenheiten musste er der Direktorin zuletzt über den Weg gelaufen sein.

»Ja, die Sophie kenne ich, Frau Rötli. Stellen Sie sie bitte durch.«

Einige Sekunden später dröhnte Zimmerschied in den Hörer: »Grüß dich, Sophie, das ist ja eine Überraschung. Was kann ich für dich tun?«

»Hallo, Karl. Du, ich brauche deine Hilfe.« Die Schulleiterin, die Zimmerschied eigentlich nur als souverän auftretende Person kannte, wirkte atemlos.

»Gerne, um was geht's denn?«

»Das ... das kann ich, also möchte ich hier und jetzt am Telefon nicht sagen. Man weiß ja nie, wer ...« Sie sprach nicht weiter, weshalb eine kurze Pause entstand. Sie schien nachzudenken. »Wäre es ... also, ich weiß, dass du viel um die Ohren hast, aber wäre es denkbar ... also, dass du kurz bei mir in der Schule vorbeikommst?« Wie peinlich ihr diese Frage war, konnte Zimmerschied nicht überhören. Deshalb unterdrückte er ein widerwilliges Schnaufen, obwohl er tatsächlich genug zu tun hatte und keinen zusätzlichen Termin brauchen konnte. »Wenn es denn notwendig ist? Wann sollte ich denn deiner Ansicht nach ...?«

»Am besten sofort. Ja, sofort, das wäre das Beste. Also, wenn du jetzt gleich kommen könntest.« Die sonst so selbstbewusste Frau klang, als wäre sie den Tränen nahe. »Es ist wirklich dringend, und ich brauche Hilfe – und jemanden, der sich mit solchen Sachen auskennt.«

»Sophie, du machst mir Angst.«

In Zimmerschieds Stimme hatte ein Hauch von Spott mitgeschwungen, doch Sophie von Lavalle ging nicht darauf ein. Todernst sagte sie: »Ich habe auch Angst.«

»Okay, ich weiß zwar nicht, um was es geht, aber wäre es

dann nicht vielleicht sinnvoller, du würdest die Kollegen vom normalen Polizeidienst rufen? Ich meine, wenn du in Gefahr bist …«

Nun flüsterte sie beinahe. »Die Sache muss unter uns bleiben, Karl!«

»Gut, verstehe.« Er zögerte. »Sophie, bist du denn in Gefahr für Leib und Leben?«

»Ja und nein. Also, ich … sie … werden mich wohl nicht sofort, aber es ist wie ein Damoklesschwert über mir …«

Zimmerschied verzog das Gesicht. »Das hört sich nicht gut an.« Er warf einen Blick auf seine Armbanduhr, er war noch einer jener Männer, die trotz Smartphones allerorten so etwas Altmodisches trugen. »Also, jetzt gleich kann ich nicht weg, aber … Ich könnte in der Mittagspause zu dir rüberkommen. So gegen zwölf Uhr dreißig?«

»Danke, Karl, danke!«

Als er aufgelegt hatte, dachte Zimmerschied noch eine Weile über den Anruf nach. Was hatte Sophie von Lavalle bloß für ein Problem? Ging es um ihre Ehe? Zimmerschied hatte keine Ahnung, ob sie überhaupt noch verheiratet war. Und auch sonst reichte seine Fantasie nicht aus, um sich vorzustellen, was eine erfolgreiche Gymnasialdirektorin im sicheren München derart bedrohen sollte. Jedenfalls musste die Ursache ihrer Angst eher privater Natur sein, sonst hätte sie sich ja wohl nicht auf diesem halb privaten Weg an ihn gewandt. Nachdem er noch eine Weile gegrübelt hatte, griff er in die Innentasche seines Jacketts und fischte das Handy heraus, mit dem er Antonietta Carmignanos Gestammel aufgenommen hatte. Er drückte auf Play.

»… wir … Spazier… e… ha… mich angesch… p…kt. Luig… is… zur … k…« Nun kam eine Pause, in der nichts außer den Atemzügen der schwer verletzten Schwangeren zu hören war. Dann sprach sie weiter: »… und da hat er … Pistole …ezo…g… schoss … da bin …ch a… ch …k und er hat noch … g…sch…ss…n. Luig…«

Der Polizeipräsident schüttelte den Kopf. Dann hörte er sich die Tonspur noch mehrere Male an. Aber außer den Wörtern »Spazier«, »Pistole« und »Luigi« konnte er nichts Brauchbares finden. Und was hatte Antonietta Carmignano noch gesagt, bevor er das Aufnahmegerät eingeschaltet hatte? Der Polizeipräsident schnappte sich Block und Kugelschreiber. Wenige Momente später hatte er mehrere Stichwörter notiert:

+ *Antonietta Carmignano*
+ *Eltern Italiener*
+ *Schütze unbekannt*
+ *Schlitzaugen*
+ *kein Gesicht/keine Lippen?*
+ *Kapuze*

Was meinte sie bloß mit »kein Gesicht«? Dass sie sein Gesicht nicht hatte erkennen können? Hatte der Mann, wenn es überhaupt ein Mann war, vielleicht eine Maske getragen? Aber hätte sie dann wirklich »unbekannt« gesagt? Wenn ein Bekannter eine Maske trug, dann konnte es sein, dass man ihn nicht erkannte. Aber sie hatte ja »unbekannt« gesagt und nicht »nicht erkannt«. Oder waren seine Gedanken zu kompliziert? Immerhin handelte es sich um die Aussage einer Zeugin im Delirium. Nachdem Zimmerschied noch einmal den Tonmitschnitt angehört hatte, kam ihm eine Idee, die ungewöhnlich, aber womöglich gar nicht so blöd war, und er griff zum Hörer.

»Grüß Gott, Herr Hensch, Zimmerschied am Apparat. Ich bräuchte mal wieder Ihre Hilfe.«

Der Blinde am anderen Ende der Leitung war eine Entdeckung, die der Polizeipräsident erst vor einigen Monaten in seinem rund 1800 Polizisten, Techniker und Wissenschaftler umfassenden Mitarbeiterstab gemacht hatte. Eigentlich war Tommy Hensch im LKA zuständig für Cyberkriminalität und andere Fragen, die die digitale Technik betrafen. Außerdem war er als Ermittler mit seinen Anfang zwanzig in den Reihen der Kriminalpolizei noch ein Küken. Aber Zimmerschied hatte sich bei einem seiner letzten Fälle Henschs spezielles Hörvermögen zunutze gemacht. Hensch hatte durch seine Blindheit einen besonderen Sinn für das entwickelt, was die Menschen sagten – er hörte feine Zwischentöne wie kein anderer im LKA. Und deswegen hatte Zimmerschied ihn in jüngster Zeit bei Zeugeneinvernahmen eingesetzt. Es ließ sich natürlich nicht beweisen, aber der LKA-Chef hatte das Gefühl, dass Hensch den Wahrheitsgehalt einer Aussage besser beurteilen konnte als seine sehenden Kollegen. Jedenfalls hatte der junge Blinde mit seinen Einschätzungen bislang ziemlich richtig gelegen. Zwar ging es in diesem Fall nicht darum, den Wahrheitsgehalt der Aussage zu überprüfen, aber vielleicht verstand Hensch ja trotzdem mehr von dem Geflüster der Schwerverletzten.

»Es geht um eine sehr schlecht verständliche Sprachaufnahme. Wir haben in Sachen Flaucher-Mord – vermutlich haben Sie davon gehört – eine Zeugin einvernommen. Blöderweise ist die aber so schwach, weil schwer verletzt, dass man praktisch nichts versteht. Könnten Sie sich das mal anhören? Würde mich interessieren, ob Sie da nicht vielleicht doch noch was raushören können.«

Einige Minuten später tastete sich Tommy Hensch, dessen schwarze sportliche Sonnenbrille ihm ein lässiges Aussehen verlieh, mit seinem teleskopartigen Blindenstock ins Präsidentenbüro. Zimmerschied sprang auf und drückte dem jungen Kollegen nach kurzer Erklärung sein Smartphone in die Hand. »Aber Sie machen mir mit dem Telefon keinen Mist, ja? Außer der Tonaufnahme schauen Sie sich da nichts an!«

»Ist doch klar. Außerdem – solange Sie nicht die App drauf haben, mit der ich mir die schweigenden Inhalte vorlesen lassen kann, kann ich mit dem Teil eh nichts anfangen.« Tommy Hensch grinste. »Ich spiele mir das Soundfile runter und bringe Ihnen Ihr Telefon gleich wieder.«

»Gut, Herr Hensch, so machen wir es.« Der Blinde drehte ab und tastete sich in Richtung Türrahmen. Zimmerschied musterte den jungen Kerl in seinen schwarzen Schuhen, der schwarzen Jeans und dem ebenfalls schwarzen Hemd wohlwollend. Es war zwischendurch mal ganz angenehm, mit jemandem zu tun zu haben, der noch nicht so viele Jahre in verschiedensten Polizeiämtern verbracht hatte. Er hatte das Gefühl, dass Hensch ein guter Typ war. Und Benno Berghammer, den Hund des Blinden, mochte er auch.

Nachdem Zimmerschied ein kurzes Telefonat mit dem Innenminister geführt hatte – es ging um eine gemeinsame Pressekonferenz zur Anschaffung der neuen Dienstwaffen – und noch eben seine Unterschriftenmappe durchgegangen war, stand er nun bei Elisabeth Rötli im Vorzimmer, um sich in die Mittagspause und zu dem Termin mit Sophie von Lavalle zu verabschieden. Er hatte der Sekretärin gerade erklärt, dass er auswärts zu Mittag äße, da tauchte Tommy Hensch bereits wieder auf.

»Hier ist Ihr Smartphone.«

»Das ging ja schnell!«

»Na ja, ist ja auch nicht so wahnsinnig viel Material.«

»Und? Hören Sie da was raus?«

»Ich habe schon einmal reingehört, aber ehrlich gesagt, das ist schwierig. Da muss ich mich konzentrieren.« Er überlegte – sein Gesicht war Zimmerschied zugewandt, als könnte er ihn sehen. »Wenn es in Ordnung für Sie ist, gebe ich das erst noch in die technische Aufklärung. Vielleicht können die noch mehr aus dem Material rausholen. Und dann höre ich es mir an. Aber … Also bitte machen Sie sich da mal keine Hoffnung. Diese Aufnahme ist wirklich grottenschlecht.«

»Passt schon«, meinte der Präsident, wobei er einen enttäuschten Unterton nicht ganz verbergen konnte. »Probieren Sie es, und vielleicht haben wir Glück. Es wäre halt extrem wichtig, weil wir ansonsten genau null Anhaltspunkte haben.«

Im Jahr 2015 wurde der Fall einer dreiunddreißigjährigen britischen Lehrerin bekannt, die Sex mit ihrem sechzehnjährigen Schüler hatte. Die Pädagogin wurde schuldig gesprochen und erhielt neun Monate Freiheitsstrafe auf Bewährung.

SECHS | Sex

Sophie von Lavalle war blond. Sie trug eine schicke, eng geschnittene Bluse und eine ausgewaschene Jeans in modischem Schnitt. Sie war dezent geschminkt, sodass in ihrem Gesicht kaum Falten zu erkennen waren. Zimmerschied überschlug die Jahre – war Sophie in der siebten Klasse gewesen, als er Abitur gemacht hatte? Oder in der achten? War sie sechs Jahre jünger als er oder fünf? Vermutlich ging sie auf Mitte fünfzig zu. Sie wäre aber auch als Mitte vierzig durchgegangen. Um den in zurückhaltendem Rot geschminkten Mund herum wirkte sie jedoch verspannt.

Er hatte sie kaum mit einem »Grüß dich, Sophie« und einer

schüchternen Umarmung begrüßt – Zimmerschied war nicht so der Bussi-Bussi-Jongleur –, da fragte sie: »Was ist denn mit deinem Auge passiert?«

Das beschissene Auge! Er selbst vergaß es ja immer wieder, aber alle Welt erinnerte ihn dann doch dauernd an Bali, an die Katastrophe mit seiner Frau und an den Boxkampf mit dem Hanswurst. »Vergiss das Auge, ich bin wegen dir da«, bügelte er die Frage etwas rüde ab.

»Äh, okay.« Sophie von Lavalle wirkte leicht irritiert. Sie warf noch einen Blick ins Sekretariat der Schule, das nicht besetzt zu sein schien, schloss die Tür ihres Büros und bat ihn, Platz zu nehmen. Dann ließ sie sich mit einem Seufzen, das eher nicht auf Erleichterung schließen ließ, auf ihren Bürostuhl fallen. Sie hob den Kopf und sah Zimmerschied ernst an. »Ich habe ein Problem.« Der Polizeipräsident betrachtete sie aufmerksam und verzog keine Miene. »Ich ... Ach, es ist mir so peinlich, Karl!« Sie klang verzweifelt. »Du musst mir dein Ehrenwort geben, dass alles, was ich dir jetzt erzähle, unter uns bleibt.«

Der Präsident rutschte unbehaglich auf seinem Stuhl herum. »Sophie, ich ...« Er zögerte. »Ich bin der Chef vom LKA, ich kann da nicht einfach ...«

Sie unterbrach ihn: »Okay, Karl, dann kannst du mir nicht helfen.« Tränen traten ihr in die Augen. Sie schniefte leise. Ein flehentlicher Blick. »Karl, das ist wirklich vertraulich ... Kannst du mir nicht – quasi privat – helfen? Als mein Freund und nicht als LKA-Chef, meine ich?«

»Puh«, entfuhr es dem Polizeipräsidenten, er fuhr sich über den kurz rasierten, dezent ergrauten Bart.

»Bitte!«

»Du machst Sachen, Sophie ...«

»Karl, wenn du mir nicht hilfst, dann weiß ich nicht, was ich machen soll!« Jetzt fing sie tatsächlich an zu weinen.

Allerlei Gedanken schossen Zimmerschied durch den Kopf, nicht sehr gut sortierte Gedanken, eher Gedankenknäule. Am Ende kam er zu dem Schluss, dass der Posten als Polizeipräsident zwar ein wichtiges Amt war, aber eben nur eines auf Zeit. In ein paar Jahren würde er pensioniert werden. Freund und Mensch dagegen war er noch ein Leben lang. Deshalb rang er sich zu einem »Also gut, verdammt!« durch.

»Du gibst mir dein Ehrenwort, dass du niemandem was erzählst?«

Es war natürlich vollkommen verrückt, was er da gerade machte – wer wusste denn schon, was Sophie für ein übles Problem am Hals hatte? –, aber der LKA-Chef antwortete mit »Ja«.

»Danke, Karl, danke!« In Sophie von Lavalles Tränen mischte sich so etwas wie ein hilfloses Lächeln. Zimmerschied fühlte sich unwohl. Seine alte Schulkameradin aber setzte sich gerade auf, nahm ihn in den Blick und sagte dann mit fester Stimme: »Ich werde erpresst. Ich hatte eine Affäre mit einem Schüler. Einem Siebzehnjährigen.« Zimmerschied hatte Mühe, seine Mimik unter Kontrolle zu halten. Sophie von Lavalle fuhr fort: »Ich habe die Sache längst beendet, letztes Jahr schon. Der Schüler ist noch an der Schule. Bastian Merwegen heißt er. Aber der ist nicht das Problem.« Als sie sah, dass Zimmerschied fragend die Augenbrauen hob, fügte sie erklärend an: »Der hält die Klappe. Das Problem ist, dass ich diese Woche eine E-Mail bekommen habe, von einem gewissen Quentin Alabama, den ich nicht kenne. Und der schreibt, dass er im Besitz eines Films ist, auf dem man sieht, wie Bastian und ich …« Sie strauchelte in ihrem eigenen Satz, blieb irgendwo zwischen den Worten hängen, rang mit sich, fasste sich wieder und sagte dann: »Man sieht darauf angeblich, wie wir Sex haben. Der Schüler und ich. Der Schüler ist minderjährig, schreibt dieser Quentin Alabama, und ich soll dreißigtausend Euro in Bitcoins bezahlen. Sonst zeigt er mich an. Und solange ich nicht bezahle, bietet das Schwein den Film angeblich schon mal zum Download im Darknet an.« Sie hatte die ganze Zeit bewegungslos dagesessen, während sie sprach. Jetzt legte sie beide Hände auf den Tisch, sah ihrem Gegenüber in die Augen und sagte: »So. Das ist mein Problem, Karl.«

Das ist tatsächlich ein gewaltiges Problem, dachte Zimmerschied bei sich. Zwar war ein Siebzehnjähriger rein rechtlich und was Sex anging, kein Kind mehr, aber in Kombination mit der Tatsache, dass Sophie seine Schulleiterin oder sogar Lehrerin war, konnte sie dafür auch ins Gefängnis kommen. Zumindest würde sie sämtliche Ansprüche auf ein Beamtenverhältnis verlieren, so viel war sicher.

»Und du weißt nicht, wer dieser Quentin Alabama ist?«

»Keine Ahnung. Es gibt an unserer Schule niemanden, der so heißt.«

»Und dass dich dieser Merwegen unter einem anderen Namen erpresst?«

»Möglich wäre das schon, kann ich mir aber nicht vorstellen.«

Zimmerschied warf ihr einen kritischen Blick zu. »Warum nicht?«

»Ich habe Bastian zur Rede gestellt. Er sagt, er glaubt, dass sein Handy gehackt wurde. Und er hat mir geschworen, dass er es nicht war, dass er mit diesem Quentin Alabama nichts zu tun hat und nicht die geringste Idee hat, wer das sein könnte.«

»Auf seinem Handy hatte er aber schon einen Film, auf dem du und er zusammen zu sehen seid?«

»Ja.«

»Ja, Sophie, bist du denn verrückt?«, fuhr der Präsident sie jetzt doch an. »Wie kannst du mit einem Schüler ins Bett steigen? Du! Und …« Zimmerschied schüttelte den Kopf. »Hast du das denn nicht gemerkt, dass der dich filmt?«

Sophie von Lavalle blieb ruhig. »Karl, ich war verliebt.«

»In einen Schüler, Sophie! In einen Schüler! Das ist doch nicht normal! Hast du ein Problem mit dem Älterwerden, oder was? Du siehst doch bombig aus! Wie kannst du dich so gehen lassen? Das ist doch krank!«

»Und was ist mit Macron? Mit wem ist der französische Präsident denn seit vielen Jahren glücklich verheiratet? Ist der vielleicht krank?« Die Direktorin warf dem LKA-Chef einen angriffslustigen Blick zu. Dann tupfte sie sich mit einem Taschentuch die Augen. »Sagt da heute noch irgendwer irgendwas dazu, dass sich der Schüler Macron in seine Lehrerin verliebt hat? Ist es nicht im Gegenteil sogar so, dass der französische Präsident dafür gefeiert wird, dass er mit einer so viel älteren Frau seit Jahren glücklich ist?«

Zimmerschied schnaubte durch die Nase. Wie konnte man nur so blöd sein und mit einem Schüler eine Affäre anfangen! Mal ganz abgesehen davon, dass das moralisch absolut grenzwertig war.

»Und der Film ist also im Darknet …«

»Ja, schreibt dieser Alabama jedenfalls. Was kenne ich mich denn mit dem Darknet aus!«

Zimmerschied war auch kein Experte für die dunkle Seite des Internets, in der vor allem mit verbotenen Drogen, Sex und Waffen gehandelt wurde. Dafür hatte der Polizeipräsident seine Experten. Immerhin war der Film nicht im normalen Netz zugänglich. Wobei man sich dann vermutlich leichter getan hätte, den Sauhund zu kriegen, weil man im normalen Netz die Spuren besser zurückverfolgen konnte. Im Darknet gelang das nur in den seltensten Fällen. Für Zimmerschied war das Schattennetz ein digitaler Dschungel voller Raubtiere.

»Quentin Alabama, das ist doch ein Fantasiename!«, entfuhr es ihm. Er dachte nach. Welchen Rat konnte er seiner Freundin überhaupt geben? Wenn sie Anzeige wegen Erpressung erstattete, dann flog die Affäre auf, sie verlor ihren Job und kam womöglich sogar ins Gefängnis. Wenn sie untätig blieb, würde es sich garantiert irgendwann herumsprechen, dass ein Sexfilm mit der Direktorin im Darknet zu holen war, und auch dann käme ein Prozess auf sie zu. Wenn sie dreißigtausend Euro bezahlte, hatte sie vielleicht für eine Weile Ruhe, aber es war keineswegs gesagt, dass der Film dann aus der Welt war. Schließlich tauchte alles, was irgendwann im Netz gelandet war, früher oder später wieder auf. Und solange es den Film gab, konnte man sie weiter erpressen. Sophie von Lavalles Situation war denkbar schlecht. Und *er* hing nun wohl oder übel auch mit drin.

»Hast du die Mail noch?«

»Nein, ich habe sie gelöscht.«

»Du hast die Erpresser-Mail gelöscht?« Zimmerschied konnte nicht glauben, was er hörte.

»Ja, davon darf doch niemand erfahren, Karl!«

»Aber die Mail ist doch unsere einzige Spur, die einzige Verbindung zu dem Erpresser!« Sein Ton war nun richtig vorwurfsvoll. Es reichte ihm. Kurz entschlossen stand er auf.

Sie sah ihn entsetzt an. »Was machst du denn?«

»Ich … ich … ich geh jetzt. Ich muss … Ach, verdammt, Sophie, was machst du bloß für Sachen!«

»Du lässt mich doch nicht im Stich, Karl, oder?« Die Stimme der Schulleiterin zitterte wieder.

»Im Stich lassen? Ich dich?«, schnauzte der Polizeipräsident sie an. Er konnte sich nicht daran erinnern, jemals in seinem Leben jemanden im Stich gelassen zu haben. Vielleicht war genau das sein Problem! Warum hielt er an seiner Frau fest, obwohl sie gerade ihr gemeinsames Leben vernichtete? Warum blieb er so loyal? Weil er das Gefühl hatte, dass sie auf einem Irrweg war, und er hoffte, dass sie das irgendwann erkennen würde? Was waren das nur für sinnlose Gedanken! Zimmerschied atmete tief durch.

»Ich lass dich nicht im Stich, Sophie. Aber ich muss über diesen Mist nachdenken, den du dir da eingebrockt hast. Das ist ein Riesenproblem. Da gibt's jetzt erst mal keine schnelle Lösung.« Er sah sie ernst an, wartete, bis er sich wieder im Griff hatte, und sagte dann mit ruhiger Stimme: »Ich denke nach. Und dann melde ich mich bei dir.« Sie nickte langsam. »Aber das kann ein bisschen dauern. Und du hältst die Füße still und unternimmst nichts, aber auch gar nichts, in dieser Angelegenheit, ohne es mit mir zu besprechen, klar?«

Schon wieder standen ihr Tränen in den Augen. »Karl, ich habe Angst.«

»Zu Recht«, antwortete Zimmerschied. Das konnte er sich nicht verkneifen.

Veltroni hieß der Bürgermeister von Rom, der sich dafür einsetzte, dass der mysteriöse Mord an dem Filmregisseur Pasolini noch einmal aufgerollt wurde. Jahre später wurde ein zur Tatzeit siebzehnjähriger Stricher als Täter verurteilt.

SIEBEN | Darknet

»Grüß Gott, Herr Präsident. Die Frau Veltroni hat angerufen. Ich soll Ihnen sagen, dass Sie bitte gleich in die Abteilung gehen möchten.«

»Grüß Gott, Herr Horvath.« Zimmerschied mochte den Pförtner nicht nur wegen seines aus der Zeit gefallenen Vornamens Edwin, sondern auch wegen des literarischen Nachnamens. Neben zeitgenössischen Krimis schätzte der LKA-Chef die Literatur vom Beginn des vergangenen Jahrhunderts – Lion Feuchtwanger, Oskar Maria Graf und eben Ödön von Horváth. Aber zum Lesen war momentan keine Zeit.

Barbara Veltroni sprang sofort auf, als der Polizeipräsident ihr Büro betrat. »Wir haben doch eine Spur beim Flaucher-Mord!« Sie hielt ihm ein Asservatenbeutelchen entgegen. »Die KTUler haben am Tatort eine Patronenhülse gefunden. Sie gehört zu einer Ceska Modell 75 oder 85. Oder zu einem chinesischen Nachbau der Waffe, einer Norinco.«

»Ist da auch DNA drauf?« Zimmerschied fiel es schwer, sich über die Spur zu freuen. Dass er jetzt zusätzlich zu alldem auch noch die Sache mit Sophie von Lavalle an der Backe hatte, war ihm schon fast wieder zu viel.

»So weit sind wir noch nicht. Aber Hannes und ich«, sie nickte zu Södlinger hinüber, der soeben – mit roter Krawatte auf rosafarbenem Hemd – das Zimmer betrat, »wir haben schon in der Datenbank nachgeschaut. Es sind hunderteinundsechzig Waffen im Stadtgebiet von München registriert, die für diese Patrone infrage kommen.«

»Hunderteinundsechzig«, brummte Zimmerschied wenig begeistert.

»Klar kann der Mörder auch mit einer nicht registrierten Pistole geschossen haben«, meinte Södlinger.

»Aber immerhin ist es eine Spur.« Veltroni warf dem Polizeipräsidenten einen trotzigen Blick zu.

»Soweit ich mich erinnere, gibt's aber von der Ceska ziemlich viele. Die ist ja fast so ein Pistolenklassiker wie die Walther oder die M1911A1.« Kaum hatte er es ausgesprochen, ärgerte sich Zimmerschied über sich selbst. Warum musste er seine eigene miese Laune auf seine Mitarbeiterin übertragen? Sollte Veltroni doch machen!

Diese nickte nun etwas ausgebremst und zog aus der Ablage

auf ihrem Tisch ein Blatt hervor. »Außerdem ist die Ceska auch noch bei der tschechischen Polizei im Einsatz, das ist quasi deren Standardbewaffnung. Da gibt's natürlich einen Haufen Möglichkeiten, wo die Tatwaffe herkommen könnte ...«

Zimmerschied überlegte. »Wenn es sich um eine chinesische Kopie handeln würde, könnte das zumindest zu den Schlitzaugen passen, die die Zeugin in ihrer Beschreibung erwähnt hat.«

»Das haben wir uns auch schon überlegt«, erwiderte Södlinger, »aber leider gibt es von der Ceska auch noch Kopien aus italienischer, israelischer, schweizerischer, türkischer und sogar sudanesischer Fertigung.«

»Und die Amis bauen teilweise auch ziemlich ähnliche Dinger.« Das war nun wieder Veltroni.

»Aber die Kollegen von der Waffentechnik meinen, dass viel dafür spricht, dass es sich entweder um das tschechische Original oder eben um eine chinesische Kopie handelt.« Södlinger gähnte.

»Hand vor den Mund!« Veltronis Tonfall lag irgendwo zwischen neckisch und mütterlich.

Zimmerschied ächzte. »Gut, dann freue ich mich, bald von Ihnen zu hören, ob es auf der Hülse eine DNA gibt und ob sich eine Übereinstimmung mit einem von den hundertsechzig registrierten Waffenbesitzern findet.« Auch er gähnte jetzt, allerdings mit der Hand vor dem Mund. »Würde mich allerdings wundern.« Der Polizeipräsident machte einige Schritte in dem engen Raum mit dem gesichtslosen PVC-Boden. »Eine tschechische oder chinesische Waffe, ein Mörder mit Schlitzaugen, den das Opfer noch nie gesehen hat, und ein plötzlicher, scheinbar vollkommen grundloser Gewaltausbruch ... Das ist alles recht dürftig.«

»Ja, aber wir sind dran!« Veltroni nahm wieder Fahrt auf. »Unsere Anfrage bei den Einwohnermeldeämtern läuft. Bald wissen wir, wo die Verletzte gewohnt hat. Das ist der nächste Schritt.«

Zimmerschied warf der Frau mit dem Pagenkopf einen bösen Blick zu. »Warum ist das nicht schon längst geschehen?«

Veltroni zögerte. Dann sagte sie etwas verdruckst: »Entschuldigung, das ist mir … tatsächlich … durchgerutscht.«

Zimmerschied schnaufte ungehalten auf. Aber dann überkamen ihn erneut all die anderen Baustellen seines Lebens: Bali, Dr. Augustin, Sophie von Lavalle. Sein Leben war wie ein altes Haus. Extrem sanierungsbedürftig.

Tommy Henschs Blindenhund hob nur kurz den Kopf, als der Polizeipräsident nach zweimaligem Klopfen das Büro seines Herrchens betrat. »Grüße Sie, Herr Hensch, grüß dich, Herr Berghammer.« Zimmerschied ging zu dem schwarzen Labrador hinüber, der unter einem Tisch an der Wand in einem großen Hundekorb lag. »Oder darf ich dich Benno nennen?« Der LKA-Chef ging in die Knie und tätschelte den Hund.

»Hallo«, sagte Tommy Hensch und stoppte die Software, die ihm gerade mit einer für Zimmerschied unverständlichen, weil viel zu schnellen Micky-Maus-Stimme etwas vom Bildschirm seines Laptops vorlas. »Äh, ich bin noch nicht dazugekommen, die Zeugenaussage von der Frau Carmignano abzuhören, weil … die Aufnahme ist noch bei den Kollegen von der Technik.« Der junge Cyberpolizist wirkte verunsichert.

»Kein Problem«, meinte Zimmerschied. »Ich bin wegen was anderem da.« Tommy Hensch schien ihn durch die Sonnenbrille hindurch anzusehen. »Und zwar …« Der Polizeipräsident überlegte, wie er sein Anliegen am besten rüberbringen konnte, ohne dass sein Mitarbeiter Verdacht schöpfte. Da ihm kein schlauer Gedanke dazu kam, beendete er seinen Satz etwas einfallslos: »Äh, ich wollte Sie bitten, mir eine kurze Einführung ins Darknet zu geben.«

Hensch wirkte erstaunt. »Aha? Ins Darknet?«

Zimmerschied hatte den Eindruck, dass der junge Blinde versucht war, nachzufragen, wieso er – der LKA-Präsident – eine Einführung ins Darknet wollte, wo er doch eine ganze Abteilung hatte, die sich ausschließlich mit Cyberkriminalität befasste, und es von daher nun wirklich nicht nötig war, selber Hand anzulegen. Der LKA-Chef war für die strategische Ausrichtung des LKA sowie für die Verbindungen zur Politik zuständig. Doch Tommy Hensch verzichtete auf eine Nachfrage. Stattdessen hakte er nach: »Und wie stellen Sie sich diese Einführung genau vor?«

»Na ja, dass Sie mir halt kurz zeigen, wie man ins Darknet hineinkommt und wie man sich da dann zurechtfindet. Ich meine, ich war zwar schon mal dabei, als die Kollegen im Darknet waren, aber selber habe ich das noch nie ausprobiert. Und …« Zimmerschied war sein eigenes Gerede äußerst unangenehm. Außerdem war ihm klar, dass der Blinde zwischen den Zeilen las und deshalb ziemlich sicher wusste, dass der Präsident durchaus ein konkretes Anliegen hatte, das ihn dazu brachte, den Cyberpolizisten um diese Einführung zu bitten. Aber ihm blieb nichts anderes übrig, als bei seinem fadenscheinigen Vorwand zu bleiben. »Ich meine, das ist ja *die* Form der Kriminalität der Zukunft, und da sollte ich vielleicht schon etwas besser Bescheid wissen, auch wenn ich Sie und die Kollegen als Experten im Haus habe …«

Tommy Hensch ließ diesen etwas hilflos klingenden Satz seines Chefs nicht lange in der Luft hängen, sondern wandte sich seinem Laptop zu. »Gut, können wir sofort machen. Nehmen Sie sich bitte den Stuhl«, er deutete neben den Tisch, unter dem der Hund lag, da stand tatsächlich ein Stuhl, und gab über seine Tastatur umgehend einige Befehle in den Computer ein.

Als der Polizeipräsident neben dem Blinden Platz genommen hatte, rief Tommy Hensch, der sich einen Ohrstöpsel in ein Ohr gesteckt hatte, um die Vorlesesoftware, die er zum Erkennen der Bildschirminhalte benötigte, für Zimmerschied unhörbar zu machen, die Seite eines Computermagazins auf. »Schauen Sie, Sie gehen einfach auf irgendeine Website, wo's den TOR-Browser gibt, zum Beispiel bin ich hier bei CHIP, das ist diese Computerzeitschrift, und dann laden Sie sich den hier runter. Dass TOR eine Verschlüsselungssoftware ist, wissen Sie ja?« Zimmerschied nickte. Er war jetzt hoch konzentriert. »Ohne TOR oder eine andere Anonymisierungssoftware kommen Sie nicht ins Darknet. TOR stellt sicher, dass man Ihre Spur nicht zurückverfolgen kann. Wenn Sie also diesen Browser runtergeladen haben, dann öffnen Sie ihn – und schon steht Ihnen das Darknet offen.«

»Und wie finde ich da was?«

»Zum Beispiel bei *The Hidden Wiki*. Das ist im Prinzip so was wie das Wikipedia des Darknet. Da können Sie einen Suchbegriff eingeben – und wenn Sie Glück haben, bekommen Sie auch ein brauchbares Ergebnis.« Schon hatte der Blinde die Seite aufgerufen, die optisch tatsächlich Wikipedia ähnelte. »Was wollen Sie denn im Darknet suchen?« Diskreterweise hob Tommy Hensch nicht den Kopf, als er diese Frage stellte.

»Ich möchte nichts im Darknet suchen.« Zimmerschieds Antwort kam etwas zu schnell und etwas zu trotzig. Aber er konnte ja schlecht Hensch vom Problem seiner Schulfreundin erzählen. Erstens, weil er Sophie von Lavalle sein Ehrenwort gegeben hatte, die Sache streng vertraulich zu behandeln. Und zweitens, weil dann nicht nur er, sondern auch noch Hensch in ein moralisches Dilemma kommen würde.

»Okay, Sie möchten nichts im Darknet suchen«, sagte Hensch sachlich. Zimmerschied studierte die Gesichtszüge des Blinden genau, aber da war kein Zucken, das verraten hätte, dass er das Ansinnen des Polizeipräsidenten längst durchschaut hatte. Dennoch war es eine seltsame Situation.

»Na ja, falls Sie jedenfalls mal was suchen wollen, dann wählen Sie hier die passende Rubrik.« Hensch glitt mit dem Cursor über den Bildschirm. »Meinetwegen irgendwas mit Drugs oder Erotic oder so. Das ist ja fast alles auf Englisch. Da gibt's dann sogenannte Marketplaces, wo man sich umsehen und auch Waren oder Dienstleistungen kaufen kann.«

»Ist ja gar nicht so kompliziert.« Zimmerschied spürte für einen Moment Erleichterung. Mit dem, was Tommy Hensch ihm gezeigt hatte, konnte er nun zumindest herausfinden, ob es stimmte, was der Erpresser behauptete – dass ein Sexfilm mit Sophie von Lavalle im Darknet zugänglich war. Und dann würde er weitersehen.

Doch so einfach sollte es nicht werden.

Als Mutterkuhhaltung bezeichnet man die Tierhaltung, bei der die Milch der Mutterkuh dem eigenen Kalb zugute kommt und nicht der Milchindustrie.

ACHT | Stallarbeit

»Nehmen Sie mich mit?«, fragte Isabelle Augustin am Telefon.

»Ja.«

»Wann fahren wir?«

Der LKA-Chef sah auf die Uhr. Neunzehn Uhr fünfundvierzig. Elisabeth Rötli war bereits weg. Die Kühe muhten vermutlich längst nach ihm. Immerhin hatte er vor zwei Monaten die Milchproduktion aufgegeben und war auf Mutterkuhhaltung umgestiegen. So waren die Kühe etwas unabhängiger von seiner Pflege, weil er sie nicht mehr melken musste. Wenn er ihnen morgens ausreichend Heu hinschob und abends irgendwann kam, dann waren die Tiere zufrieden. Überdies ließ er sie nun selbst entscheiden, ob sie im Stall bleiben oder nach draußen gehen wollten. Zwar hatte er die Milchwirtschaft stets gemocht, aber der Milchpreis war ein Witz, die EU-Auflagen wurden immer verrückter, und ohne Roswithas Mithilfe war der Bauernhof neben dem Landeskriminalamt für ihn einfach nicht zu machen. Doch er hing an den Viechern. Und dann gab es ja auch noch dieses Ehrenwort, das er seinen Eltern gegeben hatte. Und vielleicht kam Roswitha ja eines Tages zurück.

»Jetzt?«, schlug er vor.

»Passt mir super!« Die Leiterin der DNA-Analyse schien sich zu freuen. Zimmerschied war hin- und hergerissen zwischen der angenehmen Vorstellung, die wohlriechende junge Frau nun erneut mit zu sich nach Hause zu nehmen, und der absoluten Untragbarkeit dieses Zustands. Außerdem wollte er unbedingt noch heute Abend ins Darknet. Und zwar von seinem privaten Computer aus. Sophies Erpresser vom LKA aus nachzustellen war ihm zu riskant. Was wusste er schon, inwieweit die eigenen Leute seinen Datenverkehr kontrollierten. Und wenn die dann feststellten, dass der Präsident nach Sexfilmen mit Lehrerinnen und Schülern suchte … Nein, das war wirklich keine gute Idee.

Im Auto erklärte ihm Dr. Augustin, dass die am Flaucher gefundene Patronenhülse inzwischen bei ihr im Labor gelandet sei. Sie hoffe, morgen ein Ergebnis liefern zu können. In Holzleute angekommen, zogen sich beide um – Dr. Augustin hatte nun eines ihrer hübschen sommerlichen Outfits zur Stallkleidung umgewidmet – und kümmerten sich gemeinsam um die Tiere. Bei der Arbeit sprachen sie nur das Nötigste. Im Radio lief ein Lied des Volks-Rock'n'Rollers Andreas Gabalier. Nicht ganz

Zimmerschieds Geschmack. Hin und wieder schaute er zu der Wissenschaftlerin hinüber. Wegen ihrer Schmutzphobie trug sie sogar Handschuhe, wenn sie mit der Heugabel das Futter an die Kühe verteilte. Diese Einwegdinger schien sie in jeder Lebenslage dabeizuhaben. Das war schon eine ziemlich seltsame Marotte. Aber waren stromlinienförmige Menschen nicht auch abgrundtief langweilig? Zimmerschied beobachtete die Molekularbiologin unauffällig. Er mochte Dr. Augustins Bewegungen, sie waren rund und geschmeidig. Und sogar inmitten des Stallmiefs glaubte er ihren Blumenduft riechen zu können. Als sie zu bemerken schien, dass er sie beobachtete, packte er den Schubkarren und schob eine Ladung verkotetes Stroh nach draußen auf den Misthaufen. Die Hühner gackerten, weiter entfernt tuckerte ein Traktor. Zimmerschied schloss für Sekunden die Augen – die untergehende Sonne blendete ihn – und wunderte sich über die Unplanbarkeit des Daseins.

Später saß er mit Dr. Augustin auf der Eckbank in der Küche und aß den griechischen Salat, den sie zubereitet hatte, während er unter der Dusche gewesen war. Das Baguette, das sie ihm dazu reichte, war knusprig. Und auch der Rotwein, von dem sie ihm ein Glas eingeschenkt hatte, war gut. Aber Zimmerschied blieb einsilbig. Es fiel ihm schwer, sich zu entspannen. Er musste ja noch an den PC. Er fragte sich, wie er das höflich rüberbringen konnte. Ihm fiel nichts Sinnvolles ein. Deshalb sagte er nach dem Essen, er sei müde und wolle sich zurückziehen. Zimmerschied spürte ihren enttäuschten Blick.

»Ist es … Ihnen … unangenehm, dass ich … bei Ihnen wohne?«

»Nein, nein«, fuhr er viel zu heftig auf. »Im Gegenteil! Ich … es tut mir gut. Aber … es ist halt auch … nicht leicht. Die ganze Situation. Sie sind meine Mitarbeiterin, ich … meine Frau …«

»Also, wenn Sie das meinen: Ich bin wirklich auf der Suche nach einer Wohnung. Ich habe heute schon wieder drei Makler angerufen, aber – also – das ist echt schwierig im Moment.«

»Sie brauchen nicht auszuziehen! Sie … also jedenfalls vorerst nicht. Aber heute, also – ich bin müde.«

Sie nickte. Die Traurigkeit in ihren Augen machte ihn betroffen, aber dann dachte er an Sophie von Lavalle, und das war nun eindeutig das größere Problem.

Kaum war Zimmerschied im Schlafzimmer, knüllte er die Kissen am Kopfende des Ehebetts zusammen, setzte sich auf die Matratze und klappte den Laptop auf. Der Download des TOR-Browsers dauerte wegen der schlechten Internetverbindung zwar eine Weile, aber schließlich gelang es. Als jemand, der zwei Drittel seines Lebens analog verbracht hatte, war Zimmerschied schon ein wenig stolz darauf, dass er so etwas konnte. *The Hidden Wiki*, das Hensch ihm gezeigt hatte, fand er auch noch recht zügig, aber dann wurde es komplizierter. Zwar waren da unter dem Menüpunkt Erotic/Adult/Commercial jede Menge Seiten gelistet – sie hießen zum Beispiel *bittit NSFW*, *XXX Passes and stuff* oder *Tor Girls* –, aber jeder Versuch, eine der Seiten zu laden, scheiterte an einer Fehlermeldung, die er nicht verstand:

Fehler : Netzwerk-Zeitüberschreitung

Der Server unter ejz7kqoryhqwosbk.onion braucht zu lange, um eine Antwort zu senden.

Die Website könnte vorübergehend nicht erreichbar sein, versuchen Sie es bitte später nochmals.
Wenn Sie auch keine andere Website aufrufen können, überprüfen Sie bitte die Netzwerk-/Internetverbindung.

Wenn Ihr Computer oder Netzwerk von einer Firewall oder einem Proxy geschützt wird, stellen Sie bitte sicher, dass Tor-Browser auf das Internet zugreifen darf.

Der LKA-Chef versuchte, andere Webseiten aufzurufen. Wenn er mit dem normalen Browser im normalen Web surfte, ging das. Doch alles, was er über den TOR-Browser ausprobierte, funktionierte nicht. »Scheiße«, entfuhr es ihm. Bei Hensch war das doch so einfach gewesen! Wieso ging das jetzt hier nicht? War die Datenverbindung in Holzleute zu langsam? Was zum Teufel war ein Proxy? Wie sollte er nur Sophie von Lavalle helfen, wenn er bereits an den einfachsten technischen Problemen scheiterte?

Als Zimmerschied bereits völlig entnervt war, hörte er auch noch, wie draußen sein Handy klingelte. Er musste es im Flur liegen gelassen haben. Er raffte sich auf. Der Polizeipräsident hatte kaum den Laptop auf dem Bett abgestellt, da klopfte es an der Tür. Ohne auf ein »Herein« zu warten, trat Dr. Augustin ein. Zimmerschied zuckte zusammen, er fühlte sich ertappt.

»Ihr Handy«, sagte sie und streckte ihm selbiges entgegen.

Eilig trat Zimmerschied zu ihr und nahm das Smartphone. Zu spät bemerkte er, dass seine Mitbewohnerin genau so in seinem Schlafzimmer stand, dass sie auf das Display seines Laptops blicken konnte. Schnell versuchte er, sich so zu positionieren, dass der Computer verdeckt war, und schaute auf das Telefon. Es war seine Frau, die da anrief. Er drückte sie weg. »Danke, Frau Augustin.« Ihr verstörter Gesichtsausdruck verriet ihm, dass sie die Gliederungspunkte der *Hidden-Wiki*-Seite genau gesehen hatte – Erotic/Adult/Commercial. Sie standen einander gegenüber. Er sah sie an. Er wusste nicht, was er ihr sagen sollte. Da klingelte das Telefon noch einmal. Schon wieder Roswitha.

»Meine Frau«, erklärte er lahm. »Ich glaube, ich muss da drangehen.«

Dr. Augustin nickte langsam. Dann machte sie auf dem Absatz kehrt und verließ den Raum.

2017 wurde auf Bali die gefesselte Leiche einer fünfundfünfzigjährigen Deutschen in einem Flussbett gefunden. Die Obduktion ergab, dass sie erdrosselt worden war.

NEUN | Bademantel

Während Zimmerschied noch überlegte, was Dr. Augustin angesichts seiner Internetrecherche jetzt wohl von ihm dachte, begann seine Frau zu sprechen. »Grüß dich, Schatz! Ich wollte mal fragen, ob du gut zu Hause angekommen bist.« Obwohl die Verbindung sehr schlecht war, es hallte und knackste, hörte der Präsident sofort heraus, dass dies nicht der Grund für Roswithas Anruf war. Er runzelte die Stirn.

»Ja, bin ich.«

»Ist dein blaues Auge verheilt?«

»Nein, ist es nicht.« Zimmerschied warf einen Blick in den Spiegel über der Kommode. »Es wird jetzt violett und gelb. Roswitha, was willst du? Es ist spät, ich bin schon längst im Bett.«

»Karl, ich hab ein Problem!« Zimmerschied verdrehte die Augen. Warum fragte Roswitha dann nicht ihren tollen Hanswurst? »Karl, bist du noch dran?«

»Ja, ich bin noch dran.« Zimmerschied bemühte sich um einen neutralen Ton, aber es gelang ihm nur bedingt.

»Es ist wegen dem Hans.«

Das wundert mich nicht, dachte sich Zimmerschied, aber er schwieg. Wenn seine Frau ein Problem mit diesem Deppen hatte, dann war das für ihn positiv. Vielleicht kam sie dann endlich zur Vernunft.

»Karl, der Hans ist weg.«

Das ist doch gut!, hätte der LKA-Chef gerne gesagt. Stattdessen brummte er: »Das kommt aber sehr überraschend. Dann wachst du jetzt vielleicht endlich aus deinem Traum auf, Roswitha, und wirst wieder klar im Kopf.« Mit einem Mal fiel Druck von ihm ab, Hoffnung keimte in ihm auf. Womöglich hatten Roswitha und er doch noch eine Chance? Was hatten sie nicht alles gemeinsam erlebt! Davon war doch noch etwas übrig. Viel sogar.

Doch nun mischte sich Verzweiflung, wenn nicht sogar Tränen in Roswithas Stimme, und sie sagte etwas, was Zimmerschieds Hoffnungen gleich wieder beerdigte: »Es ist nicht so, wie du denkst, Karl. Der Hans ist verschwunden. Es ist absolut unerklärlich. Er ist genau an dem Tag verschwunden, an dem du abgereist bist. Ohne was zu sagen, ohne Nachricht ... Ich glaube, dem Hans ist etwas zugestoßen.«

Zimmerschied schwieg.

»Bist du noch da?«

»Ja«, grummelte er. Warum heulte seine Frau nur so herum? Es war doch gut, wenn der Kerl weg war.

»Was ›ja‹?«, blaffte Roswitha ihn nun an. »Mehr fällt dir da nicht ein?«

»Was soll mir da schon einfallen? Dieser Hans ist dein Freund – du wirst schon wissen, mit was für Leuten du dich einlässt, Roswitha.«

»Karl! Du bist Polizist! Der Hans ist verschwunden. Spurlos.

Da ist etwas passiert!« Zimmerschied zuckte gleichgültig mit den Schultern, was seine Frau natürlich nicht sehen konnte. Sie sprach weiter: »Am selben Tag, wie du abgereist bist, ist er nach Denpasar gefahren, weil er dort für die Bar was einkaufen wollte. Und von dort ist er nicht zurückgekommen.«

»Dann wird er halt dort noch einen Urlaub drangehängt haben. Oder vielleicht hat er eine andere kennengelernt.« Diesen Hieb konnte Zimmerschied sich nicht verkneifen.

»Von wegen! Wenn der Hans zum Einkaufen gefahren ist, dann ist er immer am selben Tag wiedergekommen.« Nun schluchzte sie. »Und jetzt – Karl! – er geht nicht ans Handy … Und bei dem Großhändler, wo wir immer einkaufen, ist er nie aufgetaucht! Was soll ich denn machen?«

Zimmerschied grübelte. Einerseits hörte sich die Sache tatsächlich etwas merkwürdig an. In einem Land wie Indonesien kam es wahrscheinlich gar nicht so selten vor, dass Menschen spurlos verschwanden, weil sie einem Verbrechen zum Opfer gefallen waren. Andererseits fühlte er sich dem Mann, der ihm die Frau ausgespannt hatte, in keiner Weise verpflichtet. Wenn dem Hanswurst etwas zugestoßen sein sollte, dann war das nicht sein Problem.

»Das ist nicht mein Problem.«

»Karl, du musst mir helfen!«

»Wieso bitte muss *ich* dir helfen, Roswitha? Du hast dich aus unserem Leben abgeseilt und mich für einen vollkommen idiotischen Hippietraum hier sitzen lassen. Wer muss denn da wem helfen?«

»Karl, es geht hier nicht ums Sitzengelassenwerden, es geht hier um ein Verbrechen. Vielleicht wurde der Hans entführt! Oder umgebracht!«

Zimmerschied rümpfte die Nase. Das war ja wohl das Letzte, dass er sich von seiner eigenen Frau anhören musste, wie sie sich Sorgen darum machte, dass ihrem Liebhaber etwas zugestoßen sein könnte! »Roswitha, weißt du was, solange du mit dieser Spinnerei auf Bali nicht aufhörst, kannst du mir den Buckel runterrutschen!«

Er wollte schon auflegen, aber da brach seine Frau derart heftig in Tränen aus, dass ihre Verzweiflung selbst durch die grauenhaft rauschende Verbindung zu ihm durchdrang. Er war ja kein herzloser Mensch. Und da war jemand richtig hilflos und traurig und voller Angst. »Kannst du nicht wenigstens ...«, schniefte sie, »... kannst du nicht wenigstens ... die Polizei in Deutschland verständigen? Oder vielleicht auch deine Kripo-Kollegen in Denpasar? Da gibt's doch sicher jemanden in der Botschaft, den du kontaktieren kannst? Und wenn du da anrufst, dann passiert auch was. Dir glauben sie!«

Das Weinen seiner Frau berührte Zimmerschied. Und so rang er sich mühsam zu einem »Ja, ich schau mal, was ich machen kann« durch. In diesem Moment glaubte er sogar selbst daran, dass er etwas für Hans Müller unternehmen würde, obwohl er den Kerl eigentlich gerne aus seinem Leben gestrichen hätte. Aber schließlich hatte er sich ihm gegenüber mit seinem Faustschlag auch nicht ganz korrekt verhalten.

Als Zimmerschied jedoch aufgelegt hatte und sich – ohne Roswithas Heulen im Ohr – die ganze Angelegenheit noch einmal durch den Kopf gehen ließ, kam er zu einem anderen Ergebnis: Wie würde das denn aussehen, wenn er bei welchem Kollegen auch immer in Indonesien anrief und davon berichtete, dass der Liebhaber seiner Frau auf Bali verschwunden sei? Der Liebhaber seiner Frau?! Das würde ja eine ganze Kaskade an unangenehmen Fragen aufwerfen! Allein, was der Kollege von ihm denken würde ... Und die fürs Ausland zuständigen Kollegen in Deutschland zu informieren kam noch viel weniger infrage. Hier kannte man ihn doch viel zu gut! Kein einziger seiner Kollegen würde es für sich behalten, wenn der Chef des Bayerischen Landeskriminalamts sich als gehörnter Ehemann zu erkennen gab. Nein, nein. Er hatte ausreichend Schwierigkeiten in München und Holzleute, da brauchte er nicht noch ein Fass auf Bali aufzumachen. Das sollte die Roswitha mal schön selber ausbaden.

Zimmerschied ließ sich aufs Bett sinken. Und während er da so auf der Kante saß, ging plötzlich die Tür auf, so langsam, dass der Polizeipräsident nicht erkennen konnte, wer das war und was das sollte. Aber dann sah er sie.

»O mein Gott, Frau Augustin! Nein, das geht doch nicht«, entfuhr es ihm. Hastig sah er sich um, aber da war nichts, was er ihr hätte zuwerfen können. Gleichzeitig wollte er ihr gar nichts zuwerfen, denn sie war wunderschön anzusehen. Ihre Brüste blickten ihm frech entgegen. Ihre Scham war schmal und kurz rasiert. Und sie lächelte. Zimmerschied sprang auf, riss den Kleiderschrank auf und schnappte sich den weißen Bademantel, den Roswitha mal, von ihm unbemerkt – was er damals absolut unmöglich gefunden hatte, weil es ein astreiner Diebstahl war – aus einem Hotel hatte mitgehen lassen. Dann machte er einige Schritte auf die splitternackte Isabelle Augustin zu und legte ihr den Bademantel von vorn über. Da die Molekularbiologin keine Anstalten machte, in den seitenverkehrt auf ihren Schultern liegenden Bademantel zu schlüpfen, musste er ihn notgedrungen festhalten, wollte er nicht gleich noch einmal von ihren Brüsten angelacht werden. Sie aber legte ihm die Hände an die Hüften und sagte leise: »Sie sind doch auch einsam.«

Zimmerschied wurde es ganz anders. Ihr Blumenduft war intensiver denn je – Jasmin, Lavendel, Rose, weiß der Teufel –, und hätte er keinen Verstand besessen, wäre er über sie hergefallen, um ihre Haut mit Küssen zu bedecken. Stattdessen sagte er, wobei er sich vorkam wie seinerzeit beim Bußgeldausstellen: »Frau Augustin, ziehen Sie bitte den Bademantel an, und verlassen Sie das Zimmer!«

Nun wirkte die DNA-Analytikerin doch etwas verunsichert. »Aber … ich dachte …«

Zimmerschied schüttelte den Kopf. »Das geht nicht.«

»Aber Sie haben doch eben mit Ihrer …«

Zimmerschied schüttelte noch heftiger den Kopf. »Das … das … renkt sich schon wieder ein mit der Roswitha. Sie hat da ein Problem … Das ist aber nur vorübergehend …«

Dr. Augustin machte eine Kopfbewegung in Richtung des Laptops auf dem Bett. »Und das? Wollen Sie nicht lieber mit einer echten … also, ich meine … das ist doch …«, sie räusperte sich, »geschmacklos …?«

Zimmerschied warf einen Blick auf das Computerdisplay, auf dem eine nicht sehr ästhetische Nahaufnahme einer Vagina zu erkennen war, und spürte, wie ihm das Blut in die Wangen schoss. »Das. Ist. Alles. Ein. Missverständnis«, stammelte er. »Ich – das ist nur Recherche.«

»Recherche. Alles klar«, antwortete Dr. Augustin, nun ziemlich bestimmt, und drehte sich um. Dabei rutschte ihr der Bademantel vom Körper, weshalb der LKA-Chef nun wusste, dass auch ihre Rückseite in Haut und Knochen gegossene Poesie war.

Der erste Erotikfilm heißt Le Coucher *und zeigt Louise Willy beim Striptease. Der Film des Regisseurs Eugène Pirou wurde 1896 gedreht.*

ZEHN | Film

»Herr Hensch, ich brauche Sie noch einmal.« Die Miene des Polizeipräsidenten war ernst. Er hatte schlecht geschlafen, das Frühstück mit Isabelle Augustin war ebenso peinlich gewesen wie die gemeinsame Autofahrt ins LKA, und dann war Tommy Hensch nicht in seinem Büro gewesen. Immerhin hatte er den jungen Blinden mit der dunklen Sonnenbrille jetzt endlich in der Kantine gefunden.

Hensch saß allein an einem der Tische, deren charmantes Design an die Kantine eines Seniorenheims erinnerte. Unter dem Tisch lag Benno Berghammer. Der Hund hob nicht einmal den Kopf, als Zimmerschied sich auf den Stuhl gegenüber von Tommy Hensch fallen ließ. Der Blinde wandte ihm den Kopf zu. Der LKA-Chef streifte die anderen Tische mit einem Blick. Ein knappes Dutzend Mitarbeiter frühstückte um diese frühe Uhrzeit in der Kantine – es war kurz nach sieben –, und sie taten so, als nähmen sie den Boss nicht wahr. In Wirklichkeit schielten alle zu ihm hin. Der Polizeipräsident ließ sich in der Kantine praktisch nie blicken. Zimmerschied kämpfte noch mit dem unangenehmen Gefühl, sich hier auf dem Präsentierteller zu befinden, da sagte der Blinde leise: »Sie können sich ruhig entspannen. Die schauen zwar alle, aber sie sehen praktisch nichts.«

Der LKA-Chef runzelte die Stirn. Er wurde nicht schlau aus diesem Hensch. Diese merkwürdige Seherei, obwohl er doch blind war … Er räusperte sich. Dann raunte er dem jungen Mitarbeiter zu: »Es geht um das Darknet – ich finde da nichts.« Erneut warf er sichernde Blicke in den Raum. Die Kollegen kauten mit dem Gleichmut von Werdenfelser Kühen auf ihren Semmeln und Brezen herum. Aber Zimmerschied wurde das Gefühl nicht los, dass das alles nur gespielt war.

»Was wollen Sie denn finden?« Hensch tastete nach seiner Kaffeetasse.

Zimmerschied empfand Henschs Frage trotz des über der Kantine liegenden Geräuschteppichs, der vornehmlich vom Geschepper der Küchenarbeiter geknüpft wurde, als zu laut. »So einfach ist das nicht.« Der Polizeipräsident fuhr sich über den Nacken, eine Verlegenheitsgeste. Er nickte in Richtung von Henschs Frühstück. »Wie lange brauchen Sie noch?« Auf dem Teller lagen eine Semmel, ein Stückchen Butter und ein Plastikdöschen mit Himbeermarmelade. Es war ihm schleierhaft, wie Hensch das zusammenbekommen wollte. »Soll ich Ihnen die Semmel schmieren?« Ehe der Cybercop antworten konnte, hatte Zimmerschied schon den Teller zu sich gezogen und setzte das Messer am Bauch des Gebäcks an, um es aufzuschlitzen. Jetzt versuchte keiner mehr in der Kantine zu verheimlichen, dass es mal eine interessante Abwechslung war, zu sehen, wie der Chef dem Jungspund aus der Cybercrime-Abteilung eine Semmel schmierte. Zimmerschied beschloss, dass ihm das nun egal sein konnte. Sollten die doch denken, was sie wollten. Er jedenfalls musste so schnell wie möglich raus aus der Kantine, und zwar mit Hensch. »Hier ist Ihr Brot.« Er schob den Teller über den Tisch und stieß dabei an Henschs Kaffeetasse, sodass es schepperte.

»Wollen Sie nicht auch was frühstücken?«

Zimmerschied musterte den Kollegen, der jetzt in die von ihm geschmierte Semmel biss. Machte der sich über ihn lustig? Aber Hensch ließ sich nichts dergleichen anmerken.

»Ich wollte eigentlich möglichst schnell …« Der Polizeipräsident prüfte wieder den Kantinensaal. »Ach was!« Er sprang auf, ging mit eckigen Schritten zur Kaffeemaschine. Wenig später war er mit einer Tasse Milchkaffee zurück, ließ sich wieder auf den Stuhl fallen und betrachtete Hensch. Der kaute, schluckte und fragte völlig gelassen in normaler Lautstärke: »Um was geht es denn nun? Was wollen Sie im Darknet finden?«

»Psst! Nicht so laut, Herr Hensch! Ich … wir … wir trinken fertig, und dann gehen wir in Ihr Büro und … und besprechen alles Weitere.« Zimmerschied kam sich vor wie ein Idiot, als er nun erneut nervös die Kantine scannte. Er war hier der Chef und benahm sich wie ein Verbrecher. Absurd war das.

In Henschs kleinem Zimmer angekommen, schloss Zimmerschied mit einer Behutsamkeit die Tür, als wäre sie aus Porzellan, und nahm auf dem verloren im Raum stehenden Besucherstuhl Platz. »So. Ich habe gestern versucht, im Darknet etwas zu finden.« Der Präsident raunte beinahe. »Ich bin auch reingekommen. Aber das ist alles so unübersichtlich. Man findet da ja rein gar nichts, wenn man sucht!« Er dachte an Adult, Erotic und Dr. Augustin. »Und außerdem gibt's dauernd diese Fehlermeldung. – Was weiß denn ich, was ein Proxy ist!«

»Ein Proxy ist eine Schnittstelle für Kommunikation im Internet. Die vermittelt zum Beispiel Ihre Anfrage und leitet sie dann an eine andere, eventuell von Ihnen aufgerufene Seite weiter.«

»Sagen wir es mal so: Ihre Worte verstehe ich, aber nicht, was sie bedeuten.«

Tommy Hensch legte sein Handy neben der Brailletastatur des Computers ab und seufzte. »Was genau suchen Sie denn im Darknet?«

»Bitte sprechen Sie nicht so laut. Ich möchte nicht, dass

unser Gespräch von jemandem mitgehört wird.« Zimmerschied nickte mit ernster Miene zur Tür, hinter der Henschs Kollegen von der Internetpolizei saßen.

»Was suchen Sie im Darknet?«, fragte der junge Cybercop noch einmal, aber leiser.

»Das kann ich Ihnen nicht sagen.«

»Dann kann ich Ihnen auch nicht helfen.« Er zuckte mit den Schultern.

Zimmerschied schüttelte den Kopf. Wie bitte sollte er Sophie von Lavalles Problem lösen? Er konnte Tommy Hensch doch nicht sagen, in welch übler Situation seine alte Freundin steckte! Er lehnte sich zurück. Nach einigem Nachdenken schob er den Oberkörper wieder nach vorn und flüsterte: »Nehmen wir einmal an, ich wollte einen Anbieter verbotener Waren im Internet fassen. Einen, der was verkauft, was gegen geltendes Recht verstößt. Wie kriege ich den?«

Diese Frage zauberte ein Schmunzeln auf die schmalen Lippen des jungen Blinden. »Das ist genau das Problem, mit dem unsere Abteilung jeden Tag kämpft. Durch die Verschlüsselung mit dem TOR-Browser und dadurch, dass jeder Aufruf einer Website über eine Vielzahl an Servern auf der ganzen Welt läuft, lässt sich praktisch nicht zurückverfolgen, wer im Darknet etwas Verbotenes anbietet.« Zimmerschied brummte widerwillig, aber Hensch sprach weiter. »Deshalb interessiert uns vor allem die Schnittstelle zwischen Darknet und echtem Leben. Also die Stelle, der Ort, wo die verbotene Ware aus dem Darknet beim Käufer landet. Das kann ein Briefkasten sein oder ein Postfach oder eine andere Übergabestelle. Das ist der Schwachpunkt des Handels im Darknet und so ziemlich der einzige Punkt, an dem wir zugreifen können.«

Zimmerschied fuhr sich durch das kurze dunkle, leicht angegraute Haar. »So ein Postfach kann dann aber auch zum Beispiel ein Computerpostfach sein, oder?«

Hensch nickte. »Wenn es sich um eine verbotene *digitale* Ware handelt, ja.« Er wandte den Kopf zum Fenster. Auch Zimmerschied schaute in diese Richtung. Da war ein Baum, ein Vogel. Die Blaumeise putzte ihren gelben Bauch. Hensch konnte vermutlich nichts davon sehen, nicht den Baum und nicht den Vogel. Trotzdem schien er weiterhin die Meise zu beobachten. »Um was geht es denn? Verbotene Fotos? Kreditkartendaten? Verbotene Filme?«

Zimmerschied rang mit sich. Er konnte Hensch doch nicht … Er straffte die Schultern. »Nehmen wir an – nur um mal ein konkretes, wenngleich fiktives Beispiel zu wählen –, nehmen wir also einmal an, ich würde einen bestimmten Film im Darknet suchen. Wie finde ich den?«

Der Cybercop schob sich die Brille zurecht. »Das kommt auf den Film an. Einen Kinderporno finden Sie in der Abteilung Kinderporno, einen Sexfilm mit Tieren in der Abteilung Sodomie, einen Vergewaltigungsfilm unter *rape* oder *violation*. Wollen Sie mir nicht sagen, um welchen Film es sich handelt, und wir suchen ihn dann gemeinsam?«

Der Polizeipräsident hob den Kopf und sah den jungen Internetermittler lange an. Dessen Miene verriet keinerlei Regung. Je mehr Zimmerschied über das Darknet erfuhr, umso klarer wurde ihm, dass er es vergessen konnte, Sophies Problem ohne kompetente Hilfe zu beseitigen. Und außerdem: Was hatte er schon zu verlieren? Er stand am Zenit seiner Karriere. Über ihm gab es nur noch den Innenminister und den Ministerpräsidenten. In ein paar Jahren würde er sich pensionieren lassen. Er hatte immer das Risiko gescheut, aber konnte er nicht dieses eine Mal etwas riskieren? Und wen, wenn nicht Hensch konnte er in Sophie von Lavalles Geheimnis einweihen? Der Hensch war jung. Der Hensch war noch nicht so sehr in das unsichtbare Fadennetz eingebunden, in das jeder LKA-Mitarbeiter im Laufe seiner Dienstzeit hineinwuchs, ob er es wollte oder nicht. Während Zimmerschied so grübelte, kam ihm etwas völlig anderes in den Sinn: »Sagen Sie – haben Sie eigentlich schon den Mitschnitt von der Vernehmung dieser Antonietta Carmignano entschlüsselt?«

»Die Kollegen von der technischen Aufklärung haben mir gesagt, dass sie sich melden, sobald sie was haben.«

Zimmerschied nickte. Dann sagte er: »Gut, Herr Hensch. Ich bin bereit, Sie ins Vertrauen zu ziehen.« Der Präsident sprach gedämpft und eindringlich. »Aber Sie müssen mir versprechen, dass Sie unbedingtes Stillschweigen bewahren. Über das, was ich Ihnen jetzt sage, dürfen Sie mit niemandem sprechen. Wirklich mit niemandem.« Er hielt inne. »Versprechen Sie mir das?«

Tommy Hensch verzog das Gesicht. »Pff, Sie wissen genauso gut wie ich, dass wir den Eid auf das Grundgesetz und die Bayerische Verfassung geleistet haben. Ich meine, Sie sind mein Chef. Aber ... wenn Sie mir jetzt was erzählen, das ... Sie wissen doch, was ich meine.«

»Schon, aber ... also, versprechen Sie mir, dass das, was ich Ihnen gleich sage, unter uns bleibt?«

Zimmerschied merkte, wie sich Tommy Hensch innerlich sträubte. Doch dann seufzte der junge Blinde und sagte: »Ja, versprochen.«

»Gut.« Der Polizeipräsident stand auf und ging zum Fenster. Die Blaumeise war weg. »Es geht um Folgendes: Ich habe eine Freundin, die wird erpresst.« Er sprach abgehackt. »Und zwar mit einem Sexvideo. Auf dem sie selbst zu sehen ist.« Der LKA-Chef flüsterte nun beinahe wieder. »Der Film ist angeblich im Darknet zu kaufen. Ich habe versucht, ihn zu finden. Der muss so schnell wie möglich raus da.« Er zögerte, wandte sich wieder vom Fenster ab und fixierte Hensch. »Was können wir machen?«

»Was ist das für ein Film?«

»Ein Sexfilm. Zwei Menschen, die Sex haben.« Zimmerschied dachte an Sophie von Lavalle, die für ihr Alter noch erstaunlich jung aussah.

»Ein Sexfilm«, meinte Hensch. »Und weist dieser Film irgendwelche Besonderheiten auf? Also, ich meine, nicht dass Sie mich falsch verstehen, aber zwei Menschen haben Sex – das ist ja nun nicht direkt was fürs Darknet.«

Zimmerschied wand sich. Natürlich hatte der Film eine Besonderheit: Seine Hauptdarsteller waren Schuldirektorin und Schüler! Er holte tief Luft. »Ja, der Film hat eine Besonderheit. Er wurde ohne das Wissen der Protagonistin aufgenommen. Und die ist ...« Zimmerschied zögerte. »Diese Protagonistin ist ... also ... Lehrerin. Äh ... also – Schuldirektorin. Eine alte Freundin von mir.«

»Verstehe. Und sie hat Angst, dass dieses Sexvideo von ihren Schülern gesehen wird? Und dass sie dann gemobbt wird?«

»Nein, es ist noch schlimmer. Derjenige, mit dem Sophie auf dem Film beim Sex zu sehen ist, ist ein Schüler.«

»Ooookay«, antwortete Hensch gedehnt. Dann nickte er langsam.

»Ja«, meinte Zimmerschied und sah den Blinden erwartungsvoll an. Als der nichts sagte, fügte der Polizeipräsident hinzu: »Ist doch klar, dass dieser Film raus muss aus dem Darknet.« Er schlug mit der flachen Hand auf den Tisch. »Das ist der erste Schritt. Und der zweite Schritt muss sein, dass wir uns die Sau schnappen, die diesen Film ins Netz gestellt hat und Sophie damit erpresst. Der will dreißigtausend Euro in Bitcoins! Der Schüler war es wohl nicht, er schwört, dass sein Handy gehackt wurde.« Der Polizeipräsident schüttelte den Kopf. »Aber ich ... ich habe diesen Film ja nicht einmal gefunden im Darknet – vor lauter Erotic, XXX Girls, und wegen diesem Proxy-Schmarrn!«

Nachdem er eine Weile geschwiegen und reglos dagesessen

hatte, sagte Tommy Hensch: »Das ist eine richtig dicke Sache, Chef.«

»Sagen Sie nicht ›Chef‹ zu mir. Ja, das ist eine richtig dicke Sache, Herr Hensch.«

»Ganz ehrlich: Das ist kein Privatding, sondern eher was für unsere Cyberabteilung.«

»Ach ja? Und wenn dann rauskommt, dass die Sophie Schulleiterin an einem angesehenen Münchner Gymnasium ist? Und dass sie mit einem Schüler geschlafen hat? Wissen Sie, was dann mit der Sophie los ist? Die ist weg vom Fenster!«

»Schon«, erwiderte Hensch zögerlich. »Aber es ist ja auch nicht in Ordnung, dass Ihre Sophie mit einem …«

»Das weiß ich auch, dass das nicht in Ordnung ist, Herr Hensch!«, brauste Zimmerschied auf. »Aber ich habe ihr mein Ehrenwort gegeben.« Er rückte näher an den Blinden heran und tippte ihm mit einem seiner von der Arbeit auf dem Hof gut trainierten Finger auf die Schulter. »Und Sie haben mir auch Ihr Ehrenwort gegeben. Wir können die doch jetzt nicht hängen lassen! Ich bitte Sie doch nur, mir zu helfen, diesen üblen Film überhaupt erst mal zu finden! Den Rest mache ich dann schon selber.«

»Aber, Herr Zimmerschied, da machen wir uns doch strafbar! Wenn Ihre Freundin mit einem minderjährigen Schüler Sex hatte, dann ist das …«

»Psst! Nicht so laut!« Der LKA-Chef deutete auf die Durchgangstür zum Nebenzimmer.

»Sie sind doch so laut geworden«, zischelte Hensch.

»Also, machen Sie es? Suchen Sie den Film?«

Der junge Polizist schüttelte langsam den Kopf. »Ich habe da kein gutes Gefühl.«

In Zimmerschied stieg Beklommenheit auf. Ihm wurde übel. Warum hatte er Sophie bloß seine Hilfe versprochen? Warum musste sie ausgerechnet mit einem Schüler ins Bett steigen, einem Schutzbefohlenen? Und warum gab es dieses Darknet, das es so leicht machte, andere mit Fotos oder Filmen zu erpressen? Dann sagte Hensch plötzlich: »Wenn überhaupt, dann dürfen wir das aber nicht von den Rechnern hier im LKA aus machen.« Er schien Zimmerschieds Blick zu suchen. »Sie wohnen außerhalb der Stadt, oder?« Der LKA-Chef nickte. »Das ist zu kompliziert. Ich denke, wir sollten das besser in meiner Wohnung machen.« Zimmerschied überkam Erleichterung, doch sie war nicht stark genug, um die Übelkeit zu vertreiben.

AC/DC-Drummer Phil Rudd
wurde 2014 vorgeworfen, er habe
einen Profikiller beauftragt,
zwei Männer umzubringen.

ELF | Hot

Tommy Henschs Behausung lag nur etwa eine Viertelstunde vom LKA entfernt. Der Hund führte den Blinden und den Polizeipräsidenten routiniert zu dem gesichtslosen Fünfzigerjahrebau. Auf dem Weg sprachen Zimmerschied und der Cybercop nur das Nötigste. Der Präsident war vor allem von Benno Berghammer beeindruckt. Nicht einmal das Überqueren der stark befahrenen Nymphenburger Straße bereitete dem Tier Schwierigkeiten. In Henschs Wohnung angekommen, bemühte sich der Polizeipräsident, möglichst flach zu atmen. Es roch nicht gut in diesem winzigen Appartement, das aus einem einzigen Raum mit kleiner Küchenzeile, Bett und Schreibtisch bestand. Belustigt stellte Zimmerschied fest, dass Bilder an der Wand hingen: Ein Poster zeigte einen Porsche Panamera, eines einen Aston Martin V8 Vantage, eines einen Aston Martin Vanquish und ein anderes einen roten Ford Mustang Mach 1.

»Den hat James Bond in *Der Hauch des Todes* gefahren«, erklärte Hensch mit einer Selbstverständlichkeit, als hätte der LKA-Chef ihn danach gefragt, und deutete erstaunlich genau auf den Vantage. »Und der Mustang ist aus *Diamantenfieber*. Ich mag Autos.« Zimmerschied betrachtete den kauzigen Blinden, der auf die Poster schaute, als würde er sie sehen. »Leider werden die neuen Modelle wegen der aerodynamischen Optimierung immer einfallsloser.«

»Woher wissen Sie, wie die neuen Autos aussehen?«

Der junge Mann wandte ihm den Kopf zu. »Ich lese die Testberichte. Und was mich interessiert, schaue ich mir auch an.«

»Na ja, anschauen …« Zimmerschied wiegte den Kopf hin und her.

»Klar schaue ich mir die an!«

»Wie denn das? Sie gehen ins Autohaus, mit Ihrem Hund und dem Blindenstock, und sagen: ›Ich interessiere mich für den neuen Porsche. Kann ich den mal sehen?‹, oder was?«

»So ungefähr.« Tommy Hensch lächelte verschmitzt.

»Da will ich mal mit!«

»Das lässt sich machen.« Hensch rückte sich die Brille zurecht.

Zimmerschied glaubte es noch immer nicht: »Und Sie gehen dann ins Autohaus und lassen sich die neuen Wagen zeigen, oder wie?«

»Ja?«

»Und die fragen dann nicht, ob das ein Witz sein soll?«

»Nein, die Münchner Autohäuser kennen mich schon. Die wissen, dass ich mich für Autos interessiere.« Etwas nachdenklicher schob er hinterher: »Ich war, bevor das mit der von mir gebastelten Bombe und den Augen passiert ist, der beste Automechaniker der Innung. Wissen Sie, ich hatte ein Jobangebot für eine geheime Tuning-Spezialwerkstatt von Porsche in Stuttgart.« Aus der Nebenwohnung drangen Stimmen durch die Wand. »Jetzt fällt es mir natürlich schwer, an der technischen Entwicklung dranzubleiben. Aber ich versuche es.«

»Wie machen Sie das?«

»Wenn ein neuer Wagen rauskommt, gehe ich in die Werkstatt und schaue ihn mir an. Mit den Händen. Ich taste ihn ab. Alles. Nicht nur außen. Auch den Motor ...« Der Blinde hob den Kopf. »Ganz blöde Frage: Wieso fahren Sie eigentlich einen BMW?«

»Warum fragen Sie das?«

Tommy Hensch steckte die Hände in die Hosentaschen. »An Ihrer Stelle würde ich mir als Dienstwagen einen Panamera holen.«

»Einen Porsche?«, fragte Zimmerschied verwundert. Er machte sich rein gar nichts aus Autos.

»Der Panamera ist jetzt schon ein Designklassiker.«

»Also wissen Sie, Herr Hensch! Als Chef einer bayerischen Behörde kann ich doch keinen württembergischen Wagen fahren. Außerdem ist so ein Sportwagen doch viel zu auffällig. Ich wohne auf dem Dorf!«

»Also, mir wäre das egal.« Hensch zog den einzigen Stuhl, der an dem weiß lackierten Schreibtisch stand, zu sich, bückte sich und schaltete den Computer ein.

»Und die Poster, für was haben Sie die Poster da hängen? Ich meine, sehen Sie die denn? Also, sind Sie gar nicht komplett blind?«

»Ich sehe nichts außer ein bisschen hell-dunkel.« Die Antwort des jungen Kollegen kam leise.

»Was soll das dann mit den Postern?«

Tommy Hensch stand wieder auf und stellte sich direkt vor Zimmerschied. Zwischen ihnen waren höchstens vierzig Zentimeter. Dem LKA-Chef wurde wieder bewusst, wie stickig es in dem Zimmer war. »Darf ich mit einer Gegenfrage antworten?« Der Präsident zuckte mit den Schultern. »Sehen *Sie* die Bilder noch, die seit Jahren bei Ihnen zu Hause hängen? Oder den Dekokram, all das Zeug, das Sie Tag für Tag umgibt?«

»Nicht direkt«, entgegnete Zimmerschied zögerlich.

»Und warum hängt und steht das dann da trotzdem alles?«

Der Polizeipräsident verzog etwas ratlos den Mund. »Weil mir die Sachen mal gefallen haben. Weil sie mir ein gutes Gefühl geben.«

Hensch nickte, einfach nur so, nicht triumphierend. Dann setzte er sich auf den Stuhl am Tisch. »Da drüben stehen zwei Wasserkästen. Wenn Sie die herziehen, können Sie sich da draufsetzen.« Der Polizeipräsident trug die unterhalb des Kühlschranks stehenden Kisten zum Schreibtisch und ließ sich darauf nieder. Die Deckel der Wasserflaschen drückten sich durch seine anthrazitfarbene Anzughose in die Oberschenkel.

»Na, dann mal los.«

Der junge Cybercop steckte sich einen Ohrstöpsel ins Ohr, startete den TOR-Browser und die Sprachsoftware, die ihm die Bildschirminhalte vorlas, wenn er mit dem Cursor der Maus darüberfuhr. Zimmerschied hatte Schwierigkeiten, den einzelnen Schritten zu folgen, so schnell tippte und klickte Tommy Hensch. Aus den Ohrstöpseln quiekte die Micky-Maus-Stimme, die der Präsident schon kannte. Plötzlich hatten sie das Suchfeld einer Suchmaschine vor sich, und schon gab der Blinde »Schüler fickt Lehrerin« ein. Zimmerschied räusperte sich ungehalten.

»Ich muss das so eingeben. Die Leute, die nach so was suchen, geben da nicht ›Beischlaf‹ oder ›Geschlechtsverkehr‹ ein, sondern ›ficken‹. – Okay, aber das haut jetzt auf Deutsch nicht hin. Na, dann geben wir das Ganze doch mal auf Englisch ein …«

»Sie ist nicht nur Lehrerin, sondern Direktorin«, merkte Zimmerschied an.

»Schon, aber für fickende Direktorinnen wird es vermutlich kein eigenes Angebot geben.« Nun schwang zum ersten Mal Sarkasmus in Henschs Stimme mit.

Der LKA-Chef rutschte unangenehm berührt auf den Wasserkästen herum. Irgendwie war das alles doch nicht so ganz sein Niveau, und riskant war die Sache obendrein. Sollte er Sophie von Lavalle nicht einfach sagen, dass er ihr nicht helfen konnte? Letztlich war sie doch diejenige, die diesen Riesenfehler begangen hatte. Warum musste ausgerechnet er sie da rausholen? Eigentlich musste er sie anzeigen!

»Na, da haben wir ja schon was.« Tommy Hensch hörte sich fröhlich an. »*Teacher make love* – schauen Sie mal. Das könnte es doch sein.«

Der Polizeipräsident betrachtete den Computerbildschirm. Die Aufmacherfotos der Website zeigten Bilder von Männern, die mit sehr jungen Frauen kopulierten, und von Frauen, die mit sehr jungen Männern Sex hatten. Die jeweils Älteren sollten vermutlich die Lehrer sein. Zimmerschied überflog die Beschreibung der Seite.

Ever wanted to be seduced by your hot teacher? Ever wondered, what was under your hot teacher's tight skirt and blouse? Hot teachers seduce their students and meet them up after class to fuck! Watch teachers unleash big cocks from their students pants and show them how to use it.

Buy this premium account! Buy now with confidence!

»›Buy now with confidence‹«, murmelte Zimmerschied. Die Bilder ekelten ihn, und widerwillig stellte er fest, dass sie ihn gleichzeitig auch erregten.

»Und? Was sehen Sie?«, fragte Hensch. »Ein paar Schwänze?«

Erst jetzt wurde dem LKA-Chef wieder bewusst, dass Hensch ja gar nichts von alldem sehen konnte. »Ja«, erwiderte der Polizeipräsident etwas heiser. »Nun … Das ist … nicht sehr … appetitlich.«

»Gut, dann gehen wir doch jetzt mal in die Abteilung ›Lehrerin fickt Schüler‹, oder? ›Lehrer fickt Schülerin‹ interessiert uns in diesem Fall ja nicht.«

Zimmerschied empfand die Ausdrucksweise seines Mitarbeiters als unpassend, aber er wollte dessen gute Laune nicht bremsen, und so presste er ein »Ja« hervor, und der Blinde gab einige Befehle über die Tastatur ein. Nun sah der Polizeipräsident am linken Bildschirmrand lauter kleinere Fotos, von denen jedes für einen eigenen Film zu stehen schien.

»Da links müssten Sie jetzt eine Art Menü sehen mit Screenshots aus dem jeweiligen Lehrerin-Schüler-Film. Richtig?«

»Ja.«

»Gut, da scrollen Sie am besten mal runter und schauen, ob Sie Ihre … Freundin erkennen. Und ich mache uns einen Tee.«

Zimmerschied nickte benommen und griff nach der Maus. Manche der Teaserfotos musste er anklicken, weil er das Gesicht der jeweiligen Frau nicht gut genug erkennen konnte, als dass es ihm möglich gewesen wäre, seine Schulfreundin zu identifizieren.

»Meinen Sie wirklich, das sind alles echte Lehrerinnen und echte Schüler?«

»Nein«, antwortete Hensch, während er an der Küchenzeile Wasser aufsetzte. »Das sind wahrscheinlich fast alles Fakes.«

Zimmerschied nickte. »Hoffentlich.«

Dann hielt er plötzlich inne. Das war doch … Ehe er den Film öffnen konnte, vibrierte sein Smartphone in der Jackettinnentasche. Und dann erklangen auch schon die *Hells Bells* von AC/DC, sein Klingelton. Er fummelte das Handy aus dem Sakko und nahm an. »Ja, Frau Rötli?«

»Ja, Herr Zimmerschied! Wo sind Sie denn?«

»Ich bin gerade unterwegs.«

»Wie, unterwegs?«, kam es äußerst überrascht zurück. »Ich habe überhaupt keinen Termin für Sie eingetragen.«

»Ja, das war … ein spontaner Termin. Sehr dringend. Deswegen wissen Sie das nicht.«

Die Sekretärin mit dem Schweizer Akzent schwieg, als erwartete sie noch weitere Erklärungen. Als keine kamen, fragte sie: »Aha?«

»Ja«, entgegnete Zimmerschied und klickte den Film an. Sein Pulsschlag beschleunigte sich. Das war tatsächlich Sophie von Lavalle, nackt bis auf einen fast durchsichtigen Slip und erstaunlich durchtrainiert, ging sie ins Fitnessstudio? Und da war dieser junge Mann, ihr Schüler. Wenn sich Zimmerschied richtig erinnerte, hieß der Bastian Merwegen. Ein durchaus hübscher Bub mit dunklen Augen, blondierter Kurzhaarfrisur mit Tolle und der Andeutung eines Barts. Er erinnerte Zimmerschied an irgendeinen von diesen amerikanischen Popstars. Die beiden lagen in einem weißen Bett. Der Überzug glänzte. Der Junge küsste Sophie auf die Lippen. Dann fasste er sie mit beiden Händen an der Hüfte und drehte sie so um, dass sie vor ihm kniete. Nun fasste er von hinten nach Sophies erstaunlich festen Brüsten. Als Zimmerschied sah, wie das erigierte Glied des Schülers sich dem Po seiner Schulfreundin näherte, fragte Elisabeth Rötli am Handy mit mütterlicher Strenge: »Ist alles in Ordnung mit Ihnen, Herr Zimmerschied?«

»Ja«, antwortete der Präsident krächzend. Mehr brachte er nicht heraus, denn jetzt drang Bastian Merwegen in Sophie von Lavalle ein.

»Könnten Sie mir bitte in Zukunft sagen, wo Sie sind, wenn Sie plötzlich das Büro verlassen?«

Der vorwurfsvolle Ton seiner Sekretärin kam nicht bis zu Zimmerschied durch. »Ja, sicher«, sagte er abwesend.

Nun stöhnte Sophie von Lavalle auf.

»Was machen Sie denn da? Wo sind Sie denn?«, fragte die Präsidentensekretärin verunsichert.

»Ich bin … es ist … alles in Ordnung«, erwiderte der LKA-Chef und schluckte. Der Milchbubi stieß richtig fest zu. »Ich bin gleich wieder da. Im Amt. Ich bin nur weg, für kurz …«

Dieses Gestammel rief bei Elisabeth Rötli ein missfälliges Seufzen hervor. Aber dann schien sie sich zu fassen – als Sekretärin des ehemaligen Innenministers und auch des ehemaligen Ministerpräsidenten war es für sie nicht das erste Mal, dass sie einen Chef am Apparat hatte, dessen Aufmerksamkeit von etwas anderem gefesselt wurde. Sie sagte: »Die Frau Doktor Augustin war eben da und wollte etwas von Ihnen.«

»Oh, gut. Ich bin aber erst morgen … wieder … ähm … da.«

»Eben haben Sie noch gesagt, dass Sie gleich wieder da sind …?«

»Ja, genau, Frau Rötli. Das ist auch möglich. Ich bitte Sie um Verständnis, ich bin gerade … es ist im Moment sehr ungünstig. Ich muss jetzt … es tut mir leid … auflegen.« Er nahm das Handy vom Ohr und tippte auf den roten Hörer.

Einige Minuten später saß wieder Hensch am Schreibtisch und Zimmerschied auf seinem Wasserkasten. Beide schlürften den heißen Tee und starrten auf den Bildschirm. Der Blinde sagte: »Es sieht so aus, als ob diese Seite erst kürzlich online gegangen ist.«

»Weil die Zahl der angebotenen Filme überschaubar ist?«, fragte Zimmerschied.

»Ja. Und wegen der sonstigen Programmierung.« Hensch glitt mit dem Cursor über das Display. »Wie es scheint, kann hier anscheinend jeder, der mag, Pornos hochladen. Einzige Bedingung ist, dass sie Lehrer-Schüler-Szenen zeigen oder halt so tun als ob.«

»Und wie kriegen wir diesen verreckten Film da jetzt raus?« Zimmerschied blickte Hensch von der Seite an.

»Ich könnte versuchen, das Teil zu hacken und dann den Film zu löschen. Aber das ist aufwendig.« Er wandte sein Sonnenbrillengesicht dem Präsidenten zu. »Und niemand garantiert uns, dass der Film dann nicht in Nullkommanichts woanders auftaucht.«

Dann fixierten beide wieder schweigend den Computer.

»Sicherer wäre es«, setzte der Cyberpolizist seinen Gedankengang nach einer Weile fort, »wir würden entweder versuchen herauszufinden, wer der Anbieter dieser Seite ist, und über ihn denjenigen ausfindig machen, der den Film hochgeladen hat.« Hensch tippte auf der Tastatur herum und ließ die Micky-Maus-Stimme erklingen. »Schauen Sie, als Anbieter dieses Shops für die Sexfilme firmiert ein gewisser Fred Bull Haschky. Also entweder müssen wir herausfinden, wer sich hinter diesem Pseudonym verbirgt …« Hensch dachte nach. »Oder – das wäre natürlich viel einfacher – wir untersuchen das Handy von dem Schüler. Wenn es stimmt, dass es gehackt wurde, dann hat derjenige, der es gehackt hat, vielleicht da eine Spur hinterlassen.«

»Und die könnten wir dann zurückverfolgen …?«

Hensch nickte langsam. Und trotzdem kam Zimmerschied die Sache ziemlich aussichtslos vor.

Wenn ein Mensch einen anderen anspuckt, kann dies auf ein Wutsyndrom, englisch Intermittent Explosive Disorder (IED), hinweisen. Betroffene haben Probleme mit der Affektkontrolle und können gefährlich werden.

ZWÖLF | Tötungsdelikte

Der Pförtner Edwin Horvath quittierte die Ankunft des Trios Zimmerschied, Hensch und Benno mit einem spöttischen Grinsen. Elisabeth Rötlis Gesicht dagegen wies eher einen inquisitorischen Zug auf. Zimmerschied bemühte sich, beides zu ignorieren. Im Vorbeigehen sagte er: »Die Frau Doktor Augustin kann jetzt kommen.«

Wenig später, der Vormittag neigte sich dem Ende zu, stand die Molekularbiologin vor seinem Schreibtisch. Sie trug ein sehr kurzes Kleid. Die Nägel ihrer wohlgeformten Füße waren so leuchtend rot lackiert, dass der Polizeipräsident verdattert fragte: »Haben Sie sich umgezogen?«

»Ja, es ist so warm. Dass Ihnen das auffällt … « Sie lächelte. In der Tat pulsierte draußen der Münchner Sommer. Zimmerschieds Büro jedoch war klimatisiert.

Der LKA-Chef lächelte vorsichtig zurück, beschloss aber, sich auf das Berufliche zu konzentrieren. Um Sachlichkeit bemüht, fragte er: »Sie wollten mir etwas mitteilen?«

»Ja, ich habe erste Laborergebnisse im Isarmord-Fall. Leider nicht so ganz das, was wir uns erhofft haben.«

Der Polizeipräsident atmete trotz dieser nicht so positiven Ankündigung auf, er war froh, dass man sich über Kriminalistisches unterhalten konnte, wo es doch schon wieder verstörend nach Jasmin oder Rosen oder Lavendel duftete und dieser

Geruch garantiert nicht seiner plastikartigen Büropflanze entströmte.

»Die DNA-Spuren vom Tatort sind brauchbar. Sowohl von der Patronenhülse als auch von den Kleidern der Opfer konnten wir Material sichern, das möglicherweise vom Täter stammt. Leider gibt es aber keine Übereinstimmung mit der ViCLAS-Datenbank.« ViCLAS war die Abkürzung für *Violent Crime Linkage Analysis System.* Es handelte sich um eine Datenbank für Sexual- und Tötungsdelikte, die in den 1990er-Jahren von der kanadischen Polizei gegründet worden war und seither von Ermittlern aus einem knappen Dutzend europäischer Länder sowie aus einigen amerikanischen Bundesstaaten und auch von der neuseeländischen Polizei mit Falldaten gefüttert wurde.

»Dann prüfen Sie, ob es vielleicht bei HEADS einen Treffer gibt. So professionell, wie der vorgegangen ist …«

»HEADS habe ich auch schon gecheckt«, unterbrach ihn die Wissenschaftlerin.

»Also ein Ersttäter …« Zimmerschied setzte ein nachdenkliches Gesicht auf. HEADS war die Haftentlassenen-Auskunftsdatei. Wenn der Mann da nicht gespeichert war, dann war er bislang noch nicht auffällig geworden.

Dr. Augustin nestelte aus dem geblümten Ledertäschchen, das sie immer bei sich trug, ein Desinfektionstuch heraus, trat ganz nah an das Stehpult neben seinem Schreibtisch und entfernte damit Staubkörner, die nur sie sah.

Zimmerschied schaute ganz bewusst in eine andere Richtung und fragte: »Kann es wirklich sein, dass ein Ersttäter derart kaltblütig mordet? Ich meine, der hat ja anscheinend keine Sekunde gezögert. Der hat die Waffe gezogen und geschossen. Sofort. Und dann ist er verschwunden, wie vom Erdboden verschluckt. Keiner hat ihn gesehen, keiner kennt ihn, es gibt keine vernünftige Beschreibung. Unsere ganze Fahndung hat nichts gebracht.« Sie war mit dem Wischen fertig, weshalb er sich ihr wieder zuwandte. »Kann das wirklich ein Ersttäter gewesen sein, der noch in keiner Datenbank drin ist?«

Dr. Augustin zuckte mit den Schultern. »Ich weiß nicht.« Sie suchte seinen Blick, er wollte ausweichen, aber er konnte nicht. Er spürte ein warmes Gefühl in sich aufsteigen. »Was ich noch sagen wollte – wegen gestern: Es tut mir leid. Ich wollte Sie nicht in eine kompromittierende …«

»Schon gut«, fuhr Zimmerschied ihr dazwischen. Die Tür zum Vorzimmer stand auf. »Schwamm drüber, Frau Doktor Augustin. Lassen Sie uns weiterarbeiten.«

»Ich wollte nur klarstellen, dass es nicht so ist, wie es für Sie aussieht, also dass ich, so bin ich nicht …«

Zimmerschied machte eine Handbewegung, die alles Weitere, was Dr. Augustin noch sagen könnte, wegwischen sollte. Aber sie war noch nicht fertig.

»… nur für mich sah es so aus, als ob Sie …«

»Ja, so sah es vielleicht aus«, antwortete er unwirsch. »Aber wenn Sie denken … also das … was ich da gemacht habe, am Computer, das war … eine … Recherche. Das hatte keinen privaten Hintergrund oder allenfalls nur zu einem kleinen Teil. Ich selbst würde niemals im Internet nach derlei Diensten … ach, ist ja auch egal.« Er stoppte, holte Luft und sagte: »Kommen Sie, Frau Doktor Augustin, vergessen wir das, machen wir weiter.«

»Ich suche auch wirklich intensiv nach einer Wohnung.«

»Jaja, das glaube ich Ihnen doch!«

Kaum war ihm dieser ungehaltene Satz entwichen, nahm er eine Bewegung an der halb geöffneten Tür wahr. »Frau Veltroni?«

»Dürfen wir …?« Die nicht sehr groß gewachsene Hauptkommissarin mit dem schwarzen Pagenkopf lächelte Zimmerschied etwas verunsichert entgegen.

Der Präsident nickte, er war froh, dass sich die Situation so auflöste. »Kommen Sie nur herein.«

Barbara Veltroni trat, gefolgt von Hannes Södlinger mit der unvermeidbaren Krawatte und der noch viel weniger vermeidbaren Knollennase, ins Präsidentenbüro. Ehe irgendwer ein begrüßendes Wort äußern konnte, sagte Veltroni geradeheraus: »Bevor wir zu dem Fall kommen, Herr Zimmerschied, kann ich mir eine Frage nicht länger verkneifen. Was ist eigentlich mit Ihnen passiert?«

Zimmerschied quittierte die Frage seiner Mitarbeiterin mit einem irritierten Gesichtsausdruck. »Was soll mit mir passiert sein?«

»Na, das!« Veltroni kam näher und deutete mit dem Finger auf ihn. »Ihr Auge! Seit Tagen fragen wir uns, was mit Ihrem Auge ist.«

»Hatten Sie eine Schlägerei?«, scherzte Hannes Södlinger, ohne zu ahnen, wie zielgenau er damit die Wahrheit traf.

»Nein, nein«, log Zimmerschied nicht ganz souverän, »doch keine Schlägerei!« Er fasste sich an das blaue Auge, das er schon fast wieder vergessen hatte. Seine Miene verdüsterte sich, denn nun war alles wieder da: Roswitha, der Hanswurst, der Boxkampf auf Bali, das spurlose Verschwinden seines Kontrahenten und überhaupt der ganze Mist mit seiner Frau.

»Chef, das war ein Witz«, beeilte sich Kriminalhauptkommissar Södlinger zu erklären. Es war nicht zu übersehen, dass er erschrocken war über Zimmerschieds Reaktion. »Schon klar, dass Sie nicht schlägern …« Die roten Flecken in Södlingers Gesicht signalisierten, dass er Angst um seinen nächsten Karrieresprung hatte.

Doch der Polizeipräsident zuckte mit den Schultern und beschloss, sämtlichen Fragen, die da noch kommen könnten, zu entgehen, indem er seinerseits Fragen stellte: »Herr Södlinger, was gibt's Neues?«

»Wir wissen jetzt ein bisschen mehr über die persönlichen Verhältnisse der beiden Opfer vom Isarmörder ...«

»Was haben Sie herausgefunden?«

»Es sind Italiener. Beide«, erklärte Hannes Södlinger und strich seine Krawatte glatt, die auf dem hellblauen Hemd grell pink leuchtete. Einfach nur affig, befand Zimmerschied für sich im Geheimen. »Antonietta Carmignano ist das Kind von Einwanderern, zweite oder dritte Generation, aber er ist erst seit ein paar Jahren ...«

Veltroni nutzte Södlingers kurze Denkpause und übernahm das Wort. »... seit der Wirtschaftskrise. Und er heißt Luigi Zorzi und ist einunddreißig Jahre alt.«

Södlinger verdrehte die Augen. »Zorzi hat 2010 seinen Job in Italien verloren und ist dann nach Deutschland gekommen, um hier zu arbeiten.«

»Er ist Pizzabäcker, also war er«, erklärte die forsche Ermittlerin mit dem Pagenkopf. »Und Antonietta Carmignano arbeitete als Bankkauffrau.«

Ein Läuten unterbrach das Gesprach. Alle wandten den Blick zum Telefon auf Zimmerschieds Tisch. Das Display verrict dem Präsidenten, dass es Tommy Hensch sein musste. »Ja, Herr Hensch? ... Ah, das ist gut. Warten Sie, ich habe hier gerade die Frau Veltroni, den Herrn Södlinger und die Frau Doktor Augustin im Büro, wir reden über den Flaucher-Fall. Das interessiert die auch, was Sie da sagen.« An Södlinger, Veltroni und Dr. Augustin gewandt, erläuterte er: »Der Herr Hensch hat die Aufzeichnung von der Vernehmung des Opfers abgehört.« Zu Tommy Hensch sagte er: »Warten Sie, ich schalte auf Lautsprecher.« Zimmerschied aktivierte die Mithörfunktion des Telefons. »So, Herr Hensch, jetzt können Sie sprechen. Wir sind ganz Ohr.«

»Grüß Gott, Tommy«, sagten Veltroni und Södlinger im Chor. Dr. Augustin nickte nur in Richtung Telefon.

»Hallo«, antwortete der junge Blinde. Der Lautsprecher knackte ein wenig. »Also, ich kann ja mal sagen, was ich da raushöre. Aber bitte ohne Gewähr. Ich mag das übrigens nicht, wenn man Blinde immer so glorifiziert und uns sagenhafte Fähigkeiten andichtet. Wenn man blind ist, hat man keine Superfähigkeiten, sondern eigentlich nur eine schwere Behinderung.«

»Jetzt geh, Tommy«, flötete Barbara Veltroni. »Klar kannst du Sachen, die wir nicht können!«

»Mich nervt das aber!«

»Gut, Herr Hensch, das nehmen wir zur Kenntnis. Aber jetzt sagen Sie: Konnten Sie verstehen, was die Frau im Krankenhaus gesagt hat?«, entgegnete Zimmerschied, und sein Blick blieb an Dr. Augustins Händen hängen, die die Molekularbiologin – sie stand seitlich versetzt hinter Veltroni und Södlinger – auf die Hüften gestützt hatte. Die spröde Eleganz der Wissenschaftlerin faszinierte ihn.

»Meiner Ansicht nach sagt Frau Carmignano Folgendes: ›Er hatte kein Gesicht, kein Gesicht, keine Nase.‹« Zimmerschied nickte. So etwas in der Art hatte er auch herausgehört. Der Cybercop fuhr fort: »›Kapuze, Schlitze die Augen, keine Lippen‹. Und dann sagt sie meiner Ansicht nach so was wie ›Wir, Spaziergang, er hat mich angespuckt. Luigi ist zurück‹. Danach schweigt sie, jedenfalls hört man nichts auf dem Tonband. Und dann kommt noch eine Art Beschreibung des Tatvorgangs, wenn ich mich nicht irre. Sie sagt: ›Und da hat er eine Pistole gezogen, geschossen, da bin ich auch zurück, und er hat noch mal geschossen. Luigi.‹ So, das ist alles, was ich heraushören konnte.«

»Super, Tommy«, lobte Barbara Veltroni.

»Hast du das schon verschriftlicht?«, fragte Södlinger.

»Meinst du, ich kann das auswendig, oder was? Ich schicke das gleich mal per Mail an alle raus, okay?«

»Danke, Herr Hensch.«

»Bitte. Das habe ich übrigens ernst gemeint.«

»Was?« Zimmerschied runzelte die Stirn.

»Dass ich das nicht mag, wenn man die Sinne von Blinden so überbewertet. Das ist Blödsinn und für mich irgendwo auch eine Art Diskriminierung.«

»Darüber sprechen wir gern ein andermal ausführlicher, Herr Hensch, in Ordnung? Also – Sie schicken uns bitte die verschriftlichte Aussage, ich meine, das, was Sie da halt rausgehört haben, ja?«

»Ja.«

»Danke, Wiederhören.« Zimmerschied legte auf. Er wandte sich den Ermittlern zu, sagte aber erst einmal nichts.

Barbara Veltroni war die Erste, die sich äußerte: »Was ich nicht verstehe, ist, was sie mit ›kein Gesicht‹ meint, mit ›keine Nase‹, ›keine Lippen‹ und ›Schlitze die Augen‹. Hatte der eine Maske über dem Kopf, die alles verdeckt hat, und nur die Augen waren frei? Aber wieso sagt sie dann nicht Maske?« Die Kriminalhauptkommissarin machte ein nachdenkliches Gesicht. »Wir müssen sie dazu unbedingt noch einmal befragen.«

»Wenn die das überlebt«, gab Södlinger zu bedenken. »Immerhin haben wir jetzt mal so eine Art Tatablauf.«

»Falls der Tommy das nur auch alles richtig verstanden hat«, fügte Barbara Veltroni mit ernster Stimme hinzu.

Zimmerschied fuhr mit den Händen über seine Schreibtischunterlage. »Worüber das alles rein gar nichts aussagt, ist das Motiv. Mir ist vollkommen schleierhaft, wieso dieser Typ aus heiterem Himmel das Feuer eröffnet hat. Ist der hoch aggressiv und wurde provoziert durch irgendwas, was dieser Luigi gesagt hat? Oder hat er ganz generell einen Hass auf Schwangere? Auf glückliche Paare? Wieso spuckt der sie an, obwohl sie ihn anscheinend gar nicht kennt? Und warum schießt er auf den Mann als Erstes? War es eine Tat im Affekt, oder war das alles geplant?« Zimmerschied schürzte die Lippen, schüttelte den Kopf und wandte sich dann wieder an Veltroni und Södlinger. »Sie haben also endlich herausgefunden, wo die beiden Opfer wohnen? Gratuliere!«

Barbara Veltroni schaute verlegen drein und nickte dann beflissen. »Wir haben auch die Eltern der Frau ausfindig gemacht. Da haben wir später einen Termin. Davor wollen wir uns jetzt aber noch die Wohnung der beiden Opfer anschauen.«

Der Polizeipräsident sah auf seine Armbanduhr. »Gut, dann mal los.« Als er die erstaunten Blicke wahrnahm, sagte er etwas gereizt: »Na ja, Leute, wir müssen liefern!«

»Ich dachte eigentlich, dass wir – also der Hannes, also der Herr Södlinger … und ich – das machen. Sie müssen da nicht unbedingt …«

»Aber ich will.« Zimmerschieds Tonfall ließ keine Widerrede zu. Im Hinausgehen wandte er sich noch an Isabelle Augustin: »Wir sehen uns ja später. Sie fahren wieder bei mir mit?«

Sie nickte. Er spürte, dass sie ein Lächeln unterdrückte. Er selbst freute sich auch darauf, mit der schönen jungen Frau im Auto zu sitzen, auch wenn er sich das nur widerwillig eingestand. Er war mit der Situation alles andere als zufrieden. Doch wusste er nicht, wie er sie hätte ändern sollen. Das Problem war eindeutig seine Frau.

2014 erbeutete ein Sechzehnjähriger in einer Bank in Bad Füssing einen vierstelligen Eurobetrag, indem er den Kassierer mit einer Spielzeugpistole bedrohte. Der Junge floh mit dem Fahrrad und wurde wenig später gefasst.

DREIZEHN | Seidenstrumpfhose

Die Männer von der Müllabfuhr hatten die großen, dunkelgrauen Tonnen so vor dem Neubau abgestellt, dass sie wie eine Wand den Zugang zum Hauseingang verbarrikadierten. Um ihnen auszuweichen, stieg Barbara Veltroni schon über die anscheinend frisch gepflanzte Hecke. Aber Zimmerschied griff sich eine der beiden quer stehenden Mülltonnen und wuchtete sie aus dem Weg. Er schnaubte genervt, die Tonne stank nach Erbrochenem. In solchen Momenten war er froh, in Holzleute zu wohnen. Als er zur Tür gelangte, hatte Barbara Veltroni bereits aufgesperrt. Ein Blick auf das silbern glänzende Klingelschild sagte ihm, dass die Wohnung von Antonietta Carmignano und Luigi Zorzi im ersten Stock lag. Im Treppenhaus hing der typische Geruch von Neubau. Alles war weiß, bis auf einen schwarzen Striemen an der Wand, der vermutlich vom Profil eines Mountainbikes stammte.

Vor der Tür zur Wohnung reichte Södlinger ihm und Veltroni die Einweghandschuhe und -füßlinge, die er aus dem Kofferraum des zivilen Einsatzwagens, mit dem sie hergefahren waren, gefischt hatte. Die Ermittler zogen sich die Plastikteile über, und Veltroni steckte den Schlüssel ins Schloss. Die Wohnung machte auf Zimmerschied einen extrem aufgeräumten Eindruck. Der Flur war mit neuem Laminatboden ausgelegt, darin stand nichts als eine brusthohe weiße Kommode. Auf dieser Kommode lag ein Ultraschallbild, das dem LKA-Chef in Erinnerung rief, dass die Schwangere und ihr Kind vermutlich um ihr Leben rangen. Sie mussten den Mistkerl erwischen, der dieses Verbrechen begangen hatte!

Links war eine Tür, die in eine kleine Kammer führte, in der eine Waschmaschine und ein Schuhregal untergebracht waren und in der es nach Reinigungsmitteln roch. Und auch hier war alles akkurat aufgeräumt. Eine Tür weiter ging es in eine kleine Küche, die im von der Straße einfallenden Sonnenlicht weiß glänzte. An der Wand über dem kleinen Tisch für zwei Personen hing ein Aquarell, das eine Pizza von oben zeigte. Über der Arbeitsplatte war ein schmales, metallenes Regal angebracht, auf dem einige Gewürze standen. In der Spüle fand sich eine Espressotasse mit Unterteller.

»Ganz schön aufgeräumt hier«, brummte Zimmerschied. Södlinger stand in der Tür, nickte und strich sich über die Krawatte.

Veltroni war schon weiter in die Wohnung vorgedrungen. Als der Polizeipräsident und der Kriminalhauptkommissar zu ihr stießen, stand sie gerade in einem Zimmer mit Kinderbettchen und Wickeltisch. »Die hatten alles schon vorbereitet«, sagte sie traurig. »Und jetzt ist der Vater tot.«

Zimmerschied nickte. »Und wir haben kein Motiv.« War der Attentäter ein ehemaliger Liebhaber von Antonietta Carmignano, der ihr das Familienglück missgönnte? Der Polizeipräsident musterte den Raum. Über dem Wickeltisch hing ein Mobile. Im Bett lagen ein winziges Deckchen und ein weißer Babyschlafsack mit einem Lämmchen darauf. Er wandte sich ab. Das war ihm irgendwie zu viel für den Moment.

Das Wohnzimmer wurde dominiert von einem großen Flachbildfernseher und einer gelben Couchgarnitur in Wildlederoptik. Eine Wand war bedeckt von einem bis zur Decke reichenden Regal, dessen Fächer noch längst nicht alle gefüllt waren. Rezeptbände auf Italienisch und Deutsch, ein München-Bildband, Bücher über Autos. Der LKA-Chef trat näher und betrachtete die Fotos, die zwischen italienischem Porzellannippes standen. Ein Hochzeitsfoto in Schwarz-Weiß, das vermutlich die Eltern eines der beiden Opfer zeigte. Kinderfotos, vermutlich Anonietta und Luigi. Eine hübsche junge Frau und ein muskulöser junger Mann, Arm in Arm an einem Strand, der Mann mit einer Zigarette im Mund, die Frau mit einem Lutscher. Im Hintergrund das Meer, leichte Dünung. Der Polizeipräsident nickte beklommen. Das waren vermutlich Antonietta und Luigi zu glücklicherer Zeit.

Er zog eine Schublade innerhalb des Regals auf. Ein Ordner, ein Korkenzieher, ein Taschenmesser – und: eine Pistole! Kurz machte Zimmerschieds Herz einen Sprung. Er griff nach der Waffe, er trug ja die Handschuhe, stellte aber fest, dass es sich um ein Spielzeugmodell handelte. Er hob die Waffe hoch und hielt sie Södlinger hin, der auf dem Boden kniete und unter das Sofa spähte. »Komisch. Für was braucht ein erwachsener Mann eine Spielzeugpistole?«

»Ja, komisch«, sagte Södlinger zerstreut und schaute nicht sehr interessiert zu der Waffe. »Keine Ahnung.« Der Kriminalhauptkommissar schüttelte den Kopf. Dann wandte er sich wieder dem Sofa zu, bückte sich noch tiefer und fischte eine Seidenstrumpfhose darunter hervor. »Strumpfhose«, sagte er überflüssigerweise und legte das Kleidungsstück auf dem Glastisch ab, auf dem nichts als ein aus vier Untersetzern bestehendes Türmchen lag. Die Untersetzer zeigten italienische Sehenswürdigkeiten – den schiefen Turm von Pisa, das Kolosseum, den Ponte Vecchio. Zimmerschied zog die zweite Schublade auf. Sie war leer. In der dritten lagen mehrere Ordner. Zimmerschied klappte den obersten auf. Er enthielt Kontoauszüge einer Münchner Bank. Er überflog die Buchungen, durchblätterte den kompletten Ordner. Plötzlich fiel ihm etwas auf: In unregelmäßigen Abständen waren kleinere Beträge von hundert bis dreihundert Euro eingegangen, überwiesen von einem italienischen Konto. Er hob den Kopf und sah Södlinger an. »Da überweist ein Pietro Fontana regelmäßig Geld auf das Konto von diesem Luigi.«

Södlinger zuckte mit den Schultern. »Pietro was?«

»Fontana.« Zimmerschied blätterte weiter. »Jeden Monat. Hier hundert Euro, da zweihundertzehn Euro, da wieder hundert …«

»Sollten wir im Auge behalten«, meinte Södlinger.

Da rief Barbara Veltroni aus einem anderen Teil der Wohnung: »Kommen Sie mal? Ich hab da was!«

Södlinger rappelte sich auf, Zimmerschied legte den Ordner zurück in die Schublade, und wenig später standen sie im Schlafzimmer. Barbara Veltroni saß an einem kleinen weißen Sekretär. Sie hatte den Computer hochgefahren. Der Bildschirm zeigte ein Foto, auf dem ein Mann eine Frau von hinten umarmte und beide fröhlich lachten. Barbara Veltroni sagte: »Der da ist Luigi Zorzi, unser Opfer. Aber die da«, sie deutete auf die Frau, »ist nicht Antonietta.«

»Das Foto sieht ziemlich aktuell aus«, meinte Södlinger und kratzte sich an seiner knolligen Nase. »Hat der eine Geliebte, oder was?«

»Würde er die Bilder von seiner Geliebten so auf dem Computer haben, dass jeder sie gleich findet?«, konterte Veltroni.

»Konnten Sie den Computer einfach so hochfahren, ohne Code?«, erkundigte sich Zimmerschied.

»Ja.« Sie nickte und lehnte sich auf dem weißen Stuhl zurück.

»Und in was für einem Ordner ist das Foto drin – ich meine, wie ist der benannt?«

»Ganz ungewöhnlicher Ordner: ›Bilder‹.« Die Ironie in Barbara Veltronis Stimme war nicht zu überhören. Zimmerschied wurde bewusst, dass es seinen Mitarbeitern auf den Keks ging, dass er mit ihnen Tatortarbeit machte. Aber er hatte Lust dazu.

Schließlich war er seinerzeit nicht Polizist geworden, um ein langweiliges Bürokratenleben zu führen. »Da sind noch mehr Fotos von dem Shooting. Immer er, der Luigi, mit dieser Frau, die ziemlich genau so alt sein dürfte wie seine Antonietta.«

Der Polizeipräsident räusperte sich. »Frau Veltroni, haben Sie einen Stick dabei?«

Kaum hatte Zimmerschied die Frage gestellt, hielt Södlinger Veltroni einen USB-Speicher hin. Der Polizeipräsident ignorierte den triumphierenden Blick seines Mitarbeiters. Zwar schätzte er gute Arbeit, aber Streber mochte er nicht. Und Södlinger war so sehr ein Streber, dass es zum Himmel stank.

Als Chef des apulischen Clans Pellegrino verdiente der italienische Mafiaboss Patrizio P. sehr viel Geld mit illegalem Glücksspiel, Rauschgifthandel und Erpressung. 2015 nahmen ihn Ermittler des LKA in München fest.

VIERZEHN | Weißwurstkondom

Der Mann wirkte auf Karl Zimmerschied sofort sympathisch. Roberto Carmignano war nicht sehr groß, von gemütlicher Statur, der Blick aus seinem bartlosen Gesicht war offen. Er trug ein hellblaues Hemd, dessen Ärmel auf zupackende Weise hochgekrempelt waren, und der Polizeipräsident schätzte ihn etwa auf sein eigenes Alter. Auch seine Frau war eher klein und von stämmiger Statur. Sie trug T-Shirt und Jeans, beides schlicht und schwarz, wodurch sie einen wohlhabenden Eindruck machte.

»Grüß Gott, ich bin Karl Zimmerschied vom LKA. Das sind meine Kollegen, Frau Veltroni und Herr Södlinger. Dürfen wir hereinkommen?«

Roberto Carmignano nickte und trat zur Seite. Der Flur der noch nicht sehr alten Villa im teuren Münchner Stadtteil Harlaching öffnete sich in ein großzügiges Wohnzimmer. Interessant, dachte Zimmerschied bei sich, die Tochter ist mit einem Pizzabäcker liiert, obwohl die Eltern anscheinend richtig Geld haben. Ob das den Eltern gepasst hat?

Als Zimmerschied im Flur an Roberto Carmignano vorbeiging, stutzte dieser plötzlich und sagte: »Haben wir uns schon mal gesehen? Ich kenne Sie doch!«

Auch der Polizeipräsident blieb stehen und antwortete mit einem freundlichen »Kann ich mir nicht vorstellen«.

»Unser Chef ist öfters im Fernsehen«, erklärte Barbara Veltroni, beinahe mit konspirativer Stimme, weil sie wusste, dass Zimmerschied es nicht mochte, wenn man um seine Prominenz ein Theater veranstaltete. »Er ist der Polizeipräsident persönlich.«

»Oh!«, rief der Italiener überrascht. Er schien kurz nachzudenken. »Stimmt. Der Obama-Gipfel – hatten Sie nicht …«

»Jaja«, der LKA-Chef winkte ab. »Wo gehen wir hin? Können wir uns irgendwo setzen?« Der Gastgeber deutete in Richtung des Wohnzimmers.

Als die Ermittler auf dem weinroten Sofa Platz genommen hatten und Ricarda Carmignano in der Küche verschwunden war, um etwas zu trinken zu holen, sagte der Italiener: »Herr Polizeipräsident! Wer ist das? Wer macht so was? Meine Tochter ist eine Libelle, ein Schmetterling, sie tut niemandem etwas zuleide.« Der Mann sprach sehr gut Deutsch, wenngleich seinem Akzent die italienische Herkunft deutlich anzuhören war. Er blickte Zimmerschied direkt an. »Ich habe Angst. Antonietta ist mein Kind! Sie ist … und sie hat im Bauch selbst ein

Kind! Und ich … Wenn sie stirbt … Ich weiß nicht … Dann ist alles …«

»Wir setzen alles daran, den Täter zu finden.«

»Wer macht so was?« Der untersetzte Mann klang hilflos. »Ich denke, München ist eine sichere Stadt! Wir sind hier nicht in Palermo. Ich mag Deutschland! Mochte Deutschland! Das gibt's doch nicht!«

»Weil Sie eben Palermo erwähnen …«, setzte Barbara Veltroni vorsichtig, beinahe tastend an.

Der Mann betrachtete sie, als nähme er sie zum ersten Mal wahr. »Fragen Sie jetzt nicht, ob ich etwas mit der Mafia zu tun habe. Fragen Sie das jetzt nicht! Ich habe nichts mit der Mafia zu tun. Nicht alle Italiener haben mit der Mafia zu tun! Alle denken das! Dieses Scheißbuch von Roberto Saviano! Alles übertrieben! Wir sind nicht so!« Er unterbrach seinen wütenden Ausbruch. »Wir sind praktisch Deutsche. Antonietta sowieso. Wir sind Münchener. Wir sind unser halbes Leben hier, mehr als unser halbes Leben. Ich habe angefangen am Fließband bei BMW. Das war gut. Ich mag Deutschland. Was soll ich mit der Mafia?«

»Entschuldigen Sie bitte«, brachte Barbara Veltroni mit leiser Stimme vor, »ich wollte Sie nicht verletzen.«

Ricarda Carmignano kam mit einem Tablett zurück, auf dem eine Karaffe Wasser, eine Flasche Apfelsaft und mehrere Gläser standen.

»Verletzen, verletzen, verletzen!«, rief Roberto Carmignano aus. »Wehe, es läuft so wie bei den NSU-Morden, wo die Polizei ewig blind nur in Ausländerkreisen ermittelt hat. Ich fordere«, sein Blick wurde kalt und ernst, »dass hier in alle Richtungen ermittelt wird, von Anfang an! Nicht nur in Richtung Mafia! Dass das klar ist, Herr Polizeipräsident!«

»Gar nicht in Richtung Mafia«, sagte seine Frau, die nun die Gläser auf dem schwarz lackierten, ovalen Tisch verteilte.

»Genau, gar nicht in Richtung Mafia, sondern alle anderen … Na ja, vielleicht schon auch Mafia, eben alles und in alle Richtungen. Damit dieses Schwein, das Antonietta so schlimm verletzt hat, seine Strafe bekommt.«

»Sie haben den NSU eben erwähnt. Halten Sie es denn für möglich, dass der Täter aus dem rechtsextremen Milieu stammt?« Als Veltroni Roberto Carmignanos bösen Blick spürte, schob sie noch schnell hinterher: »Ich meine – wurden Sie schon mal bedroht aus solchen Kreisen?«

»Ich? Wir? Bedroht? Gute Frau, warum sollte uns irgendjemand bedrohen? Warum sollte jemand Antonietta bedrohen? Warum? Wir sind ganz normale Bürger, wir tun niemandem etwas.«

Zimmerschied griff nach dem Wasserglas, das die Mutter des Tatopfers ihm hingeschoben und eingeschenkt hatte, und nahm einen Schluck. Unauffällig musterte er den Mann: Der ging ja beim kleinsten bisschen hoch! Warum brach das alles derart abrupt aus ihm hervor? War das lediglich dem Umstand geschuldet, dass seine Tochter in Lebensgefahr schwebte, oder steckte da noch etwas anderes dahinter? Ein schlechtes Gewissen womöglich? Hatte Roberto Carmignano vielleicht durch sein Verhalten in irgendeiner Weise den Angriff auf Antonietta und Luigi provoziert und ahnte, dass die Tat doch etwas mit ihm zu tun haben könnte?

In die Stille hinein fragte Södlinger etwas schwerfällig: »Sie haben vorhin gesagt, dass Sie bei BMW am Fließband angefangen haben. Wenn ich mich hier umschaue«, Södlinger machte mit beiden Armen eine raumgreifende Bewegung, »sieht das jetzt nicht so aus, als hätten Sie sich das alles am Fließband erarbeitet, wenn Sie verstehen, was ich meine.«

Der Italiener nickte. Ehe er etwas erwidern konnte, erklärte seine Frau: »Roberto ist Erfinder. Er hat noch bei BMW seine erste Erfindung gemacht.«

»Dann habe ich mich selbstständig gemacht«, übernahm jetzt wieder der Mann. »Und deshalb haben wir nun dieses Leben.« Obgleich er um Sachlichkeit bemüht war, war der in seinen Worten mitschwingende Stolz nicht zu überhören.

»Und was für Erfindungen sind das?«, fragte Barbara Veltroni behutsam.

»Für das Oktoberfest. Ich habe Sachen für das Oktoberfest erfunden. Speziell für Italiener. Italiener lieben das Oktoberfest. Schon immer. Ich habe erfunden …« Roberto Carmignano hob die linke Hand und klappte mit jeder neuen Erfindung, die er aufzählte, einen weiteren Finger hoch. »Eine italienisch-bayerische Jodelmaschine, ein Weißwurstkondom, ein Schiefer-Turm-von-Pisa-Kondom, Karohemden in italienischen Nationalfarben und …«, jetzt war der fünfte Finger der linken Hand ausgeklappt, »einen Übernachtungsdienst für italienische Touristen. Das war mein größter Erfolg.«

»Roberto hat Airbnb schon lange vor Airbnb erfunden«, erklärte seine Frau. »Mag jemand einen Espresso?«

Die drei Ermittler lehnten freundlich ab.

»Das beeindruckt mich«, sagte der Polizeipräsident. »Kreativität ist eine besondere Gabe.«

»Roberto ist sehr kreativ«, stimmte die Frau des Erfinders zu.

Zimmerschied kniff die Augen etwas zusammen. »Wenn Sie so erfolgreich sind – da macht man sich mitunter auch Feinde.« Der Präsident dachte an die Drohbotschaften, die er vor nicht allzu langer Zeit bekommen hatte, und den Verräter im LKA, der ihn viele Nerven gekostet hatte. »Hatten Sie jemals in Ihrem beruflichen Umfeld Feinde? Zum Beispiel irgendwelche Neider, Konkurrenten et cetera?«

Roberto Carmignano schüttelte energisch den Kopf.

»Auch nicht aus der Richtung von Airbnb oder anderen Portalen?«, setzte Barbara Veltroni nach. »Man liest ja immer wieder, dass diese Vermittlungsplattformen mit harten Bandagen kämpfen...«

Erneut verneinte der italienische Erfinder.

»Gut. Dann ...« Die Kriminalhauptkommissarin zögerte. »Wir wissen, dass das belastend für Sie ist, aber vielleicht könnten Sie uns noch ein wenig von Ihrer Tochter erzählen?«

Plötzlich standen dem stolzen Mann Tränen in den Augen. Mit einer Kopfbewegung zu seiner Frau meinte er: »Du, mach du, Ricarda.«

Die Mutter legte während des Sprechens die Hände ordentlich übereinander in den Schoß. »Antonietta ist unser Glückskind. Sie ist unsere einzige Tochter. Wir haben noch einen Sohn, Stefano, aber er ist in Italien.«

»Wie lange waren Antonietta und Luigi bereits zusammen?«, fragte die Ermittlerin, ganz der Frau zugewandt.

»Fünf Jahre.« Mehr sagte sie nicht.

Zimmerschied fand ihre Antwort überraschend knapp, wenn man bedachte, dass Luigi Zorzi tot war, dass er ermordet wurde. Vorsichtig erkundigte er sich deshalb: »Und ... also, Sie halten sich da sehr kurz. Diese Beziehung zwischen den beiden ... wie sehen Sie die?«

Nun platzte doch der Vater hervor: »Er hat Antonietta dieses Kind aufgedrängt! Wir waren dagegen! Ich habe Antonietta gesagt, dass er nicht der richtige Mann ist für sie! Trotzdem wollen wir das Kind jetzt, aber ...«

Der Vater wollte weiterschimpfen, doch seine Frau unterbrach ihn mit einem lauten und strengen »Roberto!«. Sie hatte eine heisere Stimme, wie Zimmerschied sie bei vielen italienischen Frauen gehört hatte. Es war ihm ein Rätsel: Schrien sie besonders viel, oder lag das in den Genen?

Der LKA-Chef ließ die Augen von der einen zum anderen wandern: »Ja, was jetzt?«

»Roberto mochte Luigi nicht so sehr. Aber Antonietta hat

gesagt, er ist der Mann ihres Lebens. Also habe ich das akzeptiert, denn das Glück meiner Tochter ist mein Glück. Aber Roberto sieht das anders.« Sie wandte sich ihrem Mann zu. »Ist doch so, Roberto?«

Der Angesprochene zuckte widerwillig mit den Schultern. Mit gesenktem Kopf murmelte er: »Antonietta ist ein wunderbares Mädchen. Und er … er … Luigi war Pizzabäcker.«

»Du selbst warst Fließbandarbeiter, Roberto!« Der Vorwurf, der aus den Worten der Italienerin sprach, war nicht zu überhören.

»Aber ich habe dann etwas aus mir gemacht!«

»Luigi war doch noch jung!«

»Er war einunddreißig! Da hatte ich schon die Idee mit den Kondomen! Damit ging es los. Luigi hätte doch niemals …« Er gestikulierte, brach aber ab, weil ihm plötzlich etwas anderes in den Sinn gekommen zu sein schien. »Aber nicht, dass Sie jetzt denken, also dass wir … wir sind schon traurig, dass Luigi tot ist!. Es ist schrecklich! Aber er war auch nicht der Schwiegersohn, den ich mir vorgestellt hatte.« Er ließ den Kopf hängen. »So, nun sitzen wir da, und Luigi ist tot, und Antonietta …«, seine restlichen Worte ertranken in Schluchzen, »… vielleicht überlebt sie auch nicht … Ich hätte …«

»Was hätten Sie?«, wollte Barbara Veltroni wissen.

Er hob die Schultern. »Aufpassen! Ich hätte aufpassen müssen auf meine Tochter!«

Jetzt schüttelte die Mutter wütend den Kopf. »Roberto! Die beiden sind spazieren gegangen! Wie willst du aufpassen, wenn deine erwachsene Tochter spazieren geht?« Sie schüttelte den Kopf.

»Sie ist schwanger! Schwangere Frauen sollten zu Hause bleiben.«

Ricarda Carmignano schnaubte empört durch die Nase. »Das ist doch Macho-Quatsch!«

»Noch eine ganz andere Frage«, klinkte sich Zimmerschied wieder in das Gespräch ein. Die beiden blickten auf. »Wir haben auf dem Computer in der Wohnung Ihrer Tochter Fotos gefunden, auf denen der Mann Ihrer Tochter mit einer anderen Frau zu sehen ist.«

»Ich habe es geahnt!«, entfuhr es Antoniettas Vater. »Ich habe es geahnt!« Er warf seiner Frau einen wütenden Blick zu.

Diese fragte betreten: »Könnten wir diese Bilder mal sehen?«

»Wir haben die leider momentan nur auf einem USB-Stick«, erklärte Zimmerschied.

»Nein, nein«, unterbrach ihn Barbara Veltroni. »Ich habe mir das im Auto schon aufs Handy gespielt.« Sie zückte ihr Smartphone, wischte darauf herum und hielt es schließlich Roberto Carmignano ihn.

»Ich will das gar nicht sehen«, sagte der wütend.

»Lassen Sie mich schauen«, bat seine Frau. Sie nahm das Handy, betrachtete kurz das Display an und meinte dann: »Diese Frau meinen Sie? Das ist Luigis Cousine!« Und mit einem ärgerlichen Seitenblick auf ihren Ehemann sagte sie: »Was du dir immer alles einbildest!«

Wieder im Dienstwagen, schlug Barbara Veltroni sich mit der flachen Hand an die Stirn und sagte: »Jetzt haben wir völlig vergessen zu fragen, ob die diesen Pietro Fontana kennen, der die Überweisungen macht.« Sie saß auf dem Fahrersitz und schaute zu Zimmerschied hinüber, der neben ihr saß. »Soll ich noch mal reingehen?«

»Lassen wir die jetzt mal in Ruhe«, meinte der LKA-Chef. »Merkwürdig genug ist das, dass der so offen sagt, dass ihm der Schwiegersohn nicht gepasst hat.«

»Sich selbst derart in eine Verdachtsposition zu bringen – das ist doch …« Södlinger, auf der Rückbank, suchte nach dem richtigen Wort. »… sehr ungeschickt.«

»Ich glaube nicht, dass der etwas mit dem Mord zu tun hat.«

»Man weiß nie«, gab Södlinger zu bedenken.

»Auch wenn er den Schwiegersohn nicht mag, so wird er ihn doch nicht gleich umbringen.« Barbara Veltroni schaltete in einen höheren Gang.

»Vielleicht nicht selber«, erwiderte Södlinger. »Aber wenn der ihm wirklich nicht gepasst hat ... Geld hat der Vater ja. Und auch wenn er das anders darstellt: Jeder Italiener hat doch irgendeinen Kontakt zur Mafia. Geld und Mafia. Da kriegst du auch einen Auftragskiller.«

»Jetzt hören Sie mir bloß mit diesen Klischees auf!«, entfuhr es Zimmerschied. »Auf mich hat dieser Mann einen ehrlichen Eindruck gemacht. Gerade, dass er so offen darüber geredet hat, dass er den Schwiegersohn nicht mag, macht ihn doch glaubwürdig und unverdächtig.«

»Na ja, das ist ihm schon mehr so rausgerutscht«, gab Barbara Veltroni zu bedenken.

Zimmerschied beschloss das Thema zu wechseln, es führte ja doch zu nichts. »Wir sollten baldmöglichst den Freundeskreis von Antonietta und Luigi durchleuchten.«

»Und die Arbeitskollegen«, fügte Veltroni an.

»Die auch«, stimmte Zimmerschied zu und dachte an die bevorstehende Heimfahrt mit Dr. Augustin. Ob sie noch dieses kurze Sommerkleid anhaben würde?

Das noch warme Blut frisch geschlachteter Ochsen und Hühner wurde in der Antike als Schönheitselixier verwendet.

FÜNFZEHN | Blut

Dr. Augustin hatte das kurze Sommerkleid noch an. Der Polizeipräsident spürte, dass sich seine Atmung beschleunigte, und fühlte sich genau aus diesem Grund unwohl. Seit der #MeToo-Debatte wusste er noch viel weniger als vorher, wie er mit Frauen umgehen sollte. Durfte man sie anschauen und sagen, dass man sie schön fand? Entsprechend konzentriert war er darauf fokussiert, eben gerade nicht auf Dr. Augustins Beine zu achten, die diese in den Fußraum des Wagens streckte, als säße sie auf einer Sonnenliege. Allerdings gelang es ihm nicht vollständig. Im Gegenteil, bei einem Abbiegemanöver, das ihn zwang, den Kopf nach rechts zu wenden, stach ihm sogar ein Leberfleck ins Auge. Das Muttermal auf der Innenseite ihres rechten Oberschenkels hatte eine längliche Form, ähnlich wie der Starnberger See, und es war groß, länger als ein Personalausweis, und auch in etwa so breit. Als Dr. Augustin sich auf dem Sitz zurechtrückte, musste er dann doch noch einmal hinsehen. Das obere Ende des Schönheitsflecks konnte er nicht erkennen, denn es verschwand unter dem Saum ihres Kleides. Im selben Moment ärgerte er sich über sich selbst und die Unmöglichkeit seines Begehrens.

Nach der Ankunft auf dem Hof in Holzleute zog er sich um, genauso wie seine Mitbewohnerin, und dann kümmerten sich beide mit einer so selbstverständlichen Sachlichkeit um die Kühe, Schweine und Hühner, dass er sich wieder ein wenig entspannte. Danach bereitete er ein einfaches Abendessen aus

Spaghetti, frischem Salbei aus dem Garten, Knoblauch und Olivenöl zu. Dazu trank er vorsichtshalber keinen Wein, sondern nur eine Apfelschorle, und dann brachte er sich früh und natürlich allein in Sicherheit, indem er sich unter fadenscheinigen Begründungen ins Bett verabschiedete.

Zimmerschied schlief auch recht schnell ein, doch die Ruhe war von kurzer Dauer. Mitten in der Nacht rissen ihn die *Hells Bells* aus dem Schlaf. Der LKA-Chef drückte auf den Wecker, die Uhrzeit leuchtete auf: Es war drei Uhr vierundfünfzig. Welcher Idiot …? Es war eine Nummer mit balinesischer Vorwahl, die kannte er jetzt schon. Roswitha.

»Es ist kurz vor vier, was willst du?«, knarzte er ins Smartphone.

»Karl, es tut mir leid …« Obwohl er verschlafen war, hörte er, dass seine Frau nur außer sich war und nicht betrunken oder dergleichen. Sie atmete heftig. »Hast du schon was unternommen?«

»Inwiefern?«

»Na, wegen dem Hans?«

»Was soll ich wegen …« Er ersetzte den Namen durch eine kurze Sprechpause. »… unternehmen?«

»Du wolltest doch deine Kollegen … auf Bali und auch in Deutschland!« Ihr Ton war vorwurfsvoll.

Zimmerschied verzog das Gesicht. Dieser Hanswurst konnte ihm den Buckel herunterrutschen. Ménage à trois und der ganze Hippiekäse. »Ich wollte gar nix.« Er gähnte.

»Doch, wolltest du.«

»Nein«, sagte er streng, allmählich wurde er wach.

»Aber …« Zimmerschied hörte, dass jetzt wieder Tränen ins Spiel kamen. Seine Gedanken schweiften ab: War es möglich, dass seine Liebe zu Roswitha bereits nachhaltig Schaden genommen hatte? Wenn sie früher geweint hatte, dann hatte ihn das immer sehr berührt, tief im Herzen. Egal, wie viel Druck und Stress wegen seiner Arbeit gerade auf ihm gelastet hatten. Doch jetzt: Sie weinte – und es drang nicht so richtig zu ihm durch. »Er ist noch immer verschwunden!«, sagte sie verzweifelt.

»Da ist die Polizei vor Ort zuständig.« Erst als der Satz schon ausgesprochen war, wurde ihm bewusst, dass er ihm ein Stück zu hart und kalt geraten war. So wollte er nicht sein. Eigentlich.

»Karl. Die waren da, aber die tun nichts. Die sind gekommen, haben sich unseren *Rose Garden* angeschaut, den Strand, die Zimmer, aber die tun nichts.«

»Das wundert mich auch nicht. Es gibt ja nicht den geringsten Hinweis auf ein Verbrechen.«

»Karl!«

Er sprach weiter: »Und es steht jedem Menschen frei, sich abzusetzen, wohin auch immer. Und wenn ich mir anschaue, was dein … Dings«, es war ihm eine kleine Genugtuung, den Namen des Nebenbuhlers zu verdingsen, »für eine Lebenseinstellung in Sachen Verlässlichkeit und überhaupt in Sachen Moral hat, dann spricht doch viel dafür, dass er sich einfach aus dem Staub gemacht hat.« Er räusperte sich. »Der hat dich versetzt, Roswitha.«

Jetzt war es kurz still am anderen Ende der Welt.

Sie schluckte. »Das würde der Hans nie tun.« Sie weinte nun nicht mehr.

Zimmerschied ächzte. Vier Uhr. Er hatte keine Lust auf dieses Gespräch. »Vielleicht findet er dich ja doch nicht mehr so attraktiv. Vielleicht hat der sich eine Neue gesucht.« Ihm war klar, dass er nun fies wurde.

»Karl, du bist gemein!«

»Gemein. Wer hat hier denn wen verlassen?«

»Ich habe dich nicht verlassen! Ich bin nur hiergeblieben!«

»Wer geht hier fremd?«

»Du hast dein Einverständnis gegeben.«

Zimmerschied entfuhr ein falscher Lacher. Für einen Moment war nur das Rauschen der Leitung zwischen ihnen, zwölftausend Kilometer und viele Gefühle.

»Ganz ehrlich, Roswitha: Ich glaube, du hast dir da einfach den Falschen ausgesucht.«

Seine Frau schwieg.

Der LKA-Chef dachte nach, dann holte er tief Luft, seufzte und sagte: »Nun nimm das halt als Zeichen, dass der sich absetzt, und komm wieder zurück zu mir. Wir sind doch ... wir gehören doch ... ja, Herrgott, wir gehören doch zusammen.«

Roswitha Zimmerschied ließ sich etwas Zeit mit ihrer Antwort. Dann wurde ihre Stimme ganz weich: »Er hat nichts mitgenommen. Seine Sachen sind alle noch da. Er hat auch keinen Abschiedsbrief hinterlassen, nicht einmal eine Nachricht. Er ist einfach weg.« Sie zögerte, dann sagte sie, beinahe flehend: »Karl, kannst du nicht deine Kontakte nutzen und ...«

Er unterbrach sie und sagte mit der leisen, unterkühlten Bestimmtheit, die ihn immer überkam, wenn es wichtig, wenn nicht sogar gefährlich wurde: »Nein, kann ich nicht, will ich nicht. Ich habe genug Probleme hier. Und es ist vier Uhr morgens.«

Auf diese Aussage hin ging seine Frau hoch wie eine Furie. Roswitha flippte aus: »Du bist so ein kalter Klotz! So herzlos! Mein ganzes Leben lang habe ich für deine Karriere auf alles Mögliche verzichtet. Und habe dich nie um irgendwas gebeten, sondern immer alles für dich getan und gemacht. Und jetzt habe ich einmal eine Bitte, und dann lässt du mich so im Stich!«

»Roswitha, du bist es, die mich im Stich lässt! Und von meiner Karriere hast du mindestens genauso viel wie ich, weil die dir nämlich ein ganz anderes Leben ermöglicht.«

»Was soll das denn für ein tolles Leben sein?! Das möchte ich schon gerne wissen!«

»Sorgenfrei, in einem schönen Dorf, mit genug Geld …«

Sie machte ein verächtliches Geräusch.

»Meinst du, ohne mich hättest du den Innenminister, den Ministerpräsidenten oder andere Leute aus solchen Kreisen kennengelernt?«

»Karl Zimmerschied, du bist ein Arschloch!«

Als hätte diese Beleidigung einen Schalter in seinem Hirn betätigt, sah er plötzlich Dr. Augustins Füße vor seinem inneren Auge, ihre schlanken Hände, den Leberfleck, der wie der Starnberger See geformt war – er nahm das Smartphone vom Ohr, sah kurz auf das Display und legte auf. Gleich darauf erklang noch einmal AC/DC, aber Zimmerschied ging nicht dran, sondern setzte sich auf, deutete ein Headbangen im Rhythmus der Musik an und griff sich, einer plötzlichen Eingebung folgend, den Laptop, den er vor dem Schlafengehen auf dem Nachtkästchen deponiert hatte. Er ließ das Gerät hochfahren, rief die Suchmaschine auf und gab ihren Namen ins Suchfeld ein: Isabelle Augustin. Er fühlte sich wie ein Teenager. Aber es war merkwürdig, im Netz fanden sich nur Treffer zu einer Schweizer Schauspielerin gleichen Namens und nichts über seine Mitarbeiterin. Ehe er weitersuchen konnte, hörte er von draußen Schreie, die etwas vollkommen Unmenschliches an sich hatten und ihm durch Mark und Bein gingen. Zimmerschied war sofort klar, dass der ohrenbetäubende Lärm nur von seinem Hahn kommen konnte. Und gleich darauf schoss ihm auch die Erkenntnis in den Kopf, was die Ursache der schrillen Laute war. Er hatte einen Fehler gemacht und keine Zeit zu verlieren.

Nur mit der Pyjamahose bekleidet, hastete der Polizeipräsident nach unten und sprang in die Gummistiefel. Dr. Augustin kam auch bereits die Treppe heruntergeeilt. Für das weiße Nachthemd mit den berüschten Trägern, das auf hübsche Art altmodisch aussah, hatte er keinen Blick. Fast keinen. Er schnappte sich die schwere Taschenlampe, öffnete die Tür und stürzte nach draußen. Im selben Moment zerrissen Blitz und Donner den Himmel, und während Zimmerschied über den Hof und um den Kuhstall herum zum Hühnerhaus hetzte, begann ein gewaltiger Platzregen auf den Kies zu prasseln. An der von der Sonne vieler Jahre dunkel gebrannten Holztür angekommen, riss er den Riegel zur Seite, und die Tür sprang auf. Er sah die gierig funkelnden Augen des Fuchses nur für den Bruchteil einer schrecklichen Sekunde aufleuchten, dann stob das Tier mit blutbesudelter Schnauze und einem noch zappelnden Huhn im Maul hinaus in das Gewitter. Was Zimmerschied im Hühnerhaus erblickte, glich einem Massaker: Keines der verbliebenen zehn Hühner, auch nicht der Hahn, saß mehr auf der Stange, wo sie sonst die Nacht verbrachten. Ihre Körper lagen leblos herum, ihre blutig ausgefransten Rümpfe stachen Zimmerschied direkt ins Herz, die abgetrennten Köpfe in Blutlachen, blutige Federn allerorten. Eine Flaumfeder schwebte direkt vor seinem Gesicht nach unten. Es roch nach warmem Blut. Zimmerschied spürte eine Hand auf seiner Schulter. Er wandte sich kaum merklich um. Dr. Augustins lange Haare waren nass, ihr Nachthemd klebte an ihrem Körper, sodass er deutlich die Konturen sah, ihre Brustwarzen waren hart. Zimmerschied gingen Bilder aus Hollywoodfilmen durch den Kopf, von bekleideten Frauen in Swimmingpools, von duschenden Frauen.

»Da, da lebt noch eins«, hauchte die Wissenschaftlerin und zeigte in die Ecke. »Ganz links unter der Stange.«

Zimmerschied trat, die Hühnerleichen meidend, in die angedeutete Richtung, kniete nieder und griff vorsichtig mit beiden Händen nach dem schwer verletzten Tier. Es bewegte tatsächlich ein wenig die bekrallten Füße, doch der Blick seiner Augen war fahl, tot, Ende, aus. Der Kopf hing nur noch lose am Körper.

»Nicht mehr zu retten.«

»Was?«, entfuhr es Dr. Augustin entsetzt.

»Das muss ich schlachten.«

»Nein!« Schon wieder ihre Hand auf seiner Schulter. Sie stand barfuß im Hühnerdreck.

»Doch.«

Wie eine Reliquie trug er das Huhn durch den Regen, der auf seinen bloßen Oberkörper prasselte. Er öffnete die Tür zum Holzschuppen und forderte Dr. Augustin, die ihm gefolgt war, dazu auf, wegzubleiben, worauf sie jedoch mit einem entschiedenen »Nein, ich bleibe da« konterte. Er legte das Huhn auf den Hackstock. Es rührte sich, und er hatte Sorge, es könnte herunterfallen und noch mehr Schmerzen leiden. Er sah sich um. Da stand Dr. Augustin, auf ihrem durchnässten Nachthemd zeichneten sich Schlieren von Blut ab.

»Können Sie das Huhn bitte kurz festhalten? Damit es nicht runterfällt? Ich meine …«

Dr. Augustin atmete tief durch und nickte.

Er trat zu den Werkzeugen und griff nach der Axt. Mit einem Hieb war das Huhn tot.

Als Zimmerschied wieder im Bett lag, stand ihm der Blutgeruch noch immer in der Nase. Er war von tiefer Trauer erfüllt.

Moschus ist ein Mittel der chinesischen Volksmedizin. Es gilt in China als Dopingstoff, weil es bei oraler Einnahme den Testosteronspiegel erhöht.

SECHZEHN | Zerstörer

Dieser Besuch hatte ihm gerade noch gefehlt. Karl Zimmerschied meinte, gegen eine Moschuswand zu laufen, als er in Elisabeth Rötlis Vorzimmer trat. »Ist *sie* da?«

Seine Schweizer Sekretärin nickte mit gerümpfter Nase. Auch sie mochte die Staatsanwältin nicht.

Obwohl die Nacht ihm noch in den Knochen steckte, legte der Polizeipräsident noch einen Zahn zu, um sein – wohlgemerkt: *sein* Büro! – zu entern. Ramona Ahlhaus saß breitbeinig am Kopfende *seines* Besprechungstischs. Mit einem übertrieben freudigen »Ja, guten Morgen, Frau Staatsanwältin!« ließ er sie rechts liegen und marschierte in großen Schritten durch den lang gezogenen Raum. Er umrundete seinen Schreibtisch und zog das Jackett aus, um es über die Lehne seines Bürosessels zu hängen. »Was kann ich für Sie tun?«

Die Leiterin der Ermittlungen im Flaucher-Mordfall hatte sich keinen Millimeter bewegt. Noch immer breitbeinig in Richtung Tür, also nicht zu Zimmerschied blickend, fragte sie: »Was ist denn nun eigentlich mit Ihrem Auge?«

Der Präsident zog die Schultern zusammen. Das Auge! Das Auge nervte. Gab es denn nichts Wichtigeres? Weshalb musste ihn alle Welt auf das Auge ansprechen! Er dachte an das Schlachtfeld der vergangenen Nacht. An das leise, unangenehme Geräusch, das entstanden war, als der Kopf des toten Huhns vom Hackstock geplumpst war. Aber die Staatsanwältin erkundigte sich nach seinem Auge.

Nun fing Ramona Ahlhaus auch noch an, mit den wie immer in Mörderpumps steckenden Fersen auf und ab zu wippen. Wie er diese Frau satthatte! »Haben Sie meine Frage gehört?« Sie wandte sich um.

Noch mehr Moschuswind umwehte seine Nase. Er wusste, dass er um eine Antwort nicht herumkam. Die Luft anhaltend, presste er hervor: »Was wird mit meinem Auge schon sein?«

Sie lachte künstlich. »Es ist blau, mein Lieber. Nun verraten Sie mir doch endlich – was ist Ihnen passiert?«

Zimmerschied fasste sich vorsichtig ans Auge. »Ach, das, äh, das ist nichts. Ich habe ja eine Landwirtschaft. Da hat mich beim Melken eine Kuh ... deshalb.«

»Sieht schlimm aus, wie nach einer Schlägerei«, konstatierte die Staatsanwältin noch halbwegs freundlich. Doch dann schaltete sie in eine aggressivere, stakkatoartige Gangart um. »Herr Kollege, vier Tage sind verstrichen, seit ein unschuldiges Liebespaar in Erwartung eines Kindes von einem Unbekannten attackiert wurde, und ich habe bis heute von Ihnen keine einzige Zeile eines Zwischenberichts bekommen.« Während Zimmerschied sie ansah, glaubte er tatsächlich die Verfärbung seines Auges zu spüren, was natürlich unmöglich war. »Was? Ist? Da? Los!«, schnauzte sie ihn an. Dann stutzte sie. »Wieso sind Sie eigentlich so blass? Haben Sie schlecht geschlafen? – Jaja, Sie sehen regelrecht müde aus! Übernächtigt! Geht es Ihnen nicht gut?«

»Ich glaube nicht, dass Sie das wirklich wissen wollen.«

»Doch, will ich! Erzählen Sie! Was ist in Ihrem aufregenden Leben vorgefallen?«

Der Polizeipräsident seufzte. Diese Frau! Er konnte sie nicht ausstehen. Langsam und bewusst sprach er jedes einzelne Wort aus: »Der Fuchs.« Er holte trotz Moschus vorsichtig Luft. »Der Fuchs war heute Nacht.« Er atmete noch einmal ein. »Im Hühnerstall.«

Ramona Ahlhaus lachte gekünstelt auf, aber er überging ihr rauchiges Gelächter einfach und fuhr trocken, beinahe wie ein Automat, fort: »Er hat alle Hühner und den Hahn totgebissen.«

»Alle, warum denn alle? Reicht ihm eines nicht, haha?«

»Wenn es ein Fuchs in einen Hühnerstall schafft, dann schaltet bei dem das Hirn ab. Der gerät dann in einen Blutrausch.«

»Und dann beißt er alle Tierchen tot?«

»Frau Ahlhaus, ich finde es nicht gut, wie Sie über diesen Vorfall sprechen. Aber ich antworte Ihnen trotzdem: Nein, ein Huhn hat schwer verletzt überlebt, das musste ich dann notschlachten, mitten in der Nacht.«

»Sie notschlachten nachts, Herr Zimmerschied?« Ramona Ahlhaus wirkte immer noch wie beschwipst. Das Thema regte sie offensichtlich an.

»Ja. Gezwungenermaßen. Man kann so ein armes Tier ja nicht noch länger leiden lassen.«

Er funkelte sie böse an. Nein, er mochte das nicht, wie sie so dasaß in ihren waffenartigen Pumps.

Abrupt brach Ramona Ahlhaus ihr Lachen ab und sagte mit kalter Stimme: »Es ist mir egal, was Sie nachts treiben, Herr Kollege. Ich brauche Ergebnisse. Was ist denn hier los? Haben wir einen Verdächtigen? Der Innenminister hat mich heute angerufen! Die Medien. Meine Pressestelle ist schon vollkommen entnervt wegen der dauernden Anfragen. Herr Zimmerschied, das ist lästig. Sehr lästig. Deshalb frage ich Sie, wenn Sie schon nicht in der Lage sind, mich vorschriftsmäßig über die Ermittlungen auf dem Laufenden zu halten: Was – haben – Sie – herausgefunden?«

Zimmerschied wich ihrem Blick nicht aus. »Wir verfügen über brauchbare DNA-Spuren, aber in keiner der Datenbanken hat sich ein Treffer ergeben.«

»Und sonst?«

»Wir haben das Opfer vernommen. Frau Carmignano.«

»Und?«

»Sie ist sehr schwach, liegt halb im Koma. Ich schicke Ihnen die Abschrift ihrer Aussage. Das ist alles sehr verwirrend.«

»Könnten Sie bitte etwas präziser werden?«

»Frau Carmignano sagt, dass der Schütze ein Mann ohne Gesicht gewesen sei, dass er sie angespuckt und sofort das Feuer eröffnet habe. Er muss einen Schalldämpfer gehabt haben. Es könnte ein Profi gewesen sein …«

Sie fiel ihm ins Wort. »Wie meinen Sie das: ›ohne Gesicht‹?«

»Wir wissen auch nicht genau, was das bedeutet.« Er schluckte. »Wir haben darüber diskutiert, was sie mit ›ohne Gesicht‹ gemeint haben könnte. Wir glauben, dass der Täter vielleicht eine Maske getragen hat.«

»Warum haben Sie nicht nachgefragt?«

»Frau Kollegin, jetzt bitte! Natürlich hätten wir das gerne gefragt. Aber diese junge Frau ist halb tot. Sie ist praktisch nicht vernehmungsfähig. Die Ärztin wollte uns gar nicht erst mit ihr reden lassen. Wir haben darauf bestanden, weil wir Sorge haben, dass sie uns wegstirbt. Das, was uns Frau Carmignano erzählt hat, das war total genuschelt und verwaschen! Wir konnten es auch nur enträtseln, weil wir hier im Amt einen Blinden haben, der über einen besonders feinen Gehörsinn verfügt.« Der LKA-Chef, der noch immer bei seinem Schreibtisch stand, ging nun in Richtung Vorzimmer, blieb dann aber direkt neben der Staatsanwältin stehen. »Wir sind dran!«

Er sah sie an. Ihre Blicke kreuzten sich. Zimmerschied wich aus und betrachtete ihre linke Hand, die auf der Tischplatte lag. Die abgekauten Fingernägel hatten etwas von Bäumen nach einem Waldbrand. Sie zu sehen bereitete ihm, dem Handästheten, Schmerzen.

»›Wir sind da dran‹ reicht mir aber nicht. Und vor allem möchte ich topaktuell über alles auf dem Laufenden gehalten werden, was hier Sache ist. Dass es sich um einen Mann mit einer Maske handelt, der, weil er mit einem Schalldämpfer arbeitet, womöglich ein Profi ist – das sind ja wohl Informationen, die man längst schon an die Medien hätte geben können, und auch an den Minister. Dann würden wir nicht wie die letzten Schnarchtassen dastehen!«

»Bitte, gehen Sie mit diesen Informationen nicht an die Öffentlichkeit, Frau Ahlhaus. Das ist alles vollkommen ungesichert.«

»Das müssen Sie schon mir überlassen, mit was ich an die Öffentlichkeit gehe«, tönte sie.

»Nein, das überlasse ich Ihnen nicht. Weil wir diesen Typen nämlich möglichst bald festnehmen wollen, und da wäre es nicht gut, wenn der mitkriegt, wie klar das Profil ist, nach dem wir suchen. Der weiß ja nicht, ob und wie genau ihn die Opfer gesehen haben. Ob wir eine Personenbeschreibung haben oder nicht. Deswegen bleibt das, was ich Ihnen jetzt über den Stand der Ermittlungen gesagt habe, unter uns.«

Sie stand auf. Eine Moschuswelle überschlug sich über Zimmerschieds kurzen, angegrauten Haaren. Er schnappte nach Luft. Mit einem »Wir werden sehen. Grüße Sie!« drehte Ramona Ahlhaus ab.

Als sie verschwunden war, trat Zimmerschied ins Büro seiner Sekretärin und sagte: »Wenn die Frau Staatsanwältin ein Schiff wäre, dann wäre sie ein Zerstörer.«

Elisabeth Rötli nickte und lächelte ihn aus ihrem sommersprossigen Gesicht verständnisvoll an. Der Duft ihres Chanel-Parfüms entspannte den Polizeipräsidenten ein wenig. Er holte sich ein Glas Leitungswasser von dem Waschbecken im Einbauschrank und meinte: »Könnten Sie bitte bei Södlinger und Veltroni anrufen? Ich habe ein paar Fragen an die Kollegen.«

Als er Hannes Södlinger am Hörer hatte, blaffte Zimmerschied los: »Ich warte noch immer auf Ihre Nachricht bezüglich der Herkunft der Tatwaffe!«

»Ja, ach so …«, stammelte der Kriminalhauptkommissar verdattert.

»›Ja, ach so!‹«, äffte ihn der LKA-Chef nach, was sonst gar nicht seine Art war. Aber er war müde, die Hühner waren tot, seine Frau war verrückt, Ramona Ahlhaus eine Zumutung und Södlinger mit seiner schleimigen Art ein willkommenes Opfer. »Kann es sein, dass ich Ihnen und der Frau Veltroni vor zwei Tagen den Auftrag gegeben habe, herauszufinden, ob diese Patrone, die wir da am Flaucher gefunden haben, einem der im Stadtgebiet oder sonst wo gemeldeten Waffenbesitzer gehört? Ist es möglich, dass ich das von Ihnen verlangt habe, und ist es möglich, dass ich bis heute von Ihnen keine Antwort erhalten habe, obwohl wir zwischenzeitlich ja doch gemeinsam einige nette Zeit mit italienischen Mitbürgern und in fremden Wohnungen verbracht haben? Mit Seidenstrumpfhosen unter Sofas und Kontoauszügen?«

Elisabeth Rötli, an deren Schreibtisch Zimmerschied stand, wedelte besänftigend mit den Händen, und der Präsident glaubte, sie ein Schweizerisches »Piano, piano, Herr Zimmerschied« flüstern zu hören. Aber er machte eine wegwerfende Handbewegung.

Am anderen Ende der Leitung schluckte Södlinger hektisch und sagte in seinem unterwürfigsten Ton: »Wir haben schon Ergebnisse, Herr Präsident, aber weil die uns nicht weiterbringen, haben wir …«

»Mich interessieren auch Ergebnisse, von denen Sie meinen, dass sie uns nicht weiterbringen! Vielleicht meine ja ich, dass sie uns doch weiterbringen. Und wenn ich das meinen sollte, dann hätte das eine gewisse Bedeutung, weil ich hier immer noch der Chef bin!«

»Ja, also gut, dann … dann sag ich Ihnen das …«

»Ja, sagen Sie mir das!«

»Jetzt sofort?«

»Ja, jetzt sofort!«

»Gut, warten Sie – Barbara, kannst du mir bitte schnell die Ergebnisse vom Sachgebiet 207 geben?«

Zimmerschied hörte es rascheln. Dann erklärte Södlinger: »Also, das Sachgebiet 207 hat herausgefunden, dass die am Tatort Flaucher-Mord aufgefundene Patronenhülse, welche vermutlich aus einer Ceska bzw. Norinco stammt, mit keiner in unserer Datenbank gespeicherten Waffe übereinstimmt.«

»Das ist alles?« Zimmerschied brüllte fast.

»Das ist alles.«

»Und dazu brauchen Sie ein Blatt von der Frau Veltroni, oder was?«

»Das Gutachten vom Sachgebiet 207, Herr Präsident. Da steht das drin.«

»Sagen Sie nicht ›Herr Präsident‹ zu mir!« Zimmerschied ließ ein Blatt der auf Rötlis Schreibtisch stehenden Zimmerpflanze zwischen seinen Fingern hindurchgleiten. »Gut, wie viele Waffenbesitzer gibt es, die so eine Waffe haben, in München und Umgebung?« Der Präsident hatte die Pflanze zu fest gegriffen, er hielt das abgerissene Blatt in der Hand.

»Hunderteinundsechzig.«

»Alles klar, Herr Södlinger, dann ordne ich jetzt an, dass jeder von diesen hunderteinundsechzig Waffenbesitzern persönlich von Ihrer Soko überprüft wird.«

»Das meinen Sie nicht ernst!«, entfuhr es dem Kriminalhauptkommissar.

»O doch, das meine ich ernst.«

»Aber wer soll das denn machen?«

»Sie und die Frau Veltroni und …« Zimmerschied realisierte, dass er weit über das Ziel hinausgeschossen war, was seinen Stil und auch seine Forderung betraf, genau genommen in jeder Hinsicht. Er hielt Rötli das abgerissene Blatt hin und fuhr etwas weniger streng fort: »Der Herr Hensch kann auch noch helfen, und vielleicht können Sie ja auch noch andere Kollegen hinzuziehen ... und ... und ich helfe bei diesen Vernehmungen selbstverständlich auch mit.« Er verzog Rötli gegenüber entschuldigend das Gesicht. »Ganz klar, Herr Södlinger, ich lasse Sie und die Frau Veltroni da nicht im Regen stehen. Wir arbeiten zusammen. Wir ziehen an einem Strang. Gemeinsam werden wir den Flaucher-Mörder stellen.«

»Alles klar, Herr Präsident.«

»Sagen Sie nicht ›Herr Präsident‹ zu mir, Herr Södlinger.«

»Alles klar, Herr Pr... Zimmerschied.«

»Gut. Wiederhören.«

»Wiederhören.«

Arto Paasilinna war Finnlands
berühmtester Schriftsteller
und Trinker.

SIEBZEHN | Traktor

Den Rest des Tages verbrachte Karl Zimmerschied notgedrungen mit einer Abteilungsleitersitzung, einem halb privaten Mittagessen mit dem BKA-Präsidenten, der aus Bonn angereist war, einer Telefonkonferenz mit seinem finnischen Polizeipräsidentenkollegen Arto Paasilinna, einem Fototermin mit der Fußballmannschaft der SpVgg Unterhaching und der Besichtigung eines Unternehmens für Sicherheitsschlösser. Zwischendrin, während er gerade dem Flötenkonzert von Dritt- und Viertklässlern lauschte, das ihm in der Kindertagesstätte Bummi dargeboten wurde, erreichte ihn eine SMS von Barbara

Veltroni. Die Kollegin schrieb, das Krankenhaus habe mitgeteilt, dass Antonietta Carmignano an ihren schweren Verletzungen gestorben sei. Zimmerschied spürte ein Stechen in der Brust. Nicht nur, weil diese Informationsquelle nun endgültig versiegt war, die ihm vielleicht noch einen Hinweis auf den kaltblütigen Täter hätte liefern können, sondern auch, weil er es furchtbar fand, dass eine junge angehende Mutter eines derart sinnlosen Todes hatte sterben müssen. Und sie habe noch eine schlechte Nachricht, schrieb Barbara Veltroni, Pietro Fontana, von dem die Überweisungen auf dem Konto der Opfer stammten, sei der Patenonkel von Luigi Carmignano. Der Polizeipräsident ächzte. Damit waren gleich zwei mögliche Anknüpfungspunkte für die Lösung des Falls verloren. Als der Abend kam, fühlte Zimmerschied sich erschöpft.

Trotzdem war er gegen 19:30 Uhr wieder im LKA. Auf seinem Schreibtisch fand er eine Nachricht in der Handschrift seiner Sekretärin.

Anruf Dr. Augustin; lässt ausrichten,
sie fährt heute nicht bei Ihnen mit.
Herzlich, E. Rötli

Eigentlich hatte Zimmerschied den ganzen Tag – während er sich von einem öden Routinetermin zum nächsten geschleppt hatte – darüber gebrütet, wie er den anstehenden Abend mit seiner Mitbewohnerin über die Bühne bringen konnte, ohne mit ihr in verfängliche Situationen zu geraten und gleichzeitig als unhöflich wahrgenommen zu werden. Insofern hätte er nun, da er wusste, dass Isabelle Augustin gar nicht mit aufs Land fuhr, eigentlich erleichtert sein müssen. Aber nein, Karl Zimmerschied war nicht erleichtert, er war enttäuscht und fragte sich, warum Dr. Augustin sich von ihm abwandte. Waren das Gemetzel unter den Hühnern, das der Fuchs angerichtet hatte, und die Notschlachtung in der vergangenen Nacht zu krass gewesen für die junge Wissenschaftlerin? Hatte es sie geschockt, ihn von dieser blutigen Seite kennenzulernen? Er starrte auf Rötlis Nachricht. Er griff nach dem Zettel und drehte ihn um. Warum wollte Dr. Augustin heute Abend nicht mit ihm aufs Land fahren? Die Rückseite des Zettels war leer. Schlief sie bei irgendjemand anderem? Bei wem? Hatte sie einen Freund?

»Das geht dich alles nichts an«, sagte er in die Stille des Präsidentenbüros hinein.

Erst als der Satz draußen war, wurde ihm bewusst, dass er ihn selbst ausgesprochen hatte. Er seufzte. So weit war es also schon gekommen: Er führte Selbstgespräche! Er nahm den Zettel, faltete ihn viel zu sorgfältig zusammen, wie er gleich hinterher feststellte, und steckte ihn in die Innentasche seines Sakkos. Da fiel ihm ein, dass heute Freitag war. Wenn Dr. Augustin heute nicht nach Hause kam, dann kam sie womöglich das ganze Wochenende nicht. Wieso hatte sie ihm das nicht persönlich gesagt?

Der Polizeipräsident wählte die Privatnummer seiner Sekretärin. Elisabeth Rötli ging sofort dran. Aber sowie er sie am Apparat hatte, war es ihm peinlich, die Schweizerin nach Dr. Augustin zu fragen. »Frau Rötli, ich wollte – ach, entschuldigen Sie bitte, dass ich Sie nach Feierabend angerufen habe. Es hat sich erledigt.«

»Nein, nein, kein Problem, was ist denn?«, fragte Rötli freundlich.

»Nichts, es ist nichts. Das können wir auch am Montag ... Es ist ... es ist alles gut. Haben Sie ein schönes Wochenende.«

Er wollte schon auflegen, da hörte er, wie Rötli noch etwas sagte: »Aber ich, Herr Zimmerschied, ich hätte noch eine Frage. Und zwar haben mir die Frau Veltroni und der Herr

Södlinger gesagt, dass ein Bekannter Ihrer Frau auf Bali verschwunden sein soll. Stimmt das denn?«

Zimmerschied war so perplex, dass ihm keine Antwort einfiel. Er schwieg.

»Herr Zimmerschied?«

»Ja.«

»Die Kollegen von der Soko Flaucher-Mord haben gefragt …«

»Jaja, ich habe das schon verstanden.«

»Die wollten wissen, ob Sie darüber informiert sind, dass der Bekannte Ihrer Frau verschwunden ist und …« Rötli suchte offensichtlich nach einer unverfänglichen Formulierung. »… und – wissen Sie das denn?«

»Ich weiß nicht einmal, was für ein Bekannter von meiner Frau da gemeint ist«, log Zimmerschied und überlegte dabei fieberhaft, woher Veltroni und Södlinger von dem Hanswurst erfahren haben konnten.

»Ach so, weil die Frau Veltroni hat gesagt, Sie wüssten das …«

»Ja, ist ja egal, Frau Rötli. Lassen wir es gut sein. Ich danke Ihnen. Schönes Wochenende.« Die Verwunderung seiner Sekretärin über die abrupte Verabschiedung blieb Zimmerschied nicht verborgen.

Es kostete ihn einiges an Kopfarbeit, doch als er mit seinem Auto die Stadtgrenze erreicht hatte, war es ihm gelungen, die Gedanken an Roswitha und den Hanswurst und die Frage, woher seine Mitarbeiter von dem Verschwinden seines Nebenbuhlers erfahren hatten, zu verdrängen. Als Trick hatte ihm dabei geholfen, an Dr. Augustins Hände zu denken, und an ihre Füße. Er stellte sie sich in den Blumensandalen vor. Welch schönes Bild. Aber warum fuhr sie bloß nicht mit ihm nach Hause? Weil er auf diese Frage keine angenehme Antwort fand, versuchte er zu beschließen, dass seine Gedanken zu Dr. Augustin völlig fehl am Platze waren – immerhin hatte er keinerlei Anspruch auf sie. Da ihm dies jedoch auch nicht so recht gelingen wollte, schaltete er das Radio ein. Zu allem Überfluss lief das Lied, das er von allen am wenigsten hören wollte. Lynn Andersons *Rose Garden*. Beklommen lauschte er dem Text: *Along with the sunshine, there's gotta be a little rain some time …* Er brachte es nicht übers Herz, den Sender zu wechseln. Erst als das Lied zu Ende war und der Radiomoderator losquatschte, betätigte Zimmerschied den Aus-Knopf. Die Sonne stand bereits rot und tief über den Baumwipfeln. Davor die Wiesen und Äcker, zwei Reiterinnen auf einem Feldweg. Der LKA-Präsident konnte dem Lonely-Cowboy-Moment sogar etwas abgewinnen. Doch die *Hells Bells* zerrissen die Magie. Zimmerschied warf einen Blick auf das Display. Es war die Nummer von Innenminister Alfred Werner. Er ließ es läuten. Allerdings versuchte es der Politiker, bis Zimmerschied auf seinem Hof in Holzleute angekommen war, noch dreimal. Und während der LKA-Chef in die Stallkleidung schlüpfte, weitere viermal. Beim zehnten Anruf des Innenministers entfuhr Zimmerschied ein böses »Wadlbeißer«. Dann stieg er kurz entschlossen auf den Traktor, startete den Motor, kletterte wieder vom Fahrersitz, stellte sich direkt neben die knatternde Maschine, nahm den Anruf entgegen, hielt das Smartphone dorthin, wo es am lautesten war, und schrie in den Krach hinein: »Ja? Hallo, hallo? Wer ist da? Ich kann Sie … Herrschafts… ist das laut! Hören Sie … Ich kann Sie … nicht verstehen! Hallo, hallo?« Nun stieg er wieder auf den Fahrersitz, drückte die Kupplung und spielte mit dem Gas, als stünde er mit einem tiefer gelegten Golf GTI an der Kreuzung. »Hallo? Tut mir leid! Ich glaube, da ist eine Störung!« Dann legte er auf, erledigte die Stallarbeit und ging zu Bett.

Die Welt konnte ihn mal.

Der Schriftsteller Jörg Steinleitner wurde als Kleinkind von einer Dogge umgestoßen. Seither hat er selbst vor den kleinsten Kläffern Angst.

ACHTZEHN | Dogge

Es regnete, als Zimmerschied am nächsten Morgen aufwachte. Er hatte durchgeschlafen. War Dr. Augustin nach Hause gekommen? Der Präsident schlich zu Tür des Gästezimmers und horchte. Da er nichts hörte, klopfte er zaghaft. Keine Reaktion. Vorsichtig drückte er die Klinke und schob die Tür ein Stück auf. Sie knarzte. Er schob sie weiter auf. Sie knarzte noch mehr. Er sah Dr. Augustins Bett. Es war leer. Sie war also nicht nach Hause gekommen. Er trat ganz in den Raum. Es duftete nach Jasmin oder Lavendel oder welcher Blume auch immer. Nach ihr eben. Auf einem Stuhl lagen einige ihrer Kleider, und auf dem Boden, neben den Blumensandalen, sah er einen weißen Slip. Er ging in die Knie und betrachtete ihn. Der Slip hatte eine feine Rüschenborte. Zimmerschied streckte langsam die Hand danach aus. Doch kurz bevor er den seidigen Stoff berührte, riss er sich los, stand etwas ungelenk auf, verließ den Raum und schloss die Tür. Er setzte für sich Kaffee auf und für die Schweine einen großen Topf Kartoffeln. Die nächsten zwei Stunden verbrachte er mit verschiedenen nützlichen Arbeiten auf dem Bauernhof – misten, melken, mähen. Als er den Schweinen dabei zusah, wie sie sich über die eigens für sie gekochten Kartoffeln hermachten, kam ihm eine Idee, wie er das Wochenende halbwegs unbeschadet herumbringen konnte. Er tippte und wischte über sein Smartphone. Dann sagte er: »Grüß Gott, Herr Hensch, ich bin's. Sind Sie schon wach?«

»Ja«, erwiderte der junge Blinde.

»Sie hören sich aber schon noch verschlafen an. Rufe ich zu früh an?«

Tommy Hensch gähnte. »Nein, nein, geht schon. Ich war schon mit Benno draußen, habe mich nur noch einmal hingelegt.«

»Ich habe auch schon die Schweine gefüttert. Die haben heute Kartoffeln bekommen. Frisch gekocht von mir. Das hat denen geschmeckt!« Als in Zimmerschied ein Gefühl der Armseligkeit aufzusteigen drohte – welcher Polizeipräsident rief wohl am Wochenende einen seiner rangniedrigsten Mitarbeiter an, weil er sich vor dem vor ihm liegenden einsamen Wochenende fürchtete? –, sagte er schnell: »Sie, Hensch, haben Sie heute Zeit?«

»Wieso?«

»Für Vernehmungen. Ich wollte heute ein paar Vernehmungen vornehmen. Im Flaucher-Mordfall. Und da habe ich mir gedacht, dass es gut wäre, Sie dabeizuhaben.«

Hensch brummte mittelmäßig erfreut.

»Weil Sie doch Sachen sehen, die wir Sehenden nicht sehen.«

»Na ja«, meinte Hensch.

Dieses Mal standen keine großen, dunkelgrauen Mülltonnen vor dem Neubau. Zielstrebig schritt Zimmerschied voraus. Der Regen prasselte auf den geteerten Weg. Hensch und Benno Berghammer hatten Mühe, ihm zu folgen. Der Präsident war froh, dass er durch seinen Aktionismus die lästigen Gedanken loswurde. Und seinem jungen Kollegen Hensch war er so dankbar, dass der sein eigentlich freies Wochenende opferte, dass er ihm noch auf dem Weg zu dessen Wohnung ein Croissant und einen Becher Kaffee gekauft hatte. Der Blinde hatte sich artig bedankt, aber angemerkt, dass er Zimmerschied bitte, für ihn zukünftig keine Wegwerfbecher mehr zu kaufen.

»Aber das ist doch bloß Pappe«, hatte der LKA-Chef, beinahe ein wenig beleidigt, abgewiegelt.

Woraufhin Tommy Hensch zu einem Kurzvortrag angesetzt hatte, dessen Zahlengenauigkeit den Präsidenten hatte verstummen lassen. »Bloß Pappe«, hatte der Cybercop gesagt. »Allein in Deutschland fallen jedes Jahr zwei Komma acht Milliarden Becher an. Allein für ihre Produktion braucht man so viel Strom, dass eine Stadt mit hunderttausend Einwohnern ein Jahr lang damit versorgt werden könnte. Und das Wasser, das man für diese fast drei Milliarden Becher braucht – wir sprechen hier von eineinhalb Milliarden Litern –, würde auch reichen, um eine ganze Stadt ein Jahr lang einzudecken.«

Zimmerschied hatte diese Vorhaltung nur mit einem verdutzten »Aha« quittiert, weshalb Hensch sich bemüßigt gefühlt hatte, nachzuschieben, dass er nicht bereit sei, an derlei Schmutzeleien mitzuwirken. Man müsse ja auch an die folgenden Generationen denken. Den Rest der Fahrt hatten sie geschwiegen.

Zimmerschied betrachtete die Klingelschilder. Links neben der Klingel von Antonietta Carmignanos und Luigi Zorzis Wohnung stand »Powereit/Schwenk«, rechts »Baumgartlinger«. Der Präsident klingelte bei »Powereit/Schenk«.

Wenig später rauschte es aus der Gegensprechanlage: »Ja?«

»Kriminalpolizei. Grüß Gott. Würden Sie uns bitte reinlassen?«

»Wieso?«, fragte die Männerstimme zurück.

»Weil wir ein paar Fragen haben.«

»Wieso?«

Zimmerschied runzelte die Stirn und sah sich um. Von oben hörte er das Geräusch eines sich öffnenden Fensters. Häuser hatten Ohren. Große Mietshäuser in großen Städten ganz besonders. Er ärgerte sich, dass er den Schlüssel zur Wohnung der Opfer und damit auch zur Haustür in Veltronis und Södlingers

Büro nicht hatte finden können. Aber er hatte nicht vor, hier auf offener Straße die Details der Ermittlungen zu erläutern, deshalb sagte er: »Es geht nicht um Sie persönlich. Wir haben Fragen an Sie wegen eines Nachbarn.«

»Wegen wem?«

»Herr Powereit ...«

»Woher wissen Sie meinen Namen?«

»Der steht auf dem Klingelschild.« Zimmerschieds Geduld war allmählich aufgebraucht.

»Ach so.«

Der Polizeipräsident schnaubte. »Nix ›ach so‹. Machen Sie jetzt endlich auf, sonst sprengen wir die Tür auf.« Hensch wandte sich mit entsetztem Gesichtsausdruck seinem Chef zu.

»Nicht wirklich, oder?«, rauschte es aus der Gegensprechanlage. »Sind Sie überhaupt von der Kripo?«

Zimmerschied sah Hensch und den Hund an und sagte leiser: »Das gibt's ja wohl nicht, oder? Was ist denn das für ein Schwachkopf?«

Der Blinde zuckte mit den Schultern. »Ich denke mal, das ist ein relativ normaler ... Schwachkopf.«

»Früher war das nicht so.« Der Polizeipräsident überlegte, wann er das letzte Mal an Türen geklingelt hatte, um Menschen zu befragen. Das musste mindestens zwanzig Jahre her sein, wenn nicht mehr.

»Wahrscheinlich sind die Leute misstrauischer als früher.« Hensch schien ihn mit seinen blinden Sonnenbrillenaugen anzusehen.

Wieder knackste der Lautsprecher. »Was tuscheln Sie da? Sie sind doch Betrüger, oder? Wollen Sie was verkaufen?«

Hensch sagte, noch immer in gedämpftem Ton: »Lassen Sie mich mal.« Dann, lauter, sprach er in die Gegensprechanlage: »Guten Tag, Herr Powereit. Wir sind wirklich von der Kriminalpolizei. Mein Name ist Hensch. Ich bin blind und habe einen Hund dabei. Der bräuchte dringend mal was zu trinken. Könnten Sie uns bitte eine Schale Wasser zur Verfügung stellen? Ich würde Ihnen die hieraus entstehenden Kosten auch erstatten.«

»Willste mich jetzt verarschen, oder was?«

»Nein, Herr Powereit, mein Hund Benno hat Durst. Wenn Sie mir nicht glauben, können Sie ja zum Fenster rausschauen. Wir stehen vor der Tür. Ich kann Sie allerdings nicht sehen, weil ich – wie gesagt – blind bin. Ich bin der mit der schwarzen Brille. Aber Benno kann Sie schon sehen und auch mein Vorgesetzter, der heißt Herr Zimmerschied.«

Der Lautsprecher machte ein letztes Geräusch, dann verstummte er.

»War wohl nix«, meinte Zimmerschied.

Aber er irrte sich, denn kaum eine halbe Minute später ging tatsächlich in der ersten Etage ein Fenster auf, und ein hageres Gesicht lugte hervor. »Ah, alles klar, Sie haben ja echt einen Hund. Warten Sie, ich mache Ihnen schnell auf.«

Kurz darauf ertönte der Summer.

»Tag, Powereit Ingo mein Name«, sagte der an die zwei Meter große Glatzkopf im Türrahmen. Seinen hageren Oberkörper umschlotterte ein orangefarbenes T-Shirt, seine Beine steckten in schlabberigen beigefarbenen Shorts mit großen Taschen. Er streckte Hensch die Hand entgegen. Hensch schlug ein, und Zimmerschied fragte sich einmal mehr, wie das ging. Der Hagere erklärte: »Habe auch Hunde, deswegen ist das mit dem Wasser Ehrensache.« Hinter ihm drängelten drei Doggen, die selbst dem erfahrenen Bauern und Tierfreund Zimmerschied Respekt einflößten. In Richtung von Benno Berghammer sagte der Gastgeber: »Ah, ein Labrador! Kommen Sie rein.«

Hensch betrat, geführt von Benno, den Flur. Zimmerschied folgte als Letzter. Die Doggen waren verschiedenfarbig, eine war schwarz, eine weiß und eine grau. Die schwarze Dogge schnüffelte an Zimmerschieds Hosenladen herum. Er schob sie weg und rümpfte die Nase. Die Bude war schlecht gelüftet. An der Garderobe hingen alle möglichen Leinen und Geschirre für die Hunde. Auf dem Boden lagen Hundespielsachen: zerbissene Bälle, Knochen aus Kunststoff, aber wie es aussah, auch echte, und Kuscheltiere. Ingo Powereit ging in die Küche voraus, nahm einen Blechnapf, ließ Wasser einlaufen und stellte ihn Benno hin. Der Hund schnüffelte daran, wandte sich dann aber wieder seinem Herrchen zu.

Der Gastgeber bemerkte das Zögern des Labradors und meinte: »Na, ist der Benno vielleicht doch nicht so durstig, was?« In seiner Stimme schwang eine Andeutung von Misstrauen mit.

»Trink, Benno, du hast doch Durst«, sagte Hensch sanft.

Da nahm der kräftige schwarze Hund einen Höflichkeitsschluck.

»Es geht um Ihre Nachbarn«, erklärte Hensch. »Frau Carmignano und Herr Zorzi.«

Powereit kniff die Augen zusammen. »Ich habe Sie echt nur wegen dem Hund reingelassen. Sie sind nicht wirklich von der Polizei, oder?«

Wie Synchronschwimmer zogen Hensch und Zimmerschied ihre Kriminaldienstmarken aus den Hosentaschen und hielten sie dem Kahlkopf hin.

»Wieso meinen Sie, dass wir nicht von der Polizei sind?« Der Polizeipräsident betrachtete den Mann, dessen Hund nun, da Zimmerschied ihn vorsichtig von seinem Hosenladen weggeschoben hatte, seine rechte Hand abschleckte, als wäre sie eine Kalbsleberwurst.

»Na ja, die Kripo war doch schon hier. Deshalb!«

»Wann war hier schon jemand von der Kripo?«

»Na ja, gestern Nachmittag. Eine Frau und ein Mann.«

»Frau Veltroni und Herr Södlinger?«, fragte Zimmerschied.

Powereit sah ihn überrascht an. »Sie sind doch von der Polizei?«

»Ja, wir sind doch von der Polizei. Können wir Ihnen jetzt endlich mal ein paar Fragen stellen?«

»Ich weiß nichts, und was ich weiß, habe ich schon alles Ihren Kollegen gesagt.«

Zimmerschied reichte es allmählich. »Nun passen Sie mal auf, Herr Powereit. Sie werden mir jetzt ganz schnell alle Fragen beantworten, die ich an Sie habe. Andernfalls werde ich dafür sorgen, dass Sie hier gewaltige Probleme bekommen.«

Der lange Dünne betrachtete ihn erstaunt, erwiderte aber nichts.

»Also. Erstens: Kennen Sie Antonietta Carmignano und Luigi Zorzi?«

»Wieso sagen Sie ›kennen‹ – ich denke, Herr Zorzi ist tot?«

»Die Fragen stelle ich. Also, kennen Sie die beiden?«

»Nur flüchtig. Ich wohne erst seit drei Monaten hier.«

»Was wissen Sie über die beiden?«

»Dass Herr Zorzi tot ist – das haben mir Ihre Kollegen ja bereits gesagt. Dass sie Hunde nicht sehr mögen, vor allem Herr Zorzi. Nicht wahr, mein Püppchen?« Er beugte seinen dürren Körper nach unten und ließ sich von der weißen Dogge auf die Lippen küssen. »Meine Nachbarn waren sehr laute Menschen. Das war nicht angenehm. Ich muss ja wegen der Hunde meist recht früh raus. Und da brauche ich meinen Schlaf. Und da ist es nicht schön, wenn in der Nacht nebenan gefeiert wird. Deshalb sehe ich das auch nur mit einem weinenden Auge.«

»Was jetzt – den Mord, oder was?«, entfuhr es Zimmerschied.

»Ja, gut, so kann man das vermutlich auch nicht sagen.«

Powereit schien sich ertappt zu fühlen. Er hüstelte. »Also. Jedenfalls. Es war eine … nicht so gute … Nachbarschaft.«

»Die waren also nachts oft laut«, sagte Tommy Hensch leise und nachdenklich.

»Ja. Er, dieser Herr Zorzi, arbeitete ja wohl in einer Pizzeria. Der kam meistens ziemlich spät nach Hause. Und dann war da aber nicht Ruhe in der Kiste, sondern da kamen dann oft auch noch Leute mit.« Er fuhr sich über die Glatze. »Vermutlich Arbeitskollegen oder welche von der Mafia oder was, und dann wurde da Musik gehört.«

»Was für Musik?«

»Italienische Schlager, so …« Er begann in nachäffendem Tonfall zu singen: »*Volare, oh, oh! Cantare, oh, oh, oh, oh!* Oder auch *Marina, Marina, Marina. Ti voglio al più presto sposar …* All diese musikalischen Abartigkeiten eben. Pavarotti, Ann-Sophie, Montserrat und ich hören ja nur Klassik, und da ist das schon eine Zumutung, wenn man nachts mit Proletenmusik beschallt wird. Und diese Italiener haben dann da ja auch noch mitgesungen …«

»Wer sind Pavarotti, Ann-Sophie und Montserrat?«, fragte Zimmerschied grantelnd.

»Meine Püppchen.« Er zeigte auf die schwarze Dogge. »Das ist Montserrat.« Auf die weiße. »Das ist Ann-Sophie.« Und auf die graue. »Und das hier ist Pavarotti.«

»Könnten Sie Pavarotti sagen, dass er etwas Abstand von meinem Hosenladen halten soll?«

»Pava, sag mal, spinnst du?« Auf diesen Satz seines Herrchens hin zog sich der Hund etwas zurück.

»Sie meinten eben ›Arbeitskollegen oder Mafia‹. Wie kommen Sie auf Mafia?« Zimmerschied betrachtete den Doggenliebhaber wie ein seltenes Insekt.

»Ach, da ertappen Sie mich bei was.« Der Hagere lächelte etwas linkisch. »Sie haben völlig recht. Das ist ja nur so ein Klischee. Tut mir leid. Das war mehr so dahergeredet.« Er tätschelte Ann-Sophie den Schädel. »Aber einmal kam wegen dem Lärm sogar die Polizei. Danach war dann Ruhe. Aber – wenn Sie das jetzt meinen – *ich* habe die Polizei nicht gerufen. *Ich* war das nicht, auch wenn Frau Carmignano mir das hinterher vorgeworfen hat. Aber ich war das nicht. Das müssen Sie mir glauben. Das war ein anderer Nachbar.«

»Und wer?«

»Das weiß ich natürlich nicht.«

»Natürlich nicht«, kommentierte Zimmerschied ironisch. Der Glatzkopf ging ihm auf den Zeiger. Jegliche Motivation, diesem komischen Menschen in seiner muffigen Wohnung zuzuhören, war ihm vergangen.

»Ich spüre, dass Sie mir nicht glauben, aber das müssen Sie! Ich hatte überhaupt keinen Grund, die Polizei zu rufen. Man kann ja auch mal tolerant sein, oder? Auch wenn es anstrengend ist, tolerant zu sein, kann man das … Besonders in Zeiten von AfD und so. Da ist Toleranz ja was, was verteidigt gehört, auch bei Italienern. Dass die laut sind, wird man ja wohl noch sagen …«

»Mit wem leben Sie zusammen?«, unterbrach ihn Hensch, für seine Verhältnisse erstaunlich ruppig.

Powereit runzelte die Stirn. »Mit den Hunden?«

»Und sonst?«

»Mit niemandem! Wie kommen Sie denn darauf?«

»Wegen Ihrem Klingelschild. Da steht Powereit und Schenk drauf«, meinte der Blinde mit ruhiger Stimme.

»Ach so«, antwortete der Hundebesitzer gedehnt. »Ich hatte eine Mitbewohnerin. Eine Studentin. Aber die musste ausziehen.«

»Wieso musste sie ausziehen?«

»Wegen der Hunde.«

»Aha?«

»Ja, die Hunde waren allergisch auf sie.«

»Wie meinen Sie das?«, wollte jetzt Zimmerschied wissen.

»Hören Sie mir eigentlich zu? Allergie! Pava und Ann-Sophie bekamen Ausschlag von den Haaren dieser Frau Schenk.«

»Sie meinen, die Hunde haben eine Frauenhaarallergie?«, fragte der Präsident ungläubig.

»Sozusagen. Wobei, auf die Haare anderer Frauen sind meine Hunde nicht allergisch. ›Frau-Schenk-Haarallergie‹ wäre demnach wohl die korrekte Bezeichnung. Aber da wollen wir jetzt mal nicht so sein. So wortklauberisch bin ich nicht. Obwohl man heutzutage ja, wo in den sozialen Medien alles ...«

»Gut, danke, Herr Powereit«, ächzte Zimmerschied in den begonnenen Satz hinein. »Ich habe dann keine weiteren Fragen mehr an Sie.« Als er sah, dass Hensch durchaus zu einer weiteren Frage ansetzen wollte, sagte er schnell: »Und Sie auch nicht, Herr Hensch.«

Sowie er mit Hensch und Benno wieder im Hausflur stand, beschlich Zimmerschied das Gefühl, Powereit würde sie durch den Spion in der Tür beobachten. Aber das war ihm egal.

Es gibt keine berühmten Roswithas.
Das Lexikon verweist lediglich auf eine Äbtissin
des 9. und eine Nonne des 10. Jahrhunderts.
Es wäre an der Zeit, dies zu ändern.

NEUNZEHN | Pavarotti

»Und jetzt also Baumgartlinger«, sagte Zimmerschied, streckte sich und deutete auf die andere Tür auf Powereits Stockwerk. Tommy Hensch und der Hund schauten auch in die richtige Richtung. Der Präsident klingelte. In der Wohnung rumpelte es. Dann war es still. Der Präsident drückte noch einmal auf den Schalter. Nichts geschah. Er sah Hensch an. »Da hat's doch eben gerumpelt!«

»Habe ich auch gehört«, bestätigte Hensch.

Zimmerschied klopfte gegen die Tür. »Grüß Gott! Ist da wer?« Keine Antwort. Er klopfte noch einmal und betätigte auch ein weiteres Mal die Klingel. »Hallo, wir sind von der Kriminalpolizei. Wir haben gehört, dass Sie da sind. Wir hätten ein paar Fragen an Sie.«

Der LKA-Chef, Hensch und Benno warteten noch eine Weile schweigend im Hausflur, aber nichts rührte sich. Als Zimmerschied nochmals klopfte, ging Powereits Tür ein Stück weit auf. Der hagere Doggenfreund streckte den Kopf durch den Spalt. »Herr Baumgartlinger ist ein älterer Herr. Der macht niemandem auf.«

»Uns sollte er vielleicht schon aufmachen«, meinte Zimmerschied extra laut, damit der alte Mann hinter der Tür es auch hören konnte. »Ansonsten kommen wir bald mit einem Schlüsseldienst wieder.« Der Präsident klopfte noch einmal gegen die Tür.

»Herr Baumgartlinger ist sehr unordentlich«, zischelte Powereit nun konspirativ und öffnete die Tür etwas weiter, sodass auch die graue Dogge, Pavarotti, den Kopf in den Hausflur strecken konnte. Zimmerschied warf einen kurzen, sichernden Blick auf seinen Hosenladen. »Wie meinen Sie das?«

»Ich glaube, er hat sehr viele Sachen in seiner Wohnung. Vermutlich möchte er deshalb keine fremden Menschen hineinlassen. Ich glaube aber ehrlich gesagt nicht, dass er eine Schusswaffe besitzt, mit der er Herrn Zorzi oder Frau Carmignano etwas getan haben könnte.« Pavarotti stand jetzt im Hausflur, und Ann-Sophie und Montserrat drängelten auch in Richtung Hensch und Zimmerschied.

Der Polizeipräsident bemühte sich zu ignorieren, dass Pavarotti sich ihm näherte, und drückte die Klingel. »Herr Baumgartlinger! Wenn Sie nicht wollen, dass wir in Ihre Wohnung hineinkommen, können Sie auch herauskommen. Ihre Wohnung interessiert uns nicht. Sondern Ihre Nachbarn.« Es blieb still.

Der Polizeipräsident gab ein widerwilliges Brummen von sich. Die Dogge war nun dicht an seiner Seite, merkwürdigerweise aber nicht am Hosenladen, sondern an der linken Tasche seiner Bundfaltenhose. Zimmerschied grübelte. Erst seit Kurzem mischte er sich wieder mehr in die Ermittlungen seiner Leute ein, genauer gesagt seit dem Döner-Mordfall, bei dem eine ganze Soko wochenlang einer Phantomfrau hinterhergejagt hatte. Einerseits hatte er sich eingeschaltet, weil die Ermittlungen nicht vorangekommen waren und der mediale Druck gigantisch gewesen war. Andererseits aber auch, weil er es sattgehabt hatte, ein reiner Schreibtischtäter zu sein. Und weil er sich daran erinnert hatte, weshalb er eigentlich mal Polizist geworden war, nämlich wegen der Freude an der Ermittlungsarbeit. Und weil es Spaß machte, Verbrechern das Handwerk zu legen. Aber mit solchen Pavarotti-Doggen und Herrn Baumgartlingern machte das keinen Spaß. Er wandte sich Powereit zu, der nun im Türrahmen stand. »Und was ist mit Ihren anderen Nachbarn?«

»Die Klüvers über mir, die sind übers Wochenende weg. Das ist eine Familie mit Kindern. Auch sehr laut. Die anderen Nachbarn kenne ich nicht.«

Zimmerschied nickte lustlos. So war das in der Stadt. Man kannte nicht einmal die Leute, die im selben Haus wohnten.

In den folgenden zwei Stunden klapperten er, Hensch und Benno alle Wohnungen des Mietshauses ab. Aus einer Wohnung im obersten Stockwerk drangen Frauenschreie, aber geöffnet wurde ihnen erst, nachdem Zimmerschied die Klingel eine Minute lang durchgehend gedrückt gehalten hatte. Es stellte sich heraus, dass die beiden dort wohnenden Lesben heftig miteinander gestritten hatten und kurz vor der Scheidung standen. Aber Verwertbares zu der mysteriösen Attacke auf Luigi Zorzi und Antonietta Carmignano hatten die Frauen nicht mitzuteilen. Die anderen Hausbewohner, die das italienische Paar gekannt hatten, beschrieben sie als sympathisch und aufgeschlossen, und zwei Gesprächspartner – der Yuppie Ronald Fürst und die ältere Wiltrud Hilm – bestätigten, dass es nachts gelegentlich laut gewesen sei und dass Luigi Zorzi, wie der Nachbar Powereit bereits ausgesagt hatte, oftmals italienische Arbeitskollegen mit nach Hause genommen hatte.

Draußen regnete es noch immer, als Benno den Buchs zwischen Haustür und Gehweg markierte.

»Das war nicht sehr ergiebig«, stellte Zimmerschied etwas enttäuscht fest.

»Vielleicht hätte dieser Herr Baumgartlinger noch etwas beizusteuern gehabt …«, erwiderte Hensch. »Aber so, glaube ich …«

Der Polizeipräsident fühlte sich entsetzlich erschöpft. Aber es lag ein ganzes leeres Wochenende vor ihm, die Hühner waren tot, Roswitha auf Bali und Dr. Augustin wo auch immer, und so gab er sich einen Ruck. »Herr Hensch, lassen Sie uns noch zum Flaucher fahren. Vielleicht fällt uns am Tatort etwas auf, was die Kollegen übersehen haben.«

Zögerlich willigte Hensch ein. Als er von der Hackerbrücke links in Richtung Hauptbahnhof abbog und gerade eine Gruppe Touristen in Billiglederhosen rotgesichtig aus der *Augustiner*-Wirtschaft an der Landsberger Straße wankte, vibrierte sein Smartphone, und die *Hells Bells* erklangen. Zimmerschied zog das Handy aus dem vom Regen feuchten Sakko. Es war Innenminister Werner. Schon wieder! Was wollte der nur von ihm? Widerwillig aktivierte Zimmerschied die Freisprecheinrichtung und nahm den Anruf entgegen. Das ließ sich nun nicht mehr aufschieben. »Zimmerschied?«

»Na, endlich erreich ich Sie!«, rief der Franke, dessen Herkunft sprachlich nicht zu überhören war. »Wo war er denn? Hab's gestern schon versucht! Zehnmal oder so!«

»Ach so, gestern, ja, da war Verschiedenes.«

»Ja, aber warum ruft er mich denn nicht zurück? Er hat doch meine Nummer!«

Draußen zog die Theresienwiese vorbei. Ein Mann urinierte an eine Litfaßsäule. Eine Frau zog ein weinendes Kind hinter sich her und war gleichzeitig mit ihrem Smartphone beschäftigt.

»Ach so, ja, ich dachte, das wird schon nicht so wichtig sein. Dass das bis Montag Zeit hat.«

»Es ist aber schon wichtig. Es geht um …« Der Politiker legte eine Pause ein, die Zimmerschied nervös machte. »… Ihre Roswitha.«

Der Name seiner Frau, ausgesprochen von seinem Chef, traf Zimmerschied mit der Härte eines Vorschlaghammers.

»Um die Roswitha?«, fragte der Präsident fassungslos. »Wieso denn das?«

»Na ja, die Roswitha hat mich angerufen …« Von ihm ausgesprochen, hörte es sich an wie ›Roswidda‹. »Sie hat mir erzählt, dass ein Bekannter von ihr verschwunden ist …«

»Soso, ein Bekannter!«, entfuhr es Zimmerschied.

»Ja, was weiß ich denn, was das für ein Mensch ist. Geht mich auch nichts an«, erwiderte der Politiker ungeduldig. »Wir sind doch alle keine Unschuldslämmer, nicht einmal unser Ministerpräsident … na ja, ist ja wurscht. Jedenfalls sagt mir die Rose, so nennt sie sich ja jetzt, Ihre wirklich sympathische und attraktive Frau, dass ihr Bekannter oder Geschäftspartner oder was, ein gewisser Herr Hans Müller, so heißt der, glaub ich, spurlos verschwunden ist, auf Bali. Und dass sie, also die Rose, Ihnen das auch gesagt hat und dass Sie aber nichts unternehmen, oder was?« Zimmerschied schluckte und schwieg. »Zimmerschied, sind Sie noch da?«

Der Polizeipräsident warf einen Blick auf Hensch, der starr nach vorn in die Münchner Regensuppe schaute, als hätte er einen Leergutautomaten verschluckt. »Ja.«

»Na ja, und was ist jetzt? Ich meine, wenn da ein Freund von Ihrer Frau verschwindet, ich meine – warum machen Sie dann da nichts? Ich meine, die Rose hat mir gesagt, dass der zufällig auch noch genau in dem Moment verschwunden ist, als Sie persönlich abgereist sind von Bali. Sie waren doch dort! Aber warum eigentlich bloß so kurz, Kollege?«

Dem Präsidenten missfiel der Tonfall, mit dem ihm sein Chef diese Frage stellte. Darin schwang fast so etwas wie Misstrauen mit. »Ich war da nur kurz, weil es mir dort nicht so gut …« Der Präsident brach ab, er hatte eine viel bessere Erklärung. »… weil ich die Ermittlungen im Flaucher-Mord für wichtiger hielt.« Er lächelte. Doch im selben Moment schoss ihm der Gedanke in den Kopf, dass der Mord erst nach seiner

Rückkehr passiert war. Hoffentlich hatte der Minister die Chronologie der Ereignisse nicht so genau parat.

»Aha«, sagte der Minister und wirkte mit einem Mal nicht mehr so interessiert. Zimmerschied atmete auf. Sein Vorgesetzter schien mit irgendjemand anderem ein Nebengespräch zu führen. »Ja, machen Sie das bitte so … jaja, bin gleich da. Ja, machen Sie das so …« Dann wandte er sich wieder dem Präsidenten zu. »Zimmerschied, sind Sie noch da?«

»Ja, Herr Minister.«

»Gut, also, wir müssen das Gespräch ein andermal weiterführen. Ich muss jetzt hier, meine Sekretärin sagt – hier ist gerade der Dings von Kasachstan da, der Kollege Dings von Kasachstan. Kautschuk oder wie der heißt. Wegen Erdöl. Mit dem muss ich jetzt ins Schloss Nymphenburg, die Porzellanausstellung anschauen. Also, habe die Ehre, Zimmerschied. Mach's gut.« Dass der Innenminister immer mal wieder ins Duzen verfiel, war völlig normal. Zimmerschied atmete tief durch. Es lief gerade nicht besonders gut für ihn. Dass Roswitha den Innenminister angerufen hatte! Wegen ihrem Liebhaber, der verschwunden war. Klar, sie war mit Alfred Werner seit irgendeinem Empfang auf Facebook befreundet. Aber trotzdem, auf diese Idee musste man erst einmal kommen!

Profis nennen den Schalldämpfer auch Mündungssignaturreduzierer. Die ersten Schalldämpfer wurden Ende des 19. Jahrhunderts erfunden.

ZWANZIG | Waschbär

Der Polizeipräsident parkte den Wagen am Isarkanal im Halteverbot. Von dort aus dauerte es etwa fünf Minuten, bis er und Hensch den Tatort erreicht hatten. Wegen des schlechten Wetters waren außer Joggern, Hundebesitzern und Eltern mit Kindern kaum Leute unterwegs. Eine große, dünne Frau führte einen Waschbären an der Leine. Der Flaucher-Biergarten hatte ebenso geschlossen wie der Kiosk am Steg. Auf dem Rad- und Gehweg, auf dem Luigi Zorzi in den Armen seiner schwangeren Frau gestorben war, wies nichts mehr auf das schreckliche Verbrechen hin außer einem matten Blutfleck, der aber auch von einer ausgelaufenen Colaflasche hätte stammen können. Zimmerschied sah sich um. Auf der dem Fluss zugewandten Seite des Fahrradwegs wuchsen buschartige Laubbäume. Der Präsident glaubte sich zu erinnern, dass hier vor vielen Sommern schon mal eine Frau vergewaltigt worden war. In die andere Richtung eröffnete sich eine Wiese, auf der vor geraumer Zeit ein Pitbull sein Herrchen totgebissen hatte. Wegen des Aufschreis vieler Tierschützer hatte es Wochen gedauert und einer richterlichen Entscheidung bedurft, bis der gefährliche Köter eingeschläfert worden war.

Hensch und Benno Berghammer standen still neben dem Radweg. Sie schienen bereits Witterung aufgenommen zu haben.

»Können Sie sich ungefähr vorstellen, wie es hier aussieht?«, fragte Zimmerschied den Blinden. Er war froh um diesen Gedankenblitz, denn zwischendurch vergaß er immer wieder, dass Hensch nichts sah.

»Denke schon«, meinte dieser. »Wir stehen auf einem Radweg, da sind Büsche, dahinter höre ich die Isar.« Zimmerschied staunte. Er hörte nichts von der Isar. »Wenn man hier weitergeht, kommt, glaube ich, die Unterführung von der Brücke vom Mittleren Ring, die zum Sechziger-Stadion führt, oder?«

»Ja.« Zimmerschied nickte. Das Gedächtnis eines Blinden musste richtig gut funktionieren. Ganze Stadtpläne musste der junge Cybercop in seinem Kopf abgespeichert haben.

»Ich frage mich gerade, ob er den beiden aufgelauert hat.« Hensch schnupperte in den Regen hinein. »Wenn es stimmt, was Frau Carmignano gesagt hat, dann wohl eher nicht. Er hat sie ja erst angespuckt. Wenn er seinen Opfern aufgelauert hätte, dann hätte er nicht gespuckt, sondern gleich geschossen.«

»Und er hätte ihn auch nicht erst vorbeigehen lassen, sondern hätte ihn gleich erschossen.«

Hensch steckte die rechte Hand in die Hosentasche seiner schwarzen Jeans. »Für mich ist das Spucken das Merkwürdige. Warum spuckt man jemanden an? Man spuckt doch eigentlich nur jemanden an, den man kennt ...«

»Oder jemanden, dem etwas anhaftet, was man verachtet«, meinte Zimmerschied. »Das muss dann aber etwas Grundsätzliches sein.«

Hensch nickte. »Da käme bei Frau Carmignano und Herrn Zorzi einmal infrage, dass sie Italiener waren.«

»Ausländerfeindlichkeit.« Zimmerschied zog die Stirn in Falten. Seit dem Syrienkrieg und den damit verbundenen Fluchtbewegungen nach Deutschland hatte die Anzahl der Attacken mit fremdenfeindlichem Hintergrund deutlich zugenommen. Die reichen Deutschen hatten Angst, es könnte ihnen etwas weggenommen werden.

»Außerdem ihre Schwangerschaft.«

»Sie meinen jemanden, der selber gerne ein Kind hätte und es anderen nicht gönnt?«

»Ja. Und es könnte auch jemand sein, der ihnen ihr Liebesglück neidet.«

»Also jemand, der einsam ist oder verlassen wurde. Es müsste auch nicht unbedingt jemand sein, der eifersüchtig auf Liebespaare ist. Es wäre auch jemand denkbar, der von der Gesellschaft enttäuscht wurde und sich von ihr abgewandt hat.«

»Nicht unbedingt gleich von der ganzen Gesellschaft, vielleicht auch nur von Frauen.« Hensch rückte seine Sonnenbrille zurecht. »Es könnte natürlich auch einfach bloß ein Spinner sein. Ein Mensch mit psychischen Problemen, ein Schizophrener, dem eine innere Stimme das Kommando gegeben hat, zu spucken und zu töten.«

»Und was sagen Sie zu der professionellen Vorgehensweise – Schalldämpfer, zwei Schüsse, erfolgreiche Flucht?«

Der junge Cybercop hob etwas ratlos die Schultern. »Aus der Entfernung, aus der der Täter geschossen hat, hätte auch ein Blinder getroffen.« Er schmunzelte über seinen eigenen Scherz. Ein Jogger im Seniorenalter keuchte in hautengen, grellbunten Multifunktionslaufklamotten vorbei. »Irre, was die Leute zum Sport alles anziehen.«

Zimmerschied musterte den schwarz gekleideten Kollegen ungläubig. »Haben Sie das jetzt gesehen, oder wie?«

Hensch schüttelte den Kopf. »Nö, aber gerochen.«

»Und wie hat der gerochen?«, fragte der Polizeipräsident fassungslos.

»Ziemlich bunt. Total crazy.« Hensch neigte den Kopf in Richtung seines Hundes, der reglos neben ihm stand und ihn am Gespann – dem Halfter des Blindenhunds – führte. »Ich glaube, Benno würde sich jetzt wirklich freuen, wenn er noch ein wenig an die Isar dürfte. Da unten ist doch so ein Steinufer, oder? Ich war da mal auf einer Grillparty. Wollen wir?«

»Wir wollen«, meinte Zimmerschied nach einem kurzen Blick auf sein ziemlich nasses Jackett und überlegte, wie Blinde wohl eine Grillparty veranstalteten. Dann beobachtete er ziemlich beeindruckt, wie geschickt der Labrador sein Herrchen durch die Bäume hindurch lotste und zu der Steinbank führte, die seit der Renaturierung der Isar flach ins Wasser überging.

Kurz darauf standen der LKA-Chef und sein junger Kollege am Fluss, und Benno schlabberte etwas Wasser. Zimmerschied schaute sich um. Plötzlich stutzte er. In etwa vierzig Metern Entfernung in Richtung des Flaucher-Stegs kauerte eine Person mit ungewöhnlich viel Gepäck für dieses miese Wetter. »Da sitzt wer. Ich geh mal hin.«

Der Münchner Flaucher heißt so,
weil Johann Flaucher etwa 1870 in einem
ehemaligen Forsthaus die Gastwirtschaft
Zum Flaucher *eröffnete.*

EINUNDZWANZIG | Obdachlos

Als Zimmerschied näher kam, erkannte er, dass es sich wohl um eine Obdachlose handeln musste. Mit einem besonders freundlichen »Grüß Gott« sprach er sie an. Die Frau, deren Alter wegen ihrer ledrigen Gesichtshaut überall zwischen vierzig und sechzig liegen konnte, steckte trotz der sommerlichen Temperaturen in einem dicken, leidlich sauberen, hellblauen Daunenanorak. Um sie herum lagen mehrere Tüten, die – so sah es für ihn aus – mit Leergut gefüllt waren. Ihr persönlicher Reichtum, den sie vermutlich den vielen Grillenden verdankte, die das Ufer an Sonnentagen in eine Nebelbank verwandelten.

»Lassen Sie mir meine Ruh«, fuhr sie ihn an. »Heut arbeit ich nicht.«

Zimmerschied nickte, sog demonstrativ die vom Regen gereinigte Luft ein und schwieg eine Weile. Dann sagte er: »Wenn niemand grillt, trinkt niemand, und dann gibt's keine Arbeit. Aber dafür hat man auch seine Ruhe.«

»Gehen Sie, lassen Sie mich, ich hab Feierabend.«

Zimmerschied nickte. »Ich bin vom Land, da ist der Samstag schon ein Arbeitstag. Bloß der Sonntag nicht, da geht man in die Kirche.«

»Die Kirche ist ein Verbrecherladen«, sagte die Frau und verzog verächtlich das Gesicht.

»Ich habe einen Freund, der ist Pfarrer. Der Herrmann ist kein Verbrecher.«

»Ja?« Die Frau mit dem sonnengegerbten Gesicht bedachte ihn mit einem kritischen Blick.

»Ja, der Herrmann ist in Ordnung.«

»Jaja, es gibt immer solche und solche.«

»Und andere«, meinte Zimmerschied. Er kramte in seinen Hosentaschen herum.

»… und die sind die Schlimmsten.« Die Frau lachte. »Ich habe auch einmal einen Herrmann gekannt.« Für einen Moment schien sie in ihren Erinnerungen zu versinken. Dann tauchte sie wieder auf. »Und was sind Sie dann, wenn der Freund ein Pfarrer ist? Kein Lehrer …« Sie runzelte die Stirn. »… oder doch?«

»Da sagen Sie was! Lehrer wäre ich gerne geworden. Aber mein Vater war ein einfacher Arbeiter. Fürs Studium war bei uns kein Geld da.«

»Wer ist der?« Sie zeigte mit einem sonnengegerbten Zeigefinger auf Hensch, der ein Stück entfernt stand und gerade einen Stein aufhob, um ihn ins Wasser zu werfen.

»Mein Kollege.«

»Ist der blind? Ich mein, wegen dem Hund.«

»Ja, der ist blind.«

»Armer Teufel.«

»Na ja, wie man's nimmt.« Zimmerschied senkte die Stimme. »Wissen Sie«, die Frau blickte ihn erwartungsvoll an, »der sieht Sachen, die sehen wir nicht.«

»Jetzt schaut er sogar zu uns her«, meinte sie anerkennend.

»Und Sie?«, erkundigte sich Zimmerschied, »Sie wohnen hier – so – da?«

Die Obdachlose nickte. »Unter der Brücke vorn.« Sie schluckte. »Aber bloß vorübergehend.«

»Sie sind auf der Durchreise«, sagte Zimmerschied vollkommen selbstverständlich.

Die Frau musterte ihn kurz mit misstrauischer Miene, aber als sie feststellte, dass er das ernst gemeint hatte, antwortete sie: »Durchreise, ja, genau.«

»Wie lange schon?«

»Was?«

»Wie lange sind Sie schon hier?«

Sie zuckte mit den Schultern. »Ich geb nichts auf Termine.«

»Und so vor einer Woche, waren Sie vor einer Woche schon da?« Der Polizeipräsident gab sich alle Mühe, seinen beiläufigen Ton beizubehalten.

»Jaja, vor einer Woche, schon, schon.«

»Dann haben Sie das also auch mitbekommen mit der Schießerei.« Zimmerschied schaute – Gedankenverlorenheit simulierend – zu Hensch hinüber.

»Was?«

»Die Schießerei da oben, am Radweg. Zwei Tote. Stand doch in der Zeitung.«

»Davon weiß ich nichts.« Im Nu zeigte sie sich wieder verschlossen.

Der LKA-Chef schürzte ungläubig die Lippen. »Kann eigentlich gar nicht sein, dass Sie das nicht mitbekommen haben.«

»Sie sind von der Polizei, gell?«

Auf ihren feixenden Blick hin antwortete Zimmerschied einfach mit »Ja«.

Dann schwiegen beide, bis Hensch sich gemächlich dem ungleichen Paar näherte. Das Gehen auf der unebenen Steinoberfläche fiel ihm sichtlich schwer.

»Guten Tag«, grüßte er die Obdachlose.

»Woher wissen Sie, dass ich da bin? Sie sind doch blind?«

»Ach so, ich spüre das. Und auch wegen Benno«, er nickte in Richtung des Hunds. »Der ist für mich wie ein zusätzlicher Sensor. Und – haben Sie das Verbrechen mitbekommen, da oben?« Er wandte den Kopf zu den Bäumen oberhalb der Kiesbank.

»Ja«, sagte sie jetzt, was Zimmerschied derart überraschte, dass ihm kurz die Kontrolle über seine Mimik entglitt.

»Und den Mörder – haben Sie den auch gesehen?«, fragte der junge Blinde unverwandt.

»Ja«, antwortete die Frau, und wieder war Zimmerschied bass erstaunt.

»Und, wie sah er aus?«, fuhr Hensch munter fort, als wäre es das Normalste der Welt, einer Frau, die eben noch geleugnet hatte, irgendetwas von dem Doppelmord mitbekommen zu haben, eine Information nach der anderen aus der Nase zu ziehen.

»Der hatte Bergschuhe an.« Zimmerschied blickte auf die Beine der Frau, die ebenfalls in Bergschuhen steckten. »Und er hat einen großen schwarzen Hund dabeigehabt.«

»So einen wie ich?«

»Ja, aber noch größer.«

Zimmerschied dachte kurz an Pavarotti. Aber sofort konzentrierte er sich wieder und fragte sich, ob es stimmte, was die Frau da erzählte.

»Und sonst? Haben Sie sonst noch etwas an dem Mann beobachtet?«, setzte Hensch sein Interview fort.

»Das Gesicht habe ich nicht gesehen, weil der eine schwarze Mütze angehabt hat. So eine wie Bankräuber sie anhaben.«

Der Polizeipräsident räusperte sich. »Könnten Sie uns die Stelle zeigen, von der aus Sie den Täter beobachtet haben?«

»Ungern.«

»Warum?«

»Weil ich da wohne.«

Zimmerschied schnaubte etwas widerwillig. »Aber von der Mittleren-Ring-Brücke aus können Sie das doch nicht beobachtet haben!«

»Im Sommer wohne ich nicht unter der Brücke, sondern da oben … in der … Natur.« Sie schüttelte den Kopf, was sie etwas wirr wirken ließ. Dann stöhnte sie »Also gut« und raffte sich auf.

Tatsächlich führte die Obdachlose Hensch und Zimmerschied zu einer Stelle in dem kleinen Wäldchen zwischen Radweg und Flaucher-Kiesstrand, die ihr als Lager diente. Neben zwei Isomatten, auf denen zwei Schlafsäcke lagen, sah Zimmerschied einen Einkaufswagen, außerdem noch weitere Tüten, Decken, Planen und Kartons.

»Hier wohnen Sie also«, meinte der Präsident. Er spähte durch die belaubten Bäume. Unmöglich war es nicht, von hier aus das Geschehen auf dem Weg zu beobachten.

»Wieso liegen hier zwei Isomatten?«

Ehe die Frau antworten konnte, raschelte es plötzlich im Gebüsch. Das Geräusch war zu laut, als dass es von einem Tier kommen konnte. Zimmerschied sah die Obdachlose an. »Was war das?« Sie zuckte mit den Schultern. Noch einmal raschelte es.

»Da ist jemand«, sagte Hensch, auch Bennos Kopf war nun in Richtung des Geräuschs gewandt.

»Hallo?«, rief Zimmerschied. Keine Antwort. Er sah erst die beiden Isomatten mit den Schlafsäcken und dann die Frau an. »Haben Sie noch einen Mitbewohner?«

Sie zuckte erneut die Schultern und brummelte etwas Unverständliches. Langsam kam ihm ihr Verhalten seltsam vor.

»Bleiben Sie hier, Herr Hensch, ich schau mal, ob da noch wer ist.«

Der Polizeipräsident folgte einem schmalen Trampelpfad durch die Bäume. Er war kaum fünf Meter gegangen, da knackste es plötzlich laut, und im Dickicht der Blätter konnte er eine Person ausmachen. »Hallo?«, rief er. Doch die Person lief los, und Zimmerschied beschloss, die Verfolgung aufzunehmen.

Der Mann kam nicht weit. Nach zehn Metern auf dem Radweg hatte Zimmerschied ihn eingeholt und am Arm gepackt. Der Mann war unter dreißig, hatte einen roten Kopf, einen Dreitagebart und sah den Polizeipräsidenten angsterfüllt an. »Warum rennen Sie vor mir davon?«

Sein Gegenüber, das eine schwarze Mütze trug sowie sehr große, ausgelatschte Joggingschuhe, eine weite, vor Dreck starrende Jeans und einen dunkelblauen Anorak mit dem Aufdruck »Gangsta«, starrte ihn an, erwiderte jedoch nichts. Zimmerschied ließ ihn los. Sofort nahm der Mann wieder Reißaus. »Halt, Halt, Halt«, ordnete der LKA-Chef an, nachdem er ihn drei Schritte später wieder gestoppt hatte. »Sie bleiben jetzt mal da und beantworten mir ein paar Fragen.«

»Was wollen?«, fragte der Mann.

»Mit Ihnen reden.«

»Ich nicht.«

»Wohnen Sie hier?« Er machte eine Kopfbewegung zum Gebüsch mit dem Lager der obdachlosen Frau.

»Nein.«

Der Mann hatte eine Alkoholfahne.

»Da ist aber eine zweite Isomatte.«

Der junge Mann senkte den Blick.

»Passen Sie auf: Wenn Sie keine Aufenthaltsgenehmigung haben, ist mir das egal.« Zimmerschied ließ den Satz wirken. Der Mann, den er noch immer festhielt, studierte weiter den regennassen Asphalt. »Aufenthaltsgeschichten interessieren uns nicht. Wir sind hier wegen dem Mord vor einer Woche. Ihre Freundin da hat gesagt, dass sie den Täter gesehen hat. Den Mann, der geschossen hat.« Der Fremde zeigte keinerlei Regung. »Verstehen Sie, was ich sage? Ihre Freundin da …«

»Judith nicht meine Freundin. Alt Frau.«

»Okay, dann halt Ihre Bekannte. Was mich interessiert: Haben Sie etwas gesehen?« Der Mann schüttelte energisch den Kopf. Zimmerschied lockerte den Griff um seinen Oberarm. Als er spürte, dass der Mann nicht mehr von ihm wegzog, ließ er ihn ganz los und trat einen Schritt zurück. Plötzlich nahm er wahr, wie nass sein Jackett war und dass er fror. »Ihre Bekannte, Judith, sagt, dass der Mann Bergschuhe trug und eine schwarze Mütze, wie Bankräuber sie tragen …«

»Nicht glauben Judith«, unterbrach ihn der Obdachlose. »Judith Drogen. Judith krank.« Er tippte sich mit dem Zeigefinger an die Stirn. »Balla balla. Judith nicht gesehen Mörder. Ich nicht gesehen Mörder. Nur gehört.«

»Was haben Sie gehört?« Zimmerschied kniff die Augen zusammen.

»Schuss. Zweimal.«

»Zwei Schüsse?«

Der Mann nickte. »Buff. Buff. Sehr leise.«

»Nicht wie ein normaler Pistolenschuss?«

Der Mann nickte. »Ja.«

»So wie mit Schalldämpfern?«

»Was?«

»Schalldämpfer?«

»Scharldämfa? Versteh nix.«

Zimmerschied winkte ab. »Vergessen Sie's.« Er musterte den Mann noch einmal von oben bis unten. Sollte er die Personalien aufnehmen? Dann war der arme Kerl weg vom Fenster. War er eine Bedrohung für Deutschland? Nein. Und er, Zimmerschied war auf der Jagd nach einem ganz anderen Kaliber. »Und Sie meinen, die Judith hat den Mann gar nicht gesehen, sondern nur Mist erzählt?«

Der Fremde nickte, noch immer mit verschrecktem Gesichtsausdruck. Irgendwo kläffte ein Hund.

»Gut, danke, Sie haben mir sehr geholfen. Falls Ihnen noch etwas einfallen sollte, hier ist meine Visitenkarte.« Er kramte in der Tasche seines Sakkos herum und drückte dem Mann mit der Mütze eine feuchte Karte in die Hand.

»Kann gehen?«

»Ja. Kommen Sie noch einmal mit zu Judith? Da ist nämlich mein Kollege.«

»Nein, gehe. Muss ich Arbeit.«

»Gut, auf Wiedersehen.«

»Kann gehen?« Erneut ein angsterfüllter Blick.

»Ja! Sie können gehen!«

Der Mann starrte Zimmerschied einen Moment lang ungläubig an. Dann drehte er sich um und ging langsam weg. Als er etwa fünf Meter entfernt war, beschleunigte er sein Tempo. Und weitere zehn Meter später begann er zu rennen. Der LKA-Chef schüttelte den Kopf. Für einen Moment durchzuckte ihn der Gedanke, der Mann könnte selbst etwas mit der Attacke zu tun haben, aber dann schlug er sich zurück in die Büsche, zum Lager der beiden Obdachlosen.

Als er näher kam, hörte er, wie Hensch mit der Frau plauderte. Sowie er aus den Büschen trat, verstummten die beiden. Benno Berghammer schaute ihn mit treuen Augen an.

Der Präsident nickte Hensch zu, bemerkte im selben Augenblick, wie unsinnig das war, und sagte: »Packen wir's, Herr Hensch? Mir ist kalt.«

»Okay. Komm, Benno, wir gehen. Auf Wiedersehen, Judith«, sagte Hensch.

»Auch ich möchte mich von Ihnen verabschieden.« Zimmerschied reichte der Frau die Hand. Als ihre Hand in seiner lag, zog er sie sanft, aber bestimmt zu sich her. Dabei rutschte ihr Anorakärmel ein Stück nach oben und entblößte ihre Handgelenke. Der Polizeichef sah die Einstichstellen an den Venen und sagte: »Vielen Dank und auf Wiedersehen. Hier ist meine Karte. Falls Ihnen noch etwas einfällt, was für uns wichtig sein könnte.«

»Sie ist drogensüchtig«, sagte Hensch, als Zimmerschied und er wieder im Auto saßen. Der Präsident drehte die Heizung auf. Ihm war kalt.

»Woher wissen Sie das?«

Hensch hob die Schultern. »So halt.«

»Sie haben recht. Heroin. Sie hat Einstichstellen an den Handgelenken. Und ihr Kompagnon sagt, dass sie ›balla balla‹ ist. Was geben wir auf ihre Aussage?« Hensch zuckte mit den Schultern. Der Regen prasselte jetzt wieder stärker. Ein monotones Trommeln aufs Autoblech. Zimmerschied dachte weiter laut nach: »Der Obdachlose hatte eine schwarze Mütze. Der Mörder hatte angeblich auch eine schwarze Mütze.«

»Ja, aber der war das nicht.« Hensch zog den Reißverschluss seiner Jacke ein Stück nach unten. »Ganz schön heiß hier.«

»Ich bin patschnass.« Zimmerschied bedachte Hensch mit einem freundlichen Blick. Der Blinde sah müde aus. »So, Herr

Hensch, Schluss mit der Extraschicht. Ich bringe Sie jetzt nach Hause.« Der junge Blinde wehrte sich nicht.

Auf dem Heimweg nach Holzleute hoffte der Präsident, Dr. Augustin könnte wieder da sein, und fühlte sich dabei wie ein Idiot. Die Wissenschaftlerin war dann natürlich nicht in Holzleute.

Am Folgetag regnete es noch immer. Obwohl es ein Sonntag war, pumpte der Polizeipräsident das Güllefass voll und fuhr hinaus aufs Feld. Zimmerschied hatte gerade begonnen, sich mit dem Wetter und der Einsamkeit zu arrangieren, da ertönten die *Hells Bells*, und das Handy vibrierte. Aber es war kein Anruf, sondern eine Nachricht.

Mehrere Männer aus dem Stuttgarter Raum erhielten 2018 E-Mails, in denen man sie aufforderte, 500 Euro in Bitcoins zu bezahlen. Andernfalls würden die Erpresser Bilder und Videos publizieren, die die Opfer bei sexuellen Handlungen zeigten.

ZWEIUNDZWANZIG | Ultimatum

Eigentlich hatte Karl Zimmerschied beschlossen, keine Anrufe entgegenzunehmen und auch sämtliche Nachrichten zu ignorieren. Schließlich war Sonntag. Also schaute er erst einmal nicht auf das Handy, sondern tuckerte mit seinem alten Traktor weiter über die Wiese. Aber was, wenn es Dr. Augustin war? Womöglich wollte sie vom Bahnhof abgeholt werden. Er bremste und zog das Smartphone aus der blauen Arbeitshose. Enttäuschung. Die E-Mail stammte von Sophie von Lavalle. Zimmerschied überkam ein ungutes Gefühl. Er wischte über das Display, um zu lesen, was ihm die Direktorin schrieb.

Lieber Karl,
es hört nicht auf. Ich komme eben ins Sekretariat, weil ich die sonntägliche Ruhe nutzen will, um einige Dinge abzuarbeiten, die liegen geblieben sind, und da liegt ein Zettel in meinem Fach. Ich habe ihn fotografiert (siehe anbei).
Karl, ich habe Angst. Was soll ich nur machen? Du musst mir helfen. Bitte melde dich!
Danke,
Sophie

Zimmerschied öffnete die angehängte JPG-Datei. Das Foto zeigte einen Computerausdruck. Fette, verschieden große Großbuchstaben.

ULTIMATUM FÜR SOPHIE V. LAVALLE!

ZAHLE SOFORT 30 000 IN BITCOINS
AN QUENTIN ALABAMA ODER

DEIN SEXFILM

LÄUFT AUF ALLEN SCHUL-PCS

»Du miese kleine Ratte«, murmelte der Polizeichef. Er hob den Kopf. Ein Milanpärchen, gut erkennbar an der gestreiften Unterseite ihrer Flügel, zog trotz des Nieselregens auf der Suche nach Beute am grauen Himmel seine Kreise. »Ist das ein Schüler, der so dreist ist, oder wer macht so was?« Alabama. Wieso Alabama? Wieso Quentin?

Er stellte den Motor des Traktors ab und wählte Sophie von Lavalles Handynummer.

Die Direktorin ging sofort dran. »Ach, Karl, du bist's, oder?« Die Erleichterung war ihrer Stimme anzuhören.

»Ja«, entgegnete er kratzbürstig.

»Hast du meine Nachricht gelesen?«

»Ja.« Er wischte mit der freien Hand über die Tachoanzeige des Traktors.

»Und das Foto, das ich drangehängt habe?«

»Ja, Sophie, auch das Foto.«

»Ich habe das heute in meinem Fach gefunden. Karl, wenn das in meinem Fach liegt, dann heißt das, dass das meine Sekretärin oder mein Mitarbeiter im Direktorat oder alle beide oder noch mehr Leute gesehen haben!« Sie schwieg, und Zimmerschied war klar, dass sie auf eine Reaktion von ihm wartete. Doch er wusste nicht, was er ihr Tröstliches hätte sagen sollen. Sie war in einer vertrackten Situation. Da gab es nichts zu trösten. »Karl?«

»Mmh?«

»Was soll ich denn jetzt machen? Morgen wird die halbe Schule Bescheid wissen. Hast du denn schon irgendwas rausgefunden?«

»Ich habe die Website im Darknet gefunden, auf der der Film angeboten wird.«

»O Gott, dann hast du ihn also gesehen?«

»Zwangsläufig.«

»Ich schäme mich so, Karl, ich schäme mich!« Sie sprach hastig. »Und, kriegst du diesen Film da irgendwie raus?«

»Das ist nicht die Lösung. Wenn der Film von der einen Website verschwindet, dann taucht er irgendwo anders wieder auf. Die haben garantiert eine, wenn nicht sogar mehrere Kopien. Aber wir sind da dran.«

»Wie meinst du das: ›wir‹? Hast du etwa … ich meine, der Fall sollte doch von dir privat behandelt werden! Deswegen habe ich mich doch an dich gewendet!«

»Das mag ja sein, Sophie, aber ich kenne mich mit dem Darknet nicht gut aus.« Zimmerschied sprach langsamer. »Da habe ich einen jungen Mitarbeiter mit ins Boot genommen, einen absolut vertrauenswürdigen Kollegen, der sich mit dieser ganzen Digitaltechnik auskennt. Aber der hat mir hoch und heilig versprochen, dass er deine … also das … für sich behält.« Zimmerschied fühlte sich extrem unwohl. Wo war er da nur hineingeraten, dass er jetzt als einer der höchsten Polizisten Deutschlands hinter dem Rücken der eigenen Kollegen ermittelte? Das war doch absurd!

»Hätte ich das nur nicht getan!«

»Ja«, sagte Zimmerschied trocken. Mehr fiel ihm dazu nicht ein.

»Aber ich war verliebt, Karl, verstehst du das?«

»Ja, ich verstehe das.« Er dachte an Dr. Augustin und auch an seine Frau. Die Liebe machte Menschen zu Idioten, ganz gleich, ob man nun Mann oder Frau, Polizeipräsident oder Schuldirektorin war.

»Karl, du musst mich da rausholen!«

»Wir werden es zumindest versuchen.« Er verlor allmählich die Geduld. Ihm selbst ging es ja auch nicht besonders.

»So wie du redest, hört sich das nicht so an, als wärst du optimistisch.« Ihre Stimme zitterte. »Diese Niedertracht! Mich zu erpressen! Ich habe mein Leben lang für die Kinder gearbeitet. Ich habe keine Familie gegründet. Die Schule ist … war meine Familie. Und jetzt das … Erpresst zu werden …«

Du hast dich da selbst reinmanövriert, Sophie, dachte sich Zimmerschied, du bist es, die diesen Riesenfehler gemacht hat, sonst niemand. Wer steigt denn schon mit einem Schüler ins Bett! »Heute kann ich nichts mehr tun, Sophie. Aber morgen komme ich zu dir ins Gymnasium. Wir müssen diesen jungen Mann in die Mangel nehmen, mit dem du …«

»Nein, nein, das geht nicht!«

»Aha, und wieso soll das nicht gehen?«

»Na, hör mal, Karl! Wenn du mit ihm sprichst, dann … das … das bekommt doch dann die ganze Schule mit!«

»Das mag ja sein, aber nur mit Ermittlungen im Internet kommen wir da nicht weiter. Dein Schüler ist derjenige, der am ehesten wissen kann, wer der Erpresser ist. Vielleicht ist er es ja selber.«

»Das glaube ich nicht. Das hat er mir versprochen.«

»Also, ehrlich, Sophie, ich glaube nicht, dass du beurteilen kannst, ob er dir die Wahrheit sagt.«

»So etwas würde Bastian nie tun.«

»Komm, Sophie, lass gut sein. Das bringt nichts. Wir kommen morgen.«

»Okay, morgen«, presste sie hervor. »Und wann?«

»Gegen neun, vielleicht auch erst gegen zehn. Montag ist immer etwas stressig.«

»Kannst du nicht früher kommen?«, flehte sie jetzt auch noch, was ihn fast ein bisschen sauer machte. »Ich meine, das darf auf keinen Fall auf allen Schulcomputern … und wenn die Kollegen! Dann ist es aus!«

»Jaja, Sophie. Aber heute können wir da sowieso nichts mehr verhindern.«

»Und wenn du schon um acht kommst?«

»Erstens bringt das auch nichts, und zweitens bin ich nebenbei noch der Chef vom LKA. Das ist eine Behörde mit tausendachthundert Mitarbeitern, ich kann da nicht einfach …«

»Alles klar«, unterbrach sie ihn. Sie hatte sich gefasst. »Aber du kommst.«

»Ja, ich komme.«

Nachdem er aufgelegt hatte, sog Karl Zimmerschied den Geruch der frisch ausgebrachten Gülle ein. Es war verwunderlich, aber das entspannte ihn ein wenig. Genau aus diesem Grund fuhr er noch drei Odelfässer leer. Ja, obwohl es Sonntag war. Unter der Woche war keine Zeit dazu, und es hatte in diesem viel zu heißen Sommer lange genug nicht geregnet.

Das Erste, was er Montagfrüh machte, war, Veltroni und Södlinger in ihrem Büro aufzusuchen und über seine und Henschs Erkundungen am Tatort zu informieren.

»Und deswegen ist bei sämtlichen weiteren Ermittlungen vor allem auch einzubeziehen, dass es sich um einen Mann mit einer schwarzen Mütze und Bergschuhen gehandelt haben könnte. Fragen Sie bei Ihren Vernehmungen gezielt nach dieser Beschreibung. Vielleicht bestätigt sich das ja.«

»Aber Sie haben doch gesagt, dass die Frau BTMlerin ist«, sagte Veltroni forsch. »Wie glaubwürdig ist denn ihre Aussage?«

»Trotzdem machen wir das so. Was haben wir denn sonst? Außer diesen Hinweisen zu den Schlitzaugen und dem ganzen Schmarrn, den das Opfer halb im Delirium von sich gegeben hat … Diese Aussagen sind ja wohl auch nicht viel mehr wert.« Er war gereizt. »Und dann will ich, dass Sie noch einmal hinfahren zu dem Haus, wo die Carmignano und der Zorzi gewohnt haben. Schauen Sie, ob Sie nicht diesen Nachbarn, der uns nicht aufgemacht hat, aus seiner Wohnung rauskriegen. Diesen Baumgartlinger oder wie der heißt. Wenn der immer daheim hockt, dann hat der vielleicht noch irgendeine Beobachtung gemacht, die uns weiterbringt. Vielleicht hat der Täter ja das Haus im Vorfeld der Tat beobachtet, was weiß ich.«

»Alles klar, Chef.«

Zimmerschied biss sich auf die Lippe und verzichtete darauf zu sagen, dass er es nicht mochte, wenn man ihn so nannte. Veltroni war heute frech, und er fühlte sich schlapp und ungeliebt. Ob Dr. Augustin zur Arbeit gekommen war? Wo sie wohl ihr Wochenende verbracht hatte? Und wie? Er ging zurück ins

Präsidentenbüro und wählte Henschs Nummer. »Wir fahren in einer halben Stunde ins Käthe-Kollwitz-Gymnasium, Herr Hensch.« Dann legte er schlecht gelaunt auf. Sophies Sex-Kram hatte ihm gerade noch gefehlt.

Kaum hatte er aufgelegt, rief Elisabeth Rötli vom Vorzimmer aus in sein Büro: »Herr Zimmerschied, da hätte ich jetzt schon eine Frage. Was machen Sie denn bittschön im Käthe-Kollwitz-Gymnasium? Ich habe da gar keinen Termin notiert.« Wenn die Sekretärin etwas Freundliches sagte, dann klang ihr schweizerischer Akzent putzig. Wenn sie jedoch kritisch nachfragte, dann bekam das eine Schärfe, die Zimmerschied als unangenehm empfand.

Weshalb er nun auch wenig schlagfertig antwortete: »Das … das … ist überraschend reingekommen.« Karl Zimmerschied war vermutlich der schlechteste Lügner im gesamten Landeskriminalamt.

»Aber Sie haben doch gleich den Termin mit dem Bauleiter wegen der Renovierung von der Schießanlage. Steht bei mir jedenfalls drin!«

»Das …« Zimmerschied überflog seinen digitalen Terminkalender. Sie hatte recht. »… das müssen wir aufschieben.«

»Aber der Herr Sambrowski kommt eigens aus Traunstein hereingefahren.« Nun stand Rötli im Türrahmen. Wie ein blonder Helm, so perfekt saß ihre Frisur auf dem zierlichen Kopf. Eine dominante Brise Chanel Nr. 5 wehte ihm entgegen. »Den können Sie nicht versetzen!«

»Doch, kann ich schon«, erwiderte er unwirsch.

Sie schenkte ihm einen leicht abschätzigen Blick. »Was ist denn das für ein Termin im Käthe-Kollwitz-Gymnasium? Ist das wegen Ihrer alten Schulfreundin, der Frau …« Sie überlegte. »Wie heißt sie noch?« Sekunden später ergänzte sie selbst ihren Satz mit triumphierendem Lächeln: »Frau von Lavalle!«

Zimmerschied kam sich wie ein dummer Schuljunge vor. Das Gedächtnis der Sekretärin war sensationell und half ihm sehr, seine vielen Verpflichtungen im Auge zu behalten. Aber in diesem Fall empfand er ihr Erinnerungsvermögen eher als Zumutung und Angriff auf seine Person. Und Rötli beließ es nicht dabei, sondern fügte hinzu: »Diese Frau von Lavalle, die scheint es Ihnen neuerdings ja angetan zu haben!«

»Die hat es mir überhaupt nicht angetan. Trotzdem muss ich da hin.«

»Soll ich das dann noch nachträglich als dienstlich aufnotieren?«

»Nein, schreiben Sie es nicht in den Kalender.«

»Aha?«, entgegnete sie spitz. »Nicht in den Kalender. Und was machen wir mit dem Herrn Sambrowski von der Baufirma?«

»Das machen Sie. Sie machen das, gemeinsam mit der zuständigen Abteilung – und jetzt verbitte ich mir sämtliche weitere Fragen!«

Er legte die Hand auf die Computermaus. Wer war denn hier der Chef? Zimmerschied hatte Mühe, sich zu beherrschen.

Die Redewendung »jemandem den Arsch aufreißen« ist seit etwa 1920 dokumentiert. Den »Arsch« gibt's schon länger: Im Mittelhochdeutschen sprach man allerdings noch von »Ars«.

DREIUNDZWANZIG | D.I.S.C.O.

»Das ist der Herr Hensch, das ist die Frau von Lavalle«, stellte Zimmerschied die beiden einander vor. »Der Herr Hensch ist blind, deswegen der Hund.« Wie oft hatte er diesen Satz nun schon gesagt? Er verzichtete darauf, auch Benno Berghammer namentlich vorzustellen.

Die Schulleiterin war sehr blass, sie hatte offensichtlich keine gute Nacht gehabt. »Hier ist der Brief.«

Der Präsident nahm das Papier nicht sofort entgegen, sondern kramte aus seiner Hosentasche einen Asservatenbeutel hervor und hielt ihn seiner alten Freundin geöffnet hin. »Steck ihn da rein. Da müssen jetzt nicht auch noch meine Fingerabdrücke drauf sein.«

»Aber du wirst das doch nicht in dein Labor geben?«

»Erst einmal nicht, aber wer weiß denn, was wir noch alles tun müssen.« Was er da behauptete, entsprach nicht ganz seinem wirklichen Plan. Natürlich würde er das ins Labor geben und das Ergebnis durch die Datenbanken jagen. Womöglich war der Cybererpresser ja schon einmal aufgefallen.

»O Gott, diese ganze Sache ist mein Ende!« Sie wandte den Blick von ihm ab und zu Hensch. »Herr Hensch, alles, was Sie hier erfahren, müssen Sie für sich behalten!«

Hensch nickte andeutungsweise, verzog dabei aber keine Miene.

Zimmerschied räusperte sich. »Wie machen wir das mit

dem Herrn Merwegen? Kannst du ihn aus dem Unterricht rausholen?«

»Bist du verrückt?«

»Sophie, wir wollen dir helfen. Was sollen wir denn jetzt hier, wenn wir mit ihm nicht sprechen können! Du willst doch, dass wir verhindern, dass der Film auf allen Schul-PCs läuft!«

»Aber wenn wir Bastian aus der Klasse herausholen, dann gibt das doch Gerede auf allen Fluren!«

»Ja, dann gibt das halt Gerede, verdammt noch mal! Das gibt's wahrscheinlich eh schon! Wir müssen doch in diesem Fall irgendwie weiterkommen! Das ist doch ganz in deinem …«

Plötzlich ertönte Musik aus Henschs Richtung. Zimmerschied erkannte den Song, das war ein ganz alter Discohit von Ottawan, der, soweit er sich erinnerte, auch noch *D.I.S.C.O.* hieß, mit einem Punkt zwischen jedem Buchstaben. »Oh, sorry«, meinte Hensch lässig, zog sein Smartphone aus der Gesäßtasche seiner schwarzen Jeans und nahm den Anruf entgegen.

»Hensch?«

Zimmerschied und Lavalle betrachteten den Blinden. Dem LKA-Chef kam er immer etwas alienmäßig vor, als käme Hensch von einem fremden Planeten. »Ja, das ist richtig. Ja. Ich bin … gerade … nicht … im Haus.« Er nickte. »Ja, ich weiß … Ja, das mache ich gleich, wenn ich zurück bin. Es ist nur etwas Dringendes dazwischen … Das tut mir leid … Ja, ich weiß, dass Sie mein Vorgesetzter sind, Herr Geraldinger … Nein, da muss ich widersprechen, es ist überhaupt nicht so, dass ich mein Blindsein … Ja, ich bin jetzt gerade draußen … Das kann ich Ihnen leider gerade nicht sagen … Das … das … ist privat … Ich weiß schon, dass ich mich da normalerweise aus dem System ausloggen muss … Ja. Ja, das tut mir leid.«

Zimmerschied vollführte wilde Handbewegungen, um Hensch darauf aufmerksam zu machen, dass er ihm das Handy geben sollte, aber der Blinde sah ihn natürlich nicht. »Geben Sie mir mal Ihr Telefon«, flüsterte er ihm deshalb zu.

Hensch jedoch schüttelte den Kopf. »Ja, Herr Geraldinger, nein, es wird nie wieder vorkommen.«

»Geben Sie mir das Telefon!«, forderte Zimmerschied jetzt in normaler Lautstärke. Und als Hensch noch immer den Kopf schüttelte, entwand er ihm das Handy und legte es sich selbst ans Ohr.

»Herr Geraldinger? Hier spricht Karl Zimmerschied. Der Herr Hensch ist mit mir unterwegs. Und das hat schon seine Richtigkeit. Nur dass Sie Bescheid wissen.«

»Ach so, Herr Präsident.« Gernot Geraldinger war der Leiter der Cybercrime-Abteilung und sofort ganz klein mit Hut, als er den Chef hörte.

»Ja, genau, ›ach so‹!«, polterte Zimmerschied. »Und dass Sie mir dem Herrn Hensch keine Schwierigkeiten machen. Ich brauche den nämlich gerade. Alles klar?«

»Ja, alles klar, Herr Zimmerschied.«

»Gut, auf Wiederhören.«

»Auf Wiederhören.«

Mit den Worten »Das wäre ja noch schöner« reichte Zimmerschied Hensch das Telefon. »So, und was machen wir jetzt mit dem Herrn Merwegen?« Er sah Sophie von Lavalle ernst an. »Du wirst wohl nicht drum herumkommen, ihn aus dem Unterricht herauszuholen.«

»Und wie soll ich das machen?«

»Du gehst in sein Klassenzimmer und sagst deinem Kollegen oder deiner Kollegin, die da gerade unterrichtet, dass der Herr Merwegen mal kurz wegmuss.« Zimmerschieds Ton verschärfte sich, seine Geduld war aufgebraucht.

Zehn Minuten später saßen Bastian Merwegen, Karl Zimmerschied und Tommy Hensch im kleinen Erste-Hilfe-Raum des Käthe-Kollwitz-Gymnasiums. Zimmerschied und Hensch lehnten sich an die mit grünem Kunstleder bezogene Untersuchungsliege, Bastian Merwegen saß auf dem einzigen Stuhl. Zimmerschied hatte die Direktorin weggeschickt. Der Junge wirkte auf den Polizeipräsidenten noch bübchenhafter als in dem Sexvideo. Eigentlich gab es nur noch wenige – und dann meist abscheuliche – Verbrechen, bei denen Zimmerschied ins Staunen geriet. Aber dass seine alte Freundin durch die Liebe zu diesem Knaben in eine derart missliche Situation geraten war, war für ihn unfassbar. Nachdem der Präsident sich selbst und Tommy Hensch dem Schüler etwas vage als »Polizisten« vorgestellt hatte, begann er mit der Vernehmung.

»Also, dann erzähl mal.«

Der Junge wirkte verschüchtert. »Was genau?«

»Am meisten interessiert uns, wer derjenige ist, der Frau von Lavalle mit diesem Film erpresst.«

»Ich weiß es nicht. Ich bin es nicht. Wieso haben Sie keine Uniform an?«

»Weil wir zivile Ermittler sind. Kripo. Hast du eine Vermutung, wer es sein könnte?«

Der Schüler schüttelte den Kopf. »Nein.«

»Ganz sicher nicht? Irgendwer, der etwas von eurer ... Beziehung mitbekommen hat?« Bastian Merwegen verneinte. »Hast du irgendwem davon erzählt, dass du mit deiner Lehrerin schläfst?« Der Junge wurde rot und schüttelte erneut den Kopf. »Hat sich auch an dich jemand gewandt und Geld verlangt?« Der Schüler schüttelte einmal mehr den Kopf. »Und bedroht wirst du auch nicht?«

»Nein.«

Mit einem Seufzen verlagerte Zimmerschied sein Gewicht auf das andere Bein. Dann fragte er langsam: »Und du bist dir ganz sicher, dass nicht du der Erpresser bist?«

»Natürlich bin ich das nicht! Ich bin doch nicht blöd und

lade diesen Film hoch! Die halten mich ja alle für … also, ich meine, wenn die anderen erfahren, dass ich mit Sophie … also, das kapiert doch keiner von denen, was da zwischen uns war!«

»Was war denn da zwischen euch?«

Der Junge hob ratlos die Schultern. » Sophie ist so … Sie ist sehr … sie ist … eine wirklich tolle Lehrerin und eine Wahnsinnsfrau. Ich … Ohne Sophie möchte ich nicht mehr sein.« Zimmerschied hob die Augenbrauen.

»Kann ich mal dein Handy anschauen?«, fragte Hensch in die unversehens entstandene Pause hinein, er hatte bislang geschwiegen.

»Anschauen? Ich denke, Sie sind blind?«

»Das lass mal meine Sorge sein. Kann ich?«

»Wieso?«

»Damit wir es untersuchen können.« Hensch rückte sich die Brille zurecht.

Der Junge zögerte. »Äh, das ist nicht das Handy, mit dem ich den Film von Sophie und mir gemacht habe.«

»Aha?«, fragte Zimmerschied mit leicht drängendem Unterton. »Sondern?«

»Das, mit dem ich den Film gemacht habe, habe ich verloren. Das hier ist ein neues Handy …« Seine Antwort kam Zimmerschied nicht sehr glaubhaft vor.

»Und das sollen wir glauben?« Der Polizeipräsident stand auf und machte einige energische Schritte durch den Raum. »Nehmen wir einmal an, es stimmt, was du sagst: Wie soll denn dann das Handy, mit dem du den Film gedreht hast, verloren gegangen sein?«

»Abends, beim Weggehen. Das habe ich beim Weggehen verloren. Entweder im *McDonald's* in der Feilitzschstraße oder im *Augustiner*-Biergarten. Oder irgendwo dazwischen. Wir waren mit der U-Bahn unterwegs. Als ich nach Hause gefahren bin, habe ich gemerkt, dass mein Handy fehlt.«

»Und das sollen wir dir glauben?«, wiederholte Zimmerschied und spielte mit seinen kräftigen Fingern auf dem Waschbecken neben der Tür Klavier. Es war ein wütendes Stück.

»Kann ich mal dein jetziges Handy haben?«, fragte Hensch.

Widerwillig gab der Schüler das Telefon heraus. Hensch glitt mit seinen schlanken Fingern darüber, tastete es ab. »Das ist das neue iPhone, richtig?«

»Ja.«

»Das kostet über tausend Euro«, meinte Hensch.

»Ja.«

Der Blinde wandte dem Schüler sein Gesicht zu, als könne er ihn sehen. »Woher hast du so viel Geld?«

»Gespart. Außerdem jobbe ich als Kellner im *Schlosscafé* im Palmenhaus.«

Zimmerschied holte tief Luft. »Ist dir eigentlich klar, in was für einer Situation Frau von Lavalle wegen dir steckt? So eine Erpressung ist eine richtig schwere Straftat! Da kannst du fünf Jahre ins Gefängnis kommen. Und es geht hier um richtig viel Geld. Dreißigtausend.« Der Polizeipräsident machte ein paar Schritte auf Merwegen zu und baute sich vor ihm auf, sodass er sich beinahe über ihn beugte und der Schüler zu ihm aufsehen musste. »Und wenn wir den Typen, der diesen Film im Darknet anbietet, nicht bald erwischen, dann kommt da noch ein ganzer Haufen anderer Probleme dazu. Auch für dich, denn du hängst in der Sache mit drin!«

»Wieso denn für mich? Was habe ich denn gemacht? Ich habe doch … nur mit ihr geschlafen! Sie ist es, die das Problem hat, doch nicht ich.«

»Ach ja, und was meinst du, wie das für dich wird, wenn alle Welt weiß, dass du mit deiner Lehrerin Sex hattest? Was meinst du, was für Sprüche du dir dann anhören kannst? Wie du dann gemobbt wirst? Hast du dir das auch schon mal überlegt?«

Der Schüler sah Zimmerschied direkt an. »Wissen doch

wahrscheinlich eh schon alle. Außerdem – ich liebe Sophie. Ich steh dazu.«

»Du bist noch ein Kind!«, entfuhr es dem Polizeipräsidenten.

»Ich werde im Dezember achtzehn.« Die Antwort klang trotzig.

Hensch rutschte etwas weiter auf die Erste-Hilfe-Liege, an der er noch immer gelehnt hatte. »Sag mal, Bastian, wie gut kennst du dich eigentlich im Darknet aus?«

»Ich war noch nie im Darknet.«

»Das glaubst du doch selber nicht!«, blaffte Zimmerschied ihn an.

»Das glaube ich dir auch nicht«, übernahm Hensch wieder in ruhigem Tonfall. »Du weißt doch sicher, wie man da reinkommt. Es bringt nichts, wenn du uns anlügst. Wenn wir uns deinen Computer anschauen und sehen, dass du nicht ehrlich zu uns gewesen bist, dann …« Der Blinde ließ den Satz unvollendet im Raum stehen. In den schwarzen Gläsern seiner Sonnenbrille spiegelte sich der Erste-Hilfe-Kasten.

Bastian Merwegen schob sich die blondierte Tolle aus der Stirn. »Also gut: Ja, ich war da schon mal drin. Aber ich habe da noch nie was hochgeladen und auch noch nie was gekauft, und mich interessiert das Scheiß-Darknet auch überhaupt nicht, weil da eh nur Drogen und Waffen und Pornos sind, und ich brauche das alles nicht, weil ich …« Seine Stimme brach, und der Rest seiner Rede ging in Schluchzen unter.

»Weil du – was?«, fragte Hensch leise, aber bestimmt.

»Viel schlimmer ist doch, dass Sophies und meine Liebe …« Er zog die Nase hoch. »Sie … dass sie gesagt hat, dass es alles …« Er riss sich zusammen und hob den Kopf. »Sie hat gesagt, dass es aus ist.« In seinen Augen standen Tränen. Zimmerschied konnte sich dem nicht ganz entziehen. Wenn Bastian Merwegen schauspielerte, dann sehr gut. »Das ist doch das eigentlich Schlimme!«

»Du willst also noch immer mit ihr zusammen sein?«, fragte Zimmerschied ungläubig.

»Ja, natürlich!«

Der Polizeipräsident atmete geräuschvoll aus und blickte auf seine schwarzen Halbschuhe. »Gut, ich habe keine weiteren Fragen mehr.«

»Aber ich«, sagte Hensch. »Hast du den Namen Quentin Alabama schon einmal gehört?«

»Nein.«

»Und den Namen Fred Bull Haschky?«

»Auch nicht.« Zimmerschied studierte aufmerksam die Gesichtszüge des Jungen. Aber er erkannte kein Anzeichen dafür, dass er log.

Jetzt hielt Hensch das iPhone des Schülers hoch. »Und das ist ganz sicher nicht das Telefon, mit dem du den Film aufgenommen hast?«

»Ja.«

»Wir reißen dir den Arsch auf, wenn das gelogen ist«, fügte Zimmerschied hinzu und wunderte sich im gleichen Moment über sich selbst. Um von seiner verbalen Entgleisung abzulenken, zauberte er ein steriles Röhrchen aus der Innentasche seines Jacketts, fummelte den Tupfer heraus und sagte betont sachlich, beinahe wie eine Krankenschwester vor der Blutabnahme: »Das bitte kurz in den Mund nehmen und an der Wangeninnenseite entlangführen. Wir brauchen eine Probe von dir, sonst können wir dir schon gar nicht glauben.«

»Das hätten wir eigentlich nicht tun dürfen«, meinte Hensch zerknirscht, nachdem die beiden Ermittler das Schulgebäude verlassen hatten.

Zimmerschied wusste genau, worauf sein junger Kollege hinauswollte – sie hatten soeben einem Minderjährigen ohne Einwilligung seiner Eltern, ohne richterliche Anordnung und ohne jegliche Belehrung über seine Rechte einen genetischen Fingerabdruck abgenommen. Aber der Polizeipräsident fragte einfach nur: »Wieso?« Als Hensch hierauf nichts erwiderte, schob Zimmerschied nach: »Für mich ist es nach wie vor unglaublich, dass die Sophie sich in so einen Bubi verliebt. So ein Milchbubi! Und diese Frisur! Und dann … der Altersunterschied!«

Hensch schwieg eine Weile. Dann fragte er: »Stimmt es eigentlich, dass Frau Doktor Augustin bei Ihnen wohnt?«

Zimmerschied schaute verdutzt auf den kleineren und jüngeren Kollegen hinunter. Doch der lief völlig ungerührt neben ihm her, den Hund am Gespann. War es möglich, dass Hensch sich über ihn lustig machte? Sah er etwa eine Parallele zwischen dem, was zwischen Sophie und diesem Bubi ablief und der Angelegenheit zwischen ihm und Dr. Augustin? Der Polizeipräsident beschloss, die Frage des Blinden nicht zu beantworten.

Kurz bevor das seltsame Ermittlerduo das Bayerische Landeskriminalamt erreichte, fragte Zimmerschied: »Und wie machen wir jetzt weiter?«

»Darüber habe ich mir auch schon Gedanken gemacht. Da sich über Bastian Merwegen vorläufig keine direkte Spur zu dem Erpresser zu ergeben scheint, halte ich es für sinnvoll, dass wir uns den Sexfilm kaufen.«

»Für was soll das gut sein?«

»Das habe ich Ihnen doch bereits erklärt! Das Problem bei Internetverbrechen ist immer, dass es so einfach ist, seine digitalen Spuren zu verwischen. Wenn man aber etwas im Internet verkauft, dann muss die Ware zum Kunden und das Geld des Kunden zum Verkäufer. Vielleicht kommen wir ja diesem Fred Bull Haschky, der den Sexfilm-Shop betreibt, über einen Download und die für die Bezahlung nötigen Transaktionen ein Stück näher.«

»Gut«, meinte Zimmerschied. »Dann kaufen wir diesen Sexfilm. Heute Abend nach Dienstschluss bei Ihnen.« Er war nicht unzufrieden mit dieser Lösung, denn so schlug er gleich zwei Fliegen mit einer Klappe: Erstens würden sie in Sophies Fall vielleicht einen Schritt weiterkommen, und zweitens würde er nicht auf seinem Hof herumsitzen und auf Dr. Augustin warten, die womöglich ohnehin mit einem anderen Mann unterwegs war.

»Okay«, sagte Hensch. »Aber könnten Sie bitte Ihren eigenen Laptop mitbringen?«

»Wieso?«

»Meiner ist in der Reparatur. Der bekommt eine neue, größere Festplatte und einen fetteren Arbeitsspeicher.«

»Aber können Sie denn mit meinem überhaupt arbeiten?«

»Die Braille-Tastatur ist schnell angeschlossen. Und wenn es für Sie in Ordnung ist, lade ich mir die Vorlesesoftware runter, dann kann ich da dran genauso arbeiten wie an meinem.«

Zimmerschied war einverstanden. Er war ohnehin sehr dankbar, dass Hensch bereit war, ihm zu helfen.

Mit der Bitcoin-Geldbörse GreenAddress kann man Bitcoins nicht nur an Bitcoin-Adressen senden, sondern auch an Facebook-Freunde und E-Mail-Kontakte.

VIERUNDZWANZIG | Tarantino

Zurück im LKA, suchte Karl Zimmerschied unverzüglich das DNA-Labor auf. Als er vor der Tür zu Dr. Augustins Büro stand, stellte er widerwillig fest, dass sich sein Herzschlag beschleunigte. Es war ärgerlich: Er war jetzt sechsundfünfzig Jahre alt, aber wenn es um eine hübsche Frau ging, wurde man anscheinend immer wieder auf den Stand eines Vierzehnjährigen zurückgeworfen. Peinlich war das. Ob andere das auch kannten? Aber wen hätte er das fragen können? Abgesehen vom Pfarrer Herrmann Gänswein hatte er im Lauf seiner Karriere den Kontakt zu seinen alten Freunden verloren. Und neue waren keine hinzugekommen, denn da musste man als Polizeipräsident vorsichtig sein. Kaum jemand trat einem ohne irgendwelche Eigeninteressen entgegen. Und den Pfarrer zu fragen, ob er auch Herzklopfen bekam, wenn er einer schönen Frau gegenüberstand, war wohl auch keine gute Idee.

Dr. Augustins »Herein« klang eher fragend als auffordernd. Er holte Luft, griff zu fest nach der Türklinke und riss sie beim Betreten des Büros beinahe heraus, so sehr nahm er sich vor, selbstbewusst zu wirken. Die Tür knallte hinter ihm zu. Zwar war es das offene Fenster, das für Zugluft gesorgt hatte, aber lächerlich war dieser Auftritt trotzdem.

Dr. Augustin trug einen Laborkittel, dessen strahlendes Weiß die Feinheit ihrer Gesichtszüge und ihr braunes Haar noch mehr zur Geltung brachte. Sie lächelte ihn freundlich an. »Na, Sie haben heute ja Energie!«

Zimmerschied fühlte sich wie ein Bauer – er war ja auch einer. Mangels Worten und um etwaiges Smallgetalke zu vermeiden, wedelte er mit dem Asservatenbeutel mit Quentin Alabamas Drohbrief und mit dem sterilen Röhrchen, das Bastian Merwegens DNA-Abstrich enthielt. »Würden Sie mir bitte einen Gefallen tun?« Es fiel ihm schwer, sich zu konzentrieren. Während er sprach, überlegte er, ob er sie fragen sollte, wo sie das Wochenende verbracht hatte. »Mich interessiert, ob Sie da DNA-Spuren feststellen können und ob es eine Übereinstimmung mit den Datenbanken gibt.« Er legte das sterile Röhrchen auf ihren Tisch. »Und das hier ist ein Abstrich von einem Verdächtigen. Könnten Sie den bitte auch analysieren?« Sahen ihre Gesichtszüge entspannt aus? Hatte sie am Wochenende einen fremden Mann getroffen, kennengelernt – und womöglich sogar mehr? »Das Ganze bitte erst einmal, ohne eine Akte anzulegen. Das braucht's im Moment noch nicht.«

Auf diesen letzten Satz hin bildeten sich auf Dr. Augustins bislang glatter Stirn Falten. »Wieso denn das?«

Er druckste herum. »Das ist sozusagen privat.«

»Aha. Eine private DNA-Analyse.« Mehr sagte sie nicht.

Er war ohnehin nicht bereit, noch mehr Erklärungen zu liefern. Klar war das LKA nicht dazu da, private Untersuchungen seiner Mitarbeiter voranzutreiben, aber zum einen war er hier der Präsident. Und zum anderen handelte es sich bei der Erpressungsgeschichte um Sophie von Lavalle ja auch um eine Tat, die aufgeklärt werden musste. Also bestand durchaus eine Art öffentliches Interesse an der Aufklärung, und es war nicht vollkommen fehl am Platz, dass sich das Landeskriminalamt mit der Angelegenheit befasste – Vorschriften hin oder her.

Die Wissenschaftlerin sah ihn noch immer an. Er schaute unverwandt zurück: Hatte sie nun am Wochenende oder hatte sie nicht?

»Gut, dann wär's das schon«, sagte er nach einer Weile verhuscht. Ganz froh darüber, Dr. Augustin mit einer ihrem wochenendlichen Fernbleiben angemessenen Distanz begegnet zu sein, wandte er sich zum Gehen.

»Ach«, sagte sie in beiläufigem Ton, und er drehte sich zu ihr um, »könnte ich heute Abend wieder bei Ihnen mitfahren?«

Dieser eine Satz genügte, um ihn wieder zu dem Vierzehnjährigen zurückzustutzen, den er eben vor der Bürotür zurückgelassen zu haben glaubte.

»Nach Holzleute?«, fragte er eine Nuance zu ruppig.

»Ja. Ich habe zwar am Wochenende intensiv gesucht, aber ich habe noch immer keine neue Wohnung.«

Er nickte viel verständnisvoller, als er wollte. Da fiel ihm ein, dass er sich ja mit Hensch verabredet hatte. »Oh, da fällt mir ein … Ich kann heute Abend gar nicht. Also jedenfalls werde ich da erst … also relativ spät aus der Stadt rausfahren.« Er versuchte sich zu sammeln. »Ich habe direkt nach Dienstschluss noch einen Termin.« Dass es bei dem Termin darum ging, einen Sexfilm aus dem Internet herunterzuladen, behielt er besser für sich.

»Ich habe Zeit«, erwiderte Dr. Augustin munter. »Um wie viel Uhr werden Sie denn ungefähr rausfahren?«

Sie wollte wirklich wieder mit zu ihm hinausfahren. Womöglich hatte dann am Wochenende gar kein Date mit einem anderen stattgefunden. Wie lange würde er mit Hensch brauchen? Er hatte keine Ahnung. Vielleicht zwei Stunden? »Vielleicht zwei Stunden?«

Erst als ihm der Satz entwichen war und er die fragende Miene der Molekularbiologin wahrnahm, stellte er fest, dass er keine Antwort auf ihre Frage gegeben hatte. »Pardon, ich denke, dass wir gegen zwanzig Uhr mit unserem Thema durch sein müssten, spätestens um einundzwanzig Uhr.«

»Rufen Sie mich an, wenn Sie losfahren?«

»Ja«, sagte er. Nun streckte sie auch noch ihre Füße unter dem Tisch hervor. Sein Blick fiel auf die Blumensandalen. Ihre Füße waren nackt.

»Ich komme dann irgendwohin, wo es für Sie praktisch ist, mich aufzusammeln. Oder wissen Sie das jetzt schon?«

»Vielleicht wäre es am einfachsten, wenn wir uns vor dem LKA-Gebäude treffen würden. Mein Termin ist zwar nicht hier im Haus, aber quasi um die Ecke.«

»Prima, ungefähr einundzwanzig Uhr, vor dem Gebäude. Sie rufen mich an, wenn Sie losfahren, und ich bin dann gleich da. Und wenn wir zu Hause sind, dann machen wir den Stall zusammen, ja?« Gerne hätte er gewusst, was Dr. Augustin in der Zeit zwischen Dienstschluss und Heimfahrt machen würde, doch das ging ihn leider nichts an.

In Tommy Henschs Bude stand die Luft. In Erinnerung an seinen letzten Besuch bei dem jungen Kollegen hatte der Polizeipräsident sich dieses Mal vom LKA-Pförtner Edwin Horvath einen ausrangierten Stuhl geben lassen. So konnte er nun neben Hensch Platz nehmen und musste sich nicht von einem Stapel Getränkekisten das Gesäß perforieren lassen. Was der blinde Cybercop danach tat, überstieg hier und da Zimmerschieds Verständnisfähigkeit in Online-Angelegenheiten, obwohl ihm der Nerd – nachdem er die Braille-Tastatur an den Laptop des Präsidenten angeschlossen und die Vorlesesoftware heruntergeladen hatte, jeden seiner Schritte erklärte. »Also«, sagte Hensch, »erst mal brauchen wir eine Wallet für die Bitcoins. Da gibt's verschiedene Anbieter. Wir machen das mit GreenAddress. Zwecks Sicherheit verwenden wir eine Zwei-Faktor-Authentifizierung, VPN, eine Browser-Erweiterung und noch ein paar andere ...« Hensch verlor sich in Gedanken, seine Finger flitzten über die Tastatur. Zwischendurch ertönte die Micky-Maus-Stimme der Vorlesesoftware, die ihm die Bildschirminhalte, über die er mit dem Cursor glitt, vorlas. »... was habe ich gerade gesagt? Ach so, also wir treffen da außer der Zwei-Faktor-Authentifizierung und der Browser-Erweiterung noch ein paar weitere Sicherheitsvorkehrungen, die ich Ihnen jetzt aber nicht genau erkläre, weil das zu weit führt.« Zimmerschied nickte benommen. Da Hensch das nicht sehen konnte, fragte der Blinde: »Sind Sie damit einverstanden?«

»Selbstverständlich, Herr Hensch.« Der Polizeipräsident hatte nicht den blassesten Schimmer, was der Junge da machte.

»Wir wollen ja nicht, dass da plötzlich irgendein Schlaufuchs unseren Weg zurückverfolgt und dann hier auf Ihrem Computer rumtanzt.« Hensch tippte emsig weiter. »Am Ende noch unsere Kollegen vom LKA oder vom BKA.«

»Nein, das wollen wir nicht.«

»Schauen Sie, jetzt haben wir hier die Wallet.«

»Ja, die Wallet«, wiederholte der LKA-Chef lahm. »Der digitale Geldbeutel, sozusagen?«

»Genau.« Hensch lachte. »Und als Nächstes müssen wir uns anonym und mithilfe einer Überweisung per Paysafecard-Account bei einer Bitcoin-Börse eindecken. Ich schlage vor, wir nehmen die SatoshiTango, das ist eine argentinische. Oder wollen Sie, dass wir das über eine andere Börse laufen lassen?«

»Für mich ist das SatoshiDings in Ordnung, wenn Sie das vorschlagen«, meinte Zimmerschied, obwohl sich Argentinien für ihn nun nicht unbedingt sicher anhörte. Stand das Land nicht kurz vor dem Staatsbankrott? Aber Hensch, der junge Kerl, wusste wohl schon, was er da machte. Zu spüren, wann man jemandem vertrauen konnte, war eine der Fähigkeiten, die den Polizeipräsidenten die Karriereleiter hatten hinaufsteigen lassen.

»Okay. Der Film kostet hundertneunundzwanzig Dollar. Dann laden wir jetzt mal den Bitcoin-Gegenwert von hundertfünfzig Dollar drauf, oder sollen wir genau hundertneunundzwanzig draufladen – oder vielleicht sogar noch mehr?« Hensch überlegte kurz. »Na ja, mehrmals werden wir den Film nicht kaufen. Wenn wir mit dieser Aktion keinen Erfolg haben, dann bringt es eigentlich nichts, sie zu wiederholen.«

»Ich denke, hundertfünfzig ist gut«, antwortete Zimmerschied. »Oder warum wollen Sie nicht genau hundertneunundzwanzig machen?«

»Damit wir einen Puffer haben.«

»Ach so, ja. Ein Puffer ist natürlich immer sinnvoll.« Zimmerschied begann in seinem Geldbeutel zu kramen, und dachte an das Heu in seiner Tenne. Da war er auch immer froh, wenn er mehr hatte, als er voraussichtlich den Winter über brauchen würde. »Das geht dann wahrscheinlich von einem Ihrer Konten ab, diese hundertfünfzig, oder, Herr Hensch?« Er wartete nicht die Antwort ab. »Ich habe blöderweise nur noch achtundvierzig Euro in bar. Ich kann Ihnen – also, wenn das für Sie okay ist – den Rest morgen geben …«

»Logo«, sagte Hensch lässig, und Zimmerschied legte seinem Helfer zwei Scheine und einige Münzen hin.

Weil der kaum Notiz davon nahm und es ja auch nicht sehen konnte, erklärte Zimmerschied: »Das Geld liegt hier rechts neben Ihrer Tastatur. Achtundvierzig Euro.«

»Mhm.« Der Cyberexperte war voll und ganz auf seine Internetaktivitäten konzentriert. »So, schauen Sie mal.« Zimmerschied tat, wie ihm geheißen. »Ich eröffne jetzt eine weitere Wallet auf dem Darknet-Marktplatz, sie lautet auf eine ziemlich seltsame Adresse.« Das stimmte. Zimmerschied betrachtete die Bitcoin-Adresse.

2P73rBjKLDFSar1RqKm1byxDRVh6QnGqcY

»Sieht aus wie ein ziemlich langer Code, irgendwie kryptisch«, kommentierte der Polizeipräsident hilflos, jedoch engagiert, um zu signalisieren, dass er bei der Sache war.

»Ja, sieht komisch aus, was? Ist aber normal. Die haben immer siebenundzwanzig bis vierunddreißig Zeichen, diese Bitcoin-Adressen im Darknet. So, und da laden wir nun die Bitcoins drauf, die wir uns eben mit unserer normalen Wallet gekauft haben.«

»Darf ich kurz Ihre Toilette benutzen?«

»Logo.«

Als Zimmerschied zurückkam, sagte er: »Herr Hensch, gerade habe ich darüber nachgedacht: Wie putzen Sie eigentlich Ihre Wohnung – ich meine, Sie sehen doch gar nicht, ob es irgendwo schmutzig ist, oder haben Sie da einen Trick?«

»Ja, stimmt. Putzen ist schwierig für mich.« Er tippte weiter. »Ist irgendwas schmutzig im Bad, oder was?« Die Vorlesesoftware meldete sich quiekend, doch Hensch ignorierte sie. »Ich habe eine Putzfrau, aber das ist nicht einfach mit ihr. Erstens stellt sie die Sachen oft nicht dahin, wo sie stehen müssen, damit ich sie wiederfinde, und zweitens denkt sie zum Beispiel, sie müsse die Fenster nicht putzen, weil ich ja eh nicht rausschauen kann.« Er wandte das Gesicht Zimmerschied zu. »Ich meine, hallo? Nur weil ich blind bin, heißt das ja nicht, dass ich schmutzige Fenster haben will!«

»Tja, also …«, begann Zimmerschied zögerlich. »Dann … also, vielleicht hilft es Ihnen ja, wenn ich Ihnen sage, dass, also, dass auf dem Teppich vor Ihrer Badewanne alles voller Hundehaare ist?«

»Echt? Ist das so? Sehen Sie, so was nervt mich! Ich sage Frau André immer, sie muss selber sehen, wo es schmutzig ist und was geputzt oder gewaschen gehört. Aber sie übersieht es oft und hat keine Lust, oder was weiß ich, verdammt. Ich hatte kürzlich Besuch, und die haben mir gesagt, dass auf meiner

Bettdecke ein fetter gelber Fleck ist, von Butter oder was weiß ich, was ich da mal verkleckert habe. Als ich der Frau André das gesagt habe, meinte sie, ich müsse ihr mitteilen, was ich geputzt haben will. Das ist doch bescheuert!«

»Ja, das ist blöd«, bestätigte Zimmerschied.

»Also muss der Badteppich in die Wäsche?«

»Ja, finde ich schon«, antwortete der Polizeichef vorsichtig.

»So, aber mittlerweile sind wir schon ein Stück weiter. Schauen Sie, ich bin wieder bei teachermakelove666.onion. Und da ist der Film. Den kaufe ich jetzt und bezahle mit den Bitcoins, die wir uns besorgt haben.« Die schlanken Finger des Computerexperten huschten über die Tasten. »So, und als Nächstes lassen Sie uns herausfinden, ob wir das irgendwie zurückverfolgen können.«

Was Hensch in den nächsten dreißig Minuten machte, konnte Zimmerschied nicht nachvollziehen. Der Computerexperte sprang, so sah es für den LKA-Chef aus, zwischen verschiedenen Plattformen hin und her, darunter die Bezahlseiten und Bitcoin-Wallets. Außerdem surfte er durch Porno-Foren und chattete mit anderen Nutzern, die unter merkwürdigen Pseudonymen auftraten – Zimmerschied hatte den Eindruck, dass er sich auch mit Fred Bull Haschky austauschte, war sich aber nicht ganz sicher. Er räusperte sich. »Fred Bull Haschky. So ein Pseudonym sagt doch immer auch etwas über seinen Nutzer aus. Woran denken Sie, wenn Sie Fred Bull Haschky hören?«

»Na ja, Bull ist der Stier, Haschky kann auch ein anderes Wort für Hasch sein, zusammengesetzt mit dem englischen Wort für Schlüssel, aber falsch geschrieben …«

»Aber Red Bull steckt da auch drin, der Energydrink. Und …« Zimmerschied machte ein nachdenkliches Gesicht. »Es könnte auch darauf hindeuten, dass wir es mit einem Eishockeyfan zu tun haben.«

»Wieso denn das?«, fragte Hensch nur halb aufmerksam, er schien mit etwas anderem beschäftigt zu sein.

»Es gibt die Kassel Huskies, und es gibt Red Bull München. Beides Eishockeymannschaften.«

»Okay, da haben Sie recht. Aber Haschky könnte auch für die Hunderasse stehen. Also leicht abgewandelt.«

»Ein Hundebesitzer …« Der Chef des LKA nickte bedächtig. »Das ist ganz schön verwirrend. Wenn man daraus jetzt Schlüsse auf den Täter ziehen will …« Er seufzte und fuhr sich durch den kurzen Bart. »Und unser anderes Pseudonym wirft mindestens ebenso viele Fragen auf. Dieser Quentin Alabama, wie er sich in dem Drohbrief an Sophie nennt.«

»Bei Quentin denke ich immer an Quentin Tarantino«, murmelte Hensch beiläufig.

Zimmerschied nickte und zog sein Smarthone hervor. Er wischte ein wenig darauf herum und erklärte dann: »Und Alabama Whitman ist eine Heldin in dem Tarantino-Film *True Romance*, gespielt von Patricia Arquette.« Der Polizeipräsident las vom Display seines Handys vor: »Der Film handelt von dem frischverheirateten jungen Paar Clarence und Alabama, das per Zufall einen Koffer mit Kokain erbeutet und dieses verkaufen möchte. Dabei werden sie sowohl von der Polizei als auch von der Mafia verfolgt.« Er betrachtete Hensch. »Bringt uns das irgendwas?«

»Ich kenne den Film zwar, aber mir fällt dazu im Moment nichts ein.«

»Wie meinen Sie das, ›Sie kennen den Film‹? Gehen Sie ins Kino?«

»Na logisch geh ich ins Kino.«

»Obwohl Sie nichts sehen?«

»Aber ich höre.«

»Klar«, meinte Zimmerschied, sein Mund verzog sich zu einem Lächeln. Dieser Hensch war schon ein komischer Vogel.

Jetzt allerdings war der komische Vogel bereits wieder ganz in die Untiefen der Internetforen abgetaucht. Zimmerschied beobachtete ihn aufmerksam, bis Hensch irgendwann sagte: »Scheiße, ich glaube, dieser Sack weiß, was er tut.« Er warf dem Vorgesetzten einen Sonnenbrillenblick zu. »So kommen wir da nicht weiter. Ich dachte, ich könnte ihn aus der Reserve locken, doch der ist geschickt. Ich habe ihn – das haben Sie vielleicht gesehen – im Chat gefragt, ob er noch mehr so Sexfilme hat, aber welche mit echten Lehrerinnen. Der hat mir dann geschrieben, dass ich mich auf seiner Seite bedienen soll. Dann habe ich ein bisschen provoziert und geschrieben, dass das ja eh keine echten Lehrerinnen und Lehrer sind, die man da in den Filmen sieht, sondern Schauspieler. Ob er nicht wirklich echte hat. Aber da steigt der nicht drauf ein …« Hensch zögerte, irgendetwas schien ihm unangenehm zu sein. »Ich … also wissen Sie … wir können da jetzt natürlich noch tiefer einsteigen, aber …«

Ehe er weitersprechen konnte, sagte Zimmerschied – in Gedanken bei Dr. Augustin: »Nein, nein, Herr Hensch. Dann … also, ich habe auch noch …« Er räusperte sich verlegen. »Einen … äh, Termin heute Abend. Da wäre es mir auch ganz recht, wenn wir Schluss machen für heute. Vielleicht können Sie dann ja noch auf eigene Faust … Ich meine, ich bin Ihnen hier eh keine Hilfe. Das ist ja alles so speziell. Wenn Sie aber bei diesem Fred Bull Haschky heute noch irgendetwas erreichen könnten, dann wäre das spitze, aber …« Zimmerschied stand auf. »Ach, wissen Sie was, Sie essen jetzt erst einmal was! Haben Sie was da, oder soll ich Ihnen was bestellen?«

»Ich habe schon noch was da.«

»Soll ich Ihnen was herrichten?«

»Nein, nein, ich mache das ja sonst auch allein.«

»Gut, dann … dann muss ich mal los.« Der Polizeipräsident lächelte, was Hensch natürlich nicht sehen konnte. Zimmerschied freute sich auf Dr. Augustin. Er war guter Dinge. Allerdings wusste er noch nichts von dem Paketabholschein, den er vor dem Abendessen aus seinem Briefkasten in Holzleute fischen würde.

SEK-Beamte werden dazu ausgebildet,
Terroristen zu bekämpfen, Geiseln zu befreien
und Festnahmen durchzuführen.

FÜNFUNDZWANZIG | Spezialeinsatzkommando

»Ja, grüß dich! Dass du mal wieder vorbeischaust! Man sieht dich ja gar nicht mehr. Außer im Fernsehen natürlich, Herr Polizeipräsident! Also, so eine Karriere hat bei uns im Dorf wirklich noch keiner …«

»Grüß dich, Manfred«, unterbrach Zimmerschied den Freund aus Kindheitstagen und legte den Paketabholschein auf den Tresen des Landpostamts. »Ich möchte das gerne abholen.«

»Soso, ein Paket. Dann wollen wir doch mal sehen … Kaufst du die Geschenke für deine Frau jetzt *auch* online?«

Zimmerschied war nicht zum Spaßen zumute, er hatte keine Ahnung, was das für ein Paket sein sollte, und außerdem hatte er am Morgen Dr. Augustin eine Tasse Kaffee über das weiße Sommerkleid geschüttet. Das Getränk war so heiß gewesen, dass sich die Biologin am Oberschenkel verbrüht und Zimmerschied sie im Krankenhaus der benachbarten Kleinstadt hatte abliefern müssen. Alles war so hektisch gewesen, dass er sogar seinen Laptop zu Hause hatte liegen lassen. »Ich fahre dann mit dem Zug nach München rein, falls es sich als nicht so schlimm herausstellen sollte«, hatte Dr. Augustin noch gesagt und dabei nicht das kleinste Anzeichen dafür gezeigt, dass sie sauer auf ihn war. Was das schlechte Gewissen des Polizeipräsidenten zwangsläufig noch verschlimmert hatte.

Weil ihn der Manfred von der Post noch immer offensiv anlächelte, brummte Zimmerschied: »Keine Ahnung, was da drin ist. Ich habe nichts bestellt.«

»Tja, dann wollen wir doch mal ...«

Wenig später stellte der Postmitarbeiter ein Paket auf die Theke. »Da haben wir es!« Das Paket war etwa so groß wie ein Schuhkarton. Was konnte das nur sein?

Mit einem knappen »Danke, Manfred, bis bald« wandte sich der LKA-Chef zum Gehen. Doch weit kam er nicht, denn ehe sichs der Polizeipräsident versah, lag er schon am Boden. Überwältigt von drei maskierten Männern in schwarzen Uniformen und mit schwarzen Kampfhelmen. Zimmerschied versuchte sich zu wehren, aber die Männer vom Polizei-Spezialeinsatzkommando waren jünger und fitter als er. Der eine drückte seinen Kopf so fest auf den Fußboden, dass der LKA-Chef jedes einzelne, auf der Oberfläche der Fliesen haftende Staubkorn zu spüren glaubte. Er ächzte vor Schmerz, versuchte auch etwas zu sagen, doch sein Peiniger drückte nur noch fester zu. Zimmerschied gab hilflose Laute von sich. Er war sich nicht sicher, ob er an der Wange bereits blutete. Deshalb beschloss er zu warten, bis der Einsatzleiter die Situation als sicher einschätzte und er ihn und die anderen Kollegen über das Missverständnis aufklären konnte. Hundertprozentig hatten es die Männer auf eine völlig andere Person abgesehen. Ein Riesenmissverständnis war das. Hoffentlich war der gefährliche Mensch, den sie eigentlich im Visier gehabt hatten, nicht auch hier. Zimmerschied versuchte zu erkennen, wer da noch im Postamt war, aber der Polizist über ihm ließ ihm keinen Spielraum.

Wie lange dauerte das denn? Die Zeitspanne, bis einer der

SEK-Leute ihm – noch immer liegend – Handschellen an die auf dem Rücken schmerzhaft zusammengehaltenen Handgelenke gelegt hatte und er endlich die Erlaubnis erhielt aufzustehen, kam ihm schier endlos vor. Als Zimmerschied endlich wieder stand, verschaffte er sich schnaufend einen Überblick über die Situation. Außer seinem Peiniger standen noch zwei Männer in schwarzen SEK-Uniformen und mit Maschinenpistolen im Anschlag in dem kleinen Postamt. Jetzt betrat noch ein dritter den Raum. Eine Frau heulte. Zimmerschied beschloss, die Situation aufzuklären. »Das, Freunde, ist jetzt ein ganz schlechter Scherz«, hob er an. »Was bitte ist in euch gefahren, dass ihr hier so einen Wahnsinn veranstaltet?«

Sofort hatte er eine Waffe auf der Brust. Nun bedrohte ihn dieser Idiot von Einsatzleiter auch noch mit seiner Maschinenpistole! Was bildeten die sich eigentlich ein? Zimmerschied war außer sich vor Wut. Er holte Luft: »Ich bin der Polizeipräsident, ihr Osterhasen! Und außerdem der Chef vom LKA!«

Als der Schwachkopf, der ihn die ganze Zeit auf den Boden gepresst hatte, sagte: »Und ich bin John Lennon«, wäre Zimmerschied ihm am liebsten an die Gurgel gesprungen. So eine Frechheit! Aber es sollte noch schlimmer für den Polizeipräsidenten kommen. Wenige Minuten später schlitzte der SEK-Kollege das Paket, das eindeutig an ihn – Zimmerschied – adressiert war, mit seinem Kampfmesser auf. Das war noch nicht weiter dramatisch. Sicher würde sich jetzt alles schnell aufklären. Zimmerschied atmete durch und verfolgte genau, wie der SEKler mit dem Paket hantierte. Bei aller Wut über die erniedrigende Situation und das herablassende Gerede der Spezialeinsatzkräfte war er selbst auch neugierig, was in dem Paket war.

Der Polizist zog ein in Schaumfolie gewickeltes Bündel aus dem Karton. Was konnte das sein? Hatte Roswitha ihm etwas geschickt? Zimmerschied beobachtete gebannt, wie der schwarz

Uniformierte, dessen Gesicht noch immer hinter einer Maske verborgen war, die Folie auseinanderfaltete. Es knisterte unheilvoll. Als der LKA-Chef sah, was der Mann seinen Kollegen präsentierte, stockte ihm der Atem. Es war eine Pistole. Das Paket war eindeutig an ihn adressiert gewesen. Wieso eine Pistole?

Nun traf ihn ein hämischer Blick des schwarzen SEK-Kämpfers. »Und warum bestellt ein Polizeipräsident, wie du ja anscheinend einer bist, eine illegale Pistole im Darknet? Deine Lügenmärchen kannst du gleich den LKA-Leuten erzählen. Die stehen nämlich draußen.« Eine illegale Pistole? Darknet? Was der Beamte in Kampfmontur sonst noch von sich gab, bekam Zimmerschied nicht mehr mit. Ihm jagte ein völlig anderer Gedanke durch die Hirnwindungen: Die Waffe war eine Ceska, das hatte er sofort erkannt. Es war also eine Pistole von genau jenem Typ, den auch der Flaucher-Mörder verwendet hatte. Wer schickte ihm diese Pistole und warum? War diese Waffe am Ende jene, mit der das Attentat auf Luigi Zorzi und Antonietta Carmignano verübt worden war? In Zimmerschieds Bauch breitete sich ein unangenehmes Ziehen aus. Hier lief etwas grandios falsch. Und er steckte mittendrin.

Den illegalen Darknet-Marktplatz Dream Market erreicht man über folgende Domain: http://lchudifyeqm4ldjj.onion/?ai=2915375396 Die Anmeldung funktioniert zum Beispiel über den TOR-Browser.

SECHSUNDZWANZIG | Dream Market

Der Idiot, der ihm das Gesicht auf den Boden gedrückt hatte, packte Zimmerschied am Arm und schob ihn, gefolgt von den anderen SEK-Männern, grob nach draußen. Vor dem Eingang überkam den LKA-Chef ein Gefühl der Erleichterung: Da standen seine Leute: Hannah Riedelsbacher, Typ großes Mädchen à la Steffi Graf; Heiko Maier, der sehnige Triathlet; Philipp Bonhöfer, die Schlafmütze im gestreiften Poloshirt. Alle drei Beamte arbeiteten für das LKA. Sogar über Bonhöfer freute er sich ausnahmsweise.

»Was machen Sie denn hier, Chef?« Hannah Riedelsbacher starrte ihren Vorgesetzten im zerknitterten und verdreckten Anzug, mit den auf dem Rücken gefesselten Händen und Schürfwunden im Gesicht ungläubig an.

Der Vollpfosten, der ihn noch immer grob am Arm hielt, antwortete, bevor Zimmerschied dazu kam: »Okay, Hannah, übernehmt ihr ihn gleich, oder sollen wir ihn euch noch bis München fahren?«

Heiko Maier schüttelte langsam, aber bestimmt den Kopf. »Sorry, Andi, ähm, das ist unser Chef, der Herr Zimmerschied.«

»Wie, euer Chef?«

Zimmerschied freute sich über den belämmerten Seitenblick, mit dem ihn sein Peiniger bedachte, behielt jedoch seine Mimik unter Kontrolle.

»Das ist der Herr Zimmerschied, Andi! Der Chef vom Bayerischen Landeskriminalamt. Unser Präsident!«, erklärte Hannah Riedelsbacher. Ihr vorwurfsvoller Ton tat Zimmerschied gut.

Der Schwachmat im Kampfanzug sah erst ihn an, dann Riedelsbacher, Maier, Bonhöfer und dann wieder Riedelsbacher. »Ganz sicher? Der da ist euer Chef?« Er drehte sich um und sah seine Kollegen in den Kampfanzügen an. Die Ratlosigkeit des Mobilen Einsatzkommandos senkte sich über die Anwesenden wie eine Wolke Flüssiggas.

»Sag ich Ihnen doch, Sie Affe«, knarzte Zimmerschied dann nicht sehr laut, aber wütend. Allerdings bereute er diese verbale Entgleisung sofort, denn sich so auszudrücken war eigentlich nicht sein Stil. Die Typen von den Einsatzkommandos waren ihm schon immer suspekt gewesen. Klar waren sie wichtig für die Festnahmen. Aber bei diesem Typus von Beamten war ihm zu viel körperliche Gewalt im Spiel.

»Machen Sie ihn los«, forderte Hannah Riedelsbacher.

Der Trottel, dessen eiserner Griff um Zimmerschieds Arm keinen Deut nachgelassen hatte, schaute noch einmal zu den anderen aus seinem Team. Die zuckten mit den Schultern. »Der hat aber eben das Paket abgeholt. Das Paket mit der Waffe drin. Der ist der Richtige. Also jedenfalls der, den ihr festgenommen haben wolltet. Da könnt ihr jetzt nicht einfach einen Rückzieher machen.« Hilflos wandte er sich an einen anderen Kollegen: »Rudolf, das geht doch nicht, oder? Sag mal was!«

Rudolf sagte nichts. Die Polizei war ein hierarchischer Laden. Alle Anwesenden steckten in einer brisanten Situation, die jeden Einzelnen die Karriere kosten konnte. Zimmerschied bedachte den Mann, den sie Andi nannten, mit einem düsteren Blick: »Wollen wir einmal hoffen, dass derjenige, den Sie eigentlich festnehmen wollten, nicht noch da drin ist.«

Der SEKler wollte es noch immer nicht wahrhaben. »Nö, Leute. In dem Paket, das der hier abgeholt hat, da ist die Pistole drin, um die es euch geht. Eine Ceska. Der ist der Typ, den wir für euch festnehmen sollten. Definitiv.«

»Mach ihn jetzt endlich los, Mann!«, befahl Hannah Riedelsbacher erneut.

»Hannah! Da war die Waffe drin! Der Typ hier hat sich eine illegale Waffe im Darknet bestellt! Da stimmt doch was nicht!«

»Mach. Ihn. Los.«

»Das wird ein Nachspiel haben!«, blaffte der SEKler die Kollegin vom LKA an, machte Zimmerschied dann aber doch los.

Der Polizeipräsident atmete auf. Er ahnte nicht, dass die Aktion tatsächlich ein unangenehmes Nachspiel haben würde. Und zwar für ihn.

Ramona Ahlhaus, die Staatsanwältin mit den gefährlichen Pumps, stöckelte im Foyer des Bayerischen Landeskriminalamts herum, als wollte sie mit ihren Stilettos Ameisen töten. Sowie Zimmerschied gemeinsam mit Riedelsbacher, Maier und Bonhöfer ebendiese Eingangshalle betrat, wollte er die ungeliebte Kollegin kurz und beiläufig grüßen und dann in den ersten Stock zu seinem Büro weitergehen. Er war noch immer aufgebracht, so etwas war ihm ja noch nie passiert. Er brauchte jetzt einen Kaffee von Rötli und seine Ruhe! Doch der Panzer auf Pumps verstellte ihm den Weg. »Halt, Zimmerschied. Wo wollen Sie hin?«

Der LKA-Chef war sich nicht sicher, was ihn mehr störte, ihr schwäbischer Akzent oder dass sie die Anrede weggelassen hatte.

»In mein Büro?«

»Wir haben für Sie einen anderen Raum reserviert.« Sie machte eine herrische Kopfbewegung. Als sie seinen irritierten Gesichtsausdruck sah, fügte sie hinzu: »Wir werden Sie ja wohl nicht in Ihrem Büro vernehmen.«

»*Sie* wollen *mich* vernehmen?«

»Ja, wir wollen Sie vernehmen.« Ihr Moschus-Parfüm legte sich über Zimmerschieds Nasenschleimhäute.

»Aha, und wegen was, wenn ich fragen darf?«

»Das sollte Ihnen eigentlich klar sein.«

Als sein zorniger Blick auf die Steffi-Graf-artige Riedelsbacher fiel, zuckte diese verlegen mit den Schultern. »Das wird sich sicher gleich alles aufklären, Herr Präsident.«

Zimmerschied musterte die drei Mitarbeiter, die ihm offensichtlich das SEK auf den Hals gehetzt hatten. Die waren also noch gar nicht fertig mit ihm. Deshalb hatte Maier unbedingt bei ihm mitfahren wollen. Die hatten verhindern wollen, dass er sich absetzte! Die dachten, er würde fliehen!

»Wir machen bloß unseren Job«, wandte Phillip Bonhöfer entschuldigend ein. Es war das erste Mal, dass er an diesem Morgen in Zimmerschieds Beisein etwas sagte.

»Ich dachte, es wäre klar, dass es sich hier um ein Missverständnis gehandelt haben muss.« Der LKA-Chef würdigte die Juristin keines Blicks, er hatte seine drei Mitarbeiter adressiert.

Doch ohne auf seinen Einwurf einzugehen, fragte die Staatsanwältin herrisch: »Wo ist das Paket?«

»Schon oben«, meinte Maier. Zimmerschied sah aus dem Augenwinkel, wie er den Bizeps im Wechsel an- und entspannte. Der war immer im Training, der Maier, vermutlich unterfordert. Zimmerschied beschloss, dies in den folgenden Wochen zu ändern. Im nächsten Moment war er sich nicht sicher, ob es dazu überhaupt noch kommen würde. Seine Aktien standen schlecht.

Das Vernehmungszimmer, in das sie ihn führten, war das dunkelste und hässlichste, das abgelegenste und kahlste im ganzen Haus. Es lag am Ende eines langen Gangs im Keller, und Zimmerschied hatte gar nicht gewusst, dass es überhaupt noch von irgendwem für Vernehmungen genutzt wurde. Es roch feucht, und die Einrichtung war übersichtlich: ein Tisch, drei Stühle; Maier holte noch einen vierten. An der Wand ein mindestens fünfundzwanzig Jahre altes Plakat mit einer Handfeuerwaffen-Übersicht und ein Kalender mit Bergen in den Alpen von 2001. In einer Ecke ein Abfalleimer, in einer anderen ein Knäuel alter Kabel. Auf dem Tisch lag das Paket. Zimmerschied verstand nicht, wo er da hineingeraten war.

»Bitte setzen Sie sich, Herr Zimmerschied«, forderte ihn Ahlhaus mit einem süffisanten Lächeln auf.

Zimmerschied sah auf die Uhr. »Ich wäre Ihnen dankbar, wenn Sie sich kurz halten könnten, ich habe nämlich nicht viel Zeit. Der Flaucher-Mord …«

»Wie viel Zeit Sie haben, entscheiden wir«, schnitt ihm die Staatsanwältin mit ihrer heiseren Stimme das Wort ab. »Setzen Sie sich.«

»Ich möchte gerne stehen.«

»Das hier ist eine Vernehmung, ich leite diese Vernehmung, und wenn ich sage, Sie setzen sich, dann setzen Sie sich. Also: Setzen Sie sich!« Zimmerschied beschloss, das demütigende Prozedere abzukürzen, und setzte sich. »Na, sehen Sie, geht doch! Also, zu welchem Zweck bestellen Sie sich im Darknet eine Ceska?«

»Ich habe mir keine Ceska im Darknet bestellt«, gab Zimmerschied trotzig zurück.

»Stopp. Ähm, Herr Maier?« Der Angesprochene schaute sie an. »Sie nehmen auf.« Zimmerschieds Blick ausweichend, aktivierte der Triathlet ein Aufnahmegerät, das er zuvor auf dem Tisch abgestellt hatte. »Vernehmung Karl Zimmerschied durch Ramona Ahlhaus, Staatsanwältin, anwesend außerdem die Kriminaloberkommissare Riedelsbacher, Maier und Bonhöfer«, diktierte Ahlhaus.

»Der Herr Maier ist Kriminalhauptkommissar«, knurrte Zimmerschied. Diese Hexe hatte doch keine Ahnung!

Ohne auf seinen Kommentar einzugehen, sprach die Anklägerin weiter: »Herr Zimmerschied, es steht Ihnen nach dem Gesetz frei, sich zu der Beschuldigung zu äußern oder nicht zur Sache auszusagen, insbesondere wenn Sie sich durch eine wahrheitsgemäße Aussage selbst belasten müssten. Sie können auch einen von Ihnen zu wählenden Rechtsanwalt befragen. Ferner belehre ich Sie darüber, dass Sie zu Ihrer Entlastung einzelne Beweiserhebungen beantragen können.« Sie machte eine Pause, in der sie Zimmerschied fixierte. Der erwiderte ihren Blick, schwieg aber. »Ich brauche eine Antwort. Wollen Sie einen Anwalt? Wollen Sie aussagen?«

»Frau Ahlhaus! Ich habe Termine! Ich habe keine Zeit für dieses Kasperltheater!«

»Gut, Sie verzichten also auf anwaltlichen Beistand.«

»Was – in – Gottes – Namen – wollen – Sie – von – mir?« Zimmerschied sprach abgehackt, er war jetzt sehr wütend.

»Zu den Fakten.« Sie klappte den halb offen stehenden Deckel des Pakets so zu, dass Zimmerschied das Adressfeld sehen konnte. »Sind das Ihr Name und Ihre Adresse?«

Zimmerschied hätte gerne Nein gesagt, aber im Adressfeld des Pakets, das ihm sein ehemaliger Schulkamerad Manfred ausgehändigt hatte, standen ja wirklich sein Name und seine Adresse. »Ja, das sind mein Name und meine Adresse.«

Ahlhaus klappte den wieder Deckel auf, griff in die Schachtel, hob das Schaumfolienbündel hervor und reichte es Hannah Riedelsbacher. »Frau Riedelsbacher, würden Sie das bitte auspacken und uns mitteilen, was das ist?« In Richtung von Heiko Maier versicherte sie sich: »Das Aufnahmegerät läuft, ja?«

Zimmerschieds sportlicher Untergebener bestätigte mit einem knappen »Ja, läuft«.

Kriminaloberkommissarin Riedelbacher legte das Bündel

auf den Tisch und schlug die Schaumfolie auseinander. Die Pistole kam zum Vorschein.

»Was würden Sie sagen, was das ist, Herr Zimmerschied?«

»Eine Ceska«, sagte Zimmerschied und verdrehte genervt die Augen.

»Gut, dass wir uns wenigstens darüber einig sind.« Ahlhaus zögerte einen Moment. »Zu welchem Zweck bestellen Sie sich eine Pistole im Darknet? Sie haben doch eine Dienstwaffe. Was hatten Sie mit dieser illegalen Waffe vor?«

»Ich habe keine Waffe bestellt und schon gar nicht im Darknet, und ich habe auch nichts damit vor.«

»Aber dieses Paket wollen Sie heute Morgen schon im Postamt abgeholt haben, ja?«

»Ich wollte das nicht abgeholt haben, sondern ich habe das da abgeholt. Beinahe jedenfalls, denn dann ist mir die Rambotruppe, die Sie mir auf den Hals gehetzt haben, dazwischengekommen.«

»Also gestehen Sie, dass Sie das Paket bei der Post abgeholt haben.«

Zimmerschied missfiel das Wort »gestehen«, aber ihm blieb nichts anderes übrig, als zu bejahen.

»Und ferner bestätigen Sie, dass Ihr Name auf dem Paket steht.«

»Ja. Aber ich habe das nicht bestellt.«

»Wieso kamen Sie dann ins Postamt?«

»Frau Ahlhaus! Haben Sie schon einmal ein Paket abgeholt? Wenn man nicht zu Hause ist, wenn der Briefträger es bringt, dann liegt da ein Abholschein im Briefkasten. So einen Abholschein habe ich gestern Abend bei mir im Briefkasten gefunden. Deswegen bin ich heute Morgen da hingefahren. Ich habe diese Pistole nicht bestellt, und ich habe keine Ahnung, wie sie zu mir kommt.«

»Interessant. Wenden wir uns dem Paket selbst zu. Frau Riedelsbacher, würden Sie bitte mal hineinschauen, ob sich da drin sonst noch etwas findet?«

Die blonde Langhaarige mit der markanten Nase stöberte in dem Paket herum. Zunächst kramte sie Füllmaterial aus Styropor hervor, schließlich noch einen Zettel.

»Was ist das?«, erkundigte sich die Staatsanwältin.

»›Visit Dream Market‹«, las Hannah Riedelsbacher vor. »›Buy sex, drugs, guns 'n arms. Your hidden service for illegal goods. Come back and buy.‹« Sie hob den Kopf. »So eine Art Flyer.«

»Herr Bonhöfer, bevor Sie einschlafen: Würden Sie uns bitte kurz erklären, was es mit diesem Dream Market auf sich hat?«

Phillip Bonhöfer straffte die Schultern und ratterte sofort wie ein Automat los: »Dream Market ist seit der Schließung von Hansa, Abraxas, Agora und AlphaBay einer der wichtigsten illegalen Marktplätze im Darknet.«

»Im Darknet also«, stellte Ramona Ahlhaus eisig fest.

»Ich habe mit diesem Schmarrn nichts zu tun, verdammt!« In Zimmerschied nahm allmählich das Gefühl überhand, dass es doch nicht so einfach werden würde, aus dieser Nummer herauszukommen.

»Sie leugnen also, diese Pistole bestellt zu haben.«

»Ich leugne es nicht, sondern ich habe das schlichtweg nicht gemacht.«

»Haben Sie die Pistole im Darknet bestellt?«

»Nein.«

»Waren Sie schon mal auf dieser Website Dream Market?«

»Nein.«

»Waren Sie schon mal im Darknet?«

Zimmerschied zögerte einen winzigen Moment. »Nein«, sagte er dann. Würde er wahrheitsgemäß antworten, würde die Fragerei niemals ein Ende nehmen. Und dass er mit Hensch im

Darknet gewesen war, um Sophie von Lavalles Erpresser zu verfolgen, würden ihm die Kollegen sicher nicht nachweisen können. Hensch wusste, was er tat, und er stand auf seiner Seite. Der Präsident sah auf seine Armbanduhr. Die Zeit lief. In dem Raum stank es nach Moschus. Er wollte raus. Plötzlich überkamen ihn Zweifel. Und wenn Hensch doch nicht dichthielt? Sollte er die Aussage vielleicht noch schnell revidieren? Er tat es nicht. Ein Fehler.

Sie sind extrem gefühlskalt, manipulativ und denken nur an sich. Sie kennen keine Angst und scheuen deshalb nicht das Risiko : Psychopathen. Auffällig viele von ihnen sitzen in Chefetagen.

SIEBENUNDZWANZIG | Fuchsköpfe

Wie betäubt verließ Zimmerschied den Vernehmungsraum im Keller und tappte die endlosen Gänge und zahllosen Stufen nach oben in den ersten Stock. Was war nur los mit seinem Leben, seit Roswitha ihn verlassen hatte? Sowie er den Flur betrat, in dem die Büros seiner Pressesprecher und sein eigenes lagen, und die Galerie mit den Fotografien seiner Vorgänger seit Gründung des LKA 1968 an der Wand passierte, gab er sich einen Ruck. Er musste die Zügel wieder in die Hand nehmen. Spielball zu sein auf einem Spielfeld und in einem Spiel, dessen Regeln er nicht mehr durchschaute, das lag ihm nicht. Ehe er das Vorzimmer betrat, atmete er tief durch und richtete sich gerade auf. Dann, geschäftig am Tisch der Sekretärin vorbeieilend, sagte er: »Grüß Gott, Frau Rötli, bitte rufen Sie Veltroni und Södlinger an. Die sollen zu einer Besprechung kommen. Und bitte machen Sie mir einen Kaffee.«

»Welches Thema soll ich für die Besprechung angeben?«

»Flaucher-Mord«, erwiderte er knapp. Er hatte bereits sein eigenes Büro betreten und überlegte, ob er auch Dr. Augustin zu der Besprechung einladen sollte. Aber er ließ es bleiben. Er musste erst wieder an Stärke gewinnen, die verlor sonst ja völlig den Respekt vor ihm. Er dachte an ihre schönen Hände. Merkwürdig, dass er selbst in diesem Moment, wo er in eine denkbar problematische Situation geraten war, an Dr. Augustins Hände denken konnte, ja, geradezu denken musste! War das normal?

»Also, was gibt's Neues?«, stieg er gleich in die Unterredung ein, sobald Veltroni und Södlinger Platz genommen hatten. Letzterer trug eine hellgraue Krawatte mit schwarzen Flecken drauf, die Zimmerschied zunächst für Pistolen hielt. Als er jedoch seinen Hauptkommissaren gegenübersaß, erkannte er, dass es sich um comicartig gezeichnete Fuchsköpfe handelte. Auch dass er nun überall Pistolen sah, musste schleunigst wieder aufhören.

»Wir haben zwischenzeitlich fünfzehn Waffenbesitzer aufgesucht, auf deren Namen eine Ceska eingetragen ist. Von diesen fünfzehn haben wir neun persönlich angetroffen.« Während Barbara Veltroni sprach, glitt ihr Blick über das vor ihr liegende Blatt. »Von den neun, die wir angetroffen haben, war eigentlich erst einmal niemand verdächtig, oder wie siehst du das, Hannes?« Aus dem Nebenzimmer war gedämpft Rötlis Stimme zu vernehmen.

Södlinger strich sich über die Krawatte. »Richtig.«

»Und darf ich erfahren, wieso?«, knurrte Zimmerschied. Irgendetwas war anders am Verhalten seiner Mitarbeiter.

»Wollen Sie das jetzt wirklich so genau wissen?« Der Kriminalhauptkommissar sah ihn mit einem Gesichtsausdruck an, den Zimmerschied nicht anders als mitleidig interpretieren konnte. Und dann noch diese saudumme Frage!

»Ja, Herr Södlinger, ich möchte das so genau wissen. Es kann nämlich sein, dass schon bald der Herr Innenminister bei mir anruft, und dann sollte ich ihm wenigstens irgendwas erzählen können! Im Übrigen können Sie davon ausgehen, dass, wenn ich Ihnen eine Frage stelle, auch ein Gedanke dahintersteckt und dass ich von dem her auch eine Antwort von Ihnen erwarte und nicht eine Gegenfrage.«

Aber Södlinger schien dieser Kurzvortrag wenig zu beeindrucken. Jedenfalls zuckte er mit den Schultern und meinte, zu Veltroni gewandt: »Mach du, Barbara.«

Zimmerschied hatte das Gefühl, dass seine Autorität sich in einem Zustand der Erosion befand.

»Ja, also wir haben die Betreffenden in Gruppen eingeteilt. Der Herr Kowalski und der Herr Brenner sind über siebzig und kommen deswegen aus unserer Sicht erst einmal als Täter beim Flaucher-Mord nicht infra…«

»Warum nicht?«, grätschte der Polizeipräsident dazwischen.

Verdattert antwortete Veltroni: »Äh, weil die nicht mehr so fit sind, dass ihnen zuzutrauen wäre, dass sie sich so schnell und unbemerkt vom Tatort absetzen, ohne dass irgendwer sie sieht. Das ist eine Annahme, die wir getroffen haben.«

»Soso, eine Annahme. Gut. Weiter!«

»Dann haben wir da noch den Herrn Licht als Waffenbesitzer in der Kartei, aber der ist vor einem halben Jahr bei einem Autounfall gestorben. Das hat uns seine Frau gesagt.«

»Totenschein?«

»Haben wir nicht …« Veltroni geriet ins Stammeln. »Wir haben seiner Frau vertraut.«

»Wo war der Unfall?«

»Keine Ahnung. Wenn der schon seit einem halben Jahr tot

ist, dann kann der doch wohl nicht der Täter sein?« Veltroni wirkte angesichts des herben Tons ihres Vorgesetzten verunsichert.

»Ich glaube, der Mann hatte den Autounfall in Südtirol, hat sie gesagt.« Södlingers Einwurf besänftigte Zimmerschied kein bisschen.

»Soso, Südtirol also. Meines Wissens liegt das in Italien. Und unsere Opfer sind Italiener. Da muss man nachhaken! Und die Frau? Was ist mir der Frau? Kann es nicht sein, dass die Frau die Waffe abgefeuert hat?«

»Aber wir haben doch die Zeugenaussage, dass es sich bei dem Täter um einen Mann ohne Gesicht handelt!« Södlinger hob seine Krawatte vom Bauch ab und legte sie wieder hin. Er schien die ungehobelte Art des Chefs besser parieren zu können als seine Kollegin.

»Gut. Weiter. Was noch?«

»Da gibt's dann noch den Herrn Soller. Der ist ein Kollege vom Polizeipräsidium München. Deswegen haben wir den auch erst einmal außen vorgelassen.«

»Aha? Und darf ich erfahren, wieso?«

Veltroni sah ihn an. »Warum sind Sie eigentlich so giftig? Wir sollen hunderteinundsechzig Waffenbesitzer überprüfen. Da müssen wir doch Prioritäten setzen, sonst werden wir ja nie fertig!«

»Genau, und da können wir doch erst einmal davon ausgehen, dass unser Kollege vom Polizeipräsidium München nicht der dringlichste Kandidat ist«, sprang Södlinger der Kollegin bei. Nachdem er ein seltsames klickendes Geräusch mit seiner Nase gemacht hatte, fügte er noch an: »Dann geben Sie uns halt Verstärkung, dann können wir bei den Befragungen natürlich mehr ins Detail gehen!«

Zimmerschied musste sich zusammenreißen, um einigermaßen ruhig zu bleiben. »Na schön, dann lassen wir das jetzt mal mit den Waffenbesitzern.« Er nahm einen Schluck von seinem Kaffee, stellte die Tasse scheppernd zurück auf die Untertasse und fragte: »Und was ist mit dem alten Mann, dem Herrn Baum ... dingsda, mit dem Nachbarn da, der nicht aufgemacht hat, als wir dort waren?«

»Sie meinen sicher den Herrn Baumgartlinger, den Nachbarn von Frau Carmignano und Herrn Zorzi ...« Die falsche Freundlichkeit, mit der Veltroni das sagte, machte Zimmerschied noch wütender. »Uns ist es gelungen, den Herrn Baumgartlinger davon zu überzeugen, die Tür zu öffnen.« Das »uns« betonte sie provokanterweise. »Aber er meinte, er weiß auch nichts.«

Zimmerschied rümpfte die Nase. »Mehr hat er nicht gesagt? Was ist das für ein Typ?«

»Ein alter Mann. In seine Wohnung durften wir nicht rein. Aber durch den Spalt haben wir gesehen, dass da ziemlich viele Zeitungen gestapelt sind.«

»Der scheint ein Messi zu sein«, erklärte Södlinger.

»Und? Sonst? Gar nichts Verdächtiges, Auffälliges, Berichtenswertes?«

Seine beiden Mitarbeiter wechselten einen Blick, den Zimmerschied nicht so recht zu deuten wusste. Was führten sie im Schilde? Dann sagte Veltroni: »Also, wir glauben, dass er Ausländer nicht mag. Er hat sich jedenfalls über den Zorzi und die Carmignano aufgeregt und darüber geschimpft, dass die so typisch italienisch gewesen seien. «

»Und damit meinte er wohl vor allem laut«, fügte Södlinger hinzu.

»Und warum hat er nicht aufgemacht, als wir das erste Mal dort waren?«

»Wahrscheinlich, weil er ein Messi ist«, sagte Södlinger altklug.

Zimmerschied stöhnte genervt auf. »Alles klar, zurück zu

den Waffenbesitzern. Was war da noch? Sie haben erst vier von den neun, die Sie aufgesucht haben, beschrieben.«

»Drei«, korrigierte Veltroni sanft. »Dann waren da noch die Frau Doktor Liebling, eine Topmanagerin, Vorstandsvorsitzende von einem MDAX-Unternehmen. Die darf die Waffe haben, damit sie auch mal auf ihre Personenschützer verzichten kann, wenn sie abends oder am Wochenende ohne die rauswill.«

»Und warum haben Sie die aussortiert?«

»Sie ist eine Frau? Eine Topmanagerin? Warum sollte die ein junges Ehepaar abknallen?«

»Ich habe eigentlich gedacht, dass Sie mir diese Frage beantworten!«, brauste der LKA-Chef auf. »Vielleicht weil sie eifersüchtig ist, Frau Veltroni? Vielleicht weil sie lieber einen Mann und ein Kind hätte als einen Topjob? Wie wir wissen, sitzen in Chefetagen häufig Psychopathen!«

Zimmerschied sah genau, dass Veltronis Mundwinkel bei seinem letzten Satz zuckten. Aber sie sparte sich einen Kommentar, schüttelte den Kopf und sah eine Weile lang schweigend die Einbauschrankwand an, die eine gesamte Wand des Zimmers bedeckte. Dann schaute sie ihn wieder direkt an. »Was ist eigentlich los mit Ihnen? Warum sind Sie so aggressiv? Wir haben Ihnen doch nichts getan. Wir machen bloß unseren Job.« Als Zimmerschied nicht antwortete, wanderte ihr Blick wieder zur Schrankwand. In beiläufigem Ton fragte sie: »Stimmt es eigentlich, dass Sie heute Morgen von einem SEK festgenommen worden sind, das unsere eigenen Leute losgeschickt haben?«

Zimmerschieds Stimmung wechselte angesichts dieser Frage von wütend zu verunsichert. Was lief hier? Woher wussten die das? Und warum jetzt schon? Seine Festnahme war keine zwei Stunden her. Er versuchte sich zusammenzunehmen. »Das war ein Versehen. Ein Irrtum. Die Frau Ahlhaus, Sie wissen schon.«

Seine Mitarbeiter zeigten keinerlei Reaktion, also fügte er noch an: »Jetzt kommen Sie! Sie mögen die doch auch nicht, die Frau Ahlhaus!«

»Also, ich persönlich habe kein Problem mit der Frau Ahlhaus«, behauptete nun Södlinger steif und fest und strich sich über die Krawatte, als wäre sie eine schnurrende Katze.

Weil Zimmerschied das Bedürfnis in sich aufsteigen spürte, Södlinger eine reinzuhauen, schaute er schnell von ihm weg. An der großen, der Marsstraße zugewandten Fensterfront flog eine Hummel immer wieder gegen die Scheibe. Der Polizeipräsident schluckte. Irgendwie erinnerte die Hummel ihn ein bisschen an ihn selbst. Es war, als umgäben ihn Undurchschaubarkeiten wie eine Glaswand. Er dachte nach. Wo gab es beim Flaucher-Mord noch einen Ansatzpunkt, der sie weiterbringen konnte? Da fiel ihm etwas ein: »Was ist eigentlich mit der Fahndung nach einem Mann mit Bergschuhen und schwarzem Hund?«

Die Kriminalhauptkommissarin mit der Pagenkopffrisur zog eine Grimasse, die wohl Verständnislosigkeit signalisieren sollte, Zimmerschied aber nur ärgerte.

»Wieso verziehen Sie das Gesicht, Frau Veltroni?«

»Ein Mann mit Bergschuhen und schwarzem Hund. Was soll denn bitte das für eine absurde Fahndung sein?«

»Es ist eine Fahndung, die ich angeordnet habe!«

Auch Södlinger schüttelte den Kopf. »Da halten uns die Kollegen in den Dienststellen doch für verrückt, wenn wir mit so was rausgehen. Fahndung nach einem Mann mit schwarzem Hund und Bergschuhen. Nach zehn Tagen. Das ist doch ...«

Zimmerschied wusste, was die Ermittler dachten: Sollte der Präsident mal seinen Job machen und sie ihren. Sollte der sich mal schön aus den Ermittlungen raushalten. Aber nicht mit ihm! »Soll ich Ihnen was sagen, Frau Veltroni, Herr Södlinger?« Zimmerschied klopfte mit seinem kräftigen Zeigefinger auf die helle Holzplatte seines Besprechungstischs. »Mir ist es vollkommen egal, ob die Kollegen uns für verrückt halten, solange wir unsere Fälle aufklären!«

»Aber das war doch die Aussage von einer völlig fertigen Junkie-Frau«, entfuhr es Södlinger.

»Wir. Müssen. Nach jedem. Stroh. Halm. Greifen!«, fuhr der LKA-Präsident ihn an.

»Jetzt mal ehrlich, Chef!«, rief Veltroni.

»Sagen Sie gefälligst nicht ›Chef‹!«

»War es nicht sogar so, dass der Tommy dabei war, als die Frau das ausgesagt hat? Und der hatte doch auch einen schwarzen Hund dabei. Spricht also nicht einiges dafür, dass diese Drogensüchtige einfach nur irgendwas dahergeredet hat, damit man sie in Ruhe lässt. Und dass sie dann eben gesagt hat, dass der einen schwarzen Hund dabei hatte, weil sie eben gerade den Hund vom Tommy gesehen hat? Und die Bergschuhe? Der andere Obdachlose, der da rumhing, der hatte doch auch Bergschuhe an! Die hat einfach nur verzapft, was sie in diesem Moment gesehen hat.«

Dass Mitarbeiter ihm derart hartnäckig widersprachen, war Zimmerschied nicht gewohnt. Es sah nicht gut aus für ihn.

Erfährt ein Polizist von einer schweren Straftat, so muss er tätig werden. Dies gilt insbesondere, wenn die Straftat die öffentliche Sicherheit gefährdet.

ACHTUNDZWANZIG | Festnahme

Veltroni und Södlinger standen bereits in der Tür, um das Präsidentenbüro zu verlassen, da wurden sie resolut wieder in den Raum zurückgedrängt. Einem Zerstörer gleich durchpflügte die Staatsanwältin Ramona Ahlhaus das fremde Seegebiet. Im Schlepptau hatte sie zwei jüngere uniformierte Kollegen, deren Gesichter Zimmerschied unbekannt waren. Der Polizeipräsident machte einige Schritte rückwärts, um sich hinter seinem Schreibtisch und dem daneben platzierten Stehpult zu verschanzen.

»Guten Tag«, röhrte Ahlhaus. Ihr Moschusgestank breitete sich wie eine hoch infektiöse Seuche im Büro aus.

»Ich glaube, wir haben uns heute schon mal …«, brummte Zimmerschied. Was wollte diese Unperson jetzt schon wieder von ihm – und dann noch mit zwei Uniformierten, die er nicht kannte?

»Darf ich vorstellen, das sind der Herr Hagspiel und der Herr Landgraf.«

»Grüß Gott, Herr Hagspiel, grüß Gott, Herr Landgraf«, raunzte Zimmerschied unfreundlich und machte keinerlei Anstalten, hinter seiner Schreibtischfestung hervorzukommen, um den beiden Neuankömmlingen, deren hochnäsige Blicke ihn schon jetzt nervten, die Hand zu reichen.

Ramona Ahlhaus hatte sich ziemlich genau in der Mitte des Raums postiert, ihre beiden Adjutanten standen, einen Schritt nach hinten versetzt, rechts und links von ihr, und Veltroni und Södlinger drückten sich an der Wand zwischen dem schmalen Ende des langen Besprechungstischs und dem Glasregal mit den Oktoberfestkrügen herum. Die Staatsanwältin nahm eine breitbeinige Position ein und begann mit dem linken, natürlich in wahnwitzig hohen Pumps steckenden Fuß, auf und ab zu wippen. Dieses Wippen hatte etwas Forderndes, Drohendes, wenn nicht sogar Triumphierendes. Was gab es hier zu triumphieren? Zimmerschied wäre ihr gerne auf den Fuß gestiegen, damit die Wipperei ein Ende hatte. Aber die Hexe von der Anklagebehörde stand zu weit weg.

»Der Herr Hagspiel und der Herr Landgraf sind vom Polizeipräsidium München.« Ramona Ahlhaus legte eine Pause ein, in der sie dem spitznasigen Hagspiel und dem schnurrbärtigen Landgraf zunickte. »Zur Sicherstellung der Unabhängigkeit der ermittelnden Stellen ziehe ich in meiner Rolle als Herrin des Verfahrens diese beiden Kollegen hinzu.« Wie gut es ihr gefiel, sich als ›Herrin des Verfahrens‹ zu bezeichnen, war unmöglich zu überhören. »Diese nicht ganz unwesentliche Entscheidung, die durchaus – das gebe ich zu – eine gewisse Eingriffsschwelle überschreitet, wohlgemerkt und zugegebenermaßen zu Ihren Ungunsten, wofür ich mich bereits jetzt entschuldige« – Zimmerschieds Miene blieb reglos, aber in ihm brodelte es – »habe ich getroffen, weil ich sie für korrekt, wichtig und richtig halte, und von daher müsste diese Entscheidung auch in Ihrem Sinne sein. Die Ermittlungen sollten, nein, *können* nicht von Mitarbeitern Ihres eigenen Amts durchgeführt werden. Das ist schlechterdings nicht vertretbar. Juristisch und ermittlungstaktisch. Ich denke, Sie sehen das genauso.« Dass sie dies alles daherschwäbelte, tat der Härte ihrer Ausführungen keinen Abbruch.

»Was für Ermittlungen?«, fragte der Polizeipräsident durch die kaum geöffneten Zähne.

Ahlhaus sah zu den beiden Hanseln vom Polizeipräsidium. »Der Herr Landgraf und der Herr Hagspiel sind von der Cybercrime-Abteilung. Wir haben uns erlaubt – nach dem Vorfall heute früh –, Ihren Computer zu untersuchen.«

Zimmerschied schaute auf den Computer links von ihm. »Wann soll das gewesen sein? Ich war doch praktisch die ganze Zeit da?«

Ahlhaus schüttelte den Kopf. »Nicht diesen hier haben wir untersucht. Sondern Ihren Computer zu Hause.«

Die Gesichtsmuskulatur des LKA-Chefs fiel für einen Augenblick in sich zusammen. Was erzählte diese Schreckschraube da? Sie hatte Ermittler in sein Privathaus geschickt und seinen privaten Laptop untersucht?

»Sie waren bei mir aufm Hof?«

»Ja.« Mehr sagte Ahlhaus nicht.

Zimmerschied stierte die Staatsanwältin an. Dann wechselte sein Blick zu Veltroni und Södlinger. Doch beide senkten sofort die Köpfe. Tauchstation.

»Ich glaube, Sie haben nicht mehr alle Tassen im Schrank?! Was fällt Ihnen ein, in mein Privathaus einzubrechen? Das ist illegal! Frau Ahlhaus, da sind Sie zu weit gegangen. Das geht so nicht!«

Die Angegriffene schüttelte selbstbewusst den Kopf. »Für einen Polizeipräsidenten gelten die gleichen Gesetze wie für alle anderen Bürger. Wir hatten einen Durchsuchungsbeschluss.« Hatte die Staatsanwältin die ganze Zeit mit den Pumps gewippt, so hielt sie nun inne und wechselte das Standbein, um mit der sehr spitzen Spitze des anderen Fußes hin und her zu wackeln, fast wie ein Scheibenwischer. »Und – wie soll ich es formulieren – die Sache ist … ach«, sie sah zu dem Schnurrbärtigen hinüber, »vielleicht können Sie Bericht erstatten, Herr Landgraf?«

Der Mann von der Schwesternbehörde räusperte sich. »Wir haben festgestellt, dass Sie über Ihren Laptop im Darknet waren …« Er räusperte sich noch einmal. Er war verlegen. »… Herr Polizeipräsident.« Zimmerschied wurde es heiß. »Sie haben Pornografieangebote, Drogenangebote und Waffenangebote recherchiert.«Angebote, Angebote, Angebote, dachte Zimmerschied. Was für ein Arschloch. Jetzt stoppte der Cyberexperte Landgraf, er schien Zimmerschieds wütenden Blick wahrgenommen zu haben, und schaute verunsichert zu Ahlhaus. Es gehörte nicht zum Alltag eines Computernerds im Dienste der Polizei, die Festplatten des LKA-Chefs zu durchsuchen.

Ahlhaus schien die Verunsicherung des Kollegen zu spüren und übernahm ohne Zögern: »Was bedeutet, Herr Kollege, dass Sie uns heute Morgen angelogen haben. Sie waren nämlich *schon* im Darknet. Und Sie haben da unter anderem auch nach Waffen gesucht. Nach illegalen Waffen.« Ahlhaus schwieg, Zimmerschied schwitzte. Was sollte er tun? »Ich erwarte eine Erklärung, Herr Polizeipräsident!« Zimmerschieds Hirn arbeitete auf Hochtouren, doch ihm fiel nichts ein, was er hätte sagen sollen, was seine Situation hätte verbessern können. Die Staatsanwältin holte rasselnd Luft und verschärfte ihren Ton: »Warum lügen Sie uns an? Ich frage Sie heute Morgen, ob Sie schon mal im Darknet waren, und Sie sagen Nein. Aber das stimmt nicht. Was soll das?« Zimmerschied fühlte sich wie gelähmt. Sollte er von Sophie von Lavalle erzählen? Dann hätte er das Problem hier gleich vom Hals. Sophies Existenz wäre dann allerdings vernichtet. Und er hatte der alten Freundin sein Wort gegeben, dass die Sache nicht an die Öffentlichkeit gelangen würde. Es war völlig klar, dass Ahlhaus, sollte sie von Sophies Schlamassel erfahren, ihre Truppen sogleich in Richtung Käthe-Kollwitz-Gymnasium schicken würde. Die Staatsanwältin riss ihn wieder aus seinen Überlegungen: »Für was bestellen Sie eine Schusswaffe im Darknet? Herr Zimmerschied, was führen Sie im Schilde?«

Ihm war klar, dass er irgendetwas einräumen musste, um nicht schon gleich jetzt in diesem Moment kujoniert zu werden. Schmallippig gestand er: »Sie haben ja recht. Ich war im Darknet. Ich habe das heute früh nicht zugegeben, weil … es war … mir peinlich. Ich war da nur so, in diesem Darknet, aus Interesse. Aus beruflichem Interesse.« Er straffte die Schultern und sagte mit möglichst fester Stimme: »Aber mit der Waffe, die Sie mir da unterjubeln wollen, habe ich nichts zu tun. Gar nichts!«

»Und wo kommt die dann aus heiterem Himmel her?«

Er hob ratlos die Schultern und schaute zu der übermannshohen Zimmerpflanze links vor seinem Schreibtisch. »Das weiß ich auch nicht. Ich kann mir das nicht erklären. Für was soll ich denn eine Waffe im Darknet bestellen? Ich habe doch eine eigene Dienstwaffe. Das macht doch keinen Sinn!«

»Mit Verlaub, Herr Kollege, stellen Sie sich nicht blöder, als Sie sind: Natürlich könnten Sie sich eine Pistole im Darknet bestellen, um damit eine Straftat zu begehen.«

»Sie trauen mir zu, dass ich eine Straftat begehe?« Aus Zimmerschieds Satz sprach Empörung. »Das trauen Sie mir zu, Frau Ahlhaus?!«

»Zutrauen? Sie haben noch ganz andere Sachen gemacht. Herr Hagspiel, bitte teilen Sie ihm mit, was Sie noch herausgefunden haben!«

»Ja …« Erneut ein verlegenes Räuspern. »Sie haben im Darknet eine Bitcoin-Wallet eröffnet und damit einen Sexfilm gekauft. Von einem Anbieter namens Fred Bull Haschky.«

Zimmerschied schüttelte verzweifelt den Kopf.

»Was verbergen Sie vor uns?« Ramona Ahlhaus' Stimme war rau wie ein Reibeisen. Trotz ihres schwäbischen Akzents hatte sie rein gar nichts Freundliches an sich. Viele erfolgreiche Jahre gemeinsamer Arbeit schienen wie weggewischt zu sein.

»Nichts«, log Zimmerschied und dachte an Sophie. Er hätte ihr nicht helfen dürfen.

»Nun gut, wir wollen Sie ja hier jetzt nicht vor versammelter Mannschaft fertigmachen«, seufzte die Staatsanwältin mit falscher Güte. Nichts anderes tust du gerade, dachte sich Zimmerschied. »Wir haben so viele Jahre lang zusammengearbeitet.« Der Tonfall, den die Schreckschraube nun anschlug, traf den LKA-Chef beinahe noch mehr als alles, was sie davor von sich gegeben hatte. »Deshalb sind Sie erst mal noch auf Bewährung. Ich gebe Ihnen Aufschub. Aber ich sage es Ihnen ganz ehrlich: So vieles spricht gegen Sie, dass mir momentan die Fantasie fehlt, mir vorzustellen, wie Sie da noch rauskommen wollen.« Zimmerschied starrte sie an. Er fühlte sich wie ein Goldfisch in einem viel zu kleinen Glas auf einer sich langsam erhitzenden Herdplatte. Und dann setzte Ahlhaus ihren letzten Stich: »Wir werden auch überprüfen müssen, ob es sich bei der Ceska, die Sie im Darknet bestellt haben, nicht um die Mordwaffe aus dem Flaucher-Fall handelt.«

Zimmerschied schluckte. Nach allem, was bislang vorgefallen war, hielt er auch dies nicht mehr für unmöglich.

Als Profiling bezeichnet man die operative Fallanalyse. Aus Indizien, Tatortspuren, den Umständen der Tat und dem Verhalten des Täters versucht der Fallanalytiker auf die Person des Täters zu schließen.

NEUNUNDZWANZIG | Profiling

Nachdem der Panzer auf Pumps mit seinen Adjutanten den Raum verlassen hatte, versuchten auch Veltroni und Södlinger sich unauffällig vom Schauplatz der Demütigung ihres Chefs abzuseilen. Doch Zimmerschied beorderte sie umgehend zurück. Er spürte deutlich den Widerwillen der beiden, ihm weiter Gesellschaft zu leisten, aber das hielt er aus. Wenn nun alle meinten, dass man ihn so leicht filetieren konnte wie das Rückgrat eines Rindviehs, dann irrten sie sich. Seine vier Jahrzehnte währende Karriere war zwar hin und wieder von glücklichen Zufällen geprägt gewesen, aber eben vor allem auch von Standfestigkeit. Noch saß er auf dem Chefsessel, und das würden sie notgedrungen zu akzeptieren haben.

»Nehmen Sie sich zwei Stühle vom Besprechungstisch«, befahl er nicht barsch, aber bestimmt und deutete mit energischer Geste an, dass die beiden Leiter der SOKO Flaucher-Mord vor seinem L-förmigen Schreibtisch Platz nehmen sollten.

Als Veltroni und Södlinger sich niedergelassen hatten, sagte er mit einer Selbstsicherheit, als hätte es die soeben erfolgte Ankündigung von Ermittlungen gegen ihn nie gegeben, ja, als gäbe es die Staatsanwältin Ahlhaus gar nicht: »Ich habe mir das noch einmal durch den Kopf gehen lassen: Sie haben völlig recht, hunderteinundsechzig Waffenbesitzer sind zu viele, um sie realistischerweise in einem angemessenen Zeitraum überprüfen zu können. Das geht nicht gut mit unserem Zeitplan zusammen. Wir müssen den Personenkreis eingrenzen.«

Zimmerschied rollte auf seinem Stuhl näher an seinen Tisch heran und griff sich seinen Lieblingsfüller. Södlinger nahm die Gelegenheit wahr, um – trotz der Verdachtsmomente gegen den Chef – seine Kooperationsbereitschaft zu signalisieren. Zimmerschied war klar, dass Södlinger das aus reinem Opportunismus tat, aber es war ihm in diesem Moment gleichgültig. Der Kriminalhauptkommissar sagte also: »Ich finde, das ist ein guter Vorschlag. Es kann ja auch wirklich sein, dass der Täter mit einer nicht registrierten Waffe geschossen hat. Oder dass die Tatwaffe nicht in München, sondern in einem anderen Teil Bayerns oder sogar in einem anderen Bundesland oder im Ausland registriert ist. Meiner Ansicht nach kommen wir allein über die Waffe vom Flaucher-Mörder erst einmal nicht weiter.«

»Gut, dann sollten wir überlegen, wie wir den Personenkreis sinnvoll eingrenzen können.« Zimmerschied wartete nicht ab, ob von den Untergebenen ein Vorschlag kam. Er war fest entschlossen, so zu tun, als hätte es die Konfrontation mit Ahlhaus nie gegeben. Die Ermittlungsmaschine musste laufen. In resolutem Ton führte er aus: »Passen Sie auf. Ich war vor einigen Jahren bei einem Symposium über Profiling in Washington, bei den Kollegen vom FBI. Die haben da ein interessantes System der Eingrenzung präsentiert, nach dem wir jetzt vorgehen werden. Zunächst einmal ist hier im ersten Schritt zu unterscheiden zwischen Fakten und Wahrnehmungen.« Zimmerschied registrierte Veltronis und Södlingers Erstaunen mit Genugtuung. Es war sonst nicht seine Art, Vorträge zu halten oder sein Wissen oder seine Erfahrung herauszustellen, denn er hielt Bescheidenheit für eine Tugend. Aber schließlich ging es nun auch um die Verteidigung seiner Autorität. »Also, lassen Sie uns mal sehen, was wir an Fakten haben.« Er hob die linke

Hand und klappte den Daumen hoch. »Erstens, Stichwort Vorgeschichte: Das überlebende Opfer kannte den Täter vermutlich nicht. Das deutet darauf hin, dass es zumindest zwischen diesem Opfer und dem Täter keine Vorgeschichte gab – oder nur eine sehr kurze, womöglich erst an diesem Nachmittag entstandene, ich meine das Anspucken. Wenn es nur so eine kurze oder aber gar keine Vorgeschichte zwischen Täter und Opfer gibt, wäre das ein sehr seltener und ungewöhnlicher Fall, weil da sonst eigentlich immer eine ist. Es könnte aber eine Vorgeschichte geben, die den Täter mit dem männlichen verstorbenen Opfer verbindet. Was nun könnte die Verbindung zwischen Luigi Zorzi und seinem Mörder sein?« Die Frage war rein rhetorisch gemeint. »Ich fasse zusammen: Italien, Mafia, private Streitigkeiten, berufliche Streitigkeiten. Darüber wissen wir definitiv zu wenig. Aber davon lassen wir uns nicht aufhalten. Das ist zu recherchieren.« Er nickte Veltroni und Södlinger zu und klappte den Zeigefinger der linken Hand hoch. »Zweitens – ich arbeite weiter die FBI-Systematik ab – müssen wir uns der Frage stellen, warum gerade dieses Opfer? Hat der Täter einen Hass auf Schwangere? Gibt es eine sexuelle Komponente, eine sexuelle Abartigkeit, die ihn dazu zwingt, auf Schwangere loszugehen?«

»Dann hätte es aber vielleicht schon mal eine Attacke auf eine Schwangere geben müssen«, wandte Veltroni ein.

»Guter Einwand«, meinte Zimmerschied. »Es könnte allerdings auch der erste Fall einer Serie sein. Wollen wir es nicht hoffen.« Er klappte den Mittelfinger der linken Hand hoch. »Drittens, Stichwort Affekt: Handelte der Täter spontan oder nach Plan?«

»Eher spontan, im Affekt, kein Plan«, sagte Veltroni.

»Warum?«

»Das Spucken spricht meines Erachtens für eine Affekthandlung. Und auch, dass er das Opfer, das er wohl nicht kannte, angespuckt hat, lässt doch auf Spontaneität schließen. Und dass er sofort schoss.« Die Kriminalhauptkommissarin machte ein nachdenkliches Gesicht.

Zimmerschieds Anspannung ließ nach, allmählich gelang es ihm, den bedrohlichen Auftritt der Staatsanwältin zu verdrängen.

»Gegen die Affekttat spricht aber, dass keine Provokation durch die beiden Opfer vorausging«, erhob nun Södlinger die Stimme. »Also jedenfalls nach allem, was wir bislang wissen.«

Zimmerschied nickte aufmunternd. »Das ist alles richtig. Das sind die Fakten. Und da bohren wir leider noch recht dünne Bretter. Ehe wir unsere Schlüsse daraus ziehen, möchte ich zu Schritt zwei des von meinen FBI-Kollegen favorisierten Systems übergehen, das sind die Wahrnehmungen. Kennen Sie die Gorilla-Studie von Kahnemann?«

»Ist das die mit den Basketballspielern und dem Gorilla?«, fragte Veltroni. Da sie nicht hundertprozentig sicher wirkte, begann Zimmerschied gleich begeistert zu erklären.

Er würde ganz einfach diesen Darknet-Mist, den ihm Sophie und die Schnepfe Ahlhaus eingebrockt hatten, durch seine Fachkompetenz weg erklären. »Der Psychologe Kahnemann hat Versuchspersonen einen Film gezeigt, in dem zwei Mannschaften Basketball spielen. Er hat die Versuchspersonen aufgefordert, die Zahl der Ballwechsel der Mannschaft im weißen Trikot zu zählen und die schwarze Mannschaft außer Acht zu lassen. Irgendwann im Film läuft ein als Gorilla verkleideter Mensch über das Spielfeld und verschwindet wieder. Jetzt kommt's: Hinterher hat Kahnemann die Probanden befragt. Und obwohl der Gorilla neun Sekunden lang auf dem Feld war, hat die Hälfte der Versuchspersonen auf die Frage, ob ihnen außer den Ballkontakten irgendetwas aufgefallen sei, Nein gesagt. Als Kahnemann denen hinterher den Film mit dem Gorilla noch einmal gezeigt hat, haben sie ihm nicht geglaubt, dass es der gleiche Film war. Die waren sich hundertprozentig sicher, dass in dem Film, den sie gesehen hatten, kein Gorilla durchs Bild gelaufen ist. Was können wir daraus lernen?«

»Dass wir, wenn wir uns sehr stark auf eine Sache konzentrieren, etwas ganz Wesentliches übersehen können.« Veltroni schaute ihn beeindruckt an.

»Besser kann man es nicht ausdrücken, Frau Veltroni! Das gilt für uns Ermittler genauso wie für jedweden Zeugen. Und deswegen glaube ich, dass wir auch die Spur mit dem schwarzen Hund und mit den Bergschuhen weiterverfolgen müssen. Es scheint so offensichtlich zu sein, dass diese Wahrnehmung unserer Zeugin eigentlich Nonsens ist. Das empfinden wir jedoch vielleicht nur so, weil wir auf die offensichtliche Doppelung von Bergschuhen und Hund in der Befragungssituation fokussiert sind. Hätte der Herr Hensch mit seinem Hund nicht dagestanden, und hätte niemand Bergschuhe angehabt, dann wäre das für uns eine ganz klare Spur, der wir nachgehen würden. Das hört sich in Ihren Ohren womöglich lustig an. Aber ich sage jetzt einmal: Vielleicht müssen wir darüber nachdenken, uns am Flaucher auf die Lauer zu legen.« Zimmerschied wartete ab, wie die Reaktion seiner Mitarbeiter ausfallen würde. Das vorsichtige Nicken Veltronis und Södlingers sanftes Streicheln des Krawattenbauchs sagten ihm, dass sie nun wieder ganz bei ihm waren. Also fuhr er fort. »Noch etwas in Sachen Wahrnehmung: Was sagen Sie dazu, dass die Schüsse kaum zu hören waren? Das hat Antonietta Carmignano jedenfalls im Krankenhaus so beschrieben.«

Södlinger wollte aus der Deckung, aber Veltroni war wie immer schneller: »Darüber haben wir schon mal gesprochen: Dass die Schüsse kaum zu hören waren, kann entweder ein Wahrnehmungsfehler sein oder darauf hindeuten, dass es sich um eine Waffe mit Schalldämpfer handelte.«

»Genau. Wozu tendieren Sie?«

Veltroni machte ein ratloses Gesicht. »Ich bin da unschlüssig.«

»Und Sie?«, spielte Zimmerschied Södlinger den Ball zu.

»Dass die Schüsse leise waren, wird von zwei Personen bestätigt. Vom Opfer und von dem Obdachlosen. Dass es zwei sind, ist erst einmal gut. Allerdings hat das Opfer das Ganze in einem Schockzustand erlebt, zudem war die Frau schwanger, was auch zu einer veränderten Wahrnehmung führen könnte. Und der Obdachlose – na ja. Der hatte natürlich auch Angst. Der hätte unter Umständen alles bestätigt oder ausgesagt, nur um nicht von Ihnen festgenommen zu werden.« Der Kriminalhauptkommissar unterbrach sich und dachte nach. »Schwierig zu sagen, ob man das nun glauben soll.«

»Gut, die Lautstärke der Schüsse ist aber etwas, das wir mithilfe weiterer Zeugenaussagen noch mehr absichern können. Fällt Ihnen eine weitere Wahrnehmung ein, auf die wir Bezug nehmen sollten?« Der Polizeipräsident ließ etwas Zeit verstreichen. Als Södlinger und Veltroni nach etwa einer Minute den Kopf schüttelten, sagte er: »Mir auch nicht. Dann kommen wir zum dritten Schritt unserer Fallanalyse: Hypothesen. Ich möchte jetzt, auch wenn wir uns noch auf unsicherem Feld bewegen, mit Ihnen einige Hypothesen aufstellen, die uns womöglich für die weiteren Ermittlungen eine klarere Richtung vorgeben. Herr Södlinger, bitte fangen Sie einmal an.«

»Hypothesen?« Der Angesprochene wirkte etwas überrumpelt. »Wie genau meinen Sie das?«

»Frau Veltroni, kapieren Sie, was ich meine?« Zimmerschied versuchte, seine aufkeimende Ungeduld zu unterdrücken.

»Vielleicht, dass wir zum Beispiel annehmen, dass es ein Profi gewesen sein könnte, weil er einen Schalldämpfer verwendet hat?«

Der Präsident nickte. »Zum Beispiel.«

»Wobei uns da natürlich das Motiv für einen Profi abgeht.

Warum sollte ein Profikiller die beiden umbringen?«, wandte Södlinger ein.

»Was noch mehr dagegen spricht, ist, dass er sie angespuckt hat«, meinte die Ermittlerin mit dem Pagenkopf.

»Bitte gießen Sie diese Aussage in eine Hypothese.« Zimmerschied war jetzt hellwach.

»Das Anspucken spricht für eine emotionale Verbindung zwischen Täter und Opfer«, sagte Veltroni.

»Sehr gut«, lobte der LKA-Chef. »So sehe ich das auch. »Nicht zwingend eine persönliche Verbindung. Es könnte sein, dass die drei sich nicht kannten, aber irgendetwas am Äußeren der beiden Opfer zu einer emotionalen Reaktion des Täters geführt hat …«

»… die mit dem Spucken begann und mit den Schüssen endete.« Die Kriminalhauptkommissarin legte die Stirn in Falten.

»Also, Hypothese eins: Profikiller. Hypothese zwei: emotionale Verbindung. Was noch?«

»Hypothese drei könnte sein«, schaltete sich nun Södlinger wieder ein, »dass der Täter zwar nicht die Frau kannte, aber den Mann.«

Zimmerschied nickte bedächtig. »Ich formuliere mal etwas um: Zwischen dem Täter und dem männlichen Opfer besteht eine persönliche Verbindung, die von Hass – darauf deutet das Spucken hin – geprägt ist. Eventuell spielt hier auch Rache eine Rolle.«

Jetzt schwiegen alle drei.

Nach einer Weile erkundigte sich der Präsident: »Bekommen wir noch eine vierte Hypothese zustande?«

»Der Täter ist psychisch krank. Das könnte auch eine Hypothese sein.« Veltroni sah Zimmerschied ernst an.

»Dann würden sich allerdings unsere meisten Logiküberlegungen in der Unberechenbarkeit verlieren. Ein psychisch kranker Täter …« Zimmerschied brummte unwillig. »Da hätten wir es dann noch schwerer. Aber spricht nicht die professionelle Vorgehensweise bei der Tat gegen eine gravierende psychische Krankheit? Würde ein richtiger Psychopath einfach nur zweimal schießen und dann, wie vom Erdboden verschluckt, verschwinden?«

»Eine psychische Krankheit kann sich ja auch nur auf Teile der Persönlichkeit auswirken«, verteidigte Barbara Veltroni ihre These.

»Ich halte das für nicht so wahrscheinlich, aber letztlich können wir es als vierte, wenngleich schwächer zu gewichtende Hypothese festhalten.« Er rutschte auf seinem Bürostuhl nach hinten. »Jetzt müssen wir aber noch abgleichen, welche Argumente, die unsere Hypothesen stützen, auf Fakten und welche auf Wahrnehmungen beruhen. Fangen wir an mit These Nummer eins: Profikiller.«

»Die leisen Schüsse sind eine Wahrnehmung, also unsicher«, sagte Södlinger. »Das routinierte Verschwinden vom Tatort, das Untertauchen nach der Tat, ist eine Tatsache. Allerdings kann der Täter auch einfach nur Glück gehabt haben, dass ihn niemand beobachtet hat.« Zimmerschied nickte.

Barbara Veltroni übernahm die Interpretation der zweiten Hypothese: »Die Annahme einer emotionalen Verbindung beruht auf der Tatsache des Spuckens. Das Spucken ist Fakt.«

Der LKA-Chef brummte zustimmend, ihm gefiel dieses Gespräch. »Noch was zu Hypothese zwei?«

»Nein«, sagte Veltroni. »Hypothese drei beruht auf der Tatsache, dass die Frau den Täter nicht gekannt hat. Aber es ist eine schwache Hypothese, weil wir ja nicht wissen, ob der Mann – Zorzi – ihn gekannt hat.«

»Und Hypothese vier basiert nur auf einer verzweifelten Vermutung«, meinte Zimmerschied. »Kein tatsächliches Verhalten des Täters deutet auf eine psychische Krankheit hin, außer dass wir uns das Verhalten nicht erklären können. Um diese scheinbar aus dem Nichts entstehende Aggression einordnen zu können, wissen wir vielleicht einfach zu wenig. Zu wenig Fakten.« Er grübelte kurz. »Gut … Kommen wir zur Priorisierung, die unser weiteres Vorgehen prägen sollte: Welche Hypothese kommt uns nach dem gerade Festgestellten am plausibelsten vor, weil sie vor allem tatsachenbasiert ist?«

»Die Psycho-Sache ist eher unwahrscheinlich«, meinte Veltroni. »Die Profikiller-Hypothese hängt sehr von ungesicherten Wahrnehmungen ab. Für mich sind die beiden stärksten Hypothesen die zweite und die dritte: Ich kann mir sowohl vorstellen, dass es einen emotionalen Impuls zwischen Täter und Opfer gegeben hat, als auch, dass es nur zwischen Täter und männlichem Opfer eine persönliche Beziehung gab. Aber für Zweiteres fehlt uns leider jeglicher Anhaltspunkt.«

»Ich stimme zu, Frau Veltroni. Was schlagen Sie aufgrund dieser Feststellungen vor? Wie machen wir weiter?«, trieb Zimmerschied die Überlegungen voran.

»Da wir über die emotionale Verbindung zwischen Täter und Opfer momentan wenig herausfinden können, halte ich es für am vielversprechendsten, zunächst noch einmal die Beziehungen des männlichen Opfers zu untersuchen, also Hypothese drei.«

»So sehe ich das auch.« Zimmerschied war zufrieden. »Die anderen Hypothesen behalten wir trotzdem im Auge.« Er nahm eine aufrechtere Sitzposition ein. »Ich sage Ihnen: Wir werden dieses Schwein fassen. Ich bin mir ganz sicher, dass wir dieses Schwein fassen werden.«

Veltroni und Södlinger nickten. Zimmerschied beobachtete sie ganz genau. Doch er konnte nicht einschätzen, ob sie ihm nur zustimmten, um ihn nicht zu verärgern, oder ob er sie durch die von ihm moderierte Fallanalyse wieder mehr auf seine Seite gezogen hatte. Jedenfalls hatte er endlich wieder ein gutes Gefühl.

Von Hundekot zu träumen kann laut Traumdeutung auf Ängste oder ein schlechtes Gewissen hinweisen, etwa wegen Fehltritten auf der Beziehungsebene oder im Sexualleben. In Hundekot zu treten bringt üblen Geruch mit sich.

DREISSIG | Hundescheiße

Den restlichen Dienstag füllte Zimmerschied mit den Routineaufgaben eines LKA-Chefs. Mit Widerwillen arbeitete er die Unterschriftenmappe durch, die Elisabeth Rötli ihm – begleitet von den mit schweizerischer Strenge geäußerten Worten »Das wird jetzt erledigt!« – vorgelegt hatte. Er führte einige Telefonate, unter anderem mit den Abteilungsleitern von Liegenschaften und Haushalt, SG 112 und SG 113. Außerdem wohnte er zunächst einer Sitzung der Prüfgruppe für Wirtschaftsdelikte, SG 211, und schließlich noch einem sogenannten Kurzvortrag der SG 331, Vorgangsverwaltung, bei, wobei er den Vortrag als alles, nur nicht als kurz empfand. Je länger sein Untergebener referierte, umso mehr sehnte sich Zimmerschied danach, wieder ein einfacher Hauptkommissar zu sein. Natürlich war er stolz auf das, was er erreicht hatte. Aber waren die Leistungen, die man als Ermittler direkt an der Front des Verbrechens vollbrachte, nicht wesentlich sinnvoller als dieser ganze Verwaltungskrempel? Sollte sich um derlei Mist nicht lieber ein studierter Paragrafenhengst kümmern? Warum gab es ab einer gewissen Hierarchiestufe keine Positionen mehr für Macher, sondern nur noch für Sesselfurzer, die doch nur andere für sich arbeiten ließen?

Wieder zurück in seinem Büro, warf er einen Blick auf die

Uhr. Es war nach sechs. Der LKA-Chef ließ sich von Rötli einen Cappuccino an den Tisch bringen und brütete über einem Konzept des Bundeskriminalamts für die Verbesserung der Zusammenarbeit der einzelnen Landeskriminalämter in Sachen Terrorbekämpfung. Das Ganze war ein schwieriges Unterfangen, da natürlich niemand auch nur einen Millimeter Verantwortung abgeben wollte. Plötzlich eroberte ein betörender Duft die Chemorezeptoren seiner Nasenschleimhäute. War es Jasmin oder Lavendel oder Rose, was ihn olfaktorisch derart erregte? Zimmerschied hob den Kopf und lächelte. Ja, es war Frau Dr. Augustin. Sie trug ein sommerliches weißes Top mit Blumenmuster und einen Rock mit ebensolchen Blumen auf weißem Grund, der ihr bis knapp übers Knie reichte. Ihre Füße steckten in den Blumensandalen, die er so mochte. Ihren Mund umspielte ein schüchternes Lächeln, und Zimmerschied kämpfte gegen ein Gefühl, das in ihm aufstieg, das sich aber vermutlich nicht länger leugnen ließ: Er war in die Molekularbiologin verknallt, samt ihrem Putztick und ihrer nicht gerade dezenten Erbsenzählermentalität, die vermutlich mit ihrer Arbeit zusammenhing – als DNA-Wissenschaftlerin war schließlich jegliche Ungenauigkeit fehl am Platz.

»Frau Doktor Augustin!« Mehr sagte er nicht, obgleich ihm durchaus noch mehr eingefallen wäre.

»Guten Tag, Herr Zimmerschied.« Sie zögerte, in der Hand hielt sie ein Tuch, mit dem sie ihre Hände reinigte.

»Grüß Gott«, sagte er und wunderte sich im Stillen darüber, wie schön es sein konnte, eine Frau anzusehen.

»Es ist mir wirklich peinlich, aber ich wollte fragen, ob Sie mich heute wieder mit rausnehmen könnten?«

Kaum eine Stunde später saßen sie in seiner sportlichen Limousine und fuhren aufs Land. Weil Dr. Augustin seinen Musikgeschmack nicht teilte, ließ er das Radio laufen. Ihre hübschen

Füße wippten zu *Two princes* von den Spin Doctors. Das Lied war ja auch ganz nett. Doch plötzlich wurden die Spin Doctors von den *Hells Bells* übertönt. Als Zimmerschied die Nummer auf dem Display sah, entschied er, das Gespräch nicht über die Freisprechanlage zu führen. Er löste das Handy aus der Halterung und nahm den Anruf an. Das folgende Telefonat dauerte nur wenige Minuten, zerstörte die sommerliche Leichtigkeit des Abends allerdings mit brachialer Gewalt: Ramona Ahlhaus lud ihn für den Folgetag, neun Uhr vor. Ihn! Zimmerschied war außer sich. *Er* sollte um neun Uhr bei der Staatsanwältin antreten. Zur Vernehmung. Und nicht nur das: Die Anklägerin weigerte sich auch noch, ihm den Grund für die Vorladung zu nennen. Eine Unverschämtheit. Der Abend war versaut.

Zu Hause angekommen, rödelte Zimmerschied missmutig die Stallroutine herunter und konnte sich nicht einmal daran erfreuen, dass ihm Dr. Augustin dabei half. Danach aßen sie schweigsam eine Brotzeit, und der Polizeipräsident verabschiedete sich ins Bett.

Am nächsten Morgen ließ er Dr. Augustin vor dem LKA aussteigen und fuhr weiter zur Staatsanwaltschaft in die Linprunstraße. Er hatte keine Ahnung, was diese Vorladung sollte. Den BMW parkte er im absoluten Halteverbot, und auf den wenigen Metern vom Auto zum Amtssitz seiner Widersacherin – der ›Herrin des Verfahrens!‹ – trat er in Hundescheiße. Er versuchte, die Kacke am Randstein abzustreifen, was ihm auch einigermaßen gelang. Aber er hatte sich am Morgen für die braunen Halbschuhe mit den Ledersohlen entschieden, und das trockene Leder der Sohle hatte die Masse, die ihrer Konsistenz nach von einem Hund mit Durchfall stammte, bereits dankbar aufgenommen. Zimmerschied waren die Menschen, die in der Stadt einen Hund hielten, ein Rätsel.

Als er den Raum betrat, den die schwäbische Staatsanwältin ihm genannt hatte, kostete es ihn einige Mühe, seine Überraschung zu verbergen: Da saß nicht nur der Panzer auf Pumps, sondern auch Barbara Veltroni und Hannes Södlinger waren anwesend. Seine beiden Mitarbeiter, mit denen er gestern noch ein so konstruktives Gespräch zur Eingrenzung der Tatverdächtigen geführt hatte. Was lief hier hinter seinem Rücken?

»Guten Tag, Herr Präsident, Sie stinken«, sagte Ramona Ahlhaus.

Zimmerschied hätte gerne geantwortet, dass ihm der Geruch von frischem Hundedurchfall noch immer lieber war als ihre Moschuswolke, aber er verzichtete auf diese Provokation und sagte stattdessen: »Es tut mir leid, ich bin in einen Hundehaufen getreten. Wenn es Sie nicht stört, werde ich meine Schuhe ausziehen und draußen hinstellen.«

»Tun Sie, was Sie für richtig halten.« Zimmerschied war sich nicht sicher, was er machen sollte. Aber als er in Veltronis etwas verkrampftes Gesicht blickte, entschied er, dass es nun auch schon egal war, ob er in Socken oder mit verkackten Halbschuhen gegen Ahlhaus in den Ring stieg. Also erhob er sich noch einmal, trat in den Flur hinaus, zog die Schuhe aus und stellte sie ordentlich neben der Tür auf den Boden. Kaum war er das Schuhwerk los, stellte er fest, dass er am Morgen übersehen hatte, dass die rechte Socke vorn am großen Zeh ein Loch hatte. Er bückte sich und zupfte daran herum, doch das Loch ließ sich auch nicht durch noch so geschicktes Verschieben des Stoffs verbergen. Zimmerschied betrachtete eine Weile seinen herausschauenden großen Zeh, dann zuckte er mit den Schultern und beschloss, diesen Termin so schnell wie möglich hinter sich zu bringen. Es konnte sich ja nur um eine Art Schauprozess handeln, mit dem ihn Ahlhaus erniedrigen wollte.

Sowie er den Raum betrat, wanderten alle Blicke auf die

Socke mit dem Loch. Immerhin behielten Ahlhaus, Veltroni und Södlinger ihre Gesichtszüge unter Kontrolle. Niemand grinste oder verzog die Miene. Zimmerschied nahm Platz, und die Staatsanwältin sagte mit einem Nicken in Richtung des Aufnahmegeräts: »Wir nehmen das auf. Die Belehrung sparen wir uns. Sie sind lange genug im Geschäft und wissen Bescheid, dass wir hier nicht zur Gaudi sitzen. Dies ist eine Vernehmung.« Ernster, schwäbischer Blick. »Ich frage gleich mal ganz direkt: Herr Polizeipräsident, wollen Sie von sich aus ein Geständnis ablegen?«

Zimmerschied sah die Juristin verdutzt an. Mit dieser Eröffnung hatte er nicht gerechnet. »Ein Geständnis? Was bitte sollte ich Ihnen denn gestehen?«

Ahlhaus schwieg. Er schwieg ebenfalls. Ihre Blicke fochten ein stilles Duell aus. Der LKA-Chef spürte das Loch in der Socke. Er glaubte, noch immer die Hundekacke zu riechen. Er wollte raus. Also beschloss er, das Schweigen als Erster zu beenden: »Ich habe Ihnen bereits gesagt, dass ich mit der Waffe aus dem Paket nichts zu tun habe.«

»Darauf will ich momentan gar nicht hinaus.«

Diese sybillinische Antwort überraschte ihn noch mehr. Er warf ihr einen fragenden Blick zu.

»Zimmerschied, Sie wissen doch genau, worauf wir hinaus wollen!«

Der Präsident kannte das Spielchen. Wie oft hatte er selbst auf diese Weise Verdächtige zum Reden gebracht! Nichts außer seltsame Andeutungen von sich geben und dabei immer so tun, als wüsste man unglaublich viel, für das man lediglich eine Bestätigung wollte, was sich später mildernd auf das Strafmaß auswirken würde.

Aber wenn es nicht um die Waffe ging, die ihm welcher Idiot auch immer zu welchem Zweck auch immer geschickt hatte, dann hatte er wirklich keine Ahnung, was das Moschusweib von ihm wollte. In eisigem Ton fragte er: »Was soll ich Ihrer Meinung nach gestehen?«

Ramona Ahlhaus, die bislang ihren massigen Oberkörper – ihre Brüste waren schwer und fast so groß wie Handbälle, aber nicht von so fester Konsistenz – auf der Tischplatte abgestützt hatte, lehnte sich nach hinten und sagte: »Ich gebe Ihnen ein Stichwort. Hans Müller.«

Bamm. Das saß. Den Namen seines Nebenbuhlers zu hören traf den Präsidenten wie ein Stromschlag. Für einen Moment entgleisten seine Gesichtszüge, während Ahlhaus noch ein süffisantes »Vielleicht hilft Ihnen das weiter« hinterherschob.

Zimmerschied schüttelte langsam den Kopf.

»Herr Kollege, Sie kennen doch die Regeln: Je mehr Sie von sich aus sagen, umso besser sind Ihre Karten. Das berücksichtigen wir alles zu Ihren Gunsten. Das muss ich *Ihnen* ja wohl nicht erklären. Also reden Sie!«

»Ich weiß nicht, was Sie von mir wollen.« Zimmerschied stellte widerwillig fest, dass seine Stimme nicht so selbstsicher klang, wie er es sich für diese ungute Situation gewünscht hätte.

»Also gut«, stöhnte die Staatsanwältin genervt auf. »Sie wissen ja wohl, dass Hans Müller der, Schrägstrich, ein Liebhaber Ihrer Frau ist. Können Sie das bestätigen?«

Was für eine Unverschämtheit, seiner Frau über so einen bescheuerten Schrägstrichsatz noch mehr Liebhaber anzudichten! Zimmerschied hatte Mühe, seine Empörung nicht zu zeigen. »Das müssen Sie meine Frau fragen.«

Ahlhaus verzog genüsslich den Mund. »Der Herr Müller ist am selben Tag verschwunden, wie Sie aus Bali abgereist sind.«

Dieser Satz rief bei Zimmerschied eine heftige körperliche Reaktion hervor. Seine Wangen röteten sich. Ihm wurde heiß. Daher also wehte der Wind. Die wollten ihm … Das war … Ja, das war unglaublich!

»Und? Was sagen Sie dazu?«, stichelte die Hexe weiter.

Zimmerschied zuckte mit den Schultern. Nach einer Weile meinte er gallig: »Ganz ehrlich, Frau Ahlhaus, was den Herrn Müller angeht, bin ich wirklich nicht der richtige Ansprechpartner. Da müssen Sie schon meine Frau fragen. Mit dem Herrn Müller möchte ich nichts zu tun haben, und mit dem habe ich auch nichts zu tun.«

»Und wie erklären Sie sich, dass der Freund Ihrer Frau am selben Tag verschwindet, wie Sie von Bali abreisen? Dass ...«

»Ich muss da gar nichts erklären«, fiel er ihr ins Wort, »weil ich mit diesem Herrn Müller nichts zu tun habe. Mir ist es scheißegal, wann dieser Herr Müller wohin reist.«

Die Staatsanwältin schüttelte den Kopf. »Warum haben Sie das Verschwinden, von dem Sie definitiv wussten, nicht an die deutschen Behörden gemeldet, obwohl Ihre Frau Sie darum gebeten hat?« Allmählich begriff der Polizeipräsident das Ausmaß der problematischen Situation, in der er sich befand. Aber er schwieg erst einmal, und so wurde Ahlhaus ihrerseits wütend: »Mensch, so sagen Sie doch was! Ihre Frau teilt Ihnen mit, dass ihr Freund verschwunden ist, und bittet Sie, tätig zu werden; dieses Tätigwerden wäre zufällig auch noch Ihr Job und nicht nur eine private Pflicht – und Sie? Sie machen gar nichts. Das ist doch nicht normal! Da erwarten wir eine Erklärung!«

»Das gibt es nichts zu erklären.«

»Was ist zwischen Ihnen und Herrn Müller vorgefallen?«

»Zwischen dem Herrn Müller und mir ist nichts vorgefallen. Rein gar nichts. Der Herr Müller ist mir, ich wiederhole mich, scheißegal. Der kann mir den Buckel herunterrutschen, der Herr Müller. Was den Herrn Müller angeht, ist meine Frau die Person, die Sie befragen müssen!«

»Es ist also nichts zwischen Ihnen vorgefallen?«

»Nein! Der interessiert mich nicht, der Müller!«

Ahlhaus legte eine Pause ein und ließ den Blick durch den

Raum schweifen. Dann fragte sie mit ätzender Beiläufigkeit: »Warum haben Sie eigentlich ein blaues Auge?«

Zimmerschied zuckte zusammen. Natürlich war etwas zwischen ihm und diesem Hanswurst vorgefallen. Aber musste er das dieser Giftmischerin sagen? Je mehr er die Gedanken in seinem Kopf hin und her wendete, umso klarer wurde ihm, dass seine Situation vertrackt war und dass er jetzt umgehend eine Erklärung liefern musste. Er räusperte sich. »Also. Die Sache ist sehr einfach. Ich habe das Verschwinden des von Ihnen genannten Mannes nicht weitergemeldet, weil kein Hinweis auf ein Verbrechen vorlag. Wie wir alle wissen …« Er sah nacheinander Veltroni, Södlinger und Ahlhaus an. »… gibt es keinen Anlass für Ermittlungen, wenn ein Mensch aus freien Stücken verschwindet und kein Hinweis auf ein Verbrechen vorliegt. Und bei dem Herrn Müller gab es meines Wissens keinen Hinweis auf ein Verbrechen.«

»Und Sie hatten keine Auseinandersetzung mit dem Herrn Müller?«

Oh, wie sie ihn nervte! »Doch, ich hatte eine Auseinandersetzung mit dem Herrn Müller. Weil er meine Frau ungut beeinflusst. Er hat mir ein blaues Auge geschlagen. Ja, das hat er.«

Ahlhaus schüttelte langsam den Kopf. Dann schlich sich beinahe so etwas wie Mitleid in ihre Stimme: »Herr Zimmerschied, warum lügen Sie uns an?«

»Ich lüge Sie nicht an.«

»Eben sagten Sie, Sie hätten *keine* Auseinandersetzung mit Hans Müller gehabt. Nun sagen Sie, Hans Müller habe Ihnen ein blaues Auge geschlagen. Was sollen wir nun glauben?«

»Das ist mir wurscht, was Sie mir glauben …«

Die Staatsanwältin machte eine energische, verneinende Kopfbewegung. »Sie – haben – uns – belogen. Sie *hatten* eine tätliche Auseinandersetzung mit dem Liebhaber Ihrer Frau.

Den Beweis kann man noch immer, wenngleich schwach, an Ihrem linken Auge sehen.« Zu Södlinger gewandt sagte sie: »Bitte machen Sie ein Foto.« Zimmerschieds Mitarbeiter starrte den Chef unschlüssig an. Das dauerte der Staatsanwältin offensichtlich zu lang. »Machen Sie endlich ein Foto, Södlinger!« Als der Kriminalhauptkommissar nach dem Handy griff, fuhr sie, zu Zimmerschied gewandt, fort: »Nach der Schlägerei und der damit verbundenen Demütigung sind Sie abrupt abgereist, obwohl Sie eigentlich länger Urlaub machen wollten. Am selben Tag, an dem Sie von Bali abreisten, verschwand der Mann, mit dem Sie diese tätliche Auseinandersetzung hatten – der Liebhaber Ihrer Frau wohlgemerkt –, und tauchte bis heute nicht mehr auf.«

Zimmerschied wusste nicht, was er hierauf antworten sollte. Es stimmte alles, und doch entsprach es nicht der Wahrheit. Er hatte etliche Fehler gemacht, aus Liebe und Gekränktheit, aus Eifersucht. Er hatte dem Hanswurst einen ordentlichen Schwinger in die Magengrube verpasst und selbst auch einen Faustschlag eingesteckt. Aber er hatte keinen Herrn Müller verschwinden lassen. Der LKA-Chef blinzelte. Was war nur los mit ihm in letzter Zeit? Plötzlich beschlichen ihn Zweifel. Ja, für einen Moment zog er tatsächlich in Erwägung, auf Bali einen Filmriss gehabt zu haben. Es war heiß gewesen, der lange Flug, die Zeitverschiebung. Hatte man ihn unter Drogen gesetzt? War es möglich, dass er vielleicht doch etwas mit dem Verschwinden von diesem Herrn Müller zu tun hatte? – Nein, das war unmöglich. Er hatte keinen Filmriss gehabt. – Oder doch?

Die nächste Frage der Staatsanwältin traf ihn noch härter als alles zuvor. »Eine weitere Sache würde uns interessieren: Haben Sie ein Verhältnis mit einer Mitarbeiterin?«

Der Polizeipräsident schnappte nach Luft. Hier arbeitete doch jemand gezielt gegen ihn! Es gab ein Komplott! Wenn man ihm jetzt auch noch eine Affäre mit Dr. Augustin andichten wollte … Die Phase, in der er sich noch Fehler erlauben durfte, war vorbei. Denn eines war sicher: Die meisten Fakten sprachen gegen ihn. Nein, alle.

»Was verstehen Sie unter einem Verhältnis?«

»Sie wissen genau, was ich meine.«

»Wenn Sie darauf hinauswollen, mir ein erotisches Verhältnis zu einer Mitarbeiterin anzudichten, dann kann ich Ihnen klar antworten: Nein, ich habe kein erotisches Verhältnis zu einer Mitarbeiterin, und das hatte ich auch nie.« Er dachte an Dr. Augustins Hände, ihren duftenden Körper, er dachte daran, wie sie ihm Abend für Abend im Stall half, trotz ihrer Schmutzphobie, und ihm wurde das Herz schwer.

»Sie wurden von Zeugen beobachtet, wie Sie gemeinsam mit einer Mitarbeiterin – ich nenne bewusst keinen Namen, obwohl er uns bekannt ist – morgens ins LKA kamen und wie Sie abends mit derselben Mitarbeiterin in den Feierabend gingen. Es heißt, diese Mitarbeiterin sei bei Ihnen eingezogen …«

»›Es heißt! Es heißt!‹«, entfuhr es Zimmerschied. »Frau Doktor Augustin hat ihre Wohnung verloren, und ich …«

Die Staatsanwältin stach sofort zu: »Sie wohnt also bei Ihnen?«

»Ja«, entfuhr es ihm gequält, »vorübergehend. Es war, es ist … ein … Notfall.« Zimmerschied kam sich selbst lächerlich vor, als er sich das sagen hörte.

Entsprechend hämisch fiel Ramona Ahlhaus' Kommentar aus: »Ein Notfall. Ein Notfall mit langen, schlanken Beinen. Ein Notfall im Minirock. Ich bitte Sie, Herr Kollege! Ein Notfall! Eine viel jüngere Frau, die von Ihnen abhängig ist!« Zimmerschied machte eine abwehrende Kopfbewegung. Doch die Staatsanwältin ließ sich nicht beirren. »Aus meiner Sicht sind Sie in der Pflicht, uns über zwei Sachverhalte gründlich aufzuklären. Sachverhalt eins – was haben Sie mit Hans Müller gemacht? Sachverhalt zwei – wie rechtfertigen Sie diese Ihre Affäre mit einer Mitarbeiterin? Gut, man kann es Ihnen nicht verbieten, mit Untergebenen ins Bett zu steigen, aber ein wenig anrüchig ist das schon. Und insbesondere im Hinblick auf Sachverhalt eins erscheint die Sache mit der Waffe, die Sie sich im Darknet bestellt haben, natürlich auch noch einmal in einem völlig anderen Licht.« Ehe Zimmerschied etwas einwenden konnte, fuhr die Juristin fort: »Ihnen ist klar, dass wir unverzüglich den Innenminister informieren müssen. Das dürfte …«

Weiter kam sie nicht, denn Zimmerschied sprang auf und explodierte. Die folgende Tirade bestand größtenteils aus Schimpfworten. Das machte die Sache nicht besser.

Als Zimmerschied, seine Füße steckten wieder in den stinkenden braunen Lederschuhen, zu seinem Auto gelangte, griff er nach dem Strafzettel unter dem Scheibenwischer, zerknüllte ihn und steckte ihn achtlos in die Tasche seiner Anzughose.

Der NSU beging vermutlich
neun Morde mit ein
und derselben Ceska 83.

EINUNDDREISSIG | Beretta

Die Wissenschaftlerin sah ihn entsetzt an. »Sie können nicht mehr bei mir wohnen«, hatte er ihr soeben mitgeteilt. Er stand in Dr. Augustins fein säuberlich aufgeräumtem Büro. »Sie müssen sich was anderes suchen. Es tut mir leid.«

»Ist es wegen Ihrer Frau?«

»Nein, nicht direkt.«

»Ich störe Sie? In Ihrer Privatheit?«

»Nein.«

Sie sah ihn an. Ihre blauen Augen trafen tief in seinem Innern einen Punkt, an dem er sehr empfindlich war. Er sagte nichts. Sie griff sich ein Tuch aus dem Täschchen, das sie immer zur Hand hatte. Plötzlich lief eine Träne über ihre Wange. »Sie wollen mir nicht sagen, wieso?«

»Es …« Er atmete tief ein und aus. »Es ist … Jedes weitere Wort, das wir zu dieser Thematik noch verlieren, ist eines zu viel. Ich bitte Sie einfach, es zu akzeptieren. Ich stecke in einer sehr schwierigen Situation.«

»Hat Ihre Frau Sie …«

»Frau Doktor Augustin, bitte.«

»Okay«, sagte sie leise. »Dann – würden Sie jetzt bitte – gehen?«

Als Zimmerschied wieder auf dem Flur stand, fühlte er sich mit einem Mal sehr einsam. Er beschloss, Tommy Hensch aufzusuchen.

Der Blinde saß in seinem kargen LKA-Büro und hackte in atemberaubendem Tempo auf seiner Tastatur herum. Benno Berghammer lag unter dem Tisch und schenkte Zimmerschied ein Begrüßungsgähnen, direkt gefolgt von einem würzigen, beinahe lautlosen Furz. Zimmerschied hatte inzwischen die Schuhe gewechselt. Auf dem Weg zu Hensch hatte er eher krampfhaft nach einem Grund gefahndet, den er dem jungen Cybercop als Grund für sein Auftauchen präsentieren konnte. Und ihm war etwas eingefallen. »Kommen Sie, Hensch, wir sollten noch einmal den Nachbarn von den Opfern im Isarmordfall unter die Lupe nehmen.«

»Unter die Lupe nehmen«, wiederholte der Blinde ironisch,

und sein Humor tat dem Polizeipräsidenten für einen Moment gut.

»Na ja, bei Ihnen reicht es ja, wenn Sie durch Ihre Sonnenbrille schauen, und schon sehen Sie alles.«

Zimmerschied hatte bereits Sturm geläutet und fünf- oder sechsmal gegen die Tür von Baumgartlingers Wohnung gehämmert. Nichts rührte sich. »Vielleicht ist er doch nicht da«, meinte er mit Seitenblick auf seinen Begleiter mit dem Hund.

»Doch, der Herr Baumgartlinger ist da, das spüre ich«, sagte der Blinde, ganz offensichtlich bewusst so laut, dass es der Alte, den sie auf der anderen Seite der Tür vermuteten, hören musste. »Bitte geben Sie mir Ihre Dienstwaffe«, sagte Hensch jetzt noch lauter und mit einem schelmischen Lächeln auf den Lippen.

»Was haben Sie vor?«, spielte Zimmerschied das Spiel mit.

Hensch entgegnete überdeutlich: »Ich denke, wir müssen das Schloss aufschießen.«

»Gut, hier ist die Waffe«, sagte Zimmerschied und zog eine imaginäre P7 aus dem Holster unter seinem Jackett, denn natürlich hatte er für den Besuch bei dem betagten Nachbarn der Flaucher-Mordopfer keine Pistole mitgenommen.

»Na, dann wollen wir mal«, meinte Hensch. »Gehen Sie vielleicht etwas zurück, falls es splittern sollte.«

»Ja, das splittert sicher. Wollen wir nur hoffen, dass der Herr Baumgartlinger wirklich nicht zu Hause ist, denn …«

»Halt, warten Sie, ich bin da!«, rief es da heiser von drinnen.

Baumgartlinger war etwa einen Meter fünfundsiebzig groß und schlank. Sein Gesicht wurde dominiert von einer spitzen Nase, unter der er einen grauen Schnurrbart trug, der lediglich einige Millimeter zu lang war, um nicht doch noch als Hitlerbärtchen durchzugehen. Den Rest seines schütteren Haars hatte er sich über die Glatze gelegt und mit Haaröl festgepappt.

In der Wohnung roch es, als wäre schon jahrelang nicht mehr gelüftet worden. Eine Mischung aus Urin und Staub. Zwar hatte der Alte die Tür geöffnet, aber er hatte Zimmerschied und Hensch nicht freiwillig in die Wohnung gelassen. Sowie die Tür einen Spalt weit offen war, hatte der Polizeipräsident seinen Körper dagegengewuchtet und den Eigenbrötler samt Tür in den eigenen Flur geschoben. Wie Veltroni und Södlinger berichtet hatten, waren die Wände des Eingangsbereichs praktisch vollständig von Stapeln alter Zeitungen bedeckt.

»Und Sie sind wirklich Polizeipräsident?«

»Ja«, sagte Zimmerschied und hielt dem Fragenden seinen Dienstausweis hin. Sonst trug er sein hohes Amt nicht gerne zur Schau, aber als er das angedeutete Hitlerbärtchen gesehen hatte, war ihm spontan der Einfall gekommen, dass dieser Mensch womöglich mit Obrigkeiten mehr anfangen konnte als mit Fußvolk. Warum sollte man sich das nicht zunutze machen?

»Ihre Mitarbeiter waren schon hier.« Der Mann hatte wache Augen.

»Ja, das waren die Frau Veltroni und der Herr Södlinger. Warum machen Sie die Tür nicht auf?«

»Sie haben ja gar keine Dienstwaffe!«, stellte der Mann jetzt erstaunt fest.

»Warum wollten Sie die Tür nicht aufmachen?«

»Sie haben mich hereingelegt!«

»Warum Sie die Tür nicht aufmachen wollten, habe ich gefragt!«

Der Alte musterte den schwarz gekleideten Hensch mit dem schwarzen Hund. »Gesindel. Zu viel Gesindel. Seit der Flüchtlingskrise. Alles voller Ausländer. Die stehlen und morden und vergewaltigen …« Er fixierte Zimmerschied. »Warum haben Sie von einer Dienstwaffe gesprochen, obwohl Sie gar keine haben?«

»Könnten wir vielleicht in einen anderen Raum gehen? Es ist hier ein bisschen eng.«

»Sind Sie überhaupt von der Polizei? Wo ist Ihre Dienstwaffe?«

»Als Polizeipräsident brauche ich meine Dienstwaffe fast nie.«

»Als Polizeipräsident sind Sie ein Führer.« Zimmerschied verzog das Gesicht. Baumgartlinger sah wieder zu Hensch: »Und der hier – blind?«

»Ja, ich blind«, antwortete der junge Cybercop.

»Was will man mit einem blinden Polizisten?«

Zimmerschied holte tief Luft und atmete langsam aus. Dann sagte er: »Der Herr Hensch sieht Sachen, die Sie und ich nicht sehen. Können wir jetzt mal in ein anderes Zimmer gehen, hier ist es so eng zwischen Ihren ... Zeitungen ...«

»Blinde und andere Behinderte wurden früher erschossen«, sagte der Alte. »Und was sehen Sie so, was wir nicht sehen, Herr Mensch?«

»Mensch ist gut«, meinte Hensch. »Ich heiße Hensch. – Ich sehe, dass Sie gerne lesen. Sie sind Journalist.«

»Journalist? Ich?«, entgegnete Baumgartlinger mit gespielter Empörung. »Unter meinem Niveau! Wissen Sie, was ich im heutigen Journalismus vermisse, das sind die Präzision und die Sachlichkeit. Heute werden doch nur noch linke Meinungen verlätschert. Alle Welt muss gerettet werden, aber das eigene Volk darbt.«

»Also sind Sie Wissenschaftler?«, bohrte Hensch weiter.

»Historiker.«

»›Die Historie gehört in dreierlei Hinsicht dem Lebendigen: als dem Tätigen und Strebenden, als dem Bewahrenden und Verehrenden und als dem Leidenden und der Befreiung Bedürftigen‹«, sagte Zimmerschied.

»Sie kennen Nietzsche? Ein Polizist, der Nietzsche kennt!«

Das Gespräch begann dem Mann offensichtlich Freude zu machen. »Bitte kommen Sie in mein Büro.«

Zimmerschied und Hensch folgten dem Mann in einen Raum, der ebenso vollgestellt war wie der Flur, allerdings nicht mit Zeitungen, sondern mit Bücherstapeln vor randvollen Bücherregalen. Sogar auf den Fensterbrettern türmten sich dicke Bände, sodass durch die einst weißen, nun ergrauten Vorhänge kaum Tageslicht fiel. Der Mann blieb auf der kleinen Fläche, die die Bücherstapel frei ließen, stehen. »Hier arbeite ich.«

»Was ist Ihr Fachgebiet?«, fragte Hensch.

»Neunzehnhundertdreiunddreißig bis neunzehnhundertfünfundvierzig.«

Zimmerschied nickte wenig überrascht. Er wollte das Gespräch in Richtung des Anlasses für ihren Besuch manövrieren. »Mit Geschichte hatten Ihre Nachbarn Antonietta Carmignano und Luigi Zorzi wohl eher nichts im Sinn?«

»Nein. Aber hier im Haus wohnt ohnehin nur Pöbel. Wobei diese Italiener wegen mir auch dorthin hätten zurückkehren können, wo sie herkamen. Unsereins ist ja auch standortfest. Diese Völkerwanderungen sind nicht gut für die Volksgesundheit.«

»Was haben Sie von Zorzi und Carmignano so mitbekommen?«

»Sie sind laut, sie stinken, und er hat sie geschwängert, obwohl sie wohl noch nicht einmal verheiratet sind. Ich habe mehrere Eingaben an die Hausverwaltung gemacht, dass man diese Kreaturen aus dem Haus entfernt, aber der Zeitgeist ist krank. Zum Glück sind noch keine Schwarzafrikaner hier zwangseinquartiert worden.«

Zimmerschied spürte Unbehagen. Sein Blick wanderte über die Bücherregale und blieb an einem Brett hängen, auf dem mehrere Ausgaben von *Mein Kampf* sowie drei Mussolini- und eine Mao-Biografie standen. »Sagen Sie, dürfte ich mal Ihre Toilette …?«

»Oh …« Diese Frage schien Baumgartlinger in Verlegenheit zu bringen. »Meine Zugehfrau ist … seit … Kurzem …« Er fasste sich. »Wissen Sie, man bekommt heute keine Zugehfrau mehr. Das ist ein Problem! Ich kann doch nicht eine Osmanin in meine Wohnung lassen! Insofern … lediglich aus ästhetischen … Gründen … verspüren Sie ein wirklich dringliches Bedürfnis, Herr Polizeipräsident?«

»Ja«, antwortete Zimmerschied trocken. »Ich wäre Ihnen sehr dankbar, wenn Sie mir erlauben würden, Ihre Toilette zu benutzen.«

Der Mann nickte. »Nun gut. In den Flur, zweite Tür rechts. Aber bitte haben Sie Verständnis.«

Zimmerschied beschloss die Luft anzuhalten.

Als der Polizeipräsident und Hensch wieder vor der Tür standen, schnappten beide nach Sauerstoff, dann sagte Zimmerschied: »Der Mann sammelt nicht nur Bücher, der sammelt auch Waffen. Neben der Badezimmertür steht ein brauner Holzschrank. Da sind Pistolen drin. Eine Radom, eine Mauser Gerät 25, eine Beretta und eine Browning. Genauer konnte ich nicht schauen. Ich halte den Mann für dezent gefährlich.«

»Mmh«, brummte Hensch unwillig. »Die Waffen könnten aber auch mit seinen historischen Forschungen zusammenhängen. Das sind, glaube ich, alles Waffen, die schon von der Wehrmacht verwendet worden sind.«

»Und wer sagt uns, dass er nicht auch noch eine Ceska hat, mit der er seine Nachbarn abgeknallt hat, weil sie laut sind und stinken und schwanger werden, ohne verheiratet zu sein?«

Tommy Hensch tätschelte Benno den Kopf. »Glaube ich nicht, Herr Zimmerschied.«

»Was glauben Sie dann?«

»Das ist ein alter verbitterter Mann, der krank im Hirn ist.«

Zimmerschied schätzte Tommy Henschs Intuition. Aber er war sich nicht sicher, ob er ihr auch in dieser Einschätzung trauen sollte. Er sah auf die Uhr, es war vier, und beschloss, das Thema zu wechseln: »Was machen Sie jetzt?«

»Eigentlich habe ich Dienstschluss.«

»Ich lade Sie auf eine Pizza ein. Oder mögen Sie lieber Burger?«

»Pizza. Burger sind für Blinde schwierig zu essen.«

»Für Sehende auch.«

Eine Dreiviertelstunde später sperrte Hensch die Tür zu seiner Bude auf. Neben ihm Benno Berghammer, hinter ihm der Polizeipräsident mit zwei Flaschen Cola. Beim Essen hatte Zimmerschied den Mitarbeiter teilweise in sein Dilemma eingeweiht: die Sache mit der Pistole in dem an ihn adressierten Paket und dass jetzt zu allem Überfluss auch noch Ahlhaus gegen ihn ermittelte, weil der Hanswurst verschwunden war. »Tja, für Außenstehende muss es tatsächlich so aussehen, als hätten Sie zumindest irgendwas mit diesen Vorgängen zu tun«, hatte der Blinde festgestellt.

»Ach was, Herr Hensch!«, war Zimmerschied aufgebraust. »Und genau deshalb müssen wir jetzt so schnell wie möglich die Angelegenheit mit dem Sexvideo vom Tisch kriegen. Wenn uns die Ahlhaus da auch noch draufkommt, dann bin ich erledigt.«

Hensch hatte genickt. Ihm war klar, was von ihm erwartet wurde. Aber wie es gelingen sollte, Sophie von Lavalles Erpresser zu schnappen, war ihm schleierhaft.

Dread Pirate Roberts ist eine Figur aus dem Film The Princess Bride. *Der grausame Pirat macht nie Gefangene.*

ZWEIUNDDREISSIG | Pirat

»Also, noch mal von vorn«, sagte Hensch gedehnt. »Wie ich bereits erklärt habe, ist unser Hauptproblem im Fall Lavalle, dass es bei Straftaten in der digitalen Welt kaum Anknüpfungspunkte zur analogen Welt gibt.«

»Das weiß ich doch alles!«

Tommy Hensch sprach weiter, ohne vom Einwurf des Vorgesetzten Notiz zu nehmen. »Was uns fehlt, ist die Schnittstelle zwischen digital und analog. Solange wir da nichts haben, stehen unsere Chancen schlecht. Ich habe versucht, die Spuren des Täters zurückzuverfolgen, aber der hat das alles gut verschlüsselt.« Die Hände des Blinden glitten wie gedankenverloren und geradezu zärtlich über die Brailletastatur seines Computers. »Normalerweise ist die Bezahlung einer illegalen Ware oder Dienstleistung immer ein guter Schnittpunkt, an dem wir zugreifen können. Aber die Sexfilme werden mit Bitcoins gezahlt. Da haben wir keine Chance. Eine weitere Möglichkeit, Internetverbrecher zu packen, ist, sie bei der Übergabe beziehungsweise Erbringung der Leistung zu schnappen. Doch die *teacher-make-love*-Seite läuft über einen beziehungsweise mehrere Server, an die wir nicht rankommen.«

Zimmerschied rümpfte die Nase und schraubte die Colaflasche auf, die ein zischendes Geräusch von sich gab. Der LKA-Chef nahm einen Schluck. Dann sagte er: »Vielleicht sollten wir noch einmal über die Pseudonyme nachdenken. Quentin

Alabama und Fred Bull Haschky. Quentin Alabama ist derjenige, der Sophie erpresst. Und Fred Bull Haschky ist der Administrator der Seite, die das Video vertreibt. So ist das doch, oder?« Der Polizeipräsident warf Hensch einen fragenden Blick zu. Ehe er noch etwas anfügen konnte, stand der junge Cyberpolizist abrupt auf und erklärte: »Ich muss mal schnell aufs Klo.«

Zimmerschied stöhnte leise und starrte auf den Bildschirm von Henschs Computer. Unten in der Menüleiste befand sich mindestens ein Dutzend Symbole. Die Hälfte davon hatte er noch nie bewusst wahrgenommen. Aber das W des Schreibprogramms und das P der Präsentationssoftware kannte er. Und da war auch das bunte Logo der Suchmaschine. Einem plötzlichen inneren Impuls folgend, erhob sich der LKA-Chef, setzte sich auf den Stuhl des Blinden und tippte »quentin alabama« ins Suchfeld. Er überflog die Treffer: Auf »Quinton, Alabama« lautete der Wikipedia-Eintrag zu einer Gemeinde in den Vereinigten Staaten. Als Nächstes wurde der Film *True Romance* angezeigt, Drehbuch: Quentin Tarantino. Hierauf folgten sehr viele Facebook-Einträge, von denen keiner auf Quentin Alabama passte, sondern die nur so ähnlich lauteten oder noch nicht einmal das. Und schließlich kamen völlig unbrauchbare Einträge, angesichts derer sich Zimmerschied fragte, ob Internetsuchmaschinen wirklich so intelligent waren, wie alle Welt behauptete. Weil Hensch noch immer weg war und er sich nicht vollkommen nutzlos fühlen wollte, gab der LKA-Chef die Begriffe »quentin« und »haschky« ein. Missmutig überflog er die Treffer. Da war einmal die Passagierliste eines Schiffs, das 1938 von Bremen nach Amerika ausgelaufen war, mit einer Frau an Bord, die Susanne Haschky hieß; außerdem stieß Zimmerschied auf den Bericht eines Fußballspiels in Österreich, bei dem ein Josef Haschky und ein Quentin Liebl mitgespielt hatten, und auf die Teilnehmerliste eines Nachtmarathons in Wien, bei dem eine Monika Haschky und eine Helena Quintin erwähnt wurden. Fast alle Haschkys schienen eine Verbindung zu Österreich aufzuweisen. War das eine Spur?

Lustlos klickte Zimmerschied weiter. Dann kehrte Hensch von der Toilette zurück. Der Polizeipräsident machte ihm Platz, und mit einem munteren »Dann mal los« aktivierte der Blinde die Vorlesesoftware mit der Micky-Maus-Stimme, um sich die Bildschirminhalte vorlesen zu lassen.

Wenig später fragte er verdutzt: »Nach was haben Sie denn gesucht? Nach den Pseudonymen? Ich glaube ehrlich gesagt, das bringt nichts, in einer normalen Suchmaschine zu suchen.«

»Ja, schon klar. Das war bloß so eine Idee von mir. Vergessen Sie es«, antwortete Zimmerschied. Er fühlte sich ausgelaugt, ja, beinahe ein wenig traurig. Vielleicht hätte er doch auf Roswithas Vorschlag eingehen, den Dienst quittieren und nach Bali ziehen sollen. Vielleicht wäre dann der blöde Hanswurst nicht gerade so verschwunden, dass es nun aussah, als wäre er schuld daran. Vielleicht würde dann nicht Ahlhaus, die Schmeißfliege, gegen ihn ermitteln. Der Polizeipräsident seufzte. Sollte er von seinem Amt zurücktreten? Durch die Jalousien am Fenster fiel das Licht der Abendsonne in Streifen in den Raum. Aber dann würde Ahlhaus ihm das doch gleich wieder als Eingeständnis seiner Schuld auslegen! Während Tommy Henschs Software weiter entenhausisch quiekte, setzte der LKA-Chef noch einmal die Colaflasche an die Lippen und trank sie entschlossen aus. Er würde jetzt nach Hause zu den Kühen fahren. Die Tiere brauchten ihn. Außerdem gaben sie ihm Halt. Melken war wie Meditation für ihn. Wie wäre es denn, fragte er sich, wenn er den Präsidentenjob an den Nagel hängen und sich ganz auf die Landwirtschaft konzentrieren würde? Dann konnte er vielleicht auch mit Dr. Augustin … Er machte mit einer halbherzigen Bewegung seines Oberkörpers

Anstalten aufzustehen, da flüsterte Hensch aufgeregt: »Das gibt's nicht …«

Sofort war Zimmerschied hellwach. »Was gibt's nicht?«

Der Blinde wandte das Gesicht vom Computer ab und dem Präsidenten zu. »Hier ist ein Facebook-Profil, das auf den Namen ›Quentin Haschky‹ lautet. Und als E-Mail-Adresse gibt der User die Adresse quentinsilk@yahoo.com an.«

»Ach, das ist ja interessant«, sagte Zimmerschied und strengte sich an, so zu klingen, als verstünde er Henschs plötzliche Anspannung. So richtig klar war ihm nicht, wieso das jetzt eine gute Nachricht war.

»Quentin Haschky also«, murmelte der Cyberexperte. »Vielleicht war das gar nicht so blöd, dass Sie ›Quentin Haschky‹ in die stinknormale Suchmaschine eingegeben haben. Na, dann wollen wir doch mal sehen, auf wen diese quentin-silk-Adresse angemeldet ist.«

Die Micky-Maus-Stimme gackerte vor sich hin, und Zimmerschied beschloss, einfach den Mund zu halten. Er beobachtete, wie Hensch den Cursor über den Bildschirm flitzen ließ, wie er Seiten und Unterseiten öffnete, mehrere Fenster parallel und übereinander stellte und wie er in Eingabefelder von Suchmaschinen, die der LKA-Chef noch nie gesehen hatte, Begriffe eingab, die Zimmerschied nichts sagten. Der Vorgang dauerte Minuten. Der Präsident versuchte das Micky-Maus-Gequieke zu erfassen, aber da gab es nichts zu verstehen. Hensch war zu schnell und zu spezialisiert, und er hatte nun offensichtlich sein Jagdtempo aufgenommen. Irgendwann hielt der Computerexperte inne und sagte: »Ich habe es geahnt: San Francisco. Genau wie damals.« Nun verstand Zimmerschied erst recht nichts mehr. Henschs Lippen umspielte ein ungläubiges Lächeln. »Die IP-Adresse von diesem Quentin Haschky beziehungsweise Quentin Silk deutet auf einen Standort in San Francisco hin.«

Der Polizeipräsident überlegte. Dass jedem, der im Internet surfte, eine IP-Adresse zugeteilt wurde, das wusste er. Aber soweit er verstanden hatte, konnte diese IP-Adresse täglich oder sogar häufiger wechseln. Sie war also keineswegs mit einer Meldeadresse zu vergleichen, die ziemlich sichere Auskunft zumindest über den offiziellen Lebensmittelpunkt eines Verdächtigen gab. »Aber bringt uns das jetzt wirklich was? Ich meine, die IP-Adresse wechselt doch dauernd. Und San Francisco dürfte ein paar Millionen Einwohner haben.«

Ohne auf diesen Einwand einzugehen, sagte Hensch, jetzt wieder dem Bildschirm zugewandt: »Erinnern Sie sich, wie das FBI vor ein paar Jahren die Silk Road hat auffliegen lassen?«

Zimmerschied nickte vorsichtig. Er erinnerte sich nur so halb an die Trockenlegung des bis dahin größten und mit Abstand kriminellsten Markts für illegale Waren und Dienstleistungen im Darknet. Ein FBI-Ermittler hatte seinerzeit nach E-Mail-Adressen aus dem Darknet im offenen Web gesucht und auf diese Weise eine Spur zum Gründer des illegalen Markts zurückverfolgen können. Nebulös erinnerte sich der Polizeipräsident an ein Youtube-Video, das ihm damals von seinen Experten gezeigt worden war. Es war ein englischsprachiger Clip gewesen, produziert von der BBC. »›Wie die Google-Suche Dread Pirate Roberts demaskierte‹«, murmelte der LKA-Chef. »So hieß das doch, nur auf Englisch.«

»Sie kennen das Video?«

»Ja.« Zimmerschied nickte.

»Aber der Dread Pirate Roberts von damals sitzt im Gefängnis«, meinte Hensch nachdenklich. »Kann es sein, dass noch einmal jemand denselben kapitalen Fehler wie der Gründer von Silk Road macht und sowohl im Darknet als auch im offenen Netz mit einem ähnlichen Pseudonym beziehungsweise Namen operiert? Kann Quentin Haschky beziehungsweise Quentin Silk wirklich so blöd sein?«

Zimmerschied hob die Schultern und zog die Mundwinkel nach unten. »Die Hoffnung stirbt zuletzt.«

Ein Sonnenbrillenblick traf den Präsidenten. »Das könnte tatsächlich unsere einzige Chance sein.«

»Wir sollten sie nutzen.«

Ahlhaus ist der Nachname eines Politikers, sein Vorname lautet Christoph. Sechs Monate lang war er Erster Bürgermeister von Hamburg und damit einer der Vorgänger von Olaf Scholz.

DREIUNDDREISSIG | Biergarten

»Sie können jetzt gehen«, hatte Hensch kurz nach seiner Entdeckung von Quentin Haschkys E-Mail-Adresse verkündet. »Das, was ich als Nächstes machen muss, ist mühsam und langwierig.« Zimmerschied zog die Augenbrauen hoch, aber er nahm dem Blinden nicht übel, dass er so direkt mit ihm sprach. Im Gegenteil, es war angenehm, endlich mal wieder mit jemandem zu tun zu haben, der nicht dauernd im Kopf zu haben schien, dass er ein hohes Tier war.

Als der Präsident vor Tommy Henschs Haus auf die Straße trat, erfüllte ihn wieder ein Funken Hoffnung, und so beschloss er nach einem Blick auf die Uhr – es war kurz nach achtzehn Uhr –, noch auf einen Sprung im LKA vorbeizuschauen. Dort eingetroffen, ging er allerdings nicht direkt in sein Büro, sondern machte einen Umweg über die Toilette. Als er von da kommend in den Gang mit dem Präsidentenbüro und der

Pressestelle einbog, stieß er beinahe mit einer schlanken Person zusammen, die auch ziemlich eilig unterwegs war.

»Frau Doktor Augustin!«, entfuhr es ihm, als er sie erkannte.

»Entschuldigung, ich wollte Sie nicht umrennen«, antwortete die Biologin in sachlichem Tonfall.

»Schon gut.« Der Polizeipräsident dachte an die Träne, die Dr. Augustin vor wenigen Stunden über die Wange gelaufen war, als er ihr eröffnet hatte, dass sie nicht mehr bei ihm wohnen konnte.

»Ich wollte zu Ihnen.«

»Frau Doktor Augustin, ich habe Ihnen doch gesagt, dass das nicht geht, dass Sie bei mir wohnen!«

»Nicht deswegen.« Die Tür zur Pressestelle öffnete sich einen Spalt.

Pressesprecher Manfred Henkel streckte den Kopf heraus und warf Zimmerschied und der DNA-Expertin einen interessierten Blick zu.

»Können wir kurz in Ihr Büro gehen? Es gibt neue Ergebnisse, die Sie interessieren dürften.« Dr. Augustin sprach überzogen laut und überdeutlich.

»Ach so«, entgegnete Zimmerschied nun auch ziemlich laut. »Kommen Sie bitte.« Und Manfred Henkel schloss geräuschvoll und mit einem Kopfschütteln, das der LKA-Chef als unverschämt empfand, die Tür.

Im Vorzimmer des Präsidentenbüros angelangt, hielt Dr. Augustin Zimmerschied zwei DIN-A4-Blätter hin. »Das dürfte Sie wirklich freuen. Ich habe eben die Ergebnisse aus der Technik bekommen: Die Beschussproben sind eindeutig. Die Ceska aus dem Paket, das Ihnen zugeschickt worden ist, ist eine andere als die, mit der auf die beiden am Flaucher geschossen worden ist. Zumindest das Problem haben Sie von der Backe.«

Der Präsident sah Dr. Augustin irritiert an und fragte streng:

»Wer hat den Auftrag gegeben, diese Überprüfung vorzunehmen? Und wieso erfahre ich davon nichts? Und warum kommen *Sie* damit an und nicht die Technik?«

»Ich ... ich wusste nicht, dass Sie das nicht wussten ... Äh ... ich war eben in der Kriminaltechnik, und da haben die mir das erzählt. Da habe ich gedacht, dass Sie das vielleicht freut und dass es Ihnen hilft und ... Ich meine, Sie befinden sich ja gerade in einer ... schwierigen Situation, und ich ... ich möchte Ihnen ... ich möchte Ihnen gerne behilflich sein.«

Zimmerschied hatte bemerkt, wie die Molekularbiologin während des Sprechens immer unsicherer geworden war. Jetzt drückte sie ihm die Blätter in die Hand und fummelte aus ihrem Täschchen ein Desinfektionstuch hervor, mit dem sie erst ihre Hände säuberte und dann sogar ihre Lippen abtupfte. Als sie bemerkte, was sie tat, stammelte sie: »Oh, Entschuldigung, das ...«

»Schon gut«, meinte Zimmerschied und betrachtete ihre glänzenden Lippen. Dr. Augustin konnte ja nichts dafür, dass hinter seinem Rücken ungute Dinge abliefen. Einem Impuls folgend fragte er: »Gehen wir essen?«

Für einen Dienstag und dafür, dass nur wenige Meter entfernt neun Tage zuvor ein Mensch von einem noch immer unbekannten Mörder erschossen worden war, saßen ganz schön viele Gäste im Biergarten am Flaucher. Aber Zimmerschied und Dr. Augustin fanden dann doch noch einen Platz – ganz hinten im Eck, direkt an dem Zaun, der den Biergarten vom angrenzenden Spielplatz trennte. Zwei Ehepaare ließen sie mit an ihrer Bierbank sitzen. Eine der Frauen sagte gerade: »Dass Kuhmilch bei Kindern Autismus verursachen kann, weiß mittlerweile ja wohl jeder.«

Zimmerschied stutzte, gab sich jedoch Mühe, so zu tun, als hörte er das Gespräch nicht mit.

Aus dem Augenwinkel sah er, wie die andere heftig nickte. Auch Dr. Augustin schien dem Gespräch zu lauschen. »Unser Kinderarzt gibt das aber nicht zu. Erst wollte er mir das ausreden, dass wir Fenja vegan ernähren, aber da bin ich hart geblieben. Das kann ja wohl nicht sein, dass uns die Ärzte vorschreiben, wie wir unsere Kinder großziehen sollen!«

»Aber sagt mal, wie macht ihr das denn mit den Vitamin-B12-Tabletten?«, schaltete sich nun der Ehemann, vermutlich der ersten Sprecherin, ein. »Die enthalten ja auch Laktose, also Kuhmilch.«

»Genau deshalb geben wir Winfried auch kein B12.«

»Ist er dann nicht manchmal müde?«

»Schon, aber da muss Winfried durch. Und das klappt auch. Ich gehe mit ihm dann raus, und wir regen den Kreislauf an.«

»Und wenn das im Hort passiert, ich meine, die sind ja so inkompetent! Und der Betreuungsschlüssel ist katastrophal! Die können sich da ja gar nicht intensiv um die Kids kümmern!«

»Nee, nee, klar. Ich habe die KiTa-Leiterin natürlich gebrieft, welche Yoga-Übungen sie mit Winfried machen kann, wenn sie das Gefühl hat, dass er gerade ein mentales Loch hat.«

»Und du vertraust drauf, dass die das macht? Ich meine, hast du das schon mal kontrolliert?«

»Hör mal, Anke! Wir bezahlen der KiTa zweitausend Euro im Monat. Da wird man ja wohl ein paar Yoga-Übungen mit dem Kind machen können!«

»Äh, Frau Doktor Augustin«, raunte Zimmerschied seiner Mitarbeiterin zu. »Würde es Ihnen etwas ausmachen, wenn wir uns nach einem anderen Platz umschauen würden?«

»Nein«, antwortete die DNA-Expertin mit einem erleichterten Lächeln.

Die beiden erhoben sich.

»Sie gehen schon wieder?«, erkundigte sich Winfrieds Mutter spitz.

»Ja«, sagte Zimmerschied. Er hatte sich bereits vom Tisch abgewandt, da konnte er es doch nicht lassen, drehte sich noch einmal um und erklärte: »Sie müssen nämlich wissen, dass ich Bauer bin. Und was Sie da über Kuhmilch und Ihre Kinder reden, also, so einen Schmarrn habe ich selten gehört! Und ich würde Ihnen auch empfehlen, Ihre Kinder vernünftig zu ernähren. Sonst werden die nämlich krank.«

Dann stapfte er eilig davon, ohne noch etwaige Widerworte abzuwarten. Als er schon fast wieder beim Ausgang des Biergartens angelangt war, wandte er sich zu Dr. Augustin um und meinte: »Ich habe eigentlich gar keine Lust mehr, mich in diesem Biergarten aufzuhalten, wenn da solche Deppen sitzen. Haben Sie großen Durst?«

»Eigentlich schon«, erwiderte die Biologin zögerlich.

»Gut, dann hole ich uns jetzt zwei Maß, und wir setzen uns da draußen auf die Bank vor dem Biergarten. Einverstanden?« Seine junge Begleiterin nickte.

Bis Zimmerschied das Bier bezahlt hatte, war doch noch ein Tisch nahe des Ausschanks frei geworden, und die beiden setzten sich. Der Polizeipräsident nahm einen großen Schluck aus seinem Glas. Das eiskalte Bier schmeckte angesichts des heißen Tags umso erfrischender. Etwas entspannter als noch Minuten zuvor, stellte er den Maßkrug ab und wischte sich mit dem Handrücken über den Mund. »Was mich jetzt aber schon interessieren würde: Wer kommt auf die Idee, dass die Ceska, die mir irgendein Idiot zuschickt, die Mordwaffe sein könnte? Und wer gibt den Auftrag zu dieser Überprüfung? Das ist doch ganz klar eine intrigante Fragestellung. In meinem eigenen Haus, wohlgemerkt. Oder sehen Sie das anders?«

»Ich vermute mal, dass das Frau Ahlhaus war.«

»Die Ahlhaus!«, schnaubte Zimmerschied. »Die habe ich sowieso dick.« Er nahm noch einen Schluck. »Oder der Südlinger, dem traue ich so etwas auch zu, so karrieregeil, wie der ist.«

Dr. Augustin zuckte gerade mit den Schultern, da erklangen die *Hells Bells*. Zimmerschied zog sein Handy aus der Innentasche des Sakkos, das er neben sich auf die Bierbank gelegt hatte, erkannte, dass es Roswitha war, und drückte sie weg.

»Mein Bruder ist bei der Polizei!«
»Meiner auch! Vorgestern haben sie ihn geschnappt!«

VIERUNDDREISSIG | Mordverdacht

Elisabeth Rötlis Gesichtsausdruck war angsterfüllt, als der Polizeipräsident am Mittwochmorgen kurz vor acht das Vorzimmer betrat. Zimmerschied fühlte sich etwas benommen, er hatte am Vorabend nach der ersten Maß noch eine zweite getrunken, ehe er Dr. Augustin schweren Herzens zu einer Freundin gebracht hatte.

»Guten Morgen, Frau Rötli, was schauen Sie denn so?«

»Sie … das … haben Sie es noch nicht gesehen?«

»Nein, was denn?« Beinahe belustigt betrachtete der LKA-Chef seine aufgescheuchte Sekretärin.

»Kommen Sie, das müssen Sie sehen. Das ist unverschämt.« Die Schweizerin deutete auf den Bildschirm ihres Computers.

»Warten Sie, ich komme gleich, ich hänge nur eben noch das Jackett ins Büro.«

Er wollte sich bereits auf den Weg machen, da rief Rötli: »Nein, jetzt kommen Sie sofort! Schauen Sie!« Sie wischte sich hektisch eine blonde Strähne aus der Stirn, die trotz des Haarsprays verrutscht war. »Der Innenminister hat auch schon zweimal angerufen. Haben Sie Ihr Handy nicht an?«

»Habe ich nicht?«, fragte Zimmerschied überrascht und zog das Telefon aus dem Sakko. »Tatsächlich.« Er drückte den Einschaltknopf. »Akku leer. Na so was.«

»Jetzt kommen Sie schon!«

Zimmerschied umrundete Rötlis Tisch – und dann sah er es. Die Sekretärin hatte die Startseite der Onlineausgabe der *Bild*-Zeitung geöffnet. Der Aufmacher war ein unscharfes Foto, das so wirkte, als hätte es ein Paparazzo gemacht. Es zeigte Zimmerschied und Dr. Augustin im Biergarten. In fetten Lettern stand über dem Bild:

LKA-Chef unter Mordverdacht

Und darunter hieß es:

> Ein Polizeipräsident, der sich mit einer blutjungen Mitarbeiterin im Biergarten vergnügt, und eine Ehefrau, die ihn der Entführung eines Ex-Kripo-Manns beschuldigt. Oder hat Polizeipräsident Zimmerschied den verschwundenen Hans M. sogar ermordet? Machen Sie sich ein BILD vom neuesten LKA-Skandal!

Zimmerschied kam nicht dazu, den folgenden Text zu überfliegen, denn schon klingelte Rötlis Telefon. Nach einem Blick auf die Rufnummernanzeige flüsterte sie: »Der Minister. Soll ich?«

Der Polizeipräsident nickte, doch dann entschied er sich anders. »Oder nein: Das mache ich.« Er griff zum Hörer. »Grüß Gott, Herr Minister, Zimmerschied am Apparat.«

Der Politiker brüllte sofort los, wobei er mehr denn je b wie p aussprach und p wie b und t wie d und so weiter, denn er war nicht nur ein skrupelloser Karrierist, sondern auch Franke. »Haben Sie denn noch alle Dassen im Schrank? Wieso pechern Sie mit einer plutjungen Mitarbeiterin im Piergarten? Was haben Sie mit dem Geschäftsfreund von Ihrer Frau gemacht? Wieso pestellen Sie sich Waffen im Tarkned? Zimmerschied, was ist los mit Ihnen? Muss ich Sie feuern, oder was? Was ist dran an den Vorwürfen, die die Pilt-Zeitung Ihnen da macht? Was ist da dran?!«

»Nichts, Herr Minister. Gar nichts ist da dran.« Der um ihn herum tobende Sturm weitete sich zu einem Orkan aus, aber der LKA-Chef wurde plötzlich ganz ruhig.

»Wer's glaubt, wird selig!«, schrie Alfred Werner. »Das passt doch alles zusammen wie die Faust aufs Auge: Sie haben eine Affäre mit einer Mitarbeiterin, Ihre Frau hat was dagegen ...«

»Herr Minister, das verbitte ich mir. Ich habe keine Affäre mit Frau Doktor Augustin«, fiel ihm Zimmerschied ins Wort.

»Doktor Augustin! Na, immerhin leugnen Sie das nicht ... und dann verschwindet plötzlich der Hausfreund von Ihrer Frau. Genau an dem Tag, an dem Sie auch von Bali abreisen.« Auf Fränkisch hörte es sich an wie »Pali«, aber Zimmerschied konnte darüber nicht schmunzeln.

»Ich gebe zu, dass das ein blöder Zufall ist«, unterbrach der Präsident seinen Chef.

»Ein blöder Zufall? Und warum melden Sie das Verschwinden von diesem Herrn Müller nicht? Der ist ja sogar ein ehemaliger Kripo-Kollege von Ihnen!« Aus Alfred Werners Mund klang das wie »Gribbogoleeche«.

»Herr Minister, darf ich Sie mal etwas fragen?« Auch Zimmerschieds Ton wurde nun lauter und schärfer. »Woher wissen Sie das eigentlich alles?«

»Na, aus dem Artikel im Internet!«

»Da steht das alles drin?«

»Ja klar! Haben Sie den noch gar nicht gelesen, oder was?«

»Nein, den habe ich nicht gelesen.«

»Hat diese junge Frau bei Ihnen genächtigt, heute Nacht?«

»Nein.«

»Sind Sie sich da ganz sicher? Wir prüfen das nach, Zimmerschied. Solche Fotos brauchen wir nicht auch noch im Internet! Und was ist mit der Mordwaffe vom Flaucher? Wieso lassen Sie sich eine Mordwaffe per Post schicken?«

»Ich lasse mir keine Mordwaffe per Post schicken.«

»Aha, Sie wollen also keine Ceska geschickt bekommen haben?«

»Doch, ich habe eine Ceska geschickt bekommen. Aber erstens habe ich die nicht bestellt oder angefordert oder was auch immer, und zweitens ist es nicht die Waffe, die im Flaucher-Fall zur Anwendung gekommen ist.«

»Wer sagt das?«

»Die Kriminaltechnik.«

»Und warum weiß ich das nicht?«

»Weil Sie vermutlich nur diesen Schmierfinken-Bericht aus der *Bild* kennen.«

»Es ist also eine andere Waffe.«

»Ja.«

»Na, immerhin.« Alfred Werner atmete kurz auf. »Aber trotzdem, warum kriegen Sie Waffen geschickt? Das ist doch nicht normal, dass ein Polizeipräsident sich Waffen nach Hause schicken lässt, die eindeutig aus dem Darknet kommen! Herr Zimmerschied, ich frage Sie in aller Direktheit: Haben Sie den Herrn Müller getötet? Sagen Sie mir die Wahrheit. Ich muss das wissen. Wir stehen mit dem Rücken zur Wand!«

»Dass Sie mich so etwas überhaupt fragen, empfinde ich als Zumutung.«

»Antworten Sie!«

»Wie lange kennen wir uns, Herr Minister?«

»Zimmerschied, antworten Sie!«

»Herr Minister!« Zimmerschied wurde nun noch etwas lauter: »Ich habe in meinem ganzen Leben noch niemanden getötet.«

»Und was ist mit dieser Frau? Warum gehen Sie mit einer jungen Mitarbeiterin in den Biergarten? Warum wohnt sie bei Ihnen?«

»Frau Doktor Augustin wohnt nicht bei mir, also nicht mehr, das war eine Notlösung, weil sie einem Entmietungsanwalt zum Opfer gefallen ist. Ich habe ihr geholfen, indem ich ihr unser Gästezimmer zur Verfügung gestellt habe. Und dass man mit seinen Mitarbeitern auch mal in den Biergarten geht, ist doch in Bayern ganz normal!«

»Normal, unter diesen Umständen? Unter diesen Umständen ist nichts normal!« Der Minister schnappte nach Luft, rang um Fassung. Dann sagte er, etwas ruhiger: »Das alles ist jetzt schon eine Katastrophe. Und trotzdem muss ich von Ihnen noch eines wissen: Liegt nun alles auf dem Tisch, was von Bedeutung ist? Steht in diesem Artikel von der *Bild* alles drin, oder gibt es noch etwas, was ich wissen muss?«

Zimmerschied schluckte und dachte nach: Konnte er? Musste er Alfred Werner von Sophie von Lavalle erzählen? Oder war es klüger, die Sache zu verschweigen?

»Zimmerschied, haben Sie mich gehört?«

»Ja, ich habe Sie gehört, Herr Minister.« Was sollte er tun? Alle Karten auf den Tisch?

»Und?! Gibt es noch was, das morgen in der *Bild* stehen könnte?«

Zimmerschied nahm sich ein Herz und sagte: »Jedenfalls nichts, was im Zusammenhang mit mir stünde.« Das war natürlich glatt gelogen. Natürlich steckte in der Geschichte um Sophies Affäre ein gewaltiges Skandalpotenzial. Aber er konnte doch nicht ihre Karriere als Schulleiterin und mithin ihre Existenz zerstören. Eines jedoch war nun klar: Würde es ihm nicht gelingen, Sophies Problem gemeinsam mit Hensch im Geheimen zu lösen, dann würde Alfred Werner ihn einen Kopf kürzer machen.

Einen Artikel über den einstigen
Fußballnationalspieler Hansi Müller
überschrieb eine Zeitung mit der Schlagzeile:
»Hansi Müller – zu schön für den Fußball?«

FÜNFUNDDREISSIG | Eifersucht

Kaum war der den Minister los, wanderten Zimmerschieds Gedanken zu Roswitha. Seine Ehefrau war nun endgültig durchgedreht, anders war nicht zu erklären, dass sie mit zutiefst privaten Angelegenheiten ausgerechnet zur *Bild*-Zeitung rannte. Er musste sie stoppen. Der Polizeipräsident sah auf die Uhr. Auf Bali musste es Nachmittag sein.

Das Telefon tutete einmal, zweimal, dreimal, viermal – Zimmerschied kam es wie eine Ewigkeit vor. Sie ging nicht dran. War sie beleidigt? Hätte er sie gestern doch nicht wegdrücken dürfen? Es tutete weiter, fünfmal, sechsmal, siebenmal. »Hallo, hier spricht Rose vom *Rose Garden*, deinem Lieblingscafé.«

»Lieblingscafé! Was soll der Scheiß, Roswitha, du weißt genau, dass ich es bin, der anruft.«

»Ach, wie schön, dass du dich auch mal wieder meldest, Karl.«

Roswithas falscher, beinahe singender Tonfall war eine Unverschämtheit. In Zimmerschied kochte Wut hoch. »Roswitha! Bist du von allen guten Geistern verlassen? Wieso gehst du zur *Bild*-Zeitung und breitest da deine und unsere privaten Probleme aus?«

»Wie meinst du das?«

»Jetzt stell dich nicht blöd! Du weißt genau, was ich meine«, polterte Zimmerschied, obwohl er spürte, dass ihre Begriffsstutzigkeit echt war. Roswitha war keine gute Schauspielerin.

»Karl, ich verstehe wirklich nicht, was du meinst. Hast du über Hansis Verschwinden etwas rausgefunden? Er ist immer noch weg. Ich bin wirklich besorgt. Es *muss* ihm etwas zugestoßen sein!«

Dass sie ihren Liebhaber nun auch noch als »Hansi« verzärtelte, kotzte Zimmerschied an, aber er bemühte sich um Contenance. »Roswitha, mal ganz ehrlich: Warst es wirklich nicht du, die mit der *Bild*-Zeitung geredet hat?«

»Wieso sollte ich denn mit der *Bild*-Zeitung reden?«

Zimmerschied verstand die Welt nicht mehr. Wer, wenn nicht seine Frau, hatte der Boulevardzeitung die ganzen Geschichten zugespielt? »Weil …« Der Polizeipräsident war ratlos. »Auf *Bild Online* ist heute ein katastrophaler Artikel, in dem ich vorkomme, aber du auch!«

»Da muss ich ja gleich mal schauen«, meinte Roswitha. »Wird unser *Rose Garden* auch erwähnt? Warte, ich habe hier mein Tablet. *Bild Online*, sagst du?«

»Ja, aber … ich würde dir gerne vorher … also, bevor du das liest, erklären, das mit der Frau Doktor Augustin …«

»Mein Gott, ist das Internet hier langsam! Wer ist Doktor Augustin?«

»Also, es ist so«, begann Zimmerschied zögerlich, »in der *Bild* wird das so dargestellt, dass ich mit ihr eine …«

»›LKA-Chef unter Mordverdacht‹«, las Roswitha jetzt vor. Dann überflog sie murmelnd den Teaser unter dem Aufmacherbild. »Was soll denn das heißen, Karl?«, rief sie mit panischem Unterton in der Stimme, als sie fertig war. »Hast du den Hansi umgebracht? Hast du ihn etwa umgebracht? «

»Nein, das ist natürlich eine typische, frei erfundene *Bild*-Geschichte!«

»Und mit wem vergnügst du dich im Biergarten?«

»Das wollte ich dir gerade erklären: Das mit der Frau Doktor Augustin ...«

»Das ist jetzt nicht wahr, Karl, oder? Eine Frau Doktor! Bin ich jetzt nicht mehr gut genug für dich, oder was? Oder bist du am Ende krank?«

»Die Frau Doktor Augustin ist keine Ärztin, sie ist eine Mitarbeiterin. Sie leitet seit Kurzem unser DNA-Labor.«

»Und wieso gehst du mit ihr in den Biergarten?«

»Weil ... ach, das ist zu kompliziert.«

»Kompliziert? Karl, ich habe Zeit!«

»Nein, das machen wir jetzt nicht. Aber nur damit du Bescheid weißt, falls noch wer nachfragen sollte: Die Frau Doktor Augustin hat auch ein paar Tage bei uns gewohnt.«

»Wie, ›bei uns‹?«

»Na ja, bei uns daheim halt, in Holzleute.«

»Während ich nicht da war?«

»Ja.«

»Sag mal, spinnst du?«

»Nein, aber wenn es so weitergeht, bald.« Das fragte beileibe die Richtige.

»Während ich Tausende Kilometer weit weg bin, zieht in mein Haus eine junge Frau Doktor ein? Sie sieht hübsch aus, Karl. Hast du mit ihr ...?«

»Roswitha, bitte! Es war ein Notfall. Sie hat von einem Entmietungsanwalt eine Räumungsklage bekommen, und da habe ich ihr angeboten, dass sie ...«

»Sag, dass das nicht wahr ist, Karl!«

»Es ist doch schon vorbei!«

»Wie alt ist sie?«

»Das ist doch völlig wurscht, wie alt sie ist.«

»Sie ist ein hübsches junges Ding, Karl, nicht wahr? Du hast dir ein hübsches junges Ding geangelt, während ich hier mit einem Verbrechen konfrontiert bin. Und keiner hilft mir!«

»Mach mal halblang, Roswitha! Dass du auf Bali bist und in Probleme kommst, das hast du dir ganz und gar selber eingebrockt. Und jetzt wirfst du mir vor, dass ich einer Mitarbeiterin, die sich in einer Notsituation befindet, erlaube, in unserem Gästezimmer zu übernachten!«

»Ist sie gut im Bett?«

»Roswitha! Ich habe keine Ahnung! Entscheidend ist, dass wir in der *Bild*-Zeitung stehen! Das ist ein großes Problem! Und ich weiß nicht, wie das zustande gekommen ist, wenn nicht du die Informationen weitergegeben hast.« Der Polizeipräsident versuchte sich ein wenig zu beruhigen. »Kommen die Informationen, die die Zeitung hat, wirklich nicht von dir?«

»Pff! Woher soll ich denn wissen, dass du Doktorinnen im Biergarten abfüllst und sie danach in meinem Haus flachlegst?!«

Zimmerschied schüttelte den Kopf. Es war nicht ihr Haus! Und er hatte auch niemanden flachgelegt. Aber er beschloss, auf diese Attacken gar nicht einzugehen. Das war unter seinem Niveau. »Sag mal, hast du den Artikel nach unten gescrollt? Da ist auch ein Foto von deinem Hans Müller.«

Sekunden später antwortete sie: »Ah ja, sehe ich. ›Ex-Kripo-Mann Hans M. betrieb vor seinem Verschwinden die Strip-Strandbar *Rose Garden*‹. Strip-Strandbar? Die spinnen ja wohl! Was wir hier machen, das ist ein ganz seriöses Café!«

Na ja, oben ohne halt, dachte Karl Zimmerschied, doch er verkniff sich den Kommentar. »Kannst du mir erklären, woher die *Bild* das Foto von diesem Hans Müller hat, wenn nicht von dir?«

»Mmh. Also, weißt du … das Foto könnte … schon von mir sein.« Roswitha schien nachzudenken. »Ja, es könnte sein, dass ich das gemacht habe. Ich glaube sogar, ich habe das gemacht. Aber ich habe das keiner Zeitung gegeben. Vielleicht haben die *Bild*-Leute es ja von der indonesischen Polizei gekriegt? Denen habe ich nämlich das Foto gegeben, damit sie eine Fahndung machen. Damit endlich was in Bewegung kommt.«

»Ja, das ist ja jetzt geschehen«, meinte der LKA-Chef sarkastisch. Er war sich nicht ganz sicher, ob er seiner Frau glauben konnte, aber er tendierte dazu. Roswitha schien nicht diejenige gewesen zu sein, die dem Boulevardblatt Informationen zugespielt hatte. Auch dass das Foto des Verschwundenen von der indonesischen Polizei stammte, war möglich. Doch woher hatte die Zeitung die übrigen Informationen? Und welche Kanaille hatte ihn im Biergarten fotografiert? Da wurde sowohl in Indonesien als auch in München gegen ihn gearbeitet.

»Bist du noch da, Karl?«

»Ja.«

»Warum sagst du nichts mehr?«

»Ich denke nach.«

Auch Roswitha schien nachzudenken. Nach einer Weile wollte sie wissen: »Hast du nun mit ihr geschlafen oder nicht?«

Zimmerschied schnaubte ungeduldig durch die Nase. »Roswitha, ich bin Polizeipräsident, ich kann nicht einfach mit einer Mitarbeiterin schlafen! Außerdem wäre das jetzt nicht unser Hauptproblem.«

»Aha, das wäre also nicht unser Hauptproblem, wie? Also hast du wohl doch mit ihr geschlafen! Karl, das ist nicht fair!«

Zimmerschied hatte keine Lust, sich auf dieses Gesprächsthema einzulassen. Er schwieg. Aber seine Frau ließ nicht locker: »Dein Schweigen spricht Bände.« Der Polizeipräsident atmete genervt aus, doch Roswitha blieb dran: »Und warum weigerst du dich, mir dabei zu helfen, den Hansi wiederzufinden?«

»Weil … weil … weil ich das nicht mag, dass du diesen Liebhaber hast.« Zimmerschied wand sich. »Und … aber … auch weil das nicht mein Job ist. Roswitha, ich mag das nicht, dass du mit dem rummachst. Du bist meine Frau. Ich will, dass du zurückkommst.«

»Karl, sag es mir ganz ehrlich: Hast du den Hansi entführen lassen?«

»Roswitha, das reicht!« Der LKA-Chef holte kurz Luft, dann sagte er: »Wir machen jetzt Schluss mit diesem Telefonat. Das bringt nichts.« Da kam ihm noch ein Gedanke. »Ich habe nur eine Bitte. Sollte demnächst die *Bild* oder irgendeine andere Zeitung oder ein Fernsehsender oder was weiß ich wer bei dir anklopfen, dann sagst du denen bitte gar nichts. Verstehst du? Du sagst denen überhaupt gar nichts. Und zwar ganz egal, was sie dir versprechen und wie viel Geld die dir anbieten! Kannst du mir das versprechen? Mein Job hängt an einem seidenen Faden.«

»Du meinst, die würden mir Geld geben?« Dieser Gedanke schien in ihr eine ähnliche Wirkung wie ein Schwips hervorzurufen.

»Roswitha!«, ermahnte Zimmerschied sie bestimmt. »Du sagst denen gar nichts!«

»Aber wenn die mir helfen, den Hansi wiederzufinden … und … also, wenn die mir wirklich Geld geben würden – das könnte ich doch als Belohnung aussetzen …?«

»Roswitha«, sagte Zimmerschied eindringlich. »Die *Bild*-Zeitung ist kein verlässlicher Partner. Am Ende bist du es, sind wir es, die da in die Röhre schauen … Und außerdem …« Er suchte nach den richtigen Worten. »Also, meinem Gefühl nach … mit diesem Hans Müller, das sage ich dir … also, mit diesem Typ stimmt etwas nicht.«

»Karl!« Sie schrie nun fast.

»Das ist meine Meinung«, antwortete er trocken.

»Das sehe ich ganz anders.«

Das denke ich mir, dachte sich Zimmerschied. »Mach's gut, Roswitha«, sagte er und legte auf. Im selben Moment zerriss das Dröhnen eines Düsenjets den blau-weißen Münchner Sommerhimmel. Dann folgte noch einer. Und dann war es wieder still. Der Polizeipräsident betrachtete eine Weile lang sein Telefon und überlegte, wo in dem unübersichtlichen Haufen aus Problemen die Prioritäten lagen. Schließlich hob er ab und drückte die Kurzwahltaste. Hensch ging gleich dran. Die Stimme des Blinden zu hören ließ den LKA-Chef Hoffnung schöpfen. »Grüß Gott, Herr Hensch. Konnten Sie in Sachen Quentin Haschky noch etwas rausfinden?«

»Nein, tut mir leid.« Angesichts von Tommy Henschs knapper Antwort verlor Zimmerschied jede Körperspannung. »Die Meldeadresse, mit der er sich zur Freischaltung von quentin silk@yahoo.com angemeldet hat, ist eine Fantasieadresse. Das ist also eine Sackgasse.« Zimmerschied fuhr sich mit der Hand über die Stirn. Warum war nur dieses vermaledeite Internet erfunden worden?! Immerhin schob Hensch noch ein halbwegs optimistisches »Aber ich suche weiter« hinterher.

Nachdem der LKA-Chef das Gespräch beendet hatte, trat Elisabeth Rötli in sein Büro. Missmutig hob er den Kopf.

»Da hat eben eine Frau Müller angerufen, die Sie dringend sprechen möchte.« Die Sekretärin winkte mit einem Zettel.

»Eine Frau Müller? Was will die?« Obwohl es ja Müllers gab wie Sand am Meer und diese Frau Müller von dem her gar nichts mit Roswithas Hans Müller zu tun haben musste, bereitete diese Nachricht Zimmerschied Unbehagen.

»Das wollte sie mir nicht mitteilen. Ich habe gesagt, dass Sie in einer Besprechung sind und zurückrufen. Sie hat betont, dass es wirklich wichtig ist.« Zimmerschied sah Rötli an und grübelte. Die Präsidentensekretärin schien sein Schweigen ihrerseits für eine investigative Überlegung zu nutzen. Denn nach einer Weile fragte sie: »Dieser Name, Hans M., aus dem Bild-Artikel – der steht nicht zufällig für Hans *Müller*?«

Zimmerschied raffte sich auf. »Frau Rötli, belasten Sie sich nicht mit Dingen, die für Sie nicht relevant sind. Steht die Nummer von dieser Frau Müller auf dem Zettel?« Er deutete auf Rötlis Hand. Sie nickte und reichte ihm das Blatt. Es war eine Nummer mit Berliner Vorwahl. Gleich würde er mehr wissen.

Indizien für ein Doppelleben: Er/sie macht plötzlich viele Überstunden, achtet auf einmal mehr auf sein/ihr Aussehen und verändert sein/ihr Telefonverhalten.

SECHSUNDDREISSIG | Doppelleben

»Müller?« Die Stimme klang zunächst einmal nicht unsympathisch.

»Grüß Gott, Frau Müller, hier spricht Karl Zimmerschied. Sie hatten versucht, mich zu erreichen.«

»Sind Sie wirklich der Karl Zimmerschied von der Kripo?«

»Ja?«

»Ich habe Ihren Namen in der *Bild* gelesen.«

Dem Präsidenten gelang es nicht, den in ihm aufkeimenden Sarkasmus zu unterdrücken: »Gut, das ließ sich angesichts der Größe und Skandalträchtigkeit der Schlagzeile wohl kaum vermeiden. Und was wollen Sie von mir?«

»In der Zeitung, da ist auch ...« Jetzt war Zimmerschied sich sicher, dass seine Gesprächspartnerin kurz davor war zu weinen. Was hatte die Frau nur? »Da ist ... ein Foto ... von einem ... Hans M.« Zimmerschied sagte nichts, sondern wartete gespannt darauf, was Frau Müller nun enthüllen würde. »Ich denke, es ist für Sie eine wichtige Information, wenn ich Ihnen sage, dass dieser Hans M. weder entführt noch ermordet wurde, wie es in dem Artikel vermutet wird. Ich weiß das, weil ... Hans M. ist nämlich mein Mann.« Zimmerschied schluckte. Tausend Gedanken schossen ihm durch den Kopf. »Hallo? Hallo? Sind Sie noch da?«

Er räusperte sich. »Ja.«

»Und ich ... also, ich ... Mein Mann ist noch nicht einmal verschwunden, sondern er ist da, hier bei mir. Nur im Moment ist er beim Einkaufen.« Nun begann sie wirklich zu weinen. »Ich glaube, Hans hat mich betrogen. Aber ich wollte, dass Sie das wissen, denn betrogen zu werden ist schlimm, aber unter Mordverdacht zu stehen ist vielleicht noch schlimmer.«

»Mmh.« Zimmerschied dachte nach.

»Und Sie sind sich ganz sicher, dass das Ihr Mann ist, der da auf dem Foto zu sehen ist?«

»Ja, das ist Hans. Er war für eine ganze Weile weg. Ein paar Monate lang. Ich habe mir dabei nichts gedacht, weil er das schon öfter gemacht hat. Seit wir uns kennen, arbeitet Hans als Agent. Jedenfalls hat er mir das immer erzählt. Und dass er vor allem in Südamerika tätig ist. Aber vor ein paar Tagen war er plötzlich wieder da. Stimmt es, dass er mit Ihrer Frau ein Strip-Lokal auf Bali betreibt?«

»Ich fürchte, ja«, seufzte Zimmerschied. »Also, kein Strip-Lokal, aber ein Strandcafé, in dem die Bedienungen wenig anhaben.«

Ihren nächsten Satz musste Zimmerschied sich zusammenkombinieren, weil die Worte fast in ihrem Schluchzen untergingen: »Wissen Sie, ich glaube, dass der Hans gar kein Agent ist.«

»Das ist möglich.« Im Hirn des Polizeipräsidenten arbeitete es. War dieser Hanswurst nun ein Agent oder nur ein hinterfotziger Lügner? Und wieso hatte er sich ausgerechnet Roswitha ausgesucht?

Die Frau sprach weiter: »Ich glaube, dass er mir die ganze Zeit die Tasche vollgelogen hat. Damit er ein Doppelleben führen kann. Damit er neben mir noch andere Frauen …« Sie schluchzte. Sie tat Zimmerschied leid, und gleichzeitig war er ihr dankbar. Denn wenn es stimmte, was sie sagte, dann hatte er das Problem mit dem Mordverdacht bzw. mit der Entführung vom Hals, und zweitens würde Roswitha ihren tollen »Hansi«, diesen Affen, wenn sie von dessen Doppelleben erfuhr, vielleicht mit anderen Augen sehen und diesen Quatsch auf Bali beenden.

Zimmerschied bedankte sich bei seiner Gesprächspartnerin und versuchte vergeblich, sie zu trösten. Dann ließ er sich von Frau Müller ihre Adresse geben. Nachdem er aufgelegt hatte, rief er den Polizeipräsidenten von Berlin an – natürlich kannte man sich von zahllosen Sitzungen –, schilderte ihm den Fall und bat ihn, dem vermeintlichen Agenten zwecks Feststellung der Identität einige Kollegen vorbeizuschicken. Schließlich drückte er die Kurzwahltaste, die ihn mit der Staatsanwaltschaft verband. Als er Ahlhaus am anderen Ende der Leitung hörte, sagte Zimmerschied: »Ich habe gute Nachrichten für Sie, Frau Ahlhaus.«

»Dass Ihre Machenschaften nun sogar von der *Bild* verbreitet werden, oder was? Ihnen ist schon bewusst, dass Sie sich im Epizentrum eines stetig wachsenden Skandals befinden?«

»Unter anderem deshalb rufe ich Sie an.«

»Ich kann Ihnen da nicht helfen!« Das Schwäbisch der Staatsanwältin ließ sie noch wichtigtuerischer wirken.

»Aber die Wahrheit wollen Sie vielleicht schon wissen, oder?«

»Reden Sie nicht um den heißen Brei herum. Ich habe keine Zeit für so etwas. Was wollen Sie?«

Mit einem entschlossenen »Also gut« legte Zimmerschied los: »Erstens: Die Waffe, die mir von wem auch immer zugeschickt worden ist, hat nichts mit dem Flaucher-Mord zu tun.«

»Das ist mir bekannt«, lautete ihre süffisante Antwort.

»Aha! Und warum sagt mir das niemand? Warum erfahre ich das zufällig und nur dank einer loyalen Mitarbeiterin? Und daran schließt sich gleich meine nächste Frage an.« Zimmerschied bebte nun vor Angriffslust. »Wieso werden hinter meinem Rücken in meiner eigenen Behörde Gutachten gegen mich in Auftrag gegeben? Das ist eine Sauerei, Frau Ahlhaus! Eine Riesensauerei!«

Zimmerschieds Wut prallte an der Staatsanwältin ab wie Hagelkörner von Autodächern. »Es wäre mir neu, Zimmerschied, dass man Beschuldigte in einem derartigen Stadium der Ermittlungen über Entlastendes zu informieren verpflichtet wäre.«

»Beschuldigte! Eine Sauerei ist das! Ich bin aber noch nicht fertig! Ich habe eben mit einer Frau Müller aus Berlin telefoniert. Diese Frau Müller hat mir versichert, dass ihr Ehemann jener Hans Müller ist, der angeblich auf Bali verschwunden sein soll und in dessen Verschwinden ich – laut Ihren bösartigen Unterstellungen, Frau Ahlhaus – verwickelt sein soll. Fakt aber ist, das hat mir seine Ehefrau gerade am Telefon bestätigt, dass Ihr feiner Herr Müller gerade quicklebendig durch Berlin spaziert.« Der Polizeipräsident bekam während des Sprechens immer mehr Oberwasser. »Um Ihnen Arbeit abzunehmen, werte Frau Staatsanwältin, habe ich einen Kollegen in Berlin angerufen und ihn gebeten, schnellstmöglich die Identität des vermeintlichen Mordopfers festzustellen. Ich fordere Sie nun also höflich auf, Ihre Haltung gegenüber meiner Person zu überdenken. Ich habe mit diesem ganzen Unsinn, den Sie mir unterstellen, nichts zu tun! Nicht das Geringste! Nehmen Sie mich aus den Akten raus! Stellen Sie Ihre Pseudo-Ermittlungen ein, und behindern Sie mich nicht weiter in meiner Arbeit! Mit der Aufklärung des Flaucher-Attentats bin ich vollkommen ausgelastet. Da brauche ich nicht noch Leute wie Sie, die mir dauernd dazwischengrätschen und auf hinterfotzige Art und Weise die Funktionstüchtigkeit meiner Behörde sabotieren!«

»Ich ...«

»Nein, nein, Sie brauchen nichts dazu zu sagen, Frau Ahlhaus! Das wird jetzt so gemacht. Ich habe auch gar keine Zeit, noch länger mit Ihnen zu diskutieren. Der Innenminister erwartet nämlich einen Anruf von mir. Wiederhören!« Zimmerschied knallte den Hörer auf die Station und fühlte sich ein Stück weit befreit. Als Nächstes ließ er sich mit Alfred Werner verbinden und brachte auch den Politiker auf den neuesten Stand. Den Anruf bei seiner Frau erledigte er als Letztes.

»Roswitha, es tut mir leid«, eröffnete er das Gespräch, obwohl ihm gar nichts leidtat, »du bist einem Betrüger aufgesessen.« Im Folgenden erläuterte er seiner Frau die Situation und gab ihr – weil Roswitha ihm nicht zu glauben schien – die Berliner Telefonnummer von Hans Müller und dessen Frau. Den Rest sollte Roswitha mit ihrem Gigolo und sich selbst ausmachen. Dennoch schloss Zimmerschied mit den Sätzen: »Und wenn du zu mir zurückkommst, dann freue ich mich. Trotz allem, was zwischen uns vorgefallen ist, liebe ich dich nämlich noch immer. Überleg dir das bitte, Roswitha. Vielleicht kannst du zu dem Schluss kommen, dass du einen Fehler gemacht hast. Und jetzt mach's gut.«

Nachdem Roswitha mit einem verdatterten »Mach's auch gut« reagiert hatte, legte Zimmerschied auf und verließ schwungvoll das Büro. Er passierte die Ehrengalerie mit den Fotos seiner Amtsvorgänger und marschierte selbstbewusst wie lange nicht durch das Landeskriminalamt. *Sein* Landeskriminalamt! Alle Mitarbeiterinnen und Mitarbeiter, die ihm auf seinem Weg begegneten, grüßte er offensiv. Vereinzelt hörte er Getuschel hinter seinem Rücken. Henschs Büro betrat er, ohne zu klopfen. Er zog die Tür zu und verkündete: »Grüß Gott, Herr Hensch, ich habe soeben zwei große Probleme gelöst. Mir wäre es sehr wichtig, dass wir jetzt auch das dritte große Problem beiseiteräumen. Packen Sie alles ein, was Sie brauchen – ich teile Herrn Geraldinger mit, dass Sie ab sofort bis mindestens Sonntag für eine Sonderaufgabe abgestellt sind und Ihren üblichen Tätigkeiten in der Abteilung nicht nachgehen können.«

Henschs ratloser Sonnenbrillenblick wurde begleitet von einem ebenso ratlosen »Aha?«.

Doch Zimmerschied ließ sich von Henschs zögerlicher Reaktion nicht bremsen. Er spürte, dass er die Verliererstraße verlassen hatte. Er würde Erfolg haben. Und so rief er mit beinahe kindlichem Enthusiasmus: »Ja, Herr Hensch! Jetzt geht's nämlich los! Wir bunkern uns bei mir in Holzleute ein. Wir legen uns auf die Lauer. Wir jagen den Dreckskerl, der Sophie erpresst, so lange durchs Internet, bis wir ihn haben.«

Der junge Cybercop wirkte nicht ganz überzeugt. Aber Zimmerschied war der Chef, und so raffte Hensch sich auf, packte seinen Laptop und seine zwei Handys in den schwarzen Rucksack, schnappte sich den Blindenstock und legte Benno Berghammer an die Leine.

Cat Stevens heißt eigentlich Steven Demetre Georgiou und ist der Sohn eines Zyprioten und einer Schwedin.

SIEBENUNDDREISSIG | Salbeipasta

Der Präsident und Hensch saßen bereits im Auto, im Radio lief *Wild world*, da hatte Karl Zimmerschied plötzlich eine Eingebung. Er war sich unschlüssig darüber, ob es die befreiende Melodie von Cat Stevens' Song war oder seine Situation insgesamt, die sich zu bessern schien, aber mit den Worten »Bin gleich wieder da« sprang der große Mann noch einmal aus dem Wagen.

Zehn Minuten später kehrte er zurück, begleitet von Dr. Isabelle Augustin, die auf dem Rücksitz Platz nahm.

»Ich habe mir gedacht, dass wir als dreiköpfige Taskforce vielleicht mehr reißen als bloß zu zweit«, erklärte der LKA-Chef an Hensch gewandt. »Deswegen kommt die Frau Doktor Augustin auch mit.«

»Fingerabdrücke werden wir im Internet ziemlich sicher keine finden«, merkte Hensch trocken an.

»Sie kann durchaus auch nach anderen Spuren suchen – und vor allem ist sie loyal. Nicht wahr, Frau Doktor Augustin?« Ohne auf eine Antwort zu warten, startete Zimmerschied den Motor. »So, und jetzt würde ich dieses Lied gerne noch einmal hören. Gibt es irgendeine Möglichkeit, dass wir das auch ohne Radio hier reinbekommen?«

»Welches Lied?«, fragte Hensch verdutzt.

»Na ja, dieses *Wild world*. Nanananananna ...«, imitierte Zimmerschied die Melodie. »Das lief doch eben. Können Sie das nicht mit Ihrem Handy irgendwie einspielen? Ich finde, das passt gerade zur Stimmung.«

Der Blinde hob beinahe mitleidig die Schultern, wischte dann aber auf seinem Smartphone herum, und wenig später erklangen Cat Stevens' Worte: *Now that I've lost everything to you / You say you wanna start something new / And it's breakin' my heart you're leavin'…*

Na ja, dachte Zimmerschied. Etwas Neues wollte er nicht starten. Aber zurück auf den Weg des Erfolgs, da wollte er hin.

Nachdem der Song zu Ende war, weihte der Präsident die Laborleiterin in den Plan ein. Er schloss mit den Worten: »Und weil ich mir sicher bin, dass auch Sie es unerträglich finden, dass eine Frau wie Sophie, die so viel Gutes in ihrem Leben getan hat, derart erpresst wird – aufgrund einer Sache, die sie aus Liebe gemacht hat –, denke ich, dass Sie genau die Richtige sind, um Hensch und mir bei der Jagd nach dem Täter zu helfen.«

»Und wieso soll das so konspirativ bei Ihnen zu Hause stattfinden?«

»Weil meine Freundin Sophie ihren Job verliert, wenn diese Sache öffentlich wird. Und wenn wir offiziell ermitteln, dann wird es unweigerlich herauskommen.«

Zimmerschied beobachtete Dr. Augustins Reaktion im Rückspiegel. Sie schien nicht ganz einverstanden zu sein. »Finden Sie es denn in Ordnung, dass Ihre Freundin einen Schüler verführt hat?«

»Sophie hat ihn nicht verführt, das war Liebe.« Zimmerschied überlegte, denn natürlich war sein Argument sehr schwach. Aber dann fiel ihm etwas ein: »Der französische Präsident hat auch seine ehemalige Lehrerin geheiratet und ist mit ihr bis heute zusammen. Meinen Sie, der hat sich erst am Tag seines achtzehnten Geburtstags in sie verliebt?«

Dr. Augustin zuckte mit den Schultern und sah zum Fenster hinaus. Draußen zogen die für die Landschaft südlich von München typischen Wälder und Felder vorbei – Mais, Korn und Gras. Am Horizont zeichnete sich die Zugspitze ab. Der Himmel war blau, das Ganze wirkte wie eine Fototapete.

Auf dem Hof angekommen, führte Zimmerschied Tommy Hensch in die Küche. »Hier auf der Eckbank schlagen wir unser Camp auf«, sagte der Polizeipräsident. Er fühlte sich jung. »Haben Sie auch Hunger?« Ohne eine Antwort abzuwarten, wandte er sich an Dr. Augustin: »Ich bestelle uns Pizza. Was für eine wollen Sie?«

Bis die Pizzen kamen – Hensch hatte eine mit Salami, Dr. Augustin eine Quattro Stagioni und Zimmerschied eine mit Schinken und Pilzen bestellt –, bauten die drei ihre Laptops auf dem Küchentisch auf.

Direkt nach dem Essen, das sie auf der sonnigen Hausbank vor dem Bauernhaus einnahmen, legten sie los.

»Sie müssen sagen, nach was wir suchen sollen, Herr Hensch.«

»Ich denke, wir konzentrieren uns auf den Suchbegriff ›Fred Bull Haschky‹, auch auf die einzelnen Bestandteile des Namens. Damit wir nicht alle dasselbe suchen, nimmt jeder eine andere Suchmaschine. Ich schlage vor, wir fangen erst einmal mit Google, Qwant und MetaGer an. Damit gehen wir so lange in die Tiefe, bis nichts Sinnvolles mehr kommt. Und dann wechseln wir zu Unbabble, Ecosia und Duckduckgo. Allerdings muss ich Ihnen gleich mitteilen, dass es ziemlich unwahrscheinlich ist, dass wir, wenn wir bei den ersten nichts gefunden haben, bei den anderen auf etwas stoßen.«

»Nun malen Sie nicht so schwarz«, kommentierte Zimmerschied.

Dann nahmen sie die Arbeit auf. Eine ganze Weile war nur noch das Klappern der Tastaturen und von draußen hin und wieder das Krähen des Hahns von Zimmerschieds Nachbarn, ein Muhen oder die Kirchenglocken zu hören. Zimmerschied vergaß die Zeit. Irgendwann stellte er überrascht fest, dass die Sonne untergegangen war – die Kühe! Er verabschiedete sich in den Stall. Als er gerade die erste Gabel mit Heu vor den Rindern abgeworfen hatte, erklangen die *Hells Bells*. Er stellte die Heugabel beiseite und zog das Handy aus der Stallhose.

»Grüß dich, Sophie. Gut, dass du anrufst. Es gibt zwar noch nichts Neues, aber wir sind dran. Ich habe jetzt extra für dich eine Taskforce eingerichtet.«

»Wie? Wir haben doch gesagt, dass das unter uns bleiben muss!«, fuhr die Schulleiterin auf.

»Es ist eine private Taskforce. Den Tommy Hensch kennst du ja schon. Und ich habe noch eine junge Wissenschaftlerin mit in unser Team dazu genommen.«

»Das … also, ich weiß nicht, ob das gut ist, Karl …?«

»Du kannst mir vertrauen. Die Frau Doktor Augustin ist absolut zuverlässig. Und ich habe eh noch etwas bei ihr gut.« Er machte einen Schritt auf die Kuh vor ihm zu und kraulte ihr die Stirn.

»Aha«, meinte Sophie von Lavalle zögerlich. »Du, Karl, ich habe da noch eine Frage.« Der Unterton, der in ihrer Stimme mitschwang, irritierte Zimmerschied. Er hörte mit dem Kraulen auf und steckte die linke Hand in die Tasche seiner Stallhose.

Weil seine Schulfreundin noch immer zögerte, fragte er: »Und die wäre?«

»Du stehst ja heute in der *Bild*.«

»Ja, das ist richtig.« Zimmerschied verzog das Gesicht und schob der Kuh vor sich mit dem Gummistiefelfuß ein wenig Heu hin.

»Na ja, da heißt es ja … ähm … Mordverdacht …«

»Vergiss es, das ist alles Schmarrn. Du weißt doch, wie dieses Blatt arbeitet. Es ist alles erfunden.«

»Und das mit deiner Frau?«

»Ach so, ja, gut, das stimmt teilweise. Also …« Er räusperte sich. »Die Roswitha ist noch auf Bali, momentan. Aber … die kommt jetzt wieder zurück … dann.«

»Und ihr Geschäftspartner – also …?«

»Ach, der! Das ist ein Lügner. Der hat die Roswitha betrogen. Du musst dir vorstellen: Der hat ein Doppelleben geführt und sie reingelegt. Und auch seine eigene Frau!«

»Davon steht in der *Bild* aber nichts …?«

»Ja, da steht halt nur die Hälfte.«

»Und … du … also, du hast sicher nichts mit der Sache … ich meine, Karl – weißt du, ganz ehrlich: Ich bin mir nicht mehr so sicher, ob du der Richtige bist, um mir zu helfen, weil du hast ja anscheinend selber ganz schöne …«, sie suchte nach dem passenden Wort, »Probleme … am Hals.« Zimmerschied schnaufte ungeduldig, aber sie sprach weiter: »Karl, weißt du … ich glaube, mir wäre es lieber, du würdest da nichts mehr machen in der Sache mit dem Internet.«

Der LKA-Chef lachte auf, aber er spürte selbst, dass es nicht echt klang. »Das ist jetzt aber nicht wahr, oder, Sophie? Wie willst du denn sonst das Schwein stoppen, das dich erpresst? Oder willst du etwa zahlen?«

»Ich weiß nicht, aber von dir fühle ich mich … ehrlich gesagt … momentan … also, ich hoffe, du hast da Verständnis, aber ich … also, weißt du, wenn du unter Mordverdacht stehst … Damit möchte ich wirklich nichts zu tun haben!«

Zimmerschied zog sich die Kappe, die er immer bei der Stallarbeit trug, vom Kopf. »Ich stehe doch nicht unter Mordverdacht! Das darfst du doch nicht glauben! Das ist doch so eine typische Lügengeschichte, wie sie jeden Tag in der *Bild* steht!«

»Trotzdem, Karl. Ich möchte, dass du aufhörst, für mich nach diesem Erpresser zu suchen.«

Zimmerschied schüttelte den Kopf. »Tut mir leid, Sophie.

Ich habe zwei Mitarbeiter für diese Mission abgestellt. Wir haben uns zum Ziel gesetzt, den Typen bis Sonntag zu stellen. Frau Doktor Augustin und Herr Hensch geben sogar ihr Wochenende dafür dran. Das wird jetzt durchgezogen.«

»Ich bin damit nicht einverstanden.«

»Aber wir tun es trotzdem«, sagte der Polizeipräsident. Er war nun sauer. »Und nun halte mich bitte nicht weiter auf. Ich muss den Stall fertig machen und dann wieder an den Computer. Wir tun das alles für dich und dein Leben, Sophie.«

Der LKA-Chef spürte Wut im Bauch, nachdem er das Gespräch beendet hatte. Zwar konnte er Sophies Bedenken nachvollziehen. Aber jetzt saßen doch Dr. Augustin und Hensch schon hier! Zimmerschied beschloss, die negativen Gefühle zu verdrängen. Er musste an seine Ziele denken und nicht an das, was dazu führen konnte, dass er sie nicht erreichte. Und sein nächstes Ziel war es, herauszufinden, wer Fred Bull Haschky war.

Nachdem die Stallarbeit erledigt war und er geduscht hatte, schnitt Zimmerschied Schinken und Mascarpone-Gorgonzola klein und bereitete ein einfaches Pastagericht zu. Hensch zuliebe nahm er nicht die Spaghettini, die er sonst verwendete, sondern Penne. Er vermutete, dass die kürzeren, festeren Nudeln für den Blinden leichter zu essen waren. Doktor Augustin und Hensch tippten derweil emsig weiter auf ihren Computern herum. Nach dem Essen machte sich auch Zimmerschied wieder an die Arbeit. Doch dieser Tag sollte nicht den erhofften Durchbruch bringen. Um zwölf legten sich alle drei schlafen. Doktor Augustin im Gästezimmer, Hensch auf dem Sofa im Wohnzimmer und Zimmerschied in seinem und Roswithas Bett. Nachts träumte der Polizeipräsident, der ehemalige Bundeskanzler Gerhard Schröder hole ihn mit einem Jaguar ab und fahre ihn damit nach Bali. In Denpasar jagte der Altkanzler in einem Höllentempo durch die engen Gassen, bis vor ihnen ein Auto auftauchte, das so in der Straße geparkt war, dass Schröder auf die Gegenfahrbahn wechseln musste. Doch dort kam ihnen auch ein Wagen entgegen. Kurz vor dem Zusammenstoß machte der Altkanzler ein waghalsiges Ausweichmanöver, wie es nur in Computerspielen funktionieren konnte, und vermied den tödlichen Unfall. Dann hielt der Ex-Politiker am berühmten Puputan-Platz und sagte zu Zimmerschied: »Hier hat der König vor über hundert Jahren seinem Volk einen rituellen Massenselbstmord befohlen. Hier solltest auch du dich umbringen, Karl, denn du hast versagt. – Aber servus, ich muss jetzt los zu Roswitha. Sie ist meine neue Frau, die sechste. Wir werden nach balinesischem Zeremoniell heiraten.« Der Altbundeskanzler bot ihm die Hand an, doch ehe er sie schütteln konnte, wachte Zimmerschied schweißgebadet auf. Er schaute auf den Wecker. Es war drei Uhr dreiunddreißig. Erschöpft wälzte er sich von der Matratze, stand auf und ging nach unten. Er war so aufgewühlt von dem Traum, dass er ohnehin nicht wieder einschlafen könnte. In der Küche startete er den Computer und setzte die Suche fort. Sein Kopf war benommen, aber Karl Zimmerschied war sich sicher, dass er etwas finden würde.

Der Suhrkamp-Verlag veranstaltete anlässlich des Erscheinens von Zoë Becks Roman Die Lieferantin *2017 ein Gewinnspiel im Darknet.*

ACHTUNDDREISSIG | Nackt

Erst, als es vier Uhr schlug, realisierte Zimmerschied, dass die Nacht schon bald wieder vorbei war. Er gähnte. Vielleicht war es doch sinnlos, in den endlosen Weiten des Internets nach dem Pseudonym eines Mannes zu suchen, der genau wusste, wie er sich unsichtbar machen konnte. Fred Bull Haschky. Zimmerschied nahm einen Schluck Wasser. Es schmeckte lack und seifig. Vermutlich stand es schon eine Weile herum. Der Polizeipräsident beschloss, seine Suche zu ändern: War es besser, den Suchbegriff »Fred Bull Haschky« mit anderen Begriffen zu kombinieren? Er gab »Fred Bull Haschky Sex« ein und folgte den Verweisen; dann probierte er es mit »Fred Bull Haschky Darknet«, aber auch hier fand sich nichts Verwertbares. Schließlich hackte er »Fred Bull Haschky Bitcoin« in die Tastatur. Die Suchmaschine leitete ihn auf die Seite eines Bitcoin-Forums. Vermutlich, weil »Bitcoin« der Begriff war, der von den Algorithmen der Suchmaschine als relevant angesehen wurde – und nicht Fred Bull Haschky. Zimmerschied gähnte wieder. Eigentlich war es vernünftiger, ins Bett zu gehen. In zwei oder drei Stunden würden die anderen aufstehen, dann wollte er auch fit sein und mit ihnen gemeinsam weitersuchen. Benommen von der Müdigkeit, starrte er auf die Website des Bitcoin-Forums. Erstaunlicherweise handelte es sich nicht um die Startseite des Forums, sondern um irgendeine Unterseite. Zimmerschied überflog die Inhalte. Seine Augen brannten.

Der Chat, den sein Display anzeigte, war schon etliche Jahre alt. Es ging um die Frage, wie man anonym einen Shop im Darknet eröffnen konnte. Der Polizeipräsident kniff die Augen zusammen: War das jetzt ein Zufall? Das passte zwar nicht hundertprozentig zu dem, was er suchte, aber andererseits ging es – im Gegensatz zu allem, was er bislang gefunden hatte – auch nicht völlig am Thema vorbei. Er las die Diskussion zwischen Leuten, die sich MiningBuddy, Roger All, franqensteen, DocBit, John Cash und Sabotage6 nannten. Er verstand nicht die Hälfte von dem, was da geschrieben wurde. Aber er scrollte weiter. Irgendetwas in seinem Innern sagte ihm, dass diese Seite interessant sein könnte. Als er ganz am Ende angelangt war, wollte er sie bereits schließen. Doch dann sah er, dass er sich auf »1« befunden hatte und dass es noch eine Seite »2« gab. Die Frage, wie man anonym einen Shop im Darknet gründen konnte, ließ sich offensichtlich nicht kurz und knapp beantworten. Zimmerschied scrollte weiter – und als er den vorletzten Post überflog, war er plötzlich hellwach: Der Post war unterschrieben von einem Fred Bull Haschky. Und dieser Fred Bull Haschky gab »for more details and questions« eine E-Mail-Adresse an: peterklausen@web.de. Zimmerschied rieb sich die Augen, griff nach dem Wasserglas, nahm einen Schluck, schaute noch einmal auf das Display seines Laptops. Es war nicht zu fassen, da stand noch immer »Fred Bull Haschky« und »peterklausen@web.de«! War das wieder so ein absurder Traum – wie der mit Gerhard Schröder?

Der Polizeipräsident erhob sich, ging mit seinem Glas zum Küchenwaschbecken und ließ sich frisches Wasser einlaufen. Er trank das Glas in einem Zug leer und trottete wieder zum Tisch. Da stand es noch immer auf dem Bildschirm: peterklausen@web.de. Das war doch was! Er musste Hensch und Dr. Augustin wecken! Etwas ungelenk vom langen Sitzen, rumpelte der LKA-Chef ins Wohnzimmer. Sofort sprang Benno

Berghammer auf. Zimmerschied rümpfte die Nase. Es roch etwas muffig, nach Hund und jungem Mann. Gut, dass Roswitha nicht da war. »Ruhig, ganz ruhig, Benno, ich bin's nur«, besänftigte Zimmerschied das Tier. Er fuhr dem Hund zärtlich über den Schädel. Jetzt rührte sich auch Hensch. »Nicht erschrecken, Herr Hensch, ich bin's.«

»Was ist?«

Es war seltsam, den Blinden ohne die dunkle Brille zu sehen. Obwohl er es bereits wusste, war Zimmerschied erneut überrascht, dass Henschs Augen vollkommen schwarz waren, nicht nur die Pupillen.

»Ich habe was gefunden. Die E-Mail-Adresse von Fred Bull Haschky. peterklausen@web.de heißt die«, sagte Zimmerschied, etwas außer Atem.

»Aha.« Hensch, der anstatt eines Pyjamas ein schwarzes T-Shirt trug, klang wenig begeistert.

»Nix ›Aha‹, Mensch, Hensch!«, rief der Polizeipräsident. »Sie müssen kommen! Ich hole auch gleich noch Frau Doktor Augustin! Peter Klausen mit E-Mail-Adresse – das könnte der Durchbruch sein!«

Hensch gähnte und tastete auf dem Couchtisch nach der Sonnenbrille.

Zimmerschied hatte kaum an Dr. Augustins Gästezimmertür geklopft, da hörte er bereits ein »Ja?«.

»Darf ich hereinkommen?« Da der Polizeipräsident im selben Moment realisierte, wie seltsam diese Frage auf die Wissenschaftlerin wirken musste, mitten in der Nacht gestellt und nach allem, was zwischen ihnen vorgefallen war, schob er schnell hinterher: »Ich habe etwas gefunden.« Er kam sich blöd vor.

»Ja, klar!« Dr. Augustin hörte sich ziemlich wach an.

Zimmerschied öffnete die Tür. Da lag sie. Auf dem rustikalen Bauernbett, das Roswitha und er für Gäste aufgestellt hatten. Das Leintuch, mit dem sie sich zudeckte, verbarg nur einen Teil ihres nackten Oberkörpers. Der LKA-Chef sah weiße glatte Haut und eine feste, junge Brust und dass Dr. Augustin nur einen Slip trug. Einen schwarzen, eher durchsichtigen mit Rüschen. Schnell schaute er weg und machte einen Schritt zurück. Immerhin ihr zärtliches Lächeln hatte er noch wahrgenommen. Aber das war ein Missverständnis. Aus dem Türrahmen sagte er noch einmal: »Ich habe etwas gefunden. Und zwar in einem Bitcoin-Forum.« Er kam sich vor wie ein Tölpel.

»Kommen Sie doch wieder rein.«

»Nein, Sie sind ja nackt. In diesem Forum, das ich durch Zufall entdeckt habe, gibt ein Fred Bull Haschky seine E-Mail-Adresse an, peterklausen@web.de heißt die. Dem müssen wir nachgehen.« Er wagte nicht nachzusehen, wie sich Dr. Augustins Gesichtsausdruck angesichts dieser Information veränderte.

Es dauerte keine fünf Minuten, und die drei Ermittler saßen wieder gemeinsam am Küchentisch. Zimmerschied hatte den Link zu dem Forum mit den beiden Kollegen geteilt und brühte nun einen Kaffee auf. Hensch untersuchte die gefundene E-Mail-Adresse mit den technischen Mitteln, die ihm zur Verfügung standen. Er fand heraus, dass sie über eine IP-Adresse im Münchner Süden angemeldet worden war. Parallel dazu suchte Isabelle Augustin im Netz nach Spuren von Peter Klausen. Die Sache lief zäh. Aber gegen sechs Uhr dreißig rief sie: »Hier ist ein Video von Peter Klausen!«

Sofort stand Zimmerschied hinter ihr, und Hensch fragte: »Um was geht's da?«

»Wie man Songs von Spotify auf CD brennen kann.«

»Was ist Spotify?«, fragte Zimmerschied.

»Die führende Streamingplattform für Musik«, antwortete

Hensch beiläufig und nahm einen Schluck Kaffee. Er sah übernächtigt aus.

»Schon mal gehört«, brummte Zimmerschied.

»Das könnte der richtige Peter Klausen sein«, meinte Doktor Augustin nachdenklich. »Wer Songs, die eigentlich nur fürs Streaming vorgesehen sind, herunterlädt und auf CD brennt, der bewegt sich eindeutig in einem illegalen Bereich. Das geht in die richtige Richtung.«

Erneut brummte Zimmerschied, dieses Mal zustimmend.

»Kann ich mal den Link haben?«, bat Hensch. »Lasst uns das an meinem Laptop anschauen, dann krieg ich auch was mit.«

Wenig später startete der Blinde das Video auf seinem Computer. Dr. Augustin und Zimmerschied hatten sich rechts und links von Hensch platziert. Der Film zeigte einen jungen Mann, der kaum dem Teenageralter entwachsen war. Zimmerschied schätzte ihn auf Anfang zwanzig. Der Kerl, braune Augen, dunkle, kurz geschorene Haare, gekleidet in ein dunkelblaues Poloshirt, fing an, irgendetwas zu erklären. Zimmerschied hörte nicht zu. Er versuchte den Raum einzuordnen, in dem Peter Klausen, wenn er denn so hieß, das Video aufgenommen hatte. Aber man sah nicht viel außer einer weiß gestrichenen Wand und den Teil eines Regals, das von IKEA sein konnte.

»Blabla«, sagte Hensch, stoppte das Video und wechselte noch einmal in den Chat aus dem Bitcoin-Forum zurück.

Während Zimmerschied versuchte, die Micky-Maus-Software des Blinden zu ignorieren, überflog er noch einmal den Chat, an dessen Ende tatsächlich »Fred Bull Haschky« und Peter Klausens E-Mail-Adresse standen. »Es könnte natürlich auch sein, dass das ein anderer Fred Bull Haschky ist.«

»Glaube ich eher nicht«, sagte Dr. Augustin leise. Ein Hauch von Jasmin stieg Zimmerschied in die Nase. »Erstens ist das ein ziemlich ungewöhnlicher Name, dazu noch dreiteilig, und zweitens stimmt der inhaltliche Zusammenhang.« Sie zögerte.

»Was mir eben noch einfällt: Dieser ganze Chat in dem Forum kreist um die Frage, wie man im Darknet anonym einen Shop aufziehen kann. Vielleicht sollten wir in den Suchmaschinen auch nach dieser Frage suchen?«

»Das ist eine gute Idee. Machen Sie das?« Zimmerschied sah die Biologin an. Sein Blick glitt über das einfache Shirt, das sie sich übergeworfen hatte, und die Jogginghose. Er dachte an ihre glatte Haut, die entblößte Brust. Dr. Augustin setzte sich wieder an ihren Platz, und auch Zimmerschied wandte sich erneut seinem PC zu.

Die drei hatten ihre Recherche kaum eine halbe Stunde fortgesetzt, da murmelte der Polizeichef plötzlich leise: »Es gibt da einen Peter Klausen, der aufs Käthe-Kollwitz-Gymnasium gegangen ist.«

Er hob den Blick, der sich mit dem von Dr. Augustin kreuzte. Sie fragte: »Ist das die Schule Ihrer Freundin?«

Der Präsident nickte. »Das ist er. Peter Klausen ist unser Mann.«

»Ich weiß nicht. Es könnte immer noch ein Zufall sein, wenn auch ein ziemlich dummer«, wandte Hensch ein. »Peter Klausen ist nun wirklich ein häufiger Name. Das ist ja fast wie …« Er suchte nach einem Namen und sagte dann ausgerechnet »Hans Müller«. Zimmerschied verzog das Gesicht. »Gutes Beispiel.«

»Oh«, sagte Hensch, der seinen Lapsus bemerkt hatte. »Oder eben Thomas Müller.«

»Wäre mir persönlich als Beispiel lieber. Mag noch jemand einen Kaffee?«, erkundigte sich der LKA-Chef.

»Schwarztee wäre super«, antwortete die DNA-Expertin. »Aber Moment – was ist das?« Zimmerschied stoppte auf seinem Weg zur Küchenzeile abrupt. Auch Henschs Blindensoftware verstummte. Beide wandten Dr. Augustin die Köpfe zu. »Ich bin da gerade in so einem Tech-Forum. Und da stellt ein

User eine ganz ähnliche Frage wie unser Fred Bull Haschky alias Peter Klausen. Und jetzt ratet mal, wie der heißt?«

Zimmerschied starrte sie an. »Wie?«

»Quentin Alabama.« Die Lippen der Biologin umspielte ein Lächeln. »Heißt das vielleicht, dass Fred Bull Haschky, Peter Klausen und Quentin Alabama ein und dieselbe Person sind? Dass der Gründer der Sexfilmplattform *Teacher make love* also auch der Erpresser von Sophie von Lavalle ist?«

Plötzlich kam Bewegung in Zimmerschieds müden Körper. »Okay, Leute. Ich glaube, das mit dem Tee verschieben wir. Wir haben wirklich keine Zeit mehr zu verlieren. Lasst uns zusammenpacken. Wir fahren in die Stadt. Wie spät ist es?« Der Polizeipräsident warf einen Blick auf die Armbanduhr. »Schon neun. Dann kriegen wir da auch gleich eine Auskunft vom Melderegister.«

»Zu Peter Klausen?«, fragte Hensch.

Zimmerschied nickte. »Den schnappen wir uns jetzt.«

Früher wurden am Roeckl-Platz im Münchner Dreimühlenviertel Handschuhe für Promis wie Kaiserin Sisi und Ludwig II. hergestellt.

NEUNUNDDREISSIG | Eiscafé Italia

Kaum saßen sie in seiner Limousine, wählte Karl Zimmerschied den kurzen Dienstweg. Er rief Penelope Bierbrigl an, eine Sachbearbeiterin im Kreisverwaltungsreferat, die er vor Jahren auf einem Konzert des Frauenchors der Münchner Polizei kennengelernt hatte. Während er über die Freisprecheinrichtung mit Bierbrigl sprach, desinfizierte sich Dr. Augustin die Hände. Die DNA-Analytikerin schien nervös zu sein. Ganz anders Zimmerschied. Er war beschwingt. Dieser Zustand steigerte sich noch, als ihm die Bekannte vom KVR bestätigte, dass es tatsächlich einen Peter Klausen gab, der in der Ehrengutstraße im Münchner Dreimühlenviertel gemeldet war. Zimmerschied dankte Penelope Bierbrigl und legte auf.

»Fünfter Stock, das spricht für Dachgeschoss«, meinte er.

»Wenn er denn dort wirklich wohnt«, gab Dr. Augustin zu bedenken.

»Und wenn es *der* Peter Klausen ist«, fügte Hensch an.

Zimmerschied schüttelte unwillig den Kopf. Was war denn plötzlich mit seinem Team los? Er war fest entschlossen, an den Erfolg zu glauben. Er brauchte ihn fast noch dringender, als er seine Frau brauchte. Sein Smartphone teilte ihm mit, dass eine SMS eingegangen war. Zimmerschied warf einen Blick auf das Display: »Dein feiner Herr Müller ist kein Agent, sondern Ex-Gastronom, Ex-Finanzberater und Ex-Skilehrer, der regelmäßig seine Frau betrügt«, schrieb da der LKA-Präsident von Berlin. Zimmerschieds Hochgefühl erklomm eine weitere Stufe.

Laut Meldeauskunft lag die Wohnung in dem Haus mit dem stadtbekannten Eiscafé am Roeckl-Platz. Schnurstracks steuerte der Polizeipräsident auf den Hauseingang zu und überprüfte das Klingeltableau. In eines der silbernen Schildchen für den fünften Stock war tatsächlich der Name Klausen eingraviert. »Es ist das Dachgeschoss«, stellte Zimmerschied befriedigt fest. »Und was machen wir jetzt? Sollen wir ihn gleich festnehmen?«

Natürlich meinte er die Frage halb als Scherz, aber Hensch, der nun auch mit Bennos Hilfe das Haus erreicht hatte, antwortete ernst: »Davon würde ich abraten. Wir haben ja keinerlei

Beweismittel gegen ihn in der Hand. Bislang ist das alles doch nur eine sehr schwache Vermutung.«

»Gut, dann trinken wir einen Kaffee und observieren die Haustür. Vielleicht kommt der Herr Klausen ja raus«, antwortete der Polizeipräsident in dem Bewusstsein, dass Dr. Augustin vor ihrer eiligen Abfahrt in Holzleute ein Standbild aus Klausens Internetvideo ausgedruckt hatte.

»Na ja, ob ich Ihnen beim Observieren so eine große Hilfe bin …« Hensch lachte.

»Sie sehen dafür anderes.« Nach einem Blick auf die Tische entschied Zimmerschied: »Wir nehmen den da.« Es war der Bistrotisch, der der Hauseingangstür mit dem Klingelschild am nächsten war. Auf dem Spielplatz gegenüber war noch nichts los; wochentags wurden die Münchner Kinder ganztags in Verwahranstalten untergebracht – Kindergarten, Kindertagesstätte, Hort, Schule. Die Eltern mussten schließlich arbeiten. Die Durchökonomisierung der Gesellschaft machte auch vor dem Familienleben nicht halt. Zimmerschied fragte sich manchmal, wo das hinführen würde, wenn Generationen von Kindern nicht mehr von ihren Eltern erzogen wurden, sondern von Staatsbediensteten. Aber er stand mit diesen Bedenken ziemlich allein da.

Als der jüngere der beiden Kaffeeinhaber, ein dunkelblonder Italiener mit Musketierbart, der in München eine gewisse Prominenz genoss, an den Tisch trat, bestellte Zimmerschied einen Cappuccino, Hensch einen Espresso und Dr. Augustin einen Ingwertee. Und dann zog sich der Vormittag in die Länge. Zwar verließen immer wieder Bewohner das Haus – eine stark geschminkte Dame mit Pudel, ein Mann in Bundhose, Tischdeckenhemd und mit Wanderrucksack, eine Mutter mit einem anscheinend kranken Kind und ein energisch knutschendes Studentenpärchen; zwar trafen auch immer wieder Menschen ein, die das Haus betraten – mehrere schwitzende

Paketboten, eine Frau mit Reinigungsutensilien, zwei hipsterbärtige Männer in Trainingsjacken, ein junges Mädchen in einem indisch anmutenden Kleid und einem Rollkoffer im Jumbo-Format. Aber Peter Klausen war nicht dabei. Wohnte er doch nicht in dem Haus, sondern war da nur gemeldet? Oder hatten sie ihn übersehen?

Als Zimmerschied die vierte Runde Cappuccino, Espresso und Ingwertee ordern wollte, erhob Dr. Augustin Einspruch. »Ich kann keinen Ingwertee mehr sehen.«

»Konnte ich noch nie«, meinte Zimmerschied. »Da kriegt man doch Sodbrennen.«

»Ich nehme jetzt mal ein Bananensplit, wenn das okay ist.«

»Klar«, sagte Zimmerschied, »das geht alles auf mich.«

Als der Caféwirt mit dem Musketierbart die Getränke und das Eis abstellte, blieb er stehen. »Und was macht's ihr hier eigentlich? Hängt's den ganzen Morgen hier ab. Könnte man gerade meinen, ihr seid's Detektive!« Zimmerschied war klar, dass das ein Witz sein sollte, das nett gemeinte Entree zu einem Small Talk, aber er hatte darauf keine Lust. Zumal sich jetzt wieder die schwere Holztür öffnete und ein Mann eine Vespa herausschob. Er hatte dunkle Haare. Sie waren zwar nicht kurz geschoren wie in dem Erklärfilmchen aus dem Netz, aber der LKA-Chef hatte irgendwie das Gefühl, dass das ihr Mann war.

»Das ist er«, sagte nun auch Hensch wie aus dem Nichts.

»Zahlen«, sagte Zimmerschied ruppig zu dem Musketierbart. »Jetzt geh«, sagte der. »Noch einen Grappa?«

»Zahlen!«, sagte Zimmerschied noch einmal und fokussierte die Haustür. »Wie viel?« Die Vespa war rot. Auch Dr. Augustin beobachtete den Mann.

»Hey, hey, seid's ihr echt Privatdetektive, oder was? Oder dreht's einen *Tatort*? Aber wo ist der Batic?«

Jetzt setzte der Mann, den sie für Peter Klausen hielten, den Helm auf. Es war ein Oldschool-Modell, rot wie die Vespa, ohne richtigen Kinnschutz. Zimmerschied riss der Geduldsfaden. Er zog einen Schein aus der Tasche und knitterte ihn dem Musketier in die Hand. »Stimmt so.«

»Moment, das ist viel zu viel! Warte, ich rechne schnell zusammen!«

»Das können Sie vergessen«, sagte Dr. Augustin. Zimmerschied warf ihr einen überraschten Blick zu, er hätte der Molekularbiologin einen derartigen Ton gar nicht zugetraut.

Die drei standen auf. Zimmerschied griff Hensch unter den Arm. Auch Benno Berghammer erhob sich. Der Hund wirkte verdattert angesichts des überstürzten Aufbruchs.

Eine Polizeisirene heulte in der Ferne. Ein Porsche Cayenne holperte über das Kopfsteinpflaster vor dem Café. Der mutmaßliche Peter Klausen saß jetzt auf der Vespa und versuchte sie zu starten.

Es sah merkwürdig aus, wie Zimmerschied Hensch nicht sehr sanft in Richtung des BMW zerrte, den er knapp vor der Ampel auf der Spielplatzseite der Straße geparkt hatte. Im absoluten Halteverbot.

»Verdammt, beeilt euch, der fährt uns weg«, zischte der Polizeichef und eilte über die schmale Straße, obwohl ein höhergelegter Volvo vom Schlachthof kommend auf sie zubretterte. Der Fahrer des SUV bremste quietschend und hupte empört. Aber Zimmerschied hatte keine Zeit. Er riss die Hintertür seiner Limousine auf und schob erst Benno, dann Hensch auf den Rücksitz. Ihm war bewusst, dass er ruppig war. Aber es ging jetzt um die Sache. Da konnte er nicht lange fackeln. Der Volvo hielt nun neben dem Wagen des Polizeipräsidenten. Die Scheibe war schon unten. Zimmerschied ignorierte das. Aus dem Augenwinkel sah er aber, dass eine blonde, langhaarige Frau am Steuer saß. Sie hupte kurz. Zimmerschied schaute nicht hin. Die Fahrerin ließ die Hand auf der Hupe. Zimmerschied tat so, als wäre er taub. Die Fahrerin ließ die Hupe kurz los. Dann hupte sie im Stakkato. Hup, hup, hup. Nun platzte Zimmerschied der Kragen. Er schob Henschs Tür zu, drehte sich um und beugte sich über den Rahmen des Volvo-Beifahrerfensters leicht ins Wageninnere. Die Frau hörte auf zu hupen. Ihre roten Fingernägel reflektierten das Licht der Sonne. »Sie stören gerade einen Polizeieinsatz«, schnauzte er sie an. Es gelang ihm nicht, seine Wut zu verbergen.

»Ich hätte Sie totfahren können, und was wäre dann gewesen? Ich wäre schuld!«

»Es – tut – mir – leid, aber wir haben gerade einen wichtigen Einsatz.«

»Können Sie sich ausweisen?«

Der Präsident glaubte sich verhört zu haben. »Ja«, raunzte er. »Aber nicht jetzt. So was Verrücktes!« Dann wandte er sich ab und stieg in den Wagen. Wieder hupte die Frau. Lang. Laut. Aufdringlich. Er schüttelte den Kopf. Was war nur los mit den Leuten?

Wenig später, der Präsident saß am Steuer, murmelte er noch etwas außer Atem: »Glück gehabt.« Dr. Augustin nickte. Es war klar, was er meinte: Der Vespafahrer war in Richtung Isar gefahren und hatte es ihnen somit erspart, auf der engen Straße zu wenden. Der vermeintliche Peter Klausen überquerte gerade die Kreuzung am Baldeplatz und nahm die Isartangente in Richtung Norden. Zimmerschied ließ zwei Wagen zwischen den Verdächtigen und sich. Für das Reiterstandbild Herzog Ottos von Wittelsbach, genannt der »Rotkopf«, zur Rechten hatte er keinen Blick.

Peter Klausen, wenn er es denn war, verließ die parallel zur Isar verlaufende Straße erst, als er die Prinzregentenstraße erreicht hatte. Hinter dem Haus der Kunst hielt er sich rechts. Zimmerschied blieb ihm auf den Fersen. »Der fährt nach Schwabing, oder?«, meinte Hensch.

»Du bist schon ein Phänomen, Tommy.« Die Biologin hielt sich angesichts von Zimmerschieds sportlichem Fahrstil am Türgriff fest.

Ehe er das Hauptgebäude der Ludwig-Maximilians-Universität erreichte, bog der Verfolgte in die Schellingstraße ab und nahm gleich darauf die Hintereinfahrt zum roten Backsteingebäude der Universitätsbibliothek.

»Der will in die Uni.« Zimmerschied stellte den Wagen direkt neben die Einfahrt. Erneut ins absolute Halteverbot. Sie mussten schnell sein. »Sie kommen nach, Hensch, wir können jetzt leider nicht auf Sie warten!«, rief Zimmerschied und sprang aus dem BMW. Dr. Augustin eilte bereits durch die mit einer Schranke versehene Einfahrt der Bibliothek. Als der Präsident sie einholte, hatte sie das Tempo gedrosselt. Ihre Zielperson sperrte gerade den Helm an den Gepäckträger der Vespa. Der mutmaßliche Peter Klausen war vielleicht zehn Meter von ihnen entfernt.

»Meinen Sie wirklich, er ist es?«, flüsterte Dr. Augustin.

Zimmerschied zuckte mit den Schultern. Der junge Mann wirkte ziemlich entspannt für einen Sex-Erpresser.

Nun stießen Hensch und sein Hund zu ihnen.

Dr. Augustin schenkte den beiden einen überraschten Blick. »Woher … ich meine …?«

»Benno hat eine gute Nase.« Hensch tippte Zimmerschied von hinten auf die Schulter. »Wollen Sie nicht lieber noch die Waffe aus dem Handschuhfach holen, Herr Zimmerschied?«

Der Mann, den sie für Peter Klausen hielten, ließ eben seinen Helm los und ging auf die Glastür zu. Zimmerschied sah zu Hensch und dann wieder zu dem Verdächtigen. Und er beschloss, dass es zu spät war, um noch einmal zurückzugehen.

Zefix ist nicht nur ein bayerisches Schimpfwort, sondern auch die Bezeichnung für den zentralen Firmenindex der Schweiz. Das Schimpfwort kommt von Kruzifix.

VIERZIG | Zefix

Nachdem der Verdächtige die Tür hinter sich hatte zufallen lassen, wartete Zimmerschied noch eine halbe Minute. Dann öffnete er sie behutsam und warf einen Blick ins Innere des Gebäudes. Der Vespa-Mann war nirgends zu sehen. »Waren Sie schon mal hier?«, fragte der Polizeipräsident mit gedämpfter Stimme.

Dr. Augustin antwortete mit einem knappen »Ja«.

»Gibt's einen zweiten Ausgang?«

»Na ja, den über den Haupteingang an der Ludwigstraße.«

Im Lesesaal der Universitätsbibliothek war es bis auf das dezente Klappern von Laptoptastaturen mucksmäuschenstill. Es roch nach altem Teppich. Zimmerschied steuerte auf die Aufsicht zu. »Hunde sind hier …«, hob sie an. Doch der LKA-Chef legte seinen Finger auf die Lippen, ging ganz nah zu ihr hin und flüsterte: »Erstens Polizeieinsatz. Zweitens Blindenhund.« Er deutete auf Benno. »Verhalten Sie sich bitte ruhig.«

Die Frau riss die Augen auf. Zimmerschied nickte ihr verschwörerisch zu und scannte dann den Raum. Die meisten Tische waren besetzt. Etliche der Studenten hatten die in roten Kunststoff gebundenen Loseblattsammlungen vor sich liegen, die er von den juristischen Teilen seiner eigenen Ausbildung kannte. Einige schauten auf und betrachteten die merkwürdige Gruppe am Empfangstisch: der korpulente, etwas konservativ aussehende Kerl mit dem Bart, die hübsche, angespannt wirkende Frau, die sich gerade die Finger mit einem Tuch reinigte, und der junge Typ mit der schwarzen Sonnenbrille und dem Labrador.

Der junge Mann, den Zimmerschied und seine Mitarbeiter suchten, war nicht zu sehen. Der LKA-Chef versuchte den Raum zu erfassen. Ihre Zielperson musste irgendwo zwischen den Bücherregalen verschwunden sein. Zimmerschied überlegte kurz, dann sagte er: »Sie gehen wieder raus, Herr Hensch, und bewachen die Tür. Und Sie gehen links rein«, er sah Dr. Augustin an und zeigte dann auf einen der Gänge zwischen den Regalen, »… und ich da.« Er deutete nach rechts.

»Und was soll ich machen, wenn ich ihn sehe? Ich meine, ich habe keine Einzelkampfausbildung, sondern nur Biologie studiert.«

Als sie ein zweites Desinfektionstuch zückte, befahl Zimmerschied leise, aber doch barsch: »Lassen Sie das mal. Das muss jetzt ohne gehen. Wenn Sie ihn finden sollten, merken Sie sich, wo er ist, und dann kommen Sie unauffällig hierher zurück. Und los!«

Dr. Augustin schaute etwas verunsichert drein, doch der Präsident nickte auffordernd in die Richtung, in die er sie eben geschickt hatte, und machte sich selbst auf. Konzentriert schritt er den Gang zwischen den Regalen entlang. Er mochte Bücher, aber im Moment hatte er für die Buchrücken keinen Blick. Kurz bevor das Regal endete, verlangsamte er erst sein Tempo, dann stoppte er ganz, holte tief Luft und atmete langsam aus. Es sollte der Beruhigung dienen, doch sein Puls galoppierte weiter. Zimmerschied straffte die Schultern und schob den Kopf hinter dem Schutz des Buchregals hervor. Und tatsächlich: Da saß er. Mit dem Rücken zu ihm. An einem Laptop. Der, den sie für Peter Klausen hielten. Auf der anderen Seite streckte nun auch Dr. Augustin den Kopf zwischen zwei Regalen hervor. Zimmerschied bedeutete ihr mit einem Winken, dass sie zurück zum Eingang kommen solle. Auch er bewegte sich möglichst gelassen und unauffällig dorthin zurück. Dennoch war er am Empfangstisch außer Atem. Die Aktion ließ ihn nicht kalt. Er wollte das Schwein, das Sophie erpresste, stoppen. Und zwar jetzt. Er flüsterte: »Entweder ist er wirklich Student, oder er nutzt hier den Internetzugang, um anonym ins Netz zu gehen. Auf jeden Fall entkommt er uns hier nicht.«

Dr. Augustin sah den Präsidenten ernst an. »Vielleicht hat er sich ja mit einem seiner Pseudonyme eingeloggt. Wir müssen ihm auf jeden Fall den Laptop wegschnappen, ehe er sich ausloggt.«

Zimmerschied nickte. Dann sagte er »Kommen Sie« und wandte sich dem Ausgang des Lesesaals zu, um sich auch noch mit Hensch zu besprechen. Kurz darauf hatten die drei eine Strategie ausgeklügelt. Die Frage war, ob sie aufgehen würde.

Minuten später lauerten Zimmerschied, Hensch und der Hund an derselben Stelle, von der aus der LKA-Chef zuvor den Verdächtigen erblickt hatte, auf ihren Einsatz. Und dann ging es los: Hensch, einen dicken Wälzer in der Hand, schubste Zimmerschied mit einem kraftvollen Rempler in Richtung der Arbeitsinsel, an der der mutmaßliche Peter Klausen saß, und rief: »Nun lassen Sie mich in Ruhe, Sie Idiot! Das Buch habe ich mir zuerst reserviert! Das steht mir zu!«

Als Zimmerschied nach dem Buch in der Hand des Blinden griff und dabei »Sie geben mir das jetzt sofort zurück« schrie, begann Benno ihn mit gefletschten Zähnen anzubellen.

»Nein, das werde ich nicht!«, antwortete der junge Cybercop. »Das Buch steht mir zu!«

»›Steht mir zu, steht mir zu!‹ Was will ein Blinder mit einem Buch?«

»Fass, Harro, fass!«, schrie Hensch jetzt.

Aus den Augenwinkeln sah Zimmerschied, dass die Zielperson vom Laptop aufblickte und den Streit mit kritischem Gesichtsausdruck beobachtete. Der Polizeipräsident, der wesentlich größer war als Hensch, machte nun einen aggressiven Schritt auf diesen zu und schubste ihn kräftig, sodass der Blinde ins Straucheln geriet. Genau in diesem Moment kam Dr. Augustin von der anderen Seite angehechtet. Als sie Peter Klausens Tisch erreicht hatte, schnappte sie sich so schnell, dass dem vermeintlichen Erpresser, der ja zu Zimmerschied und Hensch schaute, keine Zeit zur Reaktion blieb, dessen Laptop und rannte direkt an den beiden Streitenden vorbei, um zwischen den Buchregalen zu verschwinden. Als der Verdächtige begriff, was geschah, rief er: »Halt! Das ist mein Laptop! Halt! Haltet sie!« Dann sprang er auf und rannte Dr. Augustin hinterher. Doch nun rempelten sich Zimmerschied und Hensch, scheinbar noch immer um das Buch streitend, so an, dass sie dem Verfolger zunächst einmal den Weg versperrten. »Weg da! Die hat meinen Laptop geklaut!«, schrie der mutmaßliche Verbrecher. Zimmerschied versuchte ihn festzuhalten, aber der Mann riss sich los und rannte in Richtung Ausgang. Während er inständig hoffte, dass Dr. Augustin sich und den Laptop in Sicherheit gebracht hatte, heftete der Präsident sich ihm an die Fersen. Schon spurtete der junge Mann am Empfangstisch vorbei und riss die Tür auf. Zimmerschied hetzte hinterher. Als er auf den Flur vor dem Lesesaal trat, schaute er nach links und rechts. Von Dr. Augustin war nichts zu sehen. Hatte sie es geschafft? Nun wandte sich der vermeintliche Peter Klausen zu Zimmerschied um. Er stand bei den grauen Blechspinden, vielleicht vier Meter von ihm entfernt. Der LKA-Chef sah ihm in die Augen. Zimmerschied spürte, dass der Mann gerade realisierte, dass er reingelegt worden war. Dennoch machte der Präsident einen Schritt in Richtung des Verdächtigen und rief scheinheilig: »So eine Sauerei! Ich studiere ja schon seit vier Semestern Philosophie im Seniorenstudium, aber das habe ich wirklich noch nie erlebt, dass einem am helllichten Tag in der Bibliothek der Laptop gestohlen wird!« Er machte noch zwei

Schritte auf den jungen Mann zu. Vielleicht konnte er ihn festhalten. Doch der mutmaßliche Peter Klausen schien zu spüren, was los war, und wich seinerseits zwei Schritte zurück. »Bleiben Sie stehen, ich helfe Ihnen.« Der Mann schüttelte langsam den Kopf. »Doch, bleiben Sie stehen«, insistierte Zimmerschied im Tonfall eines Hypnotiseurs und kam noch etwas näher. »Wir sind doch Kommilitonen! Ich helfe Ihnen.« Da wirbelte der junge Mann plötzlich herum und sprintete los. Sofort rannte Zimmerschied ihm hinterher. Hinter sich glaubte er das Keuchen von Benno zu hören, aber er hatte weder Luft noch Kraft, um diesen Eindruck zu überprüfen. Schon war der Fliehende um die Ecke verschwunden. Erst als Zimmerschied seinerseits in den angrenzenden Flur abbog, sah er ihn wieder. Doch der Mann war dreißig Jahre jünger als er und daher wesentlich schneller. Der Abstand vergrößerte sich. Der Präsident ärgerte sich, dass er die Pistole im Auto gelassen hatte. Ein Warnschuss bewirkte manchmal Wunder. Jetzt rannte der Flüchtige auch noch in eine Gruppe Studenten hinein, die in der Säulenhalle am Haupteingang der Universität palaverte. Zimmerschieds Schritte auf den glatten, alten Fliesen hallten zwischen den hohen Wänden wider. In den Glaskästen voller Zettelaushänge rechts von ihm sah er sein Spiegelbild. Als er die Säulenhalle erreichte, war er sich sicher, dass es der richtige Peter Klausen war, den er verfolgt hatte: Peter Klausen, der Erpresser. Denn warum sonst sollte der junge Mann so vehement die Flucht vor ihm ergreifen? Aber wo war er jetzt? Zimmerschied musterte den Geschwister-Scholl-Platz mit dem Brunnen, er ließ den Blick über den anderen Seitentrakt und den Eingang zum Hauptgebäude wandern. Überall waren Studenten, doch von Sophie von Lavalles Erpresser war nichts zu sehen. »Zefix«, fluchte er. Der Schweinehund war ihm entwischt.

Der Autor Jörg Steinleitner besuchte im Audimax der Ludwig-Maximilians-Universität viele Vorlesungen. Leider wurde er dabei allzu oft von hübschen Kommilitoninnen abgelenkt.

EINUNDVIERZIG | Benno Berghammer

Es sah komisch aus, wie Tommy Hensch Benno hinterherjoggte. Aber Zimmerschied war nicht zum Lachen zumute.

»Nicht den Kopf hängen lassen«, meinte der Blinde cool, was ihm einen ungläubigen Blick des Polizeipräsidenten eintrug, denn der ließ gerade wirklich den Kopf hängen. »Benno wird ihn finden.« Und zu seinem Hund gewandt, sagte er: »Such, Benno!« Sofort zog das Tier den Blinden von der Säulenhalle aus ins Innere des Hauptgebäudes der Universität. Zimmerschied warf einen Blick nach oben, wo seinerzeit die Geschwister Scholl ihre Flugblätter hatten hinuntersegeln lassen. Aber der Hund, die Schnauze stets am gefliesten Boden, führte sie nicht die Stufen hinauf, sondern in den Gang links im Erdgeschoss. Etwa auf Höhe des Seiteneingangs zum Audimax, dem größten Hörsaal der Universität, stoppte er und hob den Kopf.

»Ich denke, er hat ihn«, meinte Hensch mit der Trockenheit eines alten Toastbrots.

»Aha«, sagte Zimmerschied zweifelnd. »Ist er im Audimax, oder was?«

Der Polizeipräsident öffnete vorsichtig die Tür. In dem Hörsaal, dessen Sitzreihen steil nach oben anstiegen, lief gerade eine Vorlesung. »… und so formuliert im Jahr 1215 ein genialer König namens Johann folgende Idee: ›Kein freier Mann soll verhaftet, gefangen gesetzt, seiner Güter beraubt‹ … könnten

Sie mal bitte den Mund halten, da oben links … ›geächtet, verbannt oder sonst angegriffen werden, noch werden wir ihm anders etwas zufügen oder ihn ins Gefängnis werfen lassen, als durch das gesetzliche Urteil von Seinesgleichen.‹ Sind Sie sich der Bedeutung dieser Worte bewusst? Das ist die Geburtsstunde eines zutiefst modernen Gedankens. Die Magna Charta markiert die Erfindung der Menschenrechte …«

Zimmerschied raunte Hensch zu: »Und Sie meinen wirklich, der ist da drin? Sollen wir wirklich die Vorlesung sprengen?«

Der Blinde schüttelte den Kopf. »Ich glaube nicht, dass Benno ihn da drin riecht. Wäre das der Fall, würde er mich genau dorthin ziehen. Gibt's hier noch einen Raum?« Hensch kniete neben dem Hund nieder und flüsterte ihm etwas ins Ohr.

Der LKA-Chef hob ratlos die Schultern. »Da drüben ist nur noch die Toilette.«

Tatsächlich zog der Hund nun in diese Richtung. »Ist hier die Toilette?«, fragte Hensch.

»Ja.«

»Dann ist er da drin.«

Zimmerschied schluckte. Warum nur hatte er die Waffe im Auto gelassen? »Dann gehe ich da jetzt mal rein. Sie halten hier die Stellung.« Hensch nickte. Vorsichtig griff der Polizeipräsident nach der Klinke der schweren, hölzernen Toilettentür. Da er keine andere Waffe dabeihatte, würde er zur Not seine Fäuste einsetzen. Er zog die Tür auf. Ein quietschendes Geräusch. Er machte einen Schritt hinein. Es stank nach einer gerade noch so erträglichen Mischung aus Urin und Putzmitteln. Zimmerschied durchschritt den Raum bis zu den Pissoirs. Da war niemand. Doch dann hörte er ein Geräusch aus einer der Kabinen. Ein Rascheln oder Schaben. Aber sofort war es wieder still. Er holte Luft: »Hallo?«

Keine Antwort. Zimmerschied betrachtete das Türschloss der verschlossenen Kabine. Es war auf Rot gestellt. Jemand hatte sich eingesperrt. Wenn Peter Klausen eine Waffe hatte, konnte er ihn durch die Tür erschießen. Sollte er Verstärkung rufen? Dann würde Sophie von Lavalles Verfehlung allerdings doch noch publik werden und ihr Leben zerstören. Das war also keine Option.

»Ich weiß, dass Sie da drin sind.« Der Polizeichef wartete einen Moment. »Ich möchte mit Ihnen sprechen.« Nichts rührte sich hinter der Tür. Zimmerschied kniete sich auf den Boden und schaute unter der Tür durch, aber da war nichts zu sehen. Er öffnete die Nebenkabine. Eben war er auf die Klobrille gestiegen, um von oben einen Blick in die versperrte Kabine zu werfen, da hörte er, wie ein Türschloss knackte. Sofort stieg der Polizeipräsident wieder nach unten, riss die Tür auf und sah gerade noch, wie der Vespa-Mann zur Toilettentür hinauseilte. Dann hörte Zimmerschied Gebell und einen Schrei. Er stürzte nach draußen. Peter Klausen lag am Boden. Auf seinem Oberkörper hatte sich Benno platziert, die gefletschten Zähne dicht am Hals des Verdächtigen. Hensch saß auf den Beinen des Verdächtigen und drückte sie nach unten. »Wir haben ihn«, sagte der Cybercop, als wäre es das Normalste der Welt, dass ein Blinder einen kriminellen Sexvideo-Erpresser überwältigte. Der Präsident zog sein Handy heraus. Als sie abnahm, fragte er: »Und?«

»Er ist es«, sagte Dr. Augustin. »Er war als Quentin Alabama eingeloggt.«

Der Polizeipräsident atmete auf. Im selben Moment jedoch realisierte er, dass sie lediglich einen kleinen Schritt weiter waren. Denn offiziell festnehmen konnten sie Sophies Erpresser nicht. Zimmerschied würde sich etwas einfallen lassen müssen.

Bill Withers, der Komponist von
I Want To Spend The Night, *war neun*
Jahre lang Soldat. In dieser Zeit
schrieb er seine ersten Songs.

ZWEIUNDVIERZIG | Kidnapper

Eine knappe Dreiviertelstunde später knirschten die Reifen von Zimmerschieds BMW auf den Kieselsteinen vor seinem Bauernhof. Sie hatten Peter Klausen mit den Handschellen aus dem Handschuhfach am Türgriff der Rückbank fixiert und die gesamte Autofahrt über in die Mangel genommen. Aber der Gefangene war stur geblieben: Er wisse nicht, was man von ihm wolle. Das sei Freiheitsberaubung. Zimmerschied war genervt. Er stieg aus, öffnete die Tür zur Rückbank, löste die Handschellen vom Türgriff und führte den Mann in die Milchkammer. Er war sich sicher, dass sie den Richtigen erwischt hatten. Nachdem er die Tür versperrt hatte, wandte er sich dem Blinden und Dr. Augustin zu. »Jetzt brauchen wir einen Plan.«

»Wir müssen ihn einem ordentlichen Verfahren zuführen«, sagte die Biologin bestimmt, als die drei in der Küche standen, wo Zimmerschied einen Kaffee aufbrühte.

»Das geht nicht«, lehnte Zimmerschied kategorisch ab. Er dachte nach. Sie waren in einer verzwickten Situation: Einerseits hatten sie den Mistkerl, der Sophie erpresste, endlich festgenommen, andererseits konnten sie mit Klausen nichts anfangen.

»Wir müssen vom Ziel her denken«, schlug Dr. Augustin vor.

Aus der Milchkammer war Geschrei und Gerumpel zu

hören. Der Idiot randalierte anscheinend herum. Zimmerschied versuchte den Krach zu verdrängen. »Als Erstes muss der Dreck aus dem Internet raus. Können Sie das jetzt machen, wo Sie den Computer von dem Typen haben, Herr Hensch?«

»Denke schon«, meinte der Blinde. »Dazu müssen wir aber zuerst meine Software draufspielen, weil sonst kann ich mit seinem Laptop nicht arbeiten. Ich sehe ja nichts!«

»Schon klar«, entgegnete Zimmerschied. Er fühlte sich unwohl. Um sich abzulenken, ging er, während Hensch sich mit dem erbeuteten Computer beschäftigte, nach draußen. Klausen wütete noch immer in der Milchkammer. Der Polizeipräsident nahm seine Pistole und öffnete mit gezückter Waffe die Tür. Klausen verstummte sofort.

»Pass mal auf, mein Freund: Du hältst jetzt schön den Mund. Wir können das nicht brauchen, dass du hier herumschreist.«

Klausen hatte einen roten Kopf und schwitzte. »Sie müssen mich freilassen!«

»Wir werden dich vielleicht freilassen, wenn du dich hier vernünftig benimmst und wenn wir deinen Erpresserladen dichtgemacht haben.«

»Ich habe Ihnen schon hundertmal gesagt, dass ich mit diesem *Teacher*-Zeugs, was Sie mir da anhängen wollen, nichts zu tun habe.«

»Wer's glaubt, wird selig.« Zimmerschied bedrohte den jungen Mann noch immer. »Du bist jetzt still, sonst passiert was!« Er wedelte mit der Pistole herum.

»Ich werde Sie anzeigen!«

»Davon kann ich dir nur abraten, mein Lieber«, meinte der Polizeipräsident. »Wenn du hier lebend rauskommen willst, dann hilft dir nur bedingungslose Kooperation.«

»Das ist kriminell! Ich fordere Sie auf, sofort die Polizei zu rufen!«

»Ich kann mir nicht vorstellen, dass gerade du wirklich etwas mit der Polizei zu tun haben willst«, sagte Zimmerschied abfällig. »Also: Ab jetzt ist Ruhe hier. Kapiert?«

Anstatt zu gehorchen, sprang der Mann auf und schrie: »Hilfe! Hilfe! Ich werde festgehalten! Hilf…!« Schon hatte Zimmerschied ihm einen Magenschwinger versetzt, der Klausen in sich zusammensinken ließ.

»Mund halten, Klausen!« Der LKA-Chef trat nach draußen, donnerte die Tür zu und ging zurück ins Wohnhaus. Dort zog er sich um und trottete in den Stall. Es würde ihn ablenken, sich um die Tiere zu kümmern. Im Radio lief *I Want To Spend The Night*. Irgendwie berührte die Schmonzette den Polizeipräsidenten in diesem Moment. Seine Gedanken wanderten zu Roswitha. Ob sie je wieder zu ihm zurückkehren würde? Dann dachte er an Dr. Augustins schöne Hände und Füße, an ihre Blumensandalen und ihre Loyalität. Warum war das Leben so verwirrend?

Er hörte Schritte und wandte den Blick zur Tür. Dr. Augustins Gesicht war ernst. »Können Sie mal kommen? Tommy braucht Sie.«

Als Zimmerschied die Küche betrat, erklärte der Blinde: »Ich fürchte, ich komme hier nicht weiter. Wir brauchen das Passwort, mit dem er sich als Administrator bei *Teacher make love* einloggt. Ich habe da jetzt wirklich lange rumprobiert, aber ich kann es nicht knacken.«

»Okay, das Passwort für den Administrator von dieser Sexseite, richtig?«

»Ja.«

»Besorge ich Ihnen.«

Als Zimmerschied die Tür mit Schwung aufdrückte, zuckte Peter Klausen zurück. Der Präsident baute sich vor ihm auf, sagte aber erst einmal nichts. Der junge Mann sah ihn verängstigt an. »Was … was wollen Sie?«

»Das Administrator-Passwort für *Teacher make love*«, knurrte Zimmerschied. Er kam sich vor wie ein Schutzgelderpresser.

Peter Klausen setzte eine völlig erstaunte Miene auf. »Ich weiß nicht, was Sie meinen.«

Zimmerschied schnaubte durch die Nase. »Hör zu, du warst als Quentin Alabama eingeloggt. Wir haben deine Spuren im Internet verfolgt. Wir wissen, dass Quentin Alabama, Fred Bull Haschky und Peter Klausen ein und dieselbe Person sind. Ich habe keine Lust, dir zu erklären, wieso wir das wissen, aber wir wissen es. Du hast genau zwei Möglichkeiten: Du sagst uns das Passwort, und dann kommst du sehr schnell hier raus. Oder du sagst uns das Passwort nicht, und du kommst vielleicht nie wieder hier raus. So einfach ist das.«

»Sind Sie von der Polizei?«

»Nein, natürlich nicht, Mann! Meinst du, so arbeitet die Polizei? Die Polizei kann uns den Buckel herunterrutschen.«

»Was wollen Sie dann von mir?«

»Wir wollen deinen Sexshop plattmachen.«

»Aber warum?«

»Wir sind …« Zimmerschied überlegte, welche Unglaublichkeit er den anderen haarsträubenden Unglaublichkeiten, die er bereits von sich gegeben hatte, noch hinzufügen konnte. »Wir sind eine private Ermittlertruppe, die sich zum Ziel gesetzt hat, Verbrechen gegen die sexuelle Selbstbestimmung, die von der Polizei nicht richtig geahndet werden, zu verfolgen. Wir handeln auf eigene Kappe, und deine *Teacher-make-love*-Seite ist uns ein Dorn im Auge. Deshalb werden wir sie plattmachen. Ob du das willst oder nicht. Wenn du bald hier rauswillst, dann gib mir also das Passwort.«

Peter Klausen musterte Zimmerschied eine ganze Weile lang schweigend. Dann fragte er: »Und wer garantiert mir, dass Sie mich wirklich freilassen?«

»Ich«, sagte Zimmerschied mit fester Stimme. Er wollte

nichts lieber, als diesen Idioten so bald wie möglich wieder loswerden. »Wir werden dich freilassen.«

Der Nachmittag neigte sich dem Ende zu, als Tommy Hensch endlich vermeldete, dass er den Film mit Sophie von Lavalle von der Website www.teachermakelove.com gelöscht hatte. Zimmerschied fühlte sich derart erschöpft, dass er sich gar nicht richtig freuen konnte.

»Nun rufen Sie schon Ihre Freundin an, und sagen Sie ihr, dass der Film draußen ist!«, fuhr Dr. Augustin den Vorgesetzten mit einer Ungeduld an, die er so von ihr nicht kannte.

Widerwillig griff der Polizeipräsident zum Hörer. »Grüß dich, Sophie«, sprach er auf die Mailbox. »Wir haben den Film aus dem Internet gelöscht. Schöne Grüße von Karl.«

»Na, begeistert klingt aber anders«, kommentierte die Molekularbiologin den Beerdigungstonfall des LKA-Chefs.

Der zuckte mit den Schultern. »Ich bin am Überlegen, was wir mit dem Kerl anstellen. Das ist eine Geiselnahme, was wir hier gerade machen. Das ist nicht gut.«

»Das hätten Sie sich vielleicht früher überlegen müssen«, kommentierte Dr. Augustin. Als sie bemerkte, welche Wirkung diese Worte auf den Chef ausübten, fügte sie schnell an: »Aber es war ja für einen guten Zweck, wohlgemerkt.«

Der Polizeipräsident nickte düster. »Aber wie werden wir ihn los?«

»Umlegen?«

Zimmerschied warf der Biologin einen erschrockenen Blick zu.

»Das war ein Spaß!«

»Wir müssen ihn loswerden – und hoffen, dass er uns weder erkannt hat noch verpfeift.«

»Ich glaube nicht, dass er zur Polizei geht, schließlich hat er selbst genug Dreck am Stecken.«

»Soll ich dann jetzt die ganze Seite plattmachen, oder wollen Sie die noch als Beweismittel gegen ihn aufbewahren?«, fragte Hensch.

»Plattmachen. Wir müssen ihn laufen lassen.«

Als der blinde Cybercop die Sexseite aus dem Darknet gelöscht hatte, ging Zimmerschied zur Milchkammer und entriegelte die Tür. Peter Klausen saß auf dem kleinen Holzhocker neben dem silbern glänzenden Fass für die Kühlung. Als der Präsident in den kleinen Raum trat, hob er den Kopf.

»Hör zu. Wir sind bereit, dich laufen zu lassen. Unter einer Voraussetzung: Dass du zukünftig die Flossen von solchen Sex-Geschichten im Internet lässt.«

»Wer sind Sie, dass Sie mir so etwas vorschreiben wollen? Sind Sie doch ein Bulle, oder was?«

Zimmerschied machte zwei schnelle Schritte auf den jungen Mann zu, packte ihn mit einem schraubstockartigen Griff am Kragen seines Poloshirts und zog ihn zu sich hoch. »Du kommst mir hier nicht mit so einem Tonfall, ist das klar? Ich sage dir eins: Wir machen dich fertig, wenn wir dich noch einmal erwischen.«

Klausens Gesicht rötete sich, Schweiß trat ihm auf die Stirn. Er hatte Angst, das spürte Zimmerschied.

»Wer … sind Sie?«, stammelte der Drangsalierte.

»Eine sehr mächtige Organisation«, log Zimmerschied. Wobei das LKA ja wirklich eine sehr mächtige Organisation war. Seine Stimme war rau.

Ehe sie Peter Klausen an einer Sendlinger Billig-Tankstelle aussteigen lassen wollten, fragte Zimmerschied: »So, wenn du jetzt gleich frei sein willst, musst du mir noch zwei Fragen beantworten: Woher hattest du den Film?«

»Welchen Film?«

Zimmerschied schüttelte den Kopf. »Hör auf mit dem Spiel, wenn du rauswillst.«

»Und Sie lassen mich dann raus?«

Der Präsident nickte.

»Und was ist die andere Frage?«

»Wieso hast du das gemacht?«

Der Mann schaute zum Fenster raus.

»Wir lassen dich frei, aber ich verlange eine Antwort auf diese zwei Fragen.«

»Ich war auch mal an der Schule von Bastian und wo Frau Lavalle Direktorin ist.«

»Das wissen wir. Wie hast du den Film bekommen?«

»Man kann natürlich auch Smartphones hacken.«

»Du hast Bastian Merwegens Smartphone gehackt?«

Der Mann zuckte mit den Schultern.

Zimmerschied setzte nach: »Also ja. Wieso ausgerechnet Bastians Smartphone?«

»Es gab da so Gerüchte an der Schule.«

»Was für Gerüchte?«

»Na, dass die Lavalle und er ficken.«

»Und dann hast du das Smartphone gehackt?«

Peter Klausen alias Fred Bull Haschky nickte.

»Und warum die Erpressung?«

Der Hacker schaute schweigend zum Fenster hinaus.

»Warum die Erpressung?«, wiederholte Zimmerschied energisch.

»Die Lavalle ist eine falsche Schlange.«

»Inwiefern?«

»Ach, ist doch egal.«

»Nein, ist nicht egal!«, blaffte ihn der Polizeipräsident an.

»Ich wäre wegen ihr fast durchgefallen. Ich wäre wegen ihr fast zugrunde gegangen.«

»Du bist all die Jahre an ihr drangeblieben?«

»Bingo. Ich wusste, irgendwann erwische ich sie.« Er holte Luft. »Aber das Geld hätte ich auch brauchen können.« Er wandte den Blick vom Fenster ab und sah Zimmerschied. »So, und jetzt will ich raus.«

Der LKA-Chef nickte langsam. Dann sagte er leise, was seine Worte umso bedrohlicher wirken ließ: »Gut. Aber merke dir eins, mein Freund: Wenn wir dich noch einmal bei einer krummen Sache im Internet erwischen, dann bringen wir dich um.«

Im Wegfahren sah er das entsetzte Gesicht des Erpressers im Rückspiegel.

»Sie sind ja krass, Chef«, meinte Hensch. »Voll halbweltmäßig.«

Zimmerschied lächelte. Er hatte seiner alten Freundin geholfen. Er war zufrieden. Er hoffte bloß, dass Peter Klausen ihn nicht irgendwann zufällig im Fernsehen sehen und als Polizeipräsidenten und LKA-Chef erkennen würde. Denn wenn Ramona Ahlhaus oder der Innenminister von dieser Aktion erfahren würden, das war klar, wäre seine Karriere endgültig beendet. Die *Hells Bells* rissen Zimmerschied aus seinen Gedanken.

Einer der bekanntesten Auftragskiller der Geschichte war Richard Kuklinski. Im Laufe seines Berufslebens tötete er Hunderte Menschen. Oftmals legte er die Leichen ins Eisfach, um den Todeszeitpunkt zu verschleiern. Man nannte ihn daher auch »Iceman«.

DREIUNDVIERZIG | Contract Killer

»Zimmerschied!«, schrie der Innenminister, und wegen seines fränkischen Akzents hörte es sich an wie »Zimmershit«. »Zimmerschied, wo ist er denn?«

»Im Auto«, antwortete der Polizeipräsident und runzelte die Stirn. Es war vermutlich kein gutes Zeichen, dass Alfred Werner ihn am Abend anrief.

»Und wo waren Sie gestern? Abgetaucht, oder wie oder was?«

Zimmerschied war sich nicht sicher, was er sagen sollte. Er beschloss, der Frage auszuweichen. »Was kann ich denn für Sie tun?«

»Sie müssen mich vertreten«, schrie der Innenminister.

Der Polizeipräsident verdrehte die Augen. Darauf hatte er überhaupt keine Lust. Zwar hatte er sich im Laufe der Jahre daran gewöhnt, Pressetermine wahrzunehmen, es gehörte einfach zu seinem Job, aber wohl fühlte er sich in der Öffentlichkeit deswegen noch lange nicht. Und garantiert suchte Alfred Werner nur wieder irgendwen, der irgendwo für ihn in irgendeiner unangenehmen Angelegenheit den Kopf hinhielt. Denn die Termine, die Applaus versprachen – und war es nur ein Spatenstich –, ließ der Minister sich natürlich nicht entgehen. Deshalb sagte Zimmerschied, ohne erst nachzufragen, worum es ging: »Es tut mir leid, Herr Minister, die Ermittlungen im Isarmordfall nehmen mich derart in Anspruch, dass ich momentan keine Kapazitäten frei habe. Bitte halten Sie sich an jemand anderen.«

»Nein, Zimmerschied, das geht nicht! Keiner kann den Job besser machen als Sie. Also außer mir natürlich. Aber ich kann nicht. Deswegen Sie. Es ist etwas Spektakuläres, Wichtiges, Internationales.« Zimmerschied schwante Furchtbares, während der Innenminister Luft holte. Dann sagte der Politiker: »Sie fliegen morgen früh um vier nach Moskau.«

Manchmal wählte das Leben glückliche Wege. Der Polizeipräsident jedenfalls empfand die Situation als angenehm: Die Sache mit Sophies Sexvideo war erledigt, und er saß nun auf dem eigentlich für den bayerischen Innenminister reservierten Platz im prunkvollen Katharinensaal des Kremlpalasts. Über ihm hing ein riesiger goldener Kronleuchter, der vermutlich mit Wanzen gespickt war. Aber das spielte heute keine Rolle. Links neben dem LKA-Chef hatte Elisabeth Rötli Platz genommen, und rechts von ihm saß der Vorsitzende des russischen Sicherheitsrats, Nikolai Prokofjew, ein ziemlich maskuliner Typ. Rötli war noch etwas außer Atem, die Sekretärin hatte gerade gemeinsam mit den anderen Damen des Frauenchors der Münchner Polizei das Lied *O komm, du Geist der Wahrheit* gesungen. Zimmerschied war sich nicht sicher, ob es eine gute Idee war, an einem derart verlogenen Ort wie dem Palast des autokratisch regierenden russischen Präsidenten ein Lied wider »Trug und Schein«, wie es in einer Textzeile hieß, zum Besten zu geben, aber diesen Programmpunkt des Gipfeltreffens der Innenminister von Russland, Frankreich, Italien, Ungarn, Österreich, Deutschland und Bayern hatte Innenminister Werner bestimmt. Er liebte den Frauenchor der Polizei und das exquisite Musikprogramm, das die Damen auf dem Kasten hatten.

Thema des Kongresses war die gemeinsame Bekämpfung der Cyberkriminalität. Nach dem fulminanten Auftritt der bayerischen Frauen wurde das Wort an Zimmerschieds Sitznachbarn, den Vorsitzenden des russischen Sicherheitsrats, übergeben. Dank der Simultanübersetzung, die ihm über einen kleinen Kopfhörer im Ohr zugänglich war, wusste Zimmerschied, dass Nikolai Prokofjew seinen Vortrag mit »Auftragsmörder-Angebote im Internet – Preise, Leistungen und andere besorgniserregende Hintergründe« betitelt hatte. Der LKA-Chef rechnete nicht damit, dass er viel Neues zu hören bekommen würde, er hatte ja selbst seine Experten für solcherlei Mordgeschäfte, doch bereits die dritte Folie der PowerPoint-Präsentation, die sein russischer Kollege zeigte, beeindruckte ihn dann doch. Sah man nicht so genau hin, wirkte das Bilddokument zunächst wie eine gewöhnliche, mit dem unaussprechlichen Wort »CTHULHU« überschriebene und nicht sehr liebevoll gestaltete Anzeige samt Preisliste. Aber das Bild, das der Anzeigengestalter gewählt hatte, war befremdlich. Es zeigte ein menschliches Wesen mit einem wüsten Schädel, aus dem tintenfischartige Tentakel hervorwuchsen. Der russische Vortragende erläuterte, dass es sich um eine Annonce einer Profikiller-Organisation handle, die seine Mitarbeiter im Darknet entdeckt hätten. Der Begriff CTHULHU stehe für ein mythisches Wesen mit Tintenfischkopf und menschlichem Körper. Es sei Bestandteil des von H. P. Lovecraft und anderen Horror-Autoren erdachten CTHULHU-Mythos' über eine gottgleiche Macht. Doch auch inhaltlich sei diese Anzeige aufschlussreich, erläuterte Nikolai Prokofjew. Zimmerschied überflog die ins Englische übersetzten Zeilen:

Lösungen für häufig auftretende Probleme! Wir sind eine professionell organisierte kriminelle Gruppe, ehemalige Soldaten und Söldner, top ausgebildet, mit Militärerfahrung von mindestens fünf Jahren. Unser Einsatzgebiet ist die ganze Welt.

Wieso sollte jemand online einen Contract Killer buchen? Haben Sie sich diese Frage auch schon mal gestellt? Wir verraten es Ihnen: weil es anonym ist. Wenn Sie in die Vergangenheit blicken, werden Sie immer wieder auf Contract Killer stoßen, die mit den Bullen kooperierten (vor allem, wenn sie 20 Jahre Gefängnis vor Augen hatten). Und auch Sie – als Auftraggeber – könnten wegen einer solchen Tat ins Gefängnis einfahren. Es gab auch schon Fälle, in denen die Polizei bei einem Auftraggeber aufkreuzte und ihn zu einer Zeugenaussage brachte. Das führte dann dazu, dass der Contract Killer im Knast landete.

Insofern ist es in unserem beiderseitigen Interesse, dass alles anonym abläuft. Diese Website läuft über eine Reihe anonymer Server und kann nur über das TOR-Netzwerk erreicht werden. Sie können diese Seite anonym besuchen, und auch wir laden unsere Files nur über TOR hoch. Sie leisten Ihre Zahlungen anonym mit Bitcoins. Was Ihnen das bringt? Dadurch wissen Sie, dass wir nicht wissen, wer Sie sind. Und Sie wissen auch nicht, wer wir sind. Wir können Sie nicht ins Gefängnis schicken, und Sie können uns nicht ins Gefängnis schicken. Natürlich gehen Sie ein gewisses Risiko ein, denn wir erwarten von Ihnen eine Vorauszahlung. Und natürlich gibt es auch sonst Risiken. Betrogen werden kann man immer. Es gibt genügend Kriminelle, die die Eier haben, jemanden umzubringen. Aber wenn diese Typen dann 20 Jahre Gefängnis vor Augen haben, reden sie eben doch mit der Polizei. Das Risiko einer Haftstrafe und das Risiko, sein Geld zu verlieren, sind in diesem Fall immer da. Wenn Sie noch nicht reif sind, ein Risiko einzugehen, dann lassen Sie die Finger von derlei Organisationen. Aber seien Sie sich immer bewusst: Wir sind der einzige wahre Vertragspartner in diesem Geschäftsfeld, der Sie nicht linken wird. Wir sind CTHULHU.

Unter dem Text war die Preisliste der Auftragskiller von CTHULHU zu sehen:

Mordarten	**Normale Person**	**Öffentliche Person**	**1 – 2 Bewacher**	**3 – 5 Bewacher**
Normal	$ 45.000	$ 180.000	$ 360.000	$ 540.000
Verschwindenlassen	$ 60.000	$ 240.000	$ 480.000	$ 720.000
Tod durch Unfall	$ 75.000	$ 300.000	$ 600.000	$ 900.000
Zum Krüppel schlagen	**Normale Person**	**Öffentliche Person**	**1 – 2 Bewacher**	**3 – 5 Bewacher**
Normal	$ 12.000	$ 48.000	$ 120.00	$ 180.000
Entstellen	$ 18.000	$ 72.000	$ 160.000	$ 240.000
Zwei Hände	$ 24.000	$ 96.000	$ 200.000	$ 300.000
Gelähmt	$ 30.000	$ 120.000	$ 120.000	$ 360.000
Vergewaltigung	**Normale Person**	**Öffentliche Person**	**Familie**	**Mitglieder**
Normal	$ 8.000	$ 16.000	$ 32.000	$ 32.000
Minderjährig	$ 21.000	$ 32.000	$ 36.000	$ 36.000
In die Luft sprengen	**Normale Person**	**Öffentliche Person**	**Familie**	**Mitglieder**
Einfach	$ 7.000	$ 28.000	$ 32.000	$ 32.000
Komplex	$ 21.000	$ 32.000	$ 32.000	$ 48.000
Verprügeln	**Normale Person**	**Öffentliche Person**	**Familie**	**Mitglieder**
Einfach	$ 3.000	$ 12.000	$ 30.000	$ 30.000

Der Polizeipräsident schluckte. Er hatte schon viel gesehen, aber diese Anzeige stellte so einiges in den Schatten. Im selben Moment schoss ihm ein interessanter Gedanke durch den Kopf: Warum nicht die Expertise seines Sitznachbarn in Sachen Contract Killer nutzen und ihm den mysteriösen Isarmordfall schildern? Schließlich hatten Hensch, Södlinger, Veltroni und er auch schon darüber spekuliert, ob es sich bei dem Mann, der aus unerklärlichen Gründen das Feuer auf Antonietta Carmignano und Luigi Zorzi eröffnet hatte, nicht um einen Auftragsmörder gehandelt haben könnte. Oder wie sonst ließ sich erklären, dass sie bis heute keinen einzigen Anknüpfungspunkt gefunden hatten, der ihnen eine Spur geliefert hätte?

Als Nikolai Prokofjew endlich fertig gesprochen, die Fragen der Anwesenden beantwortet und sich wieder neben Zimmerschied gesetzt hatte, fragte ihn der Polizeipräsident, ob er ihm eine Frage stellen dürfe. Prokofjew bejahte in etwas ungelenkem, aber durchaus passablem Deutsch – der Vorsitzende des Sicherheitsrats hatte einen Teil seiner Ausbildung zum Agenten, Spion und Einzelkämpfer in der DDR genossen. Also teilte ihm der LKA-Chef die Basisfakten mit: dass der Täter zunächst die Frau bespuckt und dann den Mann erschossen habe. Dass er vermutlich einen Schalldämpfer verwendet habe und als Täter ohne Gesicht beschrieben worden sei. Dass er nach der Tat verschwunden sei, als hätte ihn der Erdboden verschluckt. Und dass es bis heute keine Spur gebe, obwohl der Mord an einem relativ stark frequentierten Ort geschehen sei, in der Nähe eines Biergartens nämlich. Prokofjew ging nicht gleich auf die Frage des Präsidenten ein, sondern erkundigte sich zunächst, in welchem Verhältnis er zu der attraktiven Frau im Chanel-Kostüm neben ihm stehe. Zimmerschied erklärte, dass es sich um seine Sekretärin Elisabeth Rötli handle. »Frau Rötli ist die Tochter eines Schweizer Diplomaten und spricht aus ihrer Kindheit noch ein wenig Russisch. Deshalb habe ich sie mitgenommen.«

»Oh, oh, oh, Вы говори́те по-ру́сски?«, fragte der russische Schürzenjäger in Rötlis Richtung.

»Немного – ein wenig«, antwortete diese ganz ungewohnt schüchtern.

»Восхитительно«, entfuhr es dem Russen enthusiastisch.

»Na ja, ›entzückend‹ ist wohl etwas übertrieben«, meinte Rötli nun wieder in ihrem gewohnt trockenen Schweizerisch und mehr zu sich selbst.

Wieder an Zimmerschied gewandt, sagte Prokofjew: »Zum Glück ist diese elegante Person nur Ihre Sekretärin und nicht Ihre Gattin! Wir sollten zusammenarbeiten, mein lieber Freund Karl Zimmerschied!«

»Ja, gut, dann legen Sie mal los«, kommentierte der LKA-Chef. Die Gedanken an seine Frau verdrängte er lieber.

»Ganz ehrlich«, erwiderte der russische Sicherheitsexperte. »Für mich spricht vielleicht nicht so viel für einen Contract Killer, wie ich ihn eben in meinem Vortrag beschrieben habe, aber ziemlich sicher war da ein Profi am Werk.« Während er sprach, machte er Rötli durchwegs schöne, russische Augen, und die Sekretärin flirtete zurück, dass es Zimmerschied fast zu viel wurde. Aber wenn seine Sekretärin bereit war, sich hier in alter Agentinnen-Manier an einen der ranghöchsten Polizisten des russischen Staats ranzuwerfen, und er – Zimmerschied – dadurch an Informationen kam, an die er sonst womöglich nicht kommen konnte, dann wollte er das Spiel mitspielen. Und schon sagte Nikolai Prokofjew: »Wenn du mir ein Projektil zum Abgleich schickst, mein Freund Karl«, es war herrlich, wie er das R rollte, »dann kann ich prüfen, ob der Typ, der das getan hat, bei uns in der Sowjetunion schon einmal in Erscheinung getreten ist. Bei uns gibt es nämlich viele Mordspezialisten.« Zimmerschied schüttelte fast unmerklich den Kopf. Prokofjew sprach tatsächlich von der Sowjetunion, obwohl das Riesenreich doch schon vor Jahrzehnten untergegangen war.

Trotz dieser politisch-historischen Unkorrektheit seines Gesprächspartners fühlte sich Zimmerschied im Beisein des tatendurstigen Mannes wohl. Und Rötli erst! Tatsächlich sollte ihnen der Flirt mit der russischen Macht auch ganz praktische Vorteile bringen.

Der beliebte russische Oppositionspolitiker Boris Nemzow wurde 2015 vermutlich von einem Contract Killer ermordet. Am Tatort wurde ein weißer Ford beobachtet.

VIERUNDVIERZIG | Shakira

Am Montagmorgen durchwehte Karl Zimmerschieds Hirn noch der ein oder andere Wodka-Schwaden. Aber für einen Kater war jetzt keine Zeit. Denn sein russischer Kollege hatte geliefert: Nachdem Prokofjew auf Zimmerschieds Geheiß noch am Samstag die präzisen Daten des am Tatort des Isarmords aufgefundenen Projektils übermittelt worden waren, hatte Prokofjew diese durch die russischen Computer gejagt. Sein Motiv für die Eile war klar: Er hatte sich in Elisabeth Rötlis makellose Chanel-Eleganz verliebt und hoffte auf ein Wiedersehen mit der charmanten Zweiundsechzigjährigen. Dass deutschsprachige Frauen nach Russland heiraten, ist schließlich bereits seit dem 18. Jahrhundert *en vogue*. Und auch wenn Zimmerschieds Sekretärin nicht auf einen so klangvollen Namen wie Sophie Auguste Friederike von Anhalt-Zerbst alias Katharina die Große bzw. Екатерина Великая hörte, so wollte der Vorsitzende des russischen Sicherheitsrats sie doch beeindrucken.

Die Sache hatte allerdings einen kleinen Haken: Elisabeth Rötli war bereits verheiratet.

Nun lagen also vor Zimmerschied die mit ebenso viel kriminalistischem Scharfsinn wie Liebe beschriebenen Blätter eines Gutachtens aus dem Herzen der russischen Staatssicherheit. Und eines war klar: Die Inhalte dieser Dokumente führten nicht dazu, dass der Präsident sich entspannte. Im Gegenteil – was Zimmerschied las, ließ ihn frösteln: Die Waffe, die für den Isarmord verwendet worden war, so lautete der erschütternde Befund Nikolai Prokofjews, war auf russischem Boden bereits viermal zum Einsatz gekommen. Viermal. Und zwar im Rahmen von nicht gerade unbedeutenden Fällen. Die Taten hatten vielmehr weltweites Aufsehen erregt:

+ Im Jahr 2015 war der russische Oppositionelle und frühere Vizeregierungschef Boris Nemzow in der Nähe des Kremls mit vier Schüssen in den Rücken niedergestreckt worden – mit einer Ceska, zu der die am Münchner Tatort aufgefundene Patronenhülse passte.

+ Im Jahr 2016 war der Ölmanager Michail Anissimow durch zwei Kopfschüsse aus kurzer Distanz ermordet worden, als er gerade ein Bordell in St. Petersburg besuchte.

+ Im Jahr 2017 war der russische Ex-Abgeordnete Denis Woronenkow im ukrainischen Exil in Kiew mit zwei Kugeln erschossen worden. Tatwaffe: eine Ceska mit identischem Beschussmuster.

+ Und schließlich hatte im Moskau des Jahres 2017 ein Unbekannter den damals sechsundfünfzigjährigen Diplomaten Peter Polschikow in seiner eigenen Wohnung ermordet. Polschikow war laut Prokofjews Bericht ein höherer Beamter der Südamerika-Abteilung des MID, also des russischen Außenministeriums. Vielleicht sogar ein Spion.

Bei allen diesen Fällen war die Pistole zum Einsatz gekommen, zu der auch das Projektil vom Münchner Flaucher passte. Zimmerschieds Herzschlag beschleunigte sich. War das die Spur, auf die er so lange gewartet hatte? War der Isarmörder ein russischer Auftragskiller? Aber warum sollte so einer ein junges italienisches Paar hinrichten? Der LKA-Chef kratzte sich den Bart. Konnte er dem Russen vertrauen – oder waren diese Informationen allesamt erfunden, um das westeuropäische Sicherheitsgefüge zu destabilisieren?

Nachdem er noch einmal mit aller Konzentration die vier Fälle aus Russland studiert hatte und in den Verästelungen seiner Gehirnwindungen nach einer Verbindung zum Attentat auf Antonietta Carmignano und Luigi Zorzi gefahndet hatte – vergeblich –, rief er Hannes Södlinger an und bat ihn, gemeinsam mit Barbara Veltroni, Tommy Hensch und Dr. Isabelle Augustin, zu sich ins Präsidentenbüro. Kaum hatte er aufgelegt, klingelte das Telefon. Zimmerschied erkannte die Nummer von Sophie von Lavalle. »Zimmerschied?«

»Grüß dich, Karl. Hier spricht Sophie. Ich habe deine Nachricht gehört und kann dir gar nicht sagen, wie mich das erleichtert. Ich bin dir so dankbar! Und … ähm … Ich wollte dir etwas mitteilen.«

»Mmh?«, brummte Zimmerschied.

»Ich habe … also, ich weiß nicht. Ich …«

Was stammelte sie denn jetzt so herum? Zimmerschied übermannten schon wieder schlimmste Befürchtungen: Hatte sie noch einmal Mist gemacht? Dieses Mal würde er sie nicht mehr rausholen. Dieses Mal musste sie es ausbaden. Irgendwo hörte die Freundschaft auf.

»Ich … ich …« Jetzt schien sie sich gefasst zu haben. »Ich wollte dich fragen, was du davon halten würdest, wenn ich den Dienst quittieren würde.« Damit hatte Zimmerschied nun wirklich nicht gerechnet. »Weil ich einen Fehler gemacht habe. Weil ich eigentlich so nicht mehr Schulleiterin sein kann. Auch wenn ich erpresst worden bin. Ich habe mir das überlegt. Aber ich wollte wissen, was du davon hältst.«

Zimmerschied brauchte nicht lange, um sich zu überlegen, was er davon hielt: »Ich finde, das ist eine gute Idee, Sophie«, sagte er. »Also moralisch. Aber von was willst du leben? Du hast ja noch ein paar Jahre bis zur Pensionierung?«

»Ach ja, aber ich habe Geld gespart. Ich habe das durchgerechnet. Ich würde nach Mittelamerika ziehen. Costa Rica ist nicht so teuer. Und ich liebe dieses Land. Wenn ich meine Wohnung hier in Neuhausen vermiete, dann reicht das Geld bis zur Rente. Weißt du, Karl, ich glaube, ich kann mit dieser Schuld einfach nicht weiter Direktorin sein.«

»Ich finde das richtig«, wiederholte Zimmerschied. Sie plauderten noch kurz, dann stand die Flaucher-Soko vor der Tür.

Als Södlinger, Veltroni, Dr. Augustin und Hensch an seinem Besprechungstisch saßen, erläuterte er ihnen mit ernster Stimme die veränderte Situation.

»Das muss ein Fehler sein«, meinte Veltroni nassforsch.

»Die Daten sind garantiert gefälscht. Der Russe will uns verunsichern«, urteilte Södlinger und strich selbstverliebt über seine Krawatte.

»Man muss sich in diesem Fall jedes Detail noch einmal genau ansehen«, erklärte Hensch, und niemand nutzte die Möglichkeit für einen Blindenwitz, so angespannt war die Situation. Weil Dr. Augustin nichts sagte, ließ Zimmerschied den Blick zu ihr gleiten. Dabei streifte er – nicht willentlich – ihre Füße. Da waren sie wieder, die Blumensandalen.

»Und was sagen Sie dazu, Frau Doktor Augustin?«

Die Molekularbiologin zupfte ein Tuch aus dem Täschchen und erwiderte: »Mein Fachgebiet ist ja eher die DNA. Hat unser Kollege vom Sicherheitsrat hierzu denn auch Material geliefert?«

»Nein«, gestand Zimmerschied und bewunderte einmal mehr die Schönheit ihrer Lippen. »Aber das werde ich anfordern. Da haben Sie völlig recht! Da muss es ja schließlich auch was geben!«

Als die Soko Flaucher-Mord das Feld geräumt hatte, stand Zimmerschied auf und trat an das große Fenster. Die Marsstraße war stark befahren. Ein Laster, auf den ein Idiot »Sürer raus, unser Lant is unser Lant!« gesprayt hatte, störte lediglich kurz seine Konzentration. Dann ging plötzlich ein Ruck durch seinen Körper, und er verließ mit großen Schritten das Büro, den Präsidentenflur, das Stockwerk. Er holte Hensch und Benno aus ihrem Büro, und zu dritt machten sie sich auf den Weg. Man durfte nicht aufgeben. Nie. Man musste sich das alles noch einmal genauer ansehen.

Das Lager der Obdachlosen in dem kleinen Wäldchen zwischen Radweg und Flaucher-Kiesstrand war noch da: die beiden Isomatten, die Schlafsäcke, der Einkaufswagen. Allerdings war die Frau, die vielleicht Judith hieß und Einstichstellen an den Handgelenken hatte, nicht anwesend, sondern nur ihr viel jüngerer Freund, der seinerzeit vor Zimmerschied weggerannt war. Kaum war das Trio durch die Büsche geraschelt, starrte er den Polizeipräsidenten erneut mit angstvollem Blick an.

Mit einem jovialen »Grüß Gott, wollte nur mal vorbeikommen bei Ihnen und schauen, wie es Ihnen geht« bemühte sich der Polizeipräsident den Mann zu beruhigen. Sie wollten ihm ja nichts Böses. Dieser Obdachlose kam ja wohl als Attentäter auf russischem Staatsgebiet nicht infrage.

Oder doch?

Der rotgesichtige Mann fixierte Zimmerschied reglos, auf der Hut wie ein wildes Tier.

»Und, wie geht's Ihnen so?« Der LKA-Chef wusste gar nicht so genau, warum es ihn hierher getrieben hatte.

»Kein Zeit. Muss ich Arbeit«, lautete die knappe Antwort.

»Sie sind ein fleißiger Mann. Immer wenn wir kommen, müssen Sie zum Arbeiten«, meinte Zimmerschied. Dann kramte er in der Hosentasche seiner etwas aus der Zeit gefallenen Bundfaltenhose und fischte einen Fünfeuroschein hervor. »Hier, das ist für Sie. Ein Geschenk sozusagen.«

Mit der Schnelligkeit einer Giftschlange schnappte der Obdachlose mit seinen groben Fingern nach dem Geld und verräumte es in seinem Anorak. Kurz wunderte sich Zimmerschied, wie man an einem derart heißen Tag eine so dicke Jacke tragen konnte, aber da hörte er ein leises Miauen. Und gleich darauf kroch unter der Jacke des Mannes ein winziges, grau gestreiftes Kätzchen hervor. Benno Berghammer zwinkerte. Der Blindenhund war zu Toleranz erzogen worden, natürlich auch gegenüber Katzen, obgleich er sich nun sichtlich zusammenreißen musste.

Zimmerschied und Hensch knieten sich auf den Boden, und der Blinde streckte seine Hand in Richtung des kleinen Tiers. Die Katze schnupperte an seinen Fingern. »Du bist ja eine Süße«, sagte der Blinde. Benno machte entschlossen einen Schritt nach vorn und leckte dem Kätzchen über den Kopf. Dieser Akt der Diplomatie erheiterte die drei Männer. Sie lachten. Doch dann wurde der Gesichtsausdruck des Obdachlosen schlagartig wieder ernst: »Was wollen?«

»Ach«, seufzte Zimmerschied, als hätte er die Frage nicht gehört. »Wenn ich dieses Kätzchen hier so sehe, dann denke ich mir, dass ich mir auch einmal wieder eine Katze auf den Hof holen sollte.« Der Obdachlose sah ihn an. »Wissen Sie, ich habe Kühe und Hühner und Schweine, und das ist schön. Aber wo eine Katze ist, da ist Frieden.«

»Sie Bauer?«, fragte der Mann ungläubig und holte das Kätzchen wieder ein bisschen näher zu sich her. »Sie sagen, Sie Polizist!«

»Ich bin beides«, erklärte Zimmerschied. »Bauer und Polizist.« Benno schleckte schon wieder das Kätzchen ab. Der Obdachlose streichelte den Hund. Hensch schob Benno etwas zur Seite. »Lass mal, Benno, du bist ja ein Riesenmonster für die Kleine.«

»Nicht Riesenmonstra, Riesenpopa ist Benno für Shakira.«

»Shakira?«, entfuhr es dem Polizeipräsidenten. »Diese kleine Katze heißt Shakira?«

»Ja«, sagte der Mann. »Shakira. Weil erinnert mich an meine Freundin.«

»Und die heißt Shakira, oder was?« Zimmerschied sah den Katzenbesitzer ungläubig an.

»Nein, Mascha tanzt wie Shakira. Mit Bauch und Haaren.«

»Ach so«, meinte der LKA-Chef. »Und wo ist Ihre Freundin?«

»Tot«, sagte der Obdachlose. »Erschossen, Ukraine, Maidan.«

»Oh, das tut mir leid.«

»Mir auch«, sagte Hensch.

Der Obdachlose nickte mit hängenden Mundwinkeln und kraulte das Kätzchen am Kopf.

»Ich habe auch keine Freundin mehr«, erzählte Hensch. »Seit meinem Unfall.« Er nahm die Brille ab. »Eine Bombe. Peng. Alles dunkel.« Der Obdachlose nickte nachdenklich.

Dann schwiegen die drei Männer und die zwei Tiere. Nach einer Weile stemmte sich Zimmerschied wieder in eine aufrechte Position, die Unterschenkel schliefen ihm ein und bitzelten. »Na gut, dann lassen wir Sie mal wieder in Ruhe.« Er kramte noch einmal in seiner Hosentasche. Mit den Worten »Für Shakira – also, die Katze« drückte er dem Mann auf der Isomatte noch einen Zehneuroschein in die Hand, und die beiden LKA-Männer verabschiedeten sich und wandten sich zum Gehen. Die Sträucher raschelten, als sie sich hinter ihnen wieder zu einer fast blickdichten Mauer zusammenschlossen. Doch plötzlich hörten sie einen Ruf: »Mörder, was schoss, hat kein Gesicht!« Ruckartig blieb Zimmerschied stehen und drehte sich um. Auch Hensch stoppte. »Haben Sie das gehört, Herr Hensch?«, fragte der LKA-Chef leise.

»Das hat auch Antonietta Carmignano gesagt: ›Der Mörder hatte kein Gesicht.‹«

Die beiden gingen noch einmal zurück zum Lager des Obdachlosen. Zimmerschied schob die Büsche wieder auseinander. Mit ruhiger Stimme fragte er: »Was haben Sie da eben gerufen? Der Mörder hat kein Gesicht? Haben Sie ihn denn gesehen?«

»Ja.«

»Ha!«, entfuhr es Zimmerschied ungläubig. »Und warum sagen Sie das erst jetzt?«

»Angst.«

»Und … und jetzt … haben Sie keine Angst mehr?« Der Polizeipräsident war fassungslos.

»Doch.«

»Aber?«

»Aber du guter Mann. Sie guter Mann.« Er deutete auf Hensch. »Wer Tier liebt, liebt Mensch. Guter Mann. Beide.«

»Meinen Sie«, begann Zimmerschied seine Frage – er wusste, dass er behutsam vorgehen musste, denn sonst schlug die Tür, die sich einen Spaltbreit geöffnet hatte, gleich wieder zu. »Meinen Sie, Sie könnten … vielleicht … den Mann, der geschossen hat … beschreiben?«

»Ja. Kann.«

Diese Antwort erfüllte Karl Zimmerschied mit Hoffnung.

Karl Zimmerschieds Lieblingsdrink ist der El Presidente, ein Cocktail aus Rum, trockenem Wermut, Curaçao und Grenadine.

FÜNFUNDVIERZIG | Mann ohne Gesicht

Das Phantombild, das die Abteilung SG 525 des LKA, zuständig für erkennungsdienstliche Maßnahmen, erstellte, zeigte tatsächlich – wenn man so wollte – einen Mann ohne Gesicht: einen Mund ohne Lippen, Augen wie Schlitze, wimpernlos und ohne Augenbrauen. An der Stelle, wo die Nase sitzen sollte, prangte ein unförmiges, knolliges Gebilde.

»Der muss einen Unfall gehabt haben«, meinte Barbara Veltroni, ohne von dem Bildschirm aufzublicken, um den sich die Soko Flaucher-Mord versammelt hatte. »Das hier, da«, sie deutete auf Narben, die von der Höhle, die einmal ein Mund gewesen sein musste, über die linke Wange in Richtung Ohr verlief. »Das ist vermutlich bei einem Brand entstanden.«

»Der hatte hundertprozentig einen schlimmen Unfall. Schaut aus wie ein Alien«, stimmte Södlinger zu. Und schob noch in Richtung Hensch hinterher: »Also, definitiv schlimmer als Sie nach Ihrem Unfall damals.«

Zimmerschied entfuhr ein widerwilliges Knurren, aber er beschloss, es dieses Mal dabei bewenden zu lassen. Es reichte, wenn er dafür sorgte, dass der ehrgeizige Södlinger, dem es definitiv an Einfühlungsvermögen mangelte, nicht weiter aufsteigen würde. Dieser unsensible Schleimer war für eine Führungsposition nicht geeignet.

»Und was machen wir jetzt damit?« Barbara Veltroni hob ihren Pagenkopf, sie musste kürzlich erst beim Friseur gewesen sein.

»Öffentlichkeitsfahndung. Damit gehen wir raus.« Zimmerschieds Tonfall legte nahe, dass das kein Vorschlag, sondern eine Anweisung war.

Am Folgetag machten die Münchner Blätter mit dem Phantombild auf. Die spektakulärste Schlagzeile brachte das Revolverblatt *Monaco*, sie lautete:

Flaucher: Fieser Fratzen-Mörder vor Festnahme

LKA startet in München historisch einzigartige Killer-Jagd

Natürlich fand Zimmerschied diesen reißerischen Text ebenso überzogen wie sein Team. Doch – der Präsident konnte es kaum glauben – bereits am späten Vormittag meldete sich der Rentner Eberhard Remmlinger, wohnhaft im Münchner Stadtteil Giesing, mit der Aussage, sein Nachbar sehe genauso aus wie der »Mörder vom Phantombild« aus der *Monaco*. Zimmerschied hatte angeordnet, dass mögliche Zeugen direkt zu ihm durchgestellt würden. Nachdem er das Gespräch mit dem etwas verwaschen sprechenden Anrufer beendet hatte, gab er das Kommando zum Aufbruch: Veltroni, Södlinger, Hensch und er rasten mit Blaulicht durch München.

»Ähm, sollten wir nicht noch ein SEK verständigen? Ich meine, wir haben es hier vermutlich mit einem Profikiller zu tun?!«

Zimmerschied beantwortete Barbara Veltronis Frage nicht sofort. Da so einige Verkehrsteilnehmer trotz des Blaulichts keinen Platz machten, überholte er gerade rechts und halb auf dem Gehsteig fahrend einen links von ihm rollenden Fahrradfahrer mit Kinderanhänger. Das Selbstbewusstsein der Münchner Radfahrer war schon außergewöhnlich.

»Ich meine auch, dass wir ein SEK brauchen«, pflichtete Södlinger der Kollegin bei.

»Pff!« Zimmerschied schüttelte ungehalten den Kopf. Er wollte das jetzt durchziehen! Wenn sie diesen Killer ohne Gesicht schnappten, dann konnte er sich endlich um seine Ehe oder um Dr. Augustins schöne Füße oder auch gleich um beides kümmern! Die Voraussetzung war natürlich, dass dieser Eberhard Remmlinger nicht bloß besoffen gewesen war – tatsächlich hatte der Rentner ausgesagt, dass er die Titelseite der Zeitung mit dem Phantombild beim Frühschoppen in der Bierschenke *Bauerngirgl* zur Kenntnis genommen habe. Zimmerschied war bewusst, dass Beobachtungen beim Frühschoppen nicht zu den haltbarsten Zeugenaussagen zählten. Aber er wollte diesen Strohhalm nicht fahren lassen.

»Was, pff?«, fuhr Barbara Veltroni ihn empört an. »Ich riskiere doch nicht mein Leben! Natürlich rufen wir ein SEK!«

Der Polizeipräsident schnaufte. Ihm war das alles zu viel. Er wollte den Sack zumachen. Wenn man nun auf die SEKler warten musste, würde das noch mindestens eine Stunde länger dauern. Und dann diese unerträgliche Wichtigtuerei der Kollegen vom Spezialeinsatzkommando! Deshalb sagte er bestimmt: »Wir machen das ohne SEK.«

»Okay, Chef. Darf ich bitte aussteigen?«

Zimmerschied warf Veltroni einen bösen Blick zu. Eigentlich hatte sie ja recht: Es war äußerst riskant, sich einen Profikiller vorzuknöpfen. Andererseits war es keineswegs sicher, dass der Nachbar von Remmlinger die Person war, die sie suchten. Und zudem hatte Zimmerschied – je mehr er darüber nachdachte – überhaupt keine Lust, wieder irgendeinen von diesen SEKlern zu sehen. Hatten sich die Männer nicht einen Riesenbock geleistet, als sie ihn beim Abholen des Pakets auf den dreckigen Boden im Postamt gedrückt hatten? War das nicht die totale Erniedrigung gewesen? Mit solchen Nullen wollte er doch nicht zusammenarbeiten!

Zimmerschied stoppte den Wagen. »Also, dann bitte.« Er machte eine Handbewegung in Richtung Beifahrertür.

Veltroni schaute verdutzt drein. »Ist nicht wahr, oder?«

Der Polizeipräsident hob die Schultern. Er war früher Boxer gewesen. Sein Lieblingsdrink war der El Presidente, ein starkes Gemisch mit viel Rum. Er war ein zu allem entschlossener Mann.

»Sie wollen das echt durchziehen?« Veltroni glaubte es noch immer nicht.

»Reisende soll man nicht aufhalten.« Zimmerschied hatte längst auf Einzelkampfmodus geschaltet. Er war sein eigenes Ein-Mann-SEK.

Veltroni zögerte. »Das ist gegen die Vorschriften.«

»Frau Veltroni, bitte steigen Sie jetzt aus, wenn Ihnen das nicht passt.«

»Das könnte Sie den Job kosten.«

»Ich habe alles erreicht.«

»Es könnte Sie auch das Leben kosten.«

Er pfiff drauf. »Steigen Sie nun bitte aus, Frau Veltroni.«

Die Hauptkommissarin kletterte kopfschüttelnd aus dem Wagen.

»Okay, dann steige ich auch aus«, ließ sich plötzlich Södlinger von hinten vernehmen. »Nicht, weil ich Angst hätte oder so, aber … aber es verstößt gegen die Vorschriften. Man will ja was … man will ja, also Vorschriften sind wichtig, weil, man will ja … noch was … erreichen«, stammelte er. »Ich hoffe, das ist in Ordnung für Sie, wenn …«

»Es wäre gut, wenn Sie sich etwas beeilen würden.« Zimmerschieds Blick war auf den Tacho gerichtet. Unter dem Jackett drückte das Holster mit seiner Dienstwaffe. Er wollte weiterfahren. Während Södlinger ebenfalls ausstieg, fragte der LKA-Chef: »Und was ist mit Ihnen, Herr Hensch?«

»Benno und ich bleiben.«

»Es könnte aber wirklich gefährlich werden.«

»Dann ist es besser, wenn wir zu dritt sind.«

Zimmerschied konnte ein Lächeln nicht unterdrücken.

Das Haus, in dem laut Eberhard Remmlinger der Mann ohne Gesicht vom Phantombild wohnte, befand sich in der Sankt-Bonifatius-Straße. Der farblose Nachkriegsbau beherbergte im Erdgeschoss eine Apotheke. Direkt daneben erkannte der Polizeipräsident die Schenke *Biergirgl*. Zimmerschied parkte seinen BMW auf dem Teil des Gehsteigs, der zwischen dem Obst- und Gemüsegeschäft *Gretels Markt* und der Tegernseer Landstraße lag. Gerade fuhr eine Trambahn ein und verdeckte die rote Backsteinmauer des Ostfriedhofs. Hier also sollte einer der gefährlichsten Killer Russlands wohnen.

Schnell stiegen die beiden Männer samt Hund aus. An der Tür, die in großen weißen Lettern ein »Praxiszentrum« versprach, blieb Zimmerschied stehen. Auf der rechten Seite erkannte er an einem der Klingelknöpfe den Namen, den der Rentner genannt hatte: Romanow. Für den Bruchteil einer Sekunde fragte sich Zimmerschied, ob ein Profikiller wirklich ein derart auffälliges Pseudonym wählen würde. Aber dann drückte er die Tür auf. Sie war nicht verschlossen, vermutlich weil es sich um ein Ärztehaus handelte. »Kommen Sie, Herr Hensch. Die Wohnung liegt im ersten Stock.« Während der Polizeipräsident die Stufen hinaufeilte, stieg ihm der Geruch von Desinfektionsmittel in die Nase.

Dann stand er vor der Tür. Romanow. Sekunden später stießen Hensch und Benno zu ihm. »Hier ist es«, flüsterte der

LKA-Chef. »Ich klingle.« Plötzlich hatte Hensch eine Pistole in der Hand. Ein Blinder mit Pistole, das verstieß natürlich gegen jede erdenkliche Vorschrift. Wo der Hensch die wieder herhatte? »Sie schauen dann schon, dass Sie nicht mich treffen, ja, Hensch?« Ohne auf eine Antwort zu warten, drückte er auf den Knopf neben der Tür. Das Geräusch, das die Klingel machte, glich eher einem Rattern. Zimmerschied, die rechte Hand an der Waffe unter dem Jackett, hielt die Luft an. Hinter ihm ein Geräusch. »Grüß Gott.« Er nickte der Frau in Jeans, T-Shirt und roten Pumps zu, die an ihm vorbeistakste. Für einen Moment fühlte er sich an Ramona Ahlhaus erinnert. Aber hinter der Tür blieb es still. »Mist«, fluchte er leise. Er klingelte noch einmal. Benno stand reglos neben seinem Herrchen. »Grüß Gott.« Dieses Mal war es ein Fahrradkurier, der an ihnen vorbeieilte. Beißender Schweißgeruch. Als der Bote hinter der Praxistür am Ende des Gangs verschwunden war, klopfte Zimmerschied gegen Romanows Tür. Sie lauschten eine Weile, doch nichts passierte. »Der ist nicht da«, flüsterte Zimmerschied und schaute zu Hensch.

»Der ist schon da«, antwortete der Blinde.

»Wieso meinen Sie?«, zischelte der LKA-Präsident.

Hensch zuckte mit den Schultern und schürzte die Lippen. Zimmerschied betrachtete ihn eine Weile. Dann fragte er leise: »Brechen wir sie auf?«

Hensch hob erneut die Schultern, die Waffe in seinen Händen wirkte riesig. Der Polizeipräsident nahm die Geste als Zustimmung.

Es dauerte zehn Minuten, bis Zimmerschied das Stemmeisen aufgetrieben hatte. Einer der Bauarbeiter, die den Altbau auf der gegenüberliegenden Straßenseite luxussanierten, hatte es ihm geliehen. Mit einem Krachen riss es die Tür aus dem Rahmen, und sofort griff Zimmerschied nach seiner Pistole.

Der Eingangsbereich der Wohnung war quadratisch. Ziemlich schnieker Parkettboden, picobello aufgeräumt. Schlichte, moderne, teuer wirkende Möbel. Vier Türen, eine verschlossene mit Glaseinsatz gegenüber, links eine, die sich zu einer kleinen Küche öffnete. Rechts ging eine Art begehbarer Kleiderschrank ab. Zimmerschied machte ein paar Schritte, um in das vierte Zimmer sehen zu können, und erspähte gerade noch eine Person, die sich über das Geländer des französischen Balkons nach draußen schwang. Der Polizeipräsident rannte zum Fenster. Der Schwarzgekleidete, auf dem Kopf eine ebenso schwarze Mütze, hielt sich am Geländer und ließ sich nun auf die rote Markise von *Gretels Markt* gleiten. »Dableiben!«, schrie Zimmerschied und zielte auf den Mann unter ihm. »Oder ich schieße!« Doch schon war der Fliehende nicht mehr zu sehen. Dafür war er zu hören: Zimmerschied vernahm ein Krachen, vermutlich von dem Sonnendach und den auf dem Gehsteig stehenden, hüfthohen Obstregalen, in die der Mann gestürzt war. Jetzt stand auch Zimmerschied am Balkon. Der Mann machte gerade einen Sprung aus dem Markisenstoff und den darunter liegenden Obstkisten auf den Gehweg. »Bleiben Sie stehen, oder ich schieße!«, schrie Zimmerschied noch einmal. Der Mann drehte sich nicht einmal um. Peng! Der Polizeipräsident gab einen Warnschuss in die Luft ab. Als er jedoch sah, dass das dem Fliehenden gleichgültig war, sprang auch er über das Geländer und schepperte seinerseits auf die Markise. Durch den roten Stoff drückte sich Fruchtsaft. Es roch nach Bananen. Ein Mann schrie. Eine Frau wimmerte. Zimmerschieds linkes Fußgelenk schmerzte. Er hatte es sich geprellt. Doch dafür war jetzt keine Zeit. Der Mörder hatte bereits die Straße in Richtung Ostfriedhof überquert. Auch Zimmerschied hetzte auf die Fahrbahn. Der Fiat eines Pizzadiensts machte eine Vollbremsung, die Reifen quietschten, der Fahrer hupte eine gefühlte Minute lang. Zimmerschied winkte wütend mit der Pistole. Eine Tram fuhr ein und schob sich ausgerechnet zwischen Zimmerschied und den fliehenden Mörder. »Verdammt, halten Sie an!«, schrie der Polizeipräsident. Aber der Trambahnfahrer hatte weder Augen noch Ohren für ihn. Als der LKA-Chef endlich die Straße überquert hatte, war die Straßenbahn längst angefahren und der Killer verschwunden. Er musste die Straßenbahn genommen haben. »Verdammt!«, fluchte Zimmerschied und sah sich um. Da war ein etwa vierzigjähriger Mann mit Sonnenbrille, Baseballcap und Rennrad. »Polizei!«, brüllte Zimmerschied ihn an. »Ich brauche Ihr Fahrrad! In der Tram sitzt ein Killer!«

»Und ich bin Til Schweiger«, sagte der Mützenmann und wollte weiterradeln.

»Geben Sie mir sofort Ihr Fahrrad!«, schnauzte der Präsident seinen Gesprächspartner an und packte ihn am Arm.

»Aber sonst alles im Lot, ja?«, fragte der Möchtegern-Til-Schweiger.

Zimmerschied schüttelte wütend den Kopf: »Jetzt passen Sie mal auf: Ich habe keine Zeit, weil in der Tram da vorn, da sitzt ein Mörder.« Er nickte in Richtung Straßenbahn. Dann hob er die Hand mit der Pistole. »Und das hier ist eine P7. Die P7 ist die Dienstwaffe der bayerischen Polizei. Ich bin also Polizist. Sonst hätte ich diese Waffe nicht. So, und nun geben Sie mir Ihr Fahrrad!«

Mit einem energischen Griff entriss Zimmerschied seinem Gesprächspartner das Rad und nahm die Verfolgung auf. Noch vor der nächsten Haltestelle hatte er die Trambahn eingeholt. Jetzt würde er ihn schnappen.

Tatsächlich stieg der Mann, der sich Romanow nannte, aus. Doch sobald er Zimmerschied erblickte, rannte er sofort wieder los.

»Stehen bleiben! Ich schieße wirklich!«, drohte der Polizeipräsident lauthals. Aber der Killer blieb nicht stehen. Vielmehr erreichte er nach einem kurzen Sprint eine Gruppe Kindergartenkinder, die mit ihrer Erzieherin die Regerstraße in nördlicher Richtung entlanggingen. Zimmerschied sah mit Entsetzen, wie der Fliehende sich eines der Kinder schnappte – ein vielleicht vierjähriges Mädchen – und sich nun zu ihm umwandte. Der Verbrecher hielt dem Kind eine Waffe an den Kopf. Verflucht, dachte sich Zimmerschied. Verflucht. Er hatte einen Fehler gemacht. Wegen ihm war ein Kind in Gefahr! Jetzt erkannte er auch das Gesicht des etwa zehn Meter entfernten Manns. Nur – da war keines. Die Kindergartenkinder kreischten. Der Killer hob die Waffe und zielte in Zimmerschieds Richtung: »Senken Sie Ihre Waffe.« Der Polizeipräsident war überrascht von der Ruhe, die der Mann ausstrahlte. Ja, seine Stimme war laut, aber sie klang keineswegs nervös. Kein Zweifel, das war ein Profi.

Zimmerschied senkte die Pistole. »Lassen Sie das Kind!«

Der Mann mit der schwarzen Mütze ging nicht darauf ein, sondern befahl: »Legen Sie Ihre Waffe nieder.«

Zimmerschied zielte weiter auf den Mann. »Lassen Sie das Kind gehen, oder ich schieße!«

»Nein!« Der Schrei der Kindergärtnerin schrillte in Zimmerschieds Ohren.

»Ich schieße!«, brüllte Zimmerschied noch einmal.

»Ich habe nichts zu verlieren.« Die Vorschüler weinten, eines der Kinder bekam einen Schreikrampf.

»Aber das Kind!«, bellte der Polizeipräsident. »Das Kind ist unschuldig. Haben Sie denn kein Mitleid mit dem Kind?«

»Nein«, lautete die kalte, verstörend leise Antwort des Mützenmanns. »Mit mir hatte auch nie jemand Mitleid.« Zimmerschied betrachtete wie gelähmt das Gesicht, das keines war, die höhlenartige Mundöffnung, aus der die unbarmherzigen Worte entwichen wie Seufzer. »Ich wurde immer gehänselt«, sprach der Mann weiter, »… weil ich kein Gesicht habe …«

»Aber das Kind. Lassen Sie das Kind. Es … ist … unschuldig …« Zimmerschied fühlte sich hilflos. Nichts hasste er mehr als diesen Zustand. Und mit einem Mal wurde es still. Sogar die Kindergartenkinder verstummten. Was geschah hier? Zimmerschied kam sich vor wie in Zeitlupe: Der Mann ließ das Kind los. Das Mädchen warf sich in die Arme der wenige Meter entfernt stehenden Erzieherin. Der Mann aber ging jetzt mit erhobener Waffe und ohne zu zögern, einen Schritt vor den anderen setzend, auf Zimmerschied zu.

Der Polizeipräsident blieb reglos stehen. »Was soll das?«

»Ich bringe Sie um.« Zimmerschied runzelte die Stirn. War der Typ irre? »Mein Leben ist sowieso versaut«, sagte der Mann. »Seit dem Unfall ist es versaut. Ich hatte das Geld fast beisammen für die OP. Sechshunderttausend Euro. In Ungarn. Alles streng geheim. Aber jetzt … Sie … Es ist alles umsonst. Wegen Ihnen. Ich bringe Sie um.«

»Sie sind ein Auftragsmörder?

»Woher wissen Sie das?«, fragte der Mann, er wirkte überrascht.

»Ich bin der LKA-Chef.«

»Dann muss ich Sie erst recht umbringen.«

Zimmerschied hatte seine Fassung wiedergefunden. Er hatte den Richtigen. Er würde nicht sterben. Lässig erwiderte er: »Tun Sie, was Sie nicht lassen können. Aber ich sage Ihnen: Ich schieße zurück. Und dann sterben auch Sie.« Er bewegte die Hand mit der Pistole ganz leicht. »Warum haben Sie Antonietta Carmignano und Luigi Zorzi getötet?«

»Kenne ich nicht.«

»Das junge Paar am Flaucher. Sie war schwanger.«

»Ach die! Das war einfach so.«

»Einfach so? Was soll das? Man tötet nicht jemanden einfach so!«

»Sie sahen so hübsch aus, so glücklich.« Ein Ruck ging durch den Körper des Mannes. Er hob die Waffe höher. »Ich erschieße Sie jetzt.«

Der Polizeipräsident blieb ganz ruhig. Er dachte an seine Frau. An Dr. Augustin. An seine Kühe. An Ramona Ahlhaus. Warum nur an Ahlhaus? Egal. Er war bereit zu sterben.

Die Kindergartenkinder begannen wieder zu wimmern. Da sagte Zimmerschied zu dem Mann: »Einen Moment. Die Kinder.« Ehe der Auftragsmörder reagieren konnte, rief Zimmerschied der Erzieherin zu: »Gehen Sie mit den Kindern! Gehen Sie weg! Dieser Mann hier wird Ihnen nichts tun! Gehen Sie!« Er sah, wie die Kindergärtnerin die Kinder wegscheuchte. Es fühlte sich wie eine Ewigkeit an, bis sie um die nächste Hausecke verschwunden waren. Nun räusperte sich Zimmerschied und wandte sich wieder seinem Widersacher zu: »Geben Sie mir Ihre Waffe. Jetzt.«

Der Profikiller schüttelte den Kopf und sagte fast freundlich: »Ich erschieße Sie.«

»Geben Sie mir Ihre Waffe!«

Zimmerschied schwitzte. Er machte einen Schritt vor, dann noch einen. »Bleiben Sie stehen!«, befahl der Mann ohne Gesicht. Zimmerschied ging weiter. »Bleiben Sie stehen!« Der Mörder klang schon nicht mehr so souverän. Zimmerschied setzte weiter einen Schritt vor den anderen. Der Auftragskiller war nun noch etwa drei Meter von ihm entfernt. Konnte er ihn überwältigen? Er musste noch näher an ihn ran. Er machte noch einen Schritt.

»Bleiben Sie stehen!«

Zimmerschied machte einen weiteren Schritt.

»Ich schieße!«

Und noch ein Schritt.

Dann knallte es. Zimmerschied sprang zur Seite, spürte einen stechenden Schmerz im Arm. Er sprang nach vorn und riss den Mann um. Zimmerschied lag jetzt auf ihm. Sie rangen miteinander. Längst hatte Zimmerschied seine P7 verloren. Er versuchte dem Widersacher die Waffe zu entwinden. Zimmerschied drückte die Hand mit der Waffe nach unten. Der Mann trat Zimmerschied in den Unterleib. Der Polizeipräsident spürte, wie seine Kräfte schwanden. Dem Mann gelang es die Waffe zu drehen. Ein Knall. Blut. Überall Blut und Hirnmasse. Der Killer hatte sich selbst gerichtet.

Der Fußballtrainer Jürgen Klopp trat einem Reporter während einer Pressekonferenz vors Schienbein, weil dieser während des Spiels mit der Mutter des Trainers gesprochen hatte, obwohl Klopp dies untersagt hatte.

SECHSUNDVIERZIG | Privat

»Und so sehen Sie, meine sehr verehrten Damen und Herren, wie exzellent die bayerische Polizei respektive Politik arbeitet«, erklärte Alfred Werner selbstzufrieden, wobei er »Bolizai«, »rreschbegdiewe«, »Bolidick« und »arpaitett« sagte. Neben dem äußerst stolzen Innenminister aus Franken saß Karl Zimmerschied, ihnen gegenüber zahlreiche Journalisten, die der Einladung zur Pressekonferenz gefolgt waren. Der Polizeipräsident war um einen möglichst neutralen Gesichtsausdruck bemüht. »Innerhalb von nur sechzehn Tagen haben wir einem Mörder das Handwerk gelegt, den der Russ' seit Jahren erfolglos gejagt hat. Ich erinnere daran: Bayern hat dreizehn Millionen Bürger, Russland hundert-fuff-zich Mill-i-onen. Einen

Mörder und Profikiller!« Werner sagte »Mörtta« und »Broffigilla«. »Einen Mörder und Profikiller, wo in alle spektakulären Mordfälle der jüngsten Zeit in Russland verwickelt war. Dass wir das geschafft haben, hat mit unserer exzellenten Planung im Hintergrund zu tun.« Alfred Werner überprüfte mit einem Seitenblick, ob Zimmerschied nickte. Schnell nickte der Präsident, es war ja eh schon alles egal. »… und weil wir alle bereit sind, für die Sicherheit und Ordnung in diesem unserem Land unser Leben zu riskieren. Schauen Sie ihn an …« Er bedachte Zimmerschied mit einer ausschweifenden Handbewegung. »Dieser mutige Recke von einem Polizeipräsidenten, dieser Mann und Held, hat sich mit seinem Oberarm für Bayern, für Europa« – er sprach es wie »Oirobba« aus – »ins Feuer geworfen, um den Profikiller ohne Gesicht zu stoppen. Heb einmal hoch!«, forderte Alfred Werner den LKA-Chef nun auf und zerrte ohne jedes Feingefühl an dessen verbundenem Arm. Zimmerschied entfuhr ein leiser Schmerzenslaut, er verzog das Gesicht, aber er stemmte den vom Schuss verletzten Arm mithilfe des gesunden nach oben. Die Kameras klickten. Der Innenminister lächelte. Seinem Lebenstraum, einmal Ministerpräsident zu werden, war er wohl ein großes Stück nähergekommen. Jetzt war entscheidend, dass die ganze Sache dem Wahlvolk als strategischer Erfolg einer makellos arbeitenden Polizeimaschinerie verkauft wurde. »Dieser kraftvolle Arm …« Zimmerschied versuchte, wieder Herr über seinen Arm zu werden, weil es wirklich wehtat, wie der Innenminister an ihm riss. Aber der Politiker hatte einen starken Willen und ließ nicht locker, weshalb ein Gerangel entstand, das auch der Presse nicht entging. »Dieser kraftvolle Arm«, wiederholte Alfred Werner, nun leicht außer Atem, »steht für Bayern. Und deshalb haben ich und unser Herr Ministerpräsident beschlossen, dass wir – nach der Wiedereinführung des Bayerischen Obersten Landesgerichts und der Obersten Bayerischen Grenzpolizei und dem Obersten Bayerischen Heimatministerium nun auch einen Obersten Bayerischen Polizeipräsidenten einführen. Karl Zimmerschied, der hier vor Ihnen sitzt, meine sehr verehrten Damen und Herren, wird fortan diesen Titel führen und mit der Kraft seines Arms ausfüllen.« Da von den verdatterten Journalisten keine Reaktion kam, fügte der Innenminister noch an: »Sie dürfen jetzt klatschen.« Tatsächlich waren nun ein paar widerwillige Klatscher zu hören. Allerdings auch Rufe: »Showpolitik«, rief ein Pressevertreter, »Augenwischerei« und »Kindergarten«. Zimmerschied aber schmerzte der Arm in Alfred Werners Klemmgriff so sehr, dass er dem Politiker unter dem Tisch einen kräftigen Tritt gegen das Schienbein verpasste. Für einen Moment fiel das Gewinnergesicht des Innenministers etwas in sich zusammen, aber schon gleich hatte er es wieder im Griff.

Zimmerschied hatte kaum den verletzten Arm wieder heruntergenommen, da fragte Ralf Löschmann von der *Südzeit*: »Und was ist mit dem Mordverdacht? Ich meine, hat der Herr Präsident nicht eine illegale Waffe zugeschickt bekommen, die identisch ist mit der Mordwaffe? Was ist damit?«

»Auch die Herkunft der Waffe haben wir dank des Einsatzes unserer ganzen bayerischen Manpower aufgeklärt«, erwiderte der Innenminister, wobei er »Män-Bauer« sagte und Zimmerschied zunickte.

Und so ergriff dieser das Wort: »Die Waffe wurde mir von einem ehemaligen Mitarbeiter zugeschickt.« Der Polizeipräsident zögerte, ehe er weitersprach. Er dachte äußerst ungern an Dr. Herbst zurück, der im Fall der mysteriösen Phantomfrau DNA-Spuren manipuliert hatte. Am liebsten hätte er dieses Thema unter den Tisch gekehrt. Aber dann holte er tief Luft und sagte, einen Blick in die Runde der Presseleute werfend: »Dieser Mitarbeiter wurde im vergangenen Jahr wegen schwerer Verfehlungen aus dem Dienst entfernt. Mit der Zusendung einer illegalen Waffe wollte er mir Probleme bereiten und sich so an mir rächen.«

»Um was für Verfehlungen handelt es sich?«, hakte der *Südzeit*-Reporter nach.

»Er hat unsere Arbeit im LKA schwerstens sabotiert. Mehr möchte ich dazu nicht sagen.«

»Zum jetzigen Zeitpunkt!«, ergänzte der Innenminister beflissen. »Selbstverständlich werden wir Sie informieren, sobald dies ermittlungstaktisch möglich ist.«

Plötzlich erklangen die *Hells Bells.* Zimmerschied brach der Schweiß aus. Ungeschickt fummelte er das Smartphone aus der Tasche. Es zeigte Roswithas indonesische Nummer an. Er drückte sie weg. Doch noch bevor Zimmerschied den Ton ausschalten konnte, ertönten die *Hells Bells* schon wieder. Ihn traf ein strafender Blick des Innenministers. Die *Hells Bells* entsprachen nicht gerade dem jüngst von seinem Ministerium verkündeten Erlass, in sämtlichen Behörden Kreuze aufzuhängen. »Es ist meine Frau«, flüsterte der Präsident Alfred Werner zu.

»Dann gehen'S halt hin!«, zischelte der Politiker, was natürlich alle hörten. Dann sagte er lauter: »Wir haben, wie ich höre, eine erste Gratulantin am Apparat. Die werte Gattin von unserem frischgebackenen Obersten Bayerischen Polizeipräsidenten.«

»Ja, Roswitha? Was gibt's?«, erkundigte sich Zimmerschied leise. Die Presseleute lauschten.

»Ich sehe dich gerade im Fernsehen, Karl«, antwortete seine Frau.

»Ja, deswegen ist der Anruf gerade ungünstig«, antwortete der LKA-Chef trocken.

»Ich wollte dir bloß sagen, dass ich jetzt wieder zu dir zurückkomme. Mir tut das alles sehr leid. Ich muss einfach durcheinander gewesen sein, in den vergangenen Monaten. Total durcheinander. Es tut mir wirklich schrecklich leid.«

»Gut«, meinte Zimmerschied schlicht. Tief in sich drin spürte er, dass er sich freute, dass seine Frau wieder zur Vernunft kommen wollte. Aber es war ihm unangenehm, vor Corinna Galeffi von der *Bayerischen am Morgen*, Claudius Heberer von der *Monaco*, Beatrice König von der *Münchner Zeitung* und all den anderen Journalisten ein derart privates Gespräch zu führen. Also konnte er seine Freude nicht so richtig nach außen tragen. Außerdem dachte er an Dr. Augustin und ihre schönen Hände, ihre vollen Lippen und ihre wohlgeformten Füße in den Blumensandalen. Ja, er wollte seine Frau gerne zurückhaben. Er liebte sie noch immer. Aber wenn er ehrlich zu sich selbst war, dann liebte ein Teil seines Herzens auch Dr. Augustin.

»Dann komm heim«, sagte er.

Dank

Es gibt viele Menschen, ohne die dieser Kriminalroman nicht so geworden wäre, wie er ist. Dafür möchte ich mich bedanken. Ganz besonders gilt mein Dank Polizeipräsident und LKA-Chef Robert Heimberger sowie Oliver Weiß, dem Chef der Cybercrime-Abteilung des LKA, der mir eine original Auftragskiller-Annonce inklusive Preisliste aus dem Darknet zur Verfügung gestellt hat. Diese Anzeige habe ich für das vorliegende Buch ins Deutsche übersetzt. Des Weiteren danke ich den LKA-Experten Dr. Wolfgang Voll, Dr. Monika Schäfer, Jürgen Gust, Charlie Segerer, Claudia Vodermaier, Ludwig Waldinger, Michaela Kappelmeier-Heiland, Stephan Dietrich und dem Profiler Alexander Horn vom Polizeipräsidium München. Zudem danke ich der Ärztin Dr. Daniela Brandl, dem Anästhesisten Stefan Wölkhammer, dem Krankenpfleger Marco Bäumler für vielfältige Inspiration; meinem Webdesigner Benni Stephan, meinem kreativen Berater, dem Regisseur Matthias Edlinger, und meinem Technikberater Stefan Schaub für ihre bedingungslose Unterstützung, sowie allen, die sich im und für den Piper Verlag für mich einsetzen und -setzten, insbesondere sind dies Caro Kania, Regine Schmitt, Nora Haller, Kerstin von Dobschütz, Andrea Müller und Felicitas von Lovenberg.

Sollten in meinem Kriminalroman Sachverhalte beschrieben sein, die nicht der üblichen Ermittlungsarbeit der Polizei entsprechen, so habe ich mich im Sinne der künstlerischen Freiheit und einer gelungeneren Dramaturgie bewusst dafür entschieden. Eventuelle Abweichungen sind also nicht meinen Beratern anzulasten.

Ihnen, meinen Leserinnen und Lesern, danke ich, dass Sie mir mit Ihrer Begeisterung für meine Bücher diesen wunderbaren Beruf ermöglichen. Vielleicht lernen wir uns ja mal bei einer meiner Shows oder Lesungen kennen!

Jörg Steinleitner im März 2019